图书在版编目（CIP）数据

鲁迅与20世纪中国学术转型／刘克敌著.—南昌：
百花洲文艺出版社，2018.3
（鲁迅与20世纪中国研究丛书）
ISBN 978-7-5500-2724-4

Ⅰ.①鲁…　Ⅱ.①刘…　Ⅲ.①鲁迅著作研究　Ⅳ.①I210.97

中国版本图书馆CIP数据核字（2018）第046143号

鲁迅与20世纪中国学术转型

LUXUN YU 20 SHIJI ZHONGGUO XUESHU ZHUANXING

刘克敌　著

出 版 人	姚雪雪
策　　划	毛军英
责任编辑	周振明
书籍设计	方　方
制　　作	何　丹
出版发行	百花洲文艺出版社
社　　址	南昌市红谷滩世贸路898号博能中心一期A座20楼
邮　　编	330038
经　　销	全国新华书店
印　　刷	江西华奥印务有限责任公司
开　　本	720mm×1000mm　1/16　　印张　22
版　　次	2018年5月第1版第1次印刷
字　　数	340千字
书　　号	ISBN 978-7-5500-2724-4
定　　价	56.00元

赣版权登字　05-2018-108

邮购联系　0791-86895108
网　　址　http://www.bhzwy.com
图书若有印装错误，影响阅读，可向承印厂联系调换。

国家出版基金项目
NATIONAL PUBLICATION FOUNDATION

鲁迅与20世纪中国研究丛书

鲁迅与20世纪中国
学术转型

刘克敌　著

百花洲文艺出版社
BAIHUAZHOU LITERATURE AND ART PRESS

让鲁迅重新回到民族的现实生存中去

——"鲁迅与20世纪中国研究丛书"代序

谭桂林

　　鲁迅学在中国学界是一门显学，鲁迅与20世纪中国之关系的研究在国内外的中国现当代文学研究中，也都是一个持续热门的话题。成果汗牛充栋，意见纷纭杂陈，尤其是近20年来，国内外鲁迅研究趋势发生了一些重要的变化，归纳起来大致有三种现象比较明显。一是大众娱乐化现象。一些文化明星以鲁迅作商品，在各种大众传媒的平台上宣讲着各种似是而非的有关鲁迅的言论，消费鲁迅，利用鲁迅，其目的并不是宣传鲁迅，而是以鲁迅的牌号来包装自己，使自己的利益最大化；一些江郎才尽的作家则以开涮鲁迅甚至谩骂鲁迅来哗众取宠，迎合后现代文化思潮下社会公众对权威的消解狂欢；一些娱乐媒介甚至把鲁迅与朱安的婚姻、鲁迅兄弟的失和等私人生活事件加以种种的猜测、窥探和渲染，以此娱乐大众。二是价值相对化现象。国内思想文化界有一些学者利用重评20世纪文化论争的平台，或者抬高学术，贬抑启蒙，或者标举胡适，批判鲁迅；不少学者或文化人认为鲁迅的价值和意义在时空上是相对的，鲁迅的意义在于启蒙，在于对旧文化的批判和毁坏，这种批判和毁坏的力量在鲁迅的时代里是必须的，而当下的时代主题是建设，需要的是平和的理性精神，所以鲁迅是过时了的文化英雄，是功能退化乃至错位的文化符号。三是学术的边缘化现象。许多严肃的学者坚守在鲁迅研究领域，但是为了抗衡近20年来鲁迅研究中的浮躁状况，这些严肃的研究越来越学院化、边缘化、琐细化。研究的内容和研究成果的突出成就大多集中在研究史的总结、文本技术的解析、资料的整理考据，等等。这三种现象尽管对鲁迅研究的态度、对鲁迅精神的认知截然不同，但它们有一个倾向却是共同的，这就是从不同的方向把鲁迅这一民族精神的象征同当下民族的生存现实和文化建构疏离开来。正是针对鲁迅研究中的这三种现象，我们撰写了这一套丛书，目的就在于将鲁迅研究与20世纪中国社会的革命现实和民族命运重新联系起来。

我们认为，中国的20世纪是一个改革的世纪，政治制度的更迭变换是改革的外在形式，而整个世纪中有关改革的思想则总是围绕着若干基本问题而展开。鲁迅作为一个文学型的思想家与社会文化批评家，他与20世纪中国社会改革的关系当然是十分密切而深刻的。所以，本丛书以现代中国思想文化的发展为线索，提出了八个20世纪中国社会改革过程中的、鲁迅曾经深度介入的基本问题，从思想史的角度来清点、整理、发掘和重新解读鲁迅这一民族精神象征和文化符号与20世纪中国的联系。丛书不仅全面切实地梳理鲁迅研究界在这些基本问题上所取得的研究成果，深入地解读阐述鲁迅面对和思考这些基本问题时的思路、资源和观点，而且着重分析了鲁迅这一精神象征在20世纪中国历史中建构与形成的内在机制与外在因缘，深度阐释鲁迅这一文化符号在20世纪中国社会改革进程中的能指、所指和功能结构，突出一种从民族精神象征与文化符号的意义上对鲁迅与20世纪中国关系进行综合思考的问题意识和方法观念。我们希望通过这一思想史角度的采用和综合思考的方法观念，使本丛书既容纳又超越过去从文学史角度或者学术史角度进行鲁迅研究总结的局限性，在新世纪的鲁迅研究中，从理论上进一步深化思想、文化与现实融会贯通，多种学科交叉融合的鲁迅研究新思维。

在20世纪的中国，不少先进知识分子向西方寻求真理来解决中国的问题，结果形成了激进主义的文化思潮；也有不少刚正的知识分子固守民族的文化血脉，主张以儒家文化融汇新知来渐进改良，结果形成了保守主义的文化思潮。我们认为，在"五四"一代中国的知识分子中间，也许只有鲁迅的思想真正超越了激进与保守的思维模式，根基的是本民族的经验和当下的个体生命感受。鲁迅的伟大就在于他用熔铸着民族本土经验和个体生命感受的思想为20世纪中国的社会改革与文化发展提供了一种无可取代的精神资源。改革开放初期，针对"左"倾思潮影响下鲁迅研究的机械政治化倾向，鲁迅研究界曾经发出鲁迅研究要"回到鲁迅那里去"的口号。现在30年时间已经过去，针对近年来鲁迅研究的学院化和娱乐化的倾向，我们认为，应该理直气壮地提出"让鲁迅重新回到民族的现实生存中去"的口号。所以，本丛书将通过对鲁迅思想的民族化和个体性特点的发掘与阐述，在民族精神象征和文化符号的基石上，重新建立起鲁迅与20世纪中国社会的密切联系，让鲁迅精神和鲁迅研究重新深度介入中国当下社会改革的民族生存现实中去。

基于这样的立场，在本丛书的写作中，我们强调了三个方面的方法理念。

一是突出问题意识。本丛书在研究思路上，以思想史为线索，以问题意识为切入口，来清点、整理、发掘和解读鲁迅这一象征和符号在中国民族复兴运动中的伟大意义、价值及其局限性。这种问题意识的突出，也许能对目前鲁迅研究界纯粹学术研究的学院传统有所突破。本丛书选择的八个问题经过精心选择，其中国民信仰的重建、政治文化的变迁、民族国家话语的建构等都是我国20世纪精神文化建设中举足轻重的问题，而鲁迅与中国的都市化进程，与20世纪中国的文学教育以及鲁迅在20世纪中外文化交流历史上的符号功能与象征意义等，则是本丛书提出的具有创新性的问题。譬如鲁迅与20世纪中外文化交流的子课题，我们的研究对象不仅是国外对鲁迅的学术性研究，也不仅是鲁迅对外国文学的译介活动，我们的重心是鲁迅在20世纪中国对外文化输出方面所起到的历史和现实作用及所达到的积极效果。其中包括收集整理和分析西方主流媒体的鲁迅报道、西方主流教育中的鲁迅课程开设情况以及西方主流大学中文系与文学系对鲁迅的学习介绍情况，尤其是要运用比较的方法来探讨西方主流教育鲁迅课程开设的特点，为国内鲁迅教育以及国外孔子学院的鲁迅推广提供参考。正是因为本丛书设计的重心不是单纯研究鲁迅在社会文化领域内诸多方面的成就和贡献，而是紧紧扣住20世纪中国社会文化发展的若干基本问题，着重研究鲁迅这一符号和象征在20世纪中国社会文化发展中所起到的作用、所具有的价值和意义，所以这一设计方向可能使本丛书的研究另辟蹊径，可以从鲁迅研究浩如烟海而且程度高深、体系庞大的已有成果中突围出来，建构起自己的原创性。

二是强调民族经验。我们认为，鲁迅作为20世纪中国伟大的文学家、思想家和社会文化批评家，他的伟大之处就在于他对中国现代社会问题的思考具有鲜明的独特性。他同无数现代先进知识分子一样，为了改变民族命运而积极介入中国社会问题的思考。而他与很多现代知识分子不一样的地方在于，他是在中国这块文化土壤里诞生出来的一个思想独行者，他从来就是立足在中国的土地上、立足在"当下"这一时间维度上，以自己对于中国民族生存现实的极其个性化的生命体验为基础，来考量、思索和辨析中国社会存在的问题。所以，鲁迅对于20世纪中国文化史的贡献乃是他提供了一种极其鲜明的、具有民族本土性和生命个体化的关于中国问题的思想。本丛书在设计上一个突出的特点就是在整个课题的论证过程中强调鲁迅思想的民族性，从民族本土经验与个体生命体验相熔铸的观点来阐释鲁迅思想在现代中国思想界不可取代的独特性。这一观念在鲁迅资源与20世纪中国社会改革之关系的研究中具有支撑性的创新意义，同时也能对于国内外近来比较流行的认为中国现代民族国家的历史是想象的历史，民族国家只是存在于知识分子的各种文字记叙中的学术观点给予理论上的回应。

三是解读批判精神。我们认为，鲁迅是20世纪中国伟大的文化巨人，而他的伟大性在于他是一个思想批判型的文化战士，他的特征是民众的立场、人本的理念、积极介入现实的公共情怀、独立思考的精神原则、不惮于做少数派的英雄气度以及信仰的纯粹意义。这种批判不是只问破坏与摧毁式的批判，而是康德的批判哲学中所倡导的在反思中求证、在扬弃中螺旋上升式的主体自由精神。社会建设需要鲁迅这样的具有纯粹信仰的批判型文化战士来承担社会文化批判的任务，来体现知识分子作为社会良知在社会文化发展中的中坚作用，使民族的发展、社会的建设始终保持一种人本的取向、清醒的精神和理性的态度。这一观点，我们认为对鲁迅资源在当代中国社会改革与文化建设的伟大价值的阐释方面，具有十分重要的意义。

在具体的研究方法上，本丛书的写作力图突出两个方面的特色。一是将历史述评与现实透视结合起来。这一研究方法包括两个层面的要求，第一是要求每一个子课题都必须有研究史梳理的论证环节，将研究历史的梳理评述与当下研究现状的透视分析结合起来；第二是要求每一个子课题都必须十分重视鲁迅生前与20世纪中国社会革命，与20世纪中国民族发展的命运的紧密关系的研究，也即重视鲁迅的生命史与中国现代革命史之间的紧密的关联，这是整个丛书研究的历史基础，没有这个基础，也就无法说清楚鲁迅的符号意义与精神象征在当代中国社会发展与民族文明建设上的资源价值所在。二是将社会调查与学理思辨结合：本丛书同时具有基础研究和应用研究这两方面的特质，是一种综合性的研究项目。因而，本丛书在研究方法上坚持学理思辨与社会调查相结合的论证途径。在具体研究中，尤其重视社会调查的环节，合理地设计调查内容，精确地统计与分析调查数据和资料，对鲁迅在公众心目中的形象定位、鲁迅资源在某个现实问题中的社会效应、鲁迅形象在国内外媒体传播中的实际状况、鲁迅资源在国内外文学教育中的功能呈现等等问题进行广泛的社会调查。由上海同济大学承担的国家社科基金特别委托项目"鲁迅社会影响调查报告"在这方面开启了一个先端，但这一项目目前成果侧重在学术与社会物质文化的层面，我们希望本丛书以社会文化问题为中心，将鲁迅的社会影响调查推进到国民精神与心灵现象的层面，从国内影响推进到国际影响的层面，实现在鲁迅社会影响研究方面的进一步补充与深化。

需要说明的是，本丛书是在国家社科基金重大项目"鲁迅与20世纪中国研究"结项成果的基础上编选出版的。2011年底，重大项目"鲁迅与20世纪中国研究"获得全国社科规划立项，这对我们既是一种巨大的鼓励，也是一份沉甸甸的责任。5年来，仰仗课题组各位同人的大力支持与辛勤劳作，这一重大项目取得了显著成就，各个子课题组成员总共发表出版阶段性研究成果120余项，其中著作6部，论文110余篇，论文集2部。不少论文发表在《中国社会科学》《文学评论》《鲁迅研究月刊》《中国现代文学研究丛刊》等国内重要的学术刊物上。最让我们难以忘怀的是课题组分别在2013年和2015年召开了"鲁迅与20世纪中国研究"国际学术研讨会和"从南京走向世界——鲁迅与20世纪中国研究青年学术论坛",这两次会议得到国内外鲁迅研究专家的热情支持,在鲁迅学界产生了热烈的反响。项目于2017年上半年顺利结项,作为项目的首席专家,我要特别感谢朱晓进、杨洪承、郑家建、汪卫东、何言宏、刘克敌、林敏洁、李玮等子课题的负责人,感谢参与此项目研究的各位作者,是你们的通力合作和智慧付出,才保证了此项目的圆满完成,也保证了本丛书的顺利出版。在2017年11月绍兴召开的中国鲁迅研究会年会上,新任会长孙郁在感言中说,研究鲁迅是自己一生的坚持。这句话,朴实而掷地有声,可以说代表了我们每个鲁迅爱好者的心声。能够坚持一生,不仅因为我们热爱鲁迅的作品,而且也是因为鲁迅研究是一个高水准的学术共同体。在这个共同体中,我们不仅能够始终仰望着一个伟岸的、给我们以指引和慰安的身影,而且能够经常性地与一些这个时代的优秀的、高境界的心灵进行对话。在这个共同体中,经常能够爆发出给人以思想震撼力的研究成果,这也是鲁迅研究一代代学人值得骄傲的事情。当然,这套丛书肯定存在许多缺点,我们不敢期待它能有多么杰出的成就,但如果能够为鲁迅研究这一学术共同体提供一点新的具有参考价值的观点与材料,为鲁迅这一民族精神象征重新回到民族现实生存中去起到一点促进的作用,于愿已足。

最后,要诚挚感谢国家出版基金对这套丛书的慷慨资助,感谢百花洲文艺出版社毛军英等领导和编辑们对此丛书出版给予的大力支持和付出的辛勤劳动。

目录

第一章　"作旧弊之药石，造新生之津梁"

——西方近代学术思想之引进与中国现代学术之兴起

第一节　"别求新声于异邦"

一、问题的提出：如何研究定位"学术大师"的鲁迅

20世纪的中国学术，是在中国传统文化的日趋衰落以及西方近现代学术传统与理念全面进入之双重因素影响下，开始其艰难成长和现代转型之进程的。其逐步告别传统和走向现代的过程，与20世纪中国文学的发展历程基本同步。在这个过程中，诞生了一大批既在文学领域有辉煌成就也在学术领域独领风骚的文化大师级人物，如章太炎、梁启超、王国维、陈寅恪、赵元任、胡适、陈独秀、周氏兄弟、钱玄同、俞平伯、闻一多、朱自清等。其中鲁迅以其开阔的文化视野、敏锐的学术眼光和对中西文化异同之深刻的理解，不仅对中国现代文学的诞生和发展，而且对中国现代学术的诞生和转型产生了重大影响。

数十年来，无论是鲁迅研究界、中国古代文学研究界或者学术思想史研究界，对于鲁迅的学术研究成就一直有所关注，相关成果也较为突出。然而，站在鲁迅与20世纪中国文化及学术思想关系的高度，以便从整体上审视与把握鲁迅在20世纪中国学术转型中的重大作用与影响方面的研究成果似乎尚属空白。其原因也许在于，历史的总结和反思需要一定的时空距离，要识庐山真面目，

须得离开此山中。而且任何较为全面的反思和总结，也都需要一定相对适宜的、自由宽松的研究环境和学术氛围。现在，20世纪已经过去了10余年，影响我们更加清晰地把握20世纪中国学术转型的诸多因素已经可以被我们以更加理性和清醒的眼光来梳理，研究鲁迅与20世纪中国学术现代转型关系的条件已经成熟。这既是深化鲁迅研究的需要，也是中国现代学术史发展的必然要求。

纵观20世纪的鲁迅研究，尽管学术界对于鲁迅不仅是伟大的文学家、思想家，同时也是一位对20世纪中国学术体系建设做出巨大成就的文化大师和学术大师这一点早有共识；尽管长期以来学术界对于鲁迅的重大学术研究成果如中国小说史研究和其汉字改革理论等，给予了较多关注；但从整体上探讨鲁迅与20世纪中国学术转型关系的研究以及探讨鲁迅在学术研究领域师承影响以及与同时代其他学术大师的比较研究等依然比较薄弱。对鲁迅所开创之现代学术理念和治学方法的探讨也较为薄弱，有关成果尚不足以对鲁迅所产生的巨大而深远学术影响进行全面的总结或梳理，并将其纳入20世纪中国学术体系从建构到发展的历史进程之中，给予一个科学而恰当的定位。具体而言，一般性的资料整理和对鲁迅较突出学术成果的研究较多，而深层次的全面的综合性研究特别是和20世纪中国一些学术大师的比较研究较为缺乏；个案研究较多，而综合性和宏观研究较少。有鉴于此，本书将把20世纪中国学术的现代转型过程作为一个整体把握，试图在20世纪世界学术潮流发展的大框架中来为20世纪中国学术定位，并在这个基础上进一步确定鲁迅在其中的作用与学术思想史上的价值。

从20世纪鲁迅研究的整体状况看，虽然在很长一个时期受到来自意识形态领域过多的严重干扰，但总体上成果极其丰富，可以说代表了20世纪中国现代学术研究的最高水平。鲁迅研究已经成为一个专门的学科——"鲁学"，其研究成果也早已不再局限于鲁迅研究自身，而是对整个中国现代文学研究乃至全部20世纪中国文学研究，都产生了深远影响。不过一个比较明显的问题在于，通常从事鲁迅研究的专家学者和从事中国古典文学研究以及20世纪中国学术思想史以及学术转型研究的专家学者，尽管面对的是"鲁迅"这同一个研究对象，却由于彼此缺少沟通，使得相关研究缺少宏大的视野和深刻的横向比较。对鲁迅在20世纪中国文化史和学术史上的地位以及所做出的巨大和多方面的贡献，认识不是很清楚；对于鲁迅的学术研究如何影响其文学创作或者反之亦然的情况，缺少具体深入的研究；对于其学术思想体系内中西文化理论资源的梳理和辨析还有不足，重复性和一般性成果较多；至于把鲁迅与20世纪中国其他一些学术大师进行横向比较的研究，则更显欠缺。

上个世纪90年代以来，伴随着所谓的"国学热"，学术界开始了对20世纪中国学术现代转型的整体观照，鲁迅作为文化大师也自然被列入研究范围，在这方面，已故的王瑶先生及其弟子陈平原等一批学者，做出了很多贡献。只是受到当时整个文化、学术氛围和一些非学术因素的制约，对鲁迅在20世纪中国学术史上的地位以及学术思想的研究仍然有进一步拓展的需要。如今，进入21世纪也已超过15年，时代发展和学术氛围决定了今天已经具备全面总结与深入研究鲁迅在20世纪中国学术史上地位和贡献以及他与20世纪中国学术转型关系的条件，而近年来国家对于加强文化建设的要求也恰恰说明了此类研究的重要性和现实意义。因此，清点、整理、发掘和重新解读鲁迅这一民族精神象征和文化符号的当代意义与价值，也已成为振兴中国文化、建构与完善现代学术体系的当务之急。但是，近20年来鲁迅研究所呈现出的分化状况却无法有力地承担起这一时代的理论需求，各种力量都在自觉或者不自觉地歪曲和割裂鲁迅与民族生存、社会现实的紧密关联。在这种状况下，国民对鲁迅与20世纪中国关系的认知正处于一种前所未有的混沌与分歧之中，这从广大中小学语文教师和学生对鲁迅作品进入教材的态度即可获知——现在的普遍状况是对于鲁迅作品，教师不愿意教，学生也没有兴趣学。

因此，研究鲁迅的学术思想体系以及他与20世纪中国学术转型的关系，对于重塑鲁迅的真实形象，对于繁荣和发展21世纪的现代中国学术思想体系，对于加强中国文化研究和重建中国现代文化结构，意义尤为重大。这，就是本书写作的现实与文化背景。

在本书中，笔者把鲁迅定位为20世纪中国的学术大师，认为他的学术成就及其对于20世纪中国现代学术观念的形成及其转型的影响仅次于他的文学创作对20世纪中国文学的影响。认为鲁迅作为20世纪中国有代表性的学术大师，在其从事文学创作的同时，以自己一系列学术研究成果和富有开创性的学术思想和观念，对20世纪中国学术体系的建构和学术转型的实现做出了重大贡献。本书拟以20世纪中国学术思想史的发展为线索，重点论述和研究在20世纪中国学术发展演变进程中，鲁迅曾经为之做出贡献的一些学术基本问题，并从学术思想史的角度来清点、整理和重新解读鲁迅的学术思想和学术贡献以及与20世纪中国学术转型的联系。本书不仅追求较为全面深刻地梳理学术界在这些基本问题上所取得的研究成果，深入阐释鲁迅在建构20世纪中国学术过程中的思路、所承受的中外学术资源和基本观点，而且要着重分析鲁迅的学术思想在20世纪中国学术思想史建构过程中的地位、重大作用以及对其他学者的复杂影响。总之，应当克服以往单纯从文学史角度或者学术史角度进行鲁迅研究总结的局限性，才可能取得有一定突破性的研究成果。

针对近年来学术思想史研究中日益明显的学科交叉和研究方法的多样化研究趋势，本书在写作思路与方法的设计上特别注重文学史和学术史的交叉研究，注重基础研究和应用研究的结合，注重研究对象的选择和各种比较方法的应用，注重研究和辨析鲁迅所承继传统学术资源和西方学术资源的异同和受影响程度，并特别关注鲁迅所提出的一些重大学术问题、学术概念对同时代其他学术大师以及后来研究者的影响——特别是这种影响常以一种潜在的、曲折的和间接的方式呈现，因此需要格外给予关注。

具体而言，本书将从以下几个侧面展开和切入：

一是强调文学史与学术史的交叉研究。本书写作目的之一在于清点、梳理和发掘鲁迅的精神遗产特别是学术遗产，因而每一个基本问题的研究都将注重围绕该问题的发生发展，从20世纪中国文化发展史和学术思想史的角度来梳理鲁迅学术思想以及他与20世纪中国学术转型关系的历史，并在这种梳理中寻找和确认鲁迅在20世纪中国学术思想史上的地位。同时，也要注意把这些研究置于20世纪世界文化和学术思想变迁的大的历史背景之中，注意做到研究问题的共性与个性（全球性和地域性）的结合。因此，本书在使用一些以往属于纯粹文学史研究之资料时，其关注点已经转移到学术史层面，并从学术演变角度重新给予阐释。即便是对鲁迅一些文学作品的解读，也试图挖掘其蕴含的学术价值，而非其文学价值。例如对于鲁迅之《故事新编》的解读，就不会看重其讽喻手法的意义和作为历史小说的价值，而是看鲁迅在创作这些历史小说中有意无意彰显出的对于中国古代学术思想和学术大师的理解、分析和评价。

二是强调历时性研究与共时性研究的结合。本书始终紧紧围绕鲁迅学术思想与20世纪中国学术转型的关系这一基本点进行思考，不仅要研究鲁迅所提出的一些重大学术问题在当时的意义和价值，而且要研究这些问题对于当代中国学术建设的意义和价值；不仅要关注鲁迅和同时代学术大师的交往和学术理论上的相互影响，更要关注鲁迅从传统学术资源和外来学术资源中所承受和发展出的一些重大学术观点；不仅要研究身兼作家与学者双重身份的鲁迅如何以这种身份研究学术，也要关注鲁迅如何以这种身份从事文学创作。由于20世纪中国文化史上，这种身兼双重身份的知识分子人数较多，也因此它如何影响和制约了鲁迅学术成就和文学成就，并如何影响了20世纪中国文学与学术的发展之问题，就不仅对于深化鲁迅研究有重大意义，而且对于整个20世纪中国文学和文化研究，都是一个极具现实意义和历史意义的重大问题。至于由此引出的所谓"学者型"作家的创作特色或者说由此所导致的创作局限性问题，则并非本书关注的重点。

三是强调研究方法和视角的创新性和严谨性。本书研究的起点，在时间上将从19世纪末叶开始，在空间上将从西方近代学术思想进入中国学术界开始，因此跨学科的、横向比较的视角必不可少。而对于传统学术的如何走向衰落以及鲁迅及其同时代学者所承继清代学术资源的梳理也是题中应有之义。所以对于乾嘉时代考据之学要给予必要的理论辨析，同时需要对于传统的学术研究方法进行梳理与创新。在这方面，重视从文人之门派传承角度和地域文化影响角度分析鲁迅所承受之学术资源以及他对此所作出的具体反应，将是一个很有意义的问题。由于鲁迅身兼作家与学者双重身份，因此研究这种双重身份如何从心理上潜在地影响鲁迅的创作和治学研究，也是一个很有价值的角度。此外，本书将借用20世纪西方哲学中的日常生活批判理论，注意从文人之日常生活角度、从日常生活如何影响文人之治学和创作的角度，来重新评估他们的学术思想和文学创作价值。为此，在关注鲁迅及其同时代学者的学术成就和有关资料外，本书也将格外重视从研究对象的日记、书信、自传、后人所编辑年谱和同时代人之回忆录等材料中，寻找可以验证和说明其学术发展脉络的线索，以及那些已经表现出其后来所提出重大学术问题的"征兆"或者说学术思想的"萌芽"。将这些材料与鲁迅在其学术论著中提出的学术问题加以比较观照，可能会有助于我们理解鲁迅学术思想发展的内在逻辑性。

二、有关前期研究的简单回顾

在鲁迅研究的早期，研究界更多关注的是鲁迅的文学成就及其作品中所呈现出的对中国传统文化批判的深刻性，即便有对于鲁迅学术思想的研究，也大多从属于对其文学成就的研究，或者以此说明鲁迅做出伟大文学成就的原因，或者以此说明鲁迅的伟大和其学识渊博之关系。基本上没有把鲁迅看作是一个伟大的学术大师，有关他与20世纪中国学术转型的研究自然更加缺乏。[①]不过需要指出的是，蔡元培、周作人、赵景深和郑振铎等少数与鲁迅同时代的学者，对于鲁迅的学术成就很早就给予特别肯定，例如蔡元培对鲁迅的学术思想和研究就有很高且极为准确的评价，只是他们的这种肯定在当时的历史语境中被有意无意忽略了而已。[②]1949年后至"文革"时期，鲁迅研究日益受到来自意识形态的干扰，导致这一时期的鲁迅研究呈现出更多关注鲁迅作为一个文化启蒙战士和五四文学革命旗手之形象的状况，对鲁迅在中国文学史和20世纪中国文化史上的政治地位和产生影响关注过多，而相对忽视了对其文学创作之艺术特色的研究以及对其学术成就的研究。这一时期涉及鲁迅学术研究的成果不是很多，值得一提的有：《鲁迅整理中国文学遗产的成绩》《鲁迅介绍世界文艺的成绩》等（收入刘泮溪、孙昌熙、韩长经著《鲁迅研究》，作家出版社1957年版）以及林辰的《鲁迅辑录〈古小说钩沉〉的成就及其特色》（《文学评论》1962年第6期）。

---

① 本部分的写作，参考或使用了历年来鲁迅研究年鉴中的有关资料、各种鲁迅研究述评及一些学者对鲁迅研究整体状况所撰写的专文等相关资料，除在参考书目中列出外，也在此说明并一并致谢。

② 参看陈平原的《作为文学史家的鲁迅》，该文收入王瑶主编的《中国文学研究现代化进程》一书，北京大学出版社1996年版。

至上个世纪80年代，伴随着对外开放和西方文化思潮的涌入，鲁迅研究进入一个新的阶段。在这一阶段中，由于学术界思想极为活跃，中外文化交流呈现出较为繁荣的状况，鲁迅与20世纪中国文化的关系得到了多方面的关注。这一时期，不仅鲁迅的文学创作得以进一步深入研究，而且鲁迅的其他成就如学术研究、教育与美学思想、翻译理论和汉语改革设想、有关民间文化的论述等等都得到了比较深入的研究，而北京图书馆和社会科学院文学所合编《鲁迅研究资料索引》（人民文学出版社1982年1月第1版）可以说是20世纪80年代编制的鲁迅研究目录中最有代表性的一部。第一，资料在当时可以称为是同类目录中最齐全者，基本把国内已有鲁迅研究成果，都系统地加以著录。第二，在类别的划分与编排方面体例更加严谨和科学。上册收1919年至1949年9月的我国报纸、期刊中有关研究鲁迅的篇目，分为报刊和图书两大部分。报刊又按文章内容分为三大类，都按文章发表或图书出版先后为序。下册（人民文学出版社1980年3月第1版）则收1949年10月至1965年6月国内报刊和图书中有关学习、研究鲁迅著作的文章篇目。按文章内容分鲁迅思想研究、鲁迅作品研究、鲁迅生平事迹、其他等四大类，均按发表时间先后为序。第三，本目录有集录的性质，把相关资料排列在一起，具有较高的参考价值。随着鲁迅研究的发展和深入，新的研究成果不断出现，1986年人民文学出版社又出版了《鲁迅研究资料续编》，该书收入自1977年1月至1981年12月全国报刊登载的学习和研究鲁迅及其著作的有关文章篇目。而中国文联出版公司则于1990年7月出版了中国社会科学院文学研究所鲁迅研究室所编大型资料《1913—1983鲁迅研究学术论著资料汇编》。此书正文就有五大卷，另有《索引分册》（朱苏英编辑），包括篇名索引、作者索引和分类索引等，此外还有七项附录，规模巨大搜罗齐全。其中关于鲁迅之学术研究方面的资料虽然不多，但值得重视。

　　这一时期，专门研究鲁迅文学成就之外贡献之学术论文、论著也开始出现。如王泉观的《鲁迅对中国美术文化的贡献——从史的角度研究鲁迅与美术的关系》，朱正的《从文献学的角度看鲁迅研究中的资料问题》，以及俞元桂的《鲁迅辑录古籍的成就及其对创作的影响》（见《纪念鲁迅诞生一百周年学术讨论会论文选》，湖南人民出版社1983年版）。研究鲁迅治学方法的有郭豫衡的《关于鲁迅治学方法的探讨》(《北京师范大学学报》1979年第1期)等。至于孙昌熙的《鲁迅"小说史学"初探》(山东教育出版社1988年版),则应视为较早问世的研究鲁迅小说理论的专著。不过,对于鲁迅学术思想以及与20世纪中国学术转型的关系,由于时机还不成熟以及其他因素,相关研究依然薄弱,鲁迅主要还是作为一位伟大的文学家和思想家形象出现在学术界对20世纪中国文化发展史的叙述之中。

1985年至1990年,中国文联出版公司出版了由中国社会科学院文学研究所鲁迅研究室张梦阳、安明明、李宗英、赵存茂选编的《1913—1983鲁迅研究学术论著资料汇编》,是截止到20世纪末规模最大、收罗最齐备的鲁迅研究资料汇编,其中收入了对鲁迅学术成就进行考察的研究成果。就综合研究史而言,袁良骏的《鲁迅研究史》上卷(陕西人民出版社1986年4月出版)是这一领域的拓荒之作, 也是一部真正意义的综合性鲁迅研究史。这部鲁迅研究史首次梳理了1913—1949年鲁迅研究的概貌,并做了全景式的描绘。限于研究时段,自然不可能对鲁迅学术思想及方法等研究情况给予具体评述。

到了20世纪90年代,综合性的鲁迅研究继续拓展和深入,有关学术思想史的研究受到重视,其中较有影响的是袁良骏的《当代鲁迅研究史》(陕西人民教育出版社1992年1月出版)和王富仁的《中国鲁迅研究的历史与现状》(浙江人民出版社1999年3月出版)。袁良骏的《当代鲁迅研究史》实际上是《鲁迅研究史》的下卷,与已出的上卷一起,构成了一部完整的鲁迅研究学术史。王富仁的《中国鲁迅研究的历史与现状》则深入探讨了鲁迅研究的历史,论述了它发展演变的规律, 并重点评述了有关重点论著,勾勒了几个学术流派的思想理论面貌。上述两部著作都从宏观角度对20世纪的鲁迅研究进行了全方位的总结和反思,显示出作者深厚的学术功力和开阔的学术视野。但对于鲁迅的学术思想,仍然没有给予应有的评价或研究。

20世纪90年代后,伴随着"国学热",鲁迅研究界也开始更加关注作为"学者"的鲁迅形象,开始注意到鲁迅与20世纪中国学术转型的关系。这方面特别值得注意的是王瑶先生及其弟子陈平原在从事中国现代学术史研究中,对鲁迅与20世纪中国学术转型关系给予的极大关注,成果也特别突出。其学术专著《中国现代学术之建立》（北京大学出版社1998年版）以及陈平原所主编的《中国现代学术经典·鲁迅卷》（河北教育出版社1996年版）等，在深化鲁迅研究特别是鲁迅学术思想和体系研究领域做出了较大贡献，影响也比较深远。对此本书有专节阐述，此处不赘。此外，百花洲文艺出版社1992年出版了一套"国学大师丛书"，张岱年为该丛书撰写了总序。其第一辑收十五位20世纪国学大师的评传，由吴俊撰写的《鲁迅评传》即为其中一册，该册序言则由著名学者徐中玉撰写。吴俊此书有别于一般的鲁迅传记，对鲁迅的文学创作基本没有评述，而是较为全面而具体阐释了鲁迅的学术研究成就，很多见解至今仍有启迪价值。特别是对鲁迅在中国古典小说研究领域所取得的成就，该书给予较为充分的阐释并给予很高评价。在同时期有关鲁迅之学术研究的评述中，该书应该是论述最为全面且见解也较为深刻的专著。

这一时期，有关鲁迅与苏联时期文艺思想关系的研究较多，其中有代表性的是张直心的一系列研究论文，例如他的《鲁迅文艺思想与苏联早期文艺思想之比较研究》（《鲁迅研究月刊》1990年第9期）、《论鲁迅及其同时代人对苏联文艺思想的接受》（《鲁迅研究月刊》1991年第5期）和《拥抱两极——鲁迅与托洛茨基、拉普文艺思想》（《鲁迅研究月刊》1994年第7期）等，对于鲁迅所承受外来文化中之苏联文艺思想因素，以及鲁迅对此作出的独立思考等，作了较为深刻全面的阐释。

在鲁迅研究界之外，随着研究的不断深入以及对建构中国现代学术体系问题的讨论，学术界对鲁迅的学术研究贡献也逐步形成共识，对其学术大师地位给予确认。20世纪90年代初，刘梦溪主持编纂的"中国现代学术经典"丛书，收20世纪人文学术大师的著作计44家，35卷，2500万字，于1997年出版，其中就有鲁迅卷（与吴宓、吴梅、陈师曾卷合辑），收入鲁迅的《中国小说史略》和《魏晋风度及文章与药及酒之关系》，体现了对鲁迅在中国现代学术界应有地位的确认。之后刘梦溪为之撰写的总序长达6万字，以《中国现代学术要略》为题首发《中华读书报》，连载四个整版。后该文经过增订由三联书店出版，是为刘梦溪先生第一部学术史专著，其中对鲁迅的学术研究给予了很高评价，对此本书后面有具体评述，不赘。

进入21世纪以来，又有杜一白的《鲁迅研究史稿》（辽宁大学出版社2000年4月版）和张梦阳的《中国鲁迅学通史》（广东教育出版社2001年8月版）。《鲁迅研究史稿》是一部完整而简明的鲁迅研究学术史，作者在掌握了丰富资料的基础上，经过筛选、浓缩，以22万字篇幅对70年来鲁迅研究的历程作了简括而系统的回顾，总结历史经验，并对鲁迅研究的未来进行展望。书中既注意反映几十年间鲁迅研究历史的总体面貌，又注意对一些有重要贡献的鲁迅研究家和有重要价值的鲁迅研究专著给予评述；既重视有关资料的梳理与介绍，又注意进行理论的分析与概括。《中国鲁迅学通史》则力图把鲁迅研究作为20世纪中国文化现象史的一个缩影来进行观照，试图梳理和辨析20世纪中国鲁迅研究史的发展轨迹，并上升到学术思想史的高度给予总结。但对于鲁迅的学术思想及研究方法等，梳理有余而分析仍显欠缺。

更值得关注的是，这一时期有关鲁迅学术思想的综合性研究成果开始出现。新世纪初期由中国文联出版社出版的"我看鲁迅"丛书和2002年出版的由冯光廉、刘增人、谭桂林主编的《多维视野中的鲁迅》，就是两个具有代表性的成果。"我看鲁迅"丛书的目的在于通过世纪末反思的角度，突出鲁迅与20世纪中国的关系。其中王富仁的《突破盲点——世纪末社会思潮与鲁迅》首次提出了他对鲁迅思想的"中国性"的思考，他指出鲁迅关于时间意识、空间选位、空间关系，关于中与西、传统与现代、关于启蒙与进化等问题的理解，都是他在特定时空结构中对典型的中国问题的深层思考。赵卓的《世纪末思潮与鲁迅》则指出80年代以来中国形形色色各种社会思潮都与鲁迅有着精神上的联系，从而体现出了鲁迅作为一种精神资源对当下中国社会发展的价值。高旭东的《走向21世纪的鲁迅》则从批驳各种对鲁迅的攻击入手，阐释了鲁迅精神对20世纪中国的现实意义。《多维视野中的鲁迅》一书则试图以跨学科综合研究的方式来阐释鲁迅对20世纪中国的意义与价值不仅是文学的，而且是多方位的、多范畴的。这部近百万字的著作集中了国内鲁迅研究界的佼佼者，从思想史、文化史、文学史、翻译史、汉语史、主题史等等众多学科对鲁迅的成就与意义进行了综合的研究。其中对于鲁迅的学术成就和鲁迅在20世纪中国学术史上的地位及影响，有较为深刻的论述。

鲁迅与20世纪中国研究丛书

在综合性鲁迅研究史中，王吉鹏主持的以专题研究史面目出现的鲁迅研究学术史系列值得关注。该书系已经出版的有《鲁迅世界性的探寻——鲁迅与中国文化比较研究史》（辽宁人民出版社1999年版）、《鲁迅民族性的定位——鲁迅与中国文化比较研究史》（吉林人民出版社2000年版）等。其中《鲁迅世界性的探寻——鲁迅与外国文化比较研究史》，把几十年来鲁迅与世界文化比较研究的发展史分为四个时期：滥觞期（1919—1949）、停滞期（1949—1976）、发展期（1976—1989）、深化期（1989—1998）。该书认为每个时期的周期呈逐步缩短之势，如一、二周期都长达20多年到30年，而第三期只有十几年，第四期尚不到10年。这种有关历史轨迹的描述，不仅反映了鲁迅学的发展呈上升深化趋势，而且反映了中国文化与精神发展的大趋势。至于鲁迅与世界文化的关系，则是一个更为广泛丰富的研究领域，该书对此进行了全方位的评述。这当中包括鲁迅翻译研究、鲁迅与世界文学比较研究、鲁迅与世界文化比较研究、鲁迅比较文学论著和理论研究等等，为深化此类研究奠定了很好的基础。

将鲁迅的文艺思想和学术理念与同时代人进行比较的学术论著这一时期较有代表性的也许是孟泽的《王国维鲁迅诗学互训》（九州出版社2007年版）。该书认为王国维与鲁迅的诗学具有中国现代诗学史上最显著的"两歧性"特征。所谓"两歧性"本是张灏提出的一个概念，指五四一代知识分子思想上所具有的深刻矛盾性，与所谓的"复调性"大致相近，其本质在于近代文化的矛盾与分裂性。而王国维和鲁迅的诗学内部，同时存在着与他们所处时代的思想状态，与他们的文化身份相一致的"两歧性"。这种"两歧性"的诗学，基于他们各自的生命历程与学术历程，其内在气质与精神有着深刻的一致性。作者指出，这种"两歧性"和"一致性"所显示的内涵与张力，构成了中国现代诗学在展开过程中的基本趋势。他们二人的诗学不是纯粹的知识之学也不是纯粹的审美之学，而更多与"立心""立人"相关，所以在某种意义上他们二人不是什么纯粹的文人或学者，而是抵达了现代中国精神最高点的开创性的不世大儒。①

至于有代表性的单篇论文，吴中杰的《鲁迅学术思想述评》（《大理师专学报》2001年第2期）是新世纪以来较早全面评价鲁迅学术思想的代表作。该文认为在看似非学术形式的杂文里，其实显现出鲁迅很多有价值的学术思想，应当给予应有的关注。作者所讨论的学术问题主要集中在五个方面：旧文明批判、文化史研究、新文艺概观、翻译文学论、语文改革说。吴中杰认为鲁迅杂文中提及的一些学术问题，无论主题如何，其最鲜明的特色是对当下现实的针对性，是历史与现实的结合，而社会学批评和文化批评是其学术思考的基本形式。在探讨鲁迅有关中国古代小说以及《红楼梦》研究成就方面，值得一提的有吕启祥的《在绍兴会馆里的学术拓荒人——鲁迅与"小说史略"及〈红楼梦〉》（《红楼梦学刊》2002年第4辑），由于这是刊登在专业的中国古代文学研究期刊而格外引人注目。该文对鲁迅有关中国古代小说的研究从版本之考察、作家作品评述、有关《红楼梦》的一些重要提法以及《中国小说史略》的开创性意义等四个方面进行论述，有关评价具有较高的学术价值。而张晨的《鲁迅与铃木虎雄的"文学的自觉说"》（《求是学刊》2003年第6期）则认为"文学的自觉"说是由日本汉学家铃木虎雄最先提出的，鲁迅很可能借用了铃木虎雄的观点才提出"曹丕的一个时代可说是'文学的自觉时代'"这一著名观点，这对于梳理鲁迅与日本汉学家的学术联系有重要意义。从现代学术体系建构角度看鲁迅小说的论文则有甘智刚的《关于鲁迅小说与中国现代学术建设》（《云南社会科学》2004年第5期）。该文认为鲁迅小说有深厚的学术内涵，鲁迅也许是自觉地以小说形式表现其学术思考的现代小说大师。该文认为鲁迅小说与现代学术建设的关系主要体现为三方面：一是鲁迅小说的杂文化现象是其学术思考在文体上的反映，二是鲁迅小说体现了晚清以来学术演变的丰富内容，三是鲁迅小说对现代学术的兴起做出了重要贡献。

在针对鲁迅徘徊于创作和治学之间所表现出的矛盾心理分析方面，21世纪以来值得关注的论文有毕绪龙的《鲁迅的学术志趣与现实选择》（《鲁迅研

① 此处论述请参看该书的内容提要。

究月刊》2007年第3期），该文对不同时期鲁迅在创作和学术方面为何有所侧重的现实原因和内在心理原因做了较有说服力的论述，可惜在资料引证上面稍有不足。鲍国华的论文《"小说史家鲁迅"研究的历史回顾》（《鲁迅研究月刊》2006年第2期）一文对20世纪学术界有关鲁迅学术研究的几个发展阶段进行了较为科学的梳理。该文认为："小说史家鲁迅"研究的历史可以分为四个时期：一、由初见评论到1949年，是为研究的奠基期；二、从1949年到"文化大革命"结束，这一时期由于专业鲁迅研究者的出现和研究资料的深入发掘，鲁迅小说史学的研究格局得以初步确立；三、从"文革"结束到上世纪八九十年代之交，随着新时期鲁迅研究的全面复兴，鲁迅小说史学研究也呈现出多元化的格局，特别是几部研究专著的问世，实现了对鲁迅小说史研究的学术价值的整体性展示；四、从上世纪90年代至今，对学术规范的注重和学术史研究的热潮，使"小说史家鲁迅"在现代学术史上的意义成为这一时期研究者的主要关注点。以上分期除体现对"小说史家鲁迅"研究历史的基本判断外，也出于使论述线索更为清晰的考虑，为从事这一领域的研究者提供了很有价值的研究视角。

而陈占彪的论文《鲁迅学术活动之动因探析》（《河北师范大学学报［哲学社会科学版］》2008年第6期）主旨虽然与上文相同，但视角稍稍不同。该文将鲁迅的学术活动分为三个阶段，认为各有不同之具体原因，学术之于他的生命也因之具有不同的涵义。在日本留学期间（1902—1908年），鲁迅看重的是学术的实用性，他借此以拯救中国。自日本回国到为《新青年》写文章期间（1909—1918年），鲁迅看重的是学术的无功利性，他借此以打发生命。自教育部欠薪始到去上海前（1920—1927年）这段时间，鲁迅看重的是学术的职业性，他必须借此以维持日常生活。这样的判断，对于理解鲁迅何以在不同时期有不同的创作或学术研究侧重点的选择，具有启示意义。

论著方面，2002年天津古籍出版社出版了王中立译注的《唐宋传奇集》，朱一玄在此书《序言》中说："王中立先生研究唐宋小说多年，勤勉不倦。他将鲁迅校录的《唐宋传奇集》译为白话文，译文通畅顺达，信而有证，这对于一般读者来说无疑是件大有裨益的好事。鉴于此，无论是对于唐宋小说专门研究者，还是一般文学爱好者来说，此书都不失其研究和阅读的价值。"此书的学术价值在于，"译注"者王中立在鲁迅大量校勘工作的基础上做了进一步的校勘，因此有助于人们了解鲁迅在该领域的学术贡献。《唐宋传奇集》是鲁迅辑校古籍的重要成果之一，它的价值首先是辑录，其次是考证，然而更有意义的还是在校勘方面。鲁迅曾自述："本集所取资者，为明刊本《文苑精华》；清黄晟刊本《太平广记》，校以明许自昌刻本；涵芬楼影印宋本《资治通鉴考异》；董康刻士礼居本《青琐高议》，校以明张梦锡刊本及旧钞本；明翻宋本《百川学海》；明钞本原本《说郛》；明顾元庆刊本《文房小说》；清胡珽排印本《琳琅秘室丛书》等。""本集所取文章，有复见于不同之书，或不同之本。得以互校者，则互校之，字句有异，惟从其是。" 王中立以鲁迅的校勘本为底本，这自然是因为他熟悉和掌握鲁迅的校勘基本思路并有所深入补充改正，这是其研究最重要的价值所在。

另一位对鲁迅辑校古籍工作做认真考察者是顾农。《鲁迅辑校古籍手稿》自出版以来关注者很少，顾农却长期坚持进行研究。他的《〈鲁迅辑校古籍手稿〉札记二则》载《上海鲁迅研究》第13辑。该文虽为札记，却是严谨的学术考证论文。此外，顾农的其他一些鲁迅研究论文也值得关注。

在对《中国小说史略》的专门研究方面，欧阳健的《中国小说史略批判》（山西人民出版社2008年版）较为系统和全面地对《史略》的学术成就、特点和不足以及对后世影响等进行了总结性的论述，不少见解具有启示性意义。

最后，国内有关鲁迅学术思想的研究以及鲁迅与20世纪中国学术关系的研究课题的设置情况如下：据查从2000年至2014年，教育部重大攻关项目和重点基地招标项目中都没有关于鲁迅的课题立项，至于国家社科基金一般项目、青年项目和后期资助项目总共有14项鲁迅研究课题立项，其中属于学术史内容的4项，分别是王家平的"全球语境中的文化交流——八十年来国外鲁迅研究的学术历程"、张富贵的"鲁迅周作人与日本文化关系比较研究"、王吉鹏的"鲁迅与外国文学比较研究"以及靳丛林的"日本鲁迅研究史"，从题目即可获知，尚没有整体上论述鲁迅与20世纪中国现代学术转型关系的课题。

综上所述，可以认为迄今为止，学术界对于作为学术大师之鲁迅的研究已经有了不少成果，但尚没有出现在把鲁迅视为一位学术大师的前提下，基本从学术史角度切入完成对鲁迅学术思想体系整体论述的学术专著，更缺少从鲁迅与20世纪中国学术转型关系角度进行研究的专著，这就是本书论述问题得以确立和可以实施的出发点。

三、境外有关鲁迅学术成果的研究

就境外和国外的鲁迅研究而言，限于资料的搜集难度较大，从鲁迅学术思想以及他与20世纪中国学术转型关系角度研究的有代表性的成果大致如下：

首先是日本，鲁迅研究在20世纪的日本学术界曾经是一门显学，不过近年来也已处于衰落之中。20世纪的日本鲁迅研究有两个高峰：一个是五六十年代由竹内好所开创并以丸山升、木山英雄和伊藤虎丸为代表的鲁迅研究，另一个是在八九十年代以北冈正子、丸尾常喜和藤井省三、代田智明等为代表的另一个高峰。前者基本研究鲁迅的文学成就和思想，后者则开始关注文学家之外的鲁迅形象。日本的学者比较专注于实证性的研究，北冈正子就是这方面的佼佼者。她的鲁迅研究中与鲁迅学术思想有关者较多，例如她的《〈摩罗诗力说〉材源考》，从比较文学的角度，把鲁迅此文中提及的外国文学家和作品的原始材料找出来，指出鲁迅此文与这些原始材料的借鉴关系。她在建立起实证方法的坚实基础同时，更强调文化、文学间多重关系的比较研究。她力图由此呈现出明治末年日本文化思想史的特殊语境和鲁迅在思想选择上的独自立场。北冈正子复原并重塑了鲁迅作为一个普通留学生通过刻苦学习西方文化逐渐形成通过文学以恢复中华民族精神的启蒙者形象。值得注意的是，北冈正子的很多论文，其细致准确的考证和材料辨析功夫，都达到很高水准，显示出其很高的中国文学素养以及对中国传统学术考证方法的熟悉。

其他有关鲁迅学术思想的研究成果还有：

一、中岛利郎《台湾新文学与鲁迅》（株式会社东方书店1997年版），此书后来于2000年在台湾出版，影响较大。根据台湾硕、博士论文查询系统统计，该书2000年出版至2013年已超过46次被硕、博士论文参考和引用。当然，这其中有许多论文并非研究鲁迅，但这种转载、讨论，表明了鲁迅与台湾的关系受到学界相当程度的关注。这是台湾第一本研究鲁迅在台传播与影响的专著，通过此书可以大致了解鲁迅在台湾的影响。尽管该书实际为论文集形式，文章之间没有严谨的逻辑联系，但通观全书，还是可以透过不同学者的研究视角发现鲁迅与台湾文学发展的关系。不过该书对于鲁迅的学术研究基本没有涉及。

二、丸山升著《鲁迅·文学·歷史》（东京都：汲古书院，2004年）第八章"施蛰存と鲁迅の'論争'ためぐつて"，其中有关于鲁迅对于"新瓶与旧酒""青年必读书""外国文学"等三个内容的讨论。

三、山田敬三著《鲁迅自觉なき実存》（东京都：大修馆书店，2008年）第十、十一、十二章，以"古典研究者鲁迅"为题，分别对《古小说钩沉》《会稽郡故书杂集》《小说旧闻钞》《中国小说史略》作了集中讨论。

四、工藤贵正著《鲁迅と西洋近代文艺思潮》（东京都：汲古书院，2008年）。该书主要论述鲁迅所受西方近代文艺思潮影响问题。

五、北冈正子著《鲁迅救亡の梦のゆくえ：恶魔派诗人论か〈狂人日记〉まで》（大阪：関西大学出版部，2006年），有集中讨论《摩罗诗力说》与《狂人日记》中鲁迅对诗人形象的理解。

六、代田智明在《解读鲁迅》（2006年）中，则特别注意到鲁迅对以上海文化为象征的"殖民地现代性"的尖锐批判，认为生存于殖民地环境中的鲁迅无法获得全部现代性的主体，反而造就了其反思和跨越"现代性"并走向后现代批判的契机。因此他强调，"如果在21世纪继续阅读鲁迅还有意义，那就在于这种源自殖民地的体验可以给生存于后殖民状态下的我们以充分的参照"。此论点对于当代文化背景下如何理解鲁迅，极有启示意义。

此外，21世纪以来发表在中国学术期刊的日本有关鲁迅学术思想的论著还有这样一些值得关注。一是神田一三的《鲁迅〈造人术〉原作》（补遗）（载《鲁迅研究月刊》2002年第1期），对鲁迅早期的译作进行了译文与原文的比对研究。长倔佑造的《鲁迅"革命人"的提出——鲁迅接受托洛茨基文艺理论之一》（《鲁迅研究月刊》2002年第10期）则把关注的焦点聚集在鲁迅对托洛茨基的翻译、评论上，值得赞许的是该文的有关鲁迅所购买托洛茨基著作的版本研究。在如此坚实的材料基础上，作者做出的结论相当有说服力："'革命人'的想法固定于鲁迅头脑中的时间，应该上溯至1926年。"其次是藤井省三的一些著作，其《鲁迅事典》2002年在日本出版后，其前言和后记发表于《鲁迅研究月刊》2002年第7期，是一本资料翔实、见解深刻的论著，诚如作者自己所说，是他"将近四十年的鲁迅阅读体验和二十五年鲁迅研究的总决算"。

美国学术界有关鲁迅的研究较多，除却大陆学术界较为熟悉的王德威、林毓生等美籍华人学者外，探讨鲁迅学术思想及其所继承学术资源方面相关的论著大致如下：

一、Liu Ts'un-yan. "Lu Xun and Classical Studies." Papers on Far Eastern History 26（Sept 1982）.

二、Wang, John C.Y. "Lu Xun as a Scholar of Traditional Chinese Literature." In Leo Ou-fan Lee, ed. Lu Xun and His Legacy. Berkeley: University of California Press, 1985.

三、Shirley Hsiao-Ling Sun, *Lu Hsun and the Chinese Woodcut Movement: 1929-1936*.Stanford University, 1974. 此书为斯坦福大学博士论文，不过之前在内地只能看到内容提要，具体内容有待以后再给予评述。

四、Mabel Lee, From Chuang-tzu to Nietzsche: On the Individualism of Lu Hsun, Journal Of the Oriental Society Of Australia, Vol. 17 （J029），1985, p21-38. 此文主要论述庄子和尼采对鲁迅的影响，但并未特意从中西学术思想史影响角度给予阐释。

五、W.A.Lyell, The Style of Lu Hsun: Vocabulary and Usage, Journal Of Oriental Studies, Vol. 21, No. 1（J019-2），1983.

六、Charles J. Alber, Soviet criticism of Lu Hsun, Indiana University, 1971. 此文切入的角度颇为别致，但理论分析不够。

七、Lundberg, Lennart, *Lu Xun as a Translator: Lu Xun's Translation and Introduction of Literature and Literary Theory*, 1903-1936. Stockholm: Orientaliska Studier, Stockholm University, 1989. 此书主要论述鲁迅的翻译理论

及实践。

八、Kuo, Yu-heng. "Lu Hsun's Comments on the Novel 'Water Margin.'"In *Lu Hsun: Writing for the Revolution*. San Francisco: Red Sun Press, 1976.此书从对鲁迅有关《水浒》研究入手，阐释了鲁迅的小说理论。

九、J. R. 普赛的《鲁迅与进化论》，主要分析研究了鲁迅与进化思想的关系。另一重要内容是梳理中国鲁迅研究界如何评价、探讨鲁迅与进化论关系的学术线索，并加入普赛个人的评价。普赛指出，青年鲁迅的思想通常被中国学者说成是受了达尔文主义及其分支学派社会达尔文主义的影响，但普赛引用美国著名的严复研究专家本杰明·史华慈的观点，认为鲁迅青年时代阅读的严复所译赫胥黎《天演论》实际上是对社会达尔文主义的一个攻击。中国学者普遍把鲁迅的思想说成是经历了从进化论到唯物论的演进，普赛反对这样的描述，认为鲁迅思想从来没有经历过真正的变化，鲁迅始终是一个真正的儒教徒。①

韩国对于鲁迅研究一向比较重视，其研究大致从1920年代开始，首先是翻译鲁迅作品。不过相对于日本，韩国的鲁迅研究虽然与日本差不多同时起步，但当日本的鲁迅研究已经卓有成效时，韩国的鲁迅研究则仍然停留在偶尔介绍或以翻译为主的层次。至于原因，则一是由于其曾为日本殖民地，在学术研究方面自然缺少资金和人员等；二是鲁迅留学日本多年，日本学者在研究鲁迅方面自然具有有利条件。因此，直到20世纪中叶，韩国对鲁迅的创作研究成果不多，至于对其学术成果进行研究，更是少之又少。不过1964年鲁迅的《中国小说史略》在韩国由丁范镇、丁来东翻译出版，应该是韩国学术界开始关注鲁迅学术成果的一个标志。2005年发表在《鲁迅研究月刊》上朴宰雨的《韩国鲁迅研究的历史和现状》，对韩国鲁迅研究的基本情况作了较为全面的介绍。文章将韩国历年来的鲁迅研究划分为几个时期，并就每个时期的历史背景和学术特点作了清晰的分析阐述，从中可以看出，对于鲁迅的学术研究成就，韩国学者

---

① 此条资料来源为王家平的《20世纪90年代以降西方鲁迅研究的基本走向》，《首都师范大学学报》2007年第2期。

关注较少，这应该与该国鲁迅研究的重点侧重于其文学创作及传播有关，也与对鲁迅学术思想进行研究需要很高的汉学水平有直接关系。不过，近年来还是逐渐有一些与本书论述内容相关的成果：

一、金何林：《鲁迅与中国古典文学（1）：魏晋风度及文章与药及酒之关系为中心》，载《中国现代文学》（*Modern Chinese Literature and Culture*）第18号，2000年6月。

二、严英旭：《鲁迅和传统文化：以文化鲁迅的当代价值为中心》，载《中国现代文学》（*Modern Chinese Literature and Culture*）第23号，2002年12月。

三、严英旭：《鲁迅与中国现代文学的理解》，全南大学校出版部，2003年。

四、洪昔构：《鲁迅的中国古典辑录与文学史记述研究》，载《中国现代文学》（*Modern Chinese Literature and Culture*）第28号，2004年3月。

五、李珠鲁：《鲁迅与近代思想：以对进化论的接受和克服为中心》，《中国现代文学研究丛刊》，2005年第1期。

法国的《拉鲁斯大百科全书》于1974年开始将鲁迅作为一个独立的条目收入辞书，词条约有千字，"在以推动白话文为文学语言，将文学作为服务于中国的一种工具的1919年的五四文学运动中，他无疑是领军人物"。从这部在法国有着巨大影响的辞书看，法国知识界对鲁迅在中国新文学运动和现代文学中的地位和作用给予了充分的肯定。事实上，法国对于中国现代文学的认识始于鲁迅。截至2004年，鲁迅的大部分作品被译成法文。但对于作为学术大师的鲁迅，法国的文学研究界似乎还没有给予应有的关注。

此外，澳大利亚学者马波·李的《从庄子到尼采：论鲁迅的个人主义》以及澳大利亚学者C.Y.张的《鲁迅和尼采：1927年后的影响和共鸣》（均收入乐黛云主编的《当代英语世界鲁迅研究》，江西人民出版社1993年版），不约而同地对尼采思想与鲁迅关系进行了较为全面细致的梳理。两文不仅注意到尼采思想对鲁迅文学创作方面的影响，而且注意到尼采和庄子如何影响鲁迅的学术研究，作为西方学者这方面的探讨值得肯定。例如马波·李注意到鲁迅的《魏晋风度及文章与药及酒之关系》，认为该文包含着某些惊人的信息。我们可以从中窥见鲁迅在其作为作家和名流的一生中所运用的策略。认为鲁迅注意到了在公开场合演讲的方法是不同于个人私下运用的方法。该文指出："随着鲁迅进一步申述他的文学观时，我们就不能不随之产生这样的感觉，即他已使其本人进入了魏晋诗人所处的时代。"这样的结论应该说是很有新意。

综上所述，国外鲁迅研究者限于种种原因，对鲁迅的文学成就和思想意义的关注，远远超过对其学术思想的关注。此外，限于国外学者的中国传统学术根基相对薄弱，他们一般也很难从中国学术思想史发展和中外学术思想相互影响的角度，对鲁迅的学术地位给予真正恰当的定位。当然，笔者在相关研究资料的搜集方面，限于主客观原因，也有很多不足，致使上述评价过于粗疏。

台湾在相当长时期内对鲁迅作品持禁止出版态度，所以那时的相关研究也较少，上个世纪80年代后有了很大改观。就与鲁迅学术研究方面相关者而言，下面的成果值得关注：

一、陈学然《章太炎与鲁迅的师徒交谊重探——兼论二氏的学思关系》，载《台大中文学报》第26期。本文重点在于辨析二人的交往，进而分析他们的个性、文化立场与政治见解方面的异同问题。全文由以下五个要点展开：第一是简述过去相关研究主题趋向；第二是厘清二氏的结缘经过和他们的一生交往情况；第三是简论早年鲁迅的学术与章氏的关系和他后来如何评价师说；第四是阐述鲁迅与章氏在学术观点上，特别是国学与白话文方面的分歧；第五是综合上述各点而概述他们的真实交情。

二、林积萍的《别求新声于异邦——析论鲁迅的"摩罗诗力说"》，载《中国现代文学理论》（台湾期刊），则试图从中西文化碰撞的大背景下，运用比较文学理论对鲁迅早年此文的重要意义进行新的阐释，有助于我们厘清鲁迅早年学术思想中的外来文化资源。

三、方丽娟的东吴大学1995年硕士论文《中国五四时期之儿童文学研究》，其中的第三章以鲁迅与周作人为代表，论述五四时期儿童文学理论方面的发展情形，也值得关注。

四、康来新的《晚清小说理论研究》1986年在台湾由大安出版社出版，该书虽然不是专门研究鲁迅之中国古代小说研究的专著，但在阐释俞樾的小说观及考证等内容中，在评价梁启超和王国维的小说研究内容等章节中，均在占有大量史料基础上有详细的分析论述，为理解鲁迅的相关研究提供了很好的借鉴。

至于其他的相关研究，限于资料，只好暂时空缺。

香港在很长一个历史时期内，由于特殊的政治地理环境，与大陆（内地）学术界的联系相对台湾比较紧密，但就鲁迅研究而言特别是关于鲁迅的学术研究，并未有多少值得关注的成果，基本没有深入全面的研究，其见解也多散见于报纸。最有代表性的研究者当为曹聚仁，其《鲁迅评传》《我与我的世界》和《中国学术思想史随笔》等论著中均有关于鲁迅学术研究方面的评述，对此本书有专节阐述。此外，司马长风、李辉英等在其中国现代文学史的写作中都为鲁迅设有专章，对鲁迅的文学成就有较为准确的评价，可惜对于鲁迅的学术研究没有给予关注。

四、本书内容的简略介绍

尽管关于学术大师之鲁迅的研究在国内已有相当多的成果发表，但本书内容与这些成果的不同之处在于，不以研究鲁迅的学术贡献为重点，而以研究鲁迅的学术精神、学术观点及学术方法对20世纪中国学术的影响为重点。依据逻辑关系本研究内容分三个方面：

1. 探讨鲁迅与传统国学之间的关系。鲁迅是章太炎的弟子，治学可谓出身名门，他对国学研究有什么样的看法，对传统国学家有何评价，他自己的创作与学术研究中怎样体现着他的学术背景，以及与鲁迅同时代或者晚辈的国学家又是如何评价鲁迅，这些都是鲁迅与中国国学之间的关系，也是鲁迅学术思想、品格与方法形成的一些重要的背景材料，把这些材料梳理清楚是本子课题立论的基础。对此可以从文人之门派传承以及师友师生交往因素分析，并特别关注来自西方和日本的"洋师"（如藤野先生等）对鲁迅之或显或隐的影响。

2. 探讨鲁迅的学术道路和学术方法对20世纪中国学术转型的影响。这部分内容主要阐述分析鲁迅的学术研究是如何在中西文化大交流背景下展开的，鲁迅对这些学术资源又是如何借鉴吸收和改造的，描述从中西文化融合中体现出的鲁迅式学术思维、学术趣味和学术品格。此外，还会分析鲁迅的学术道路和选择是怎样影响中国现代学术尤其是20世纪那些卓有成就的学者和作家两栖型的学术研究范例。在这一部分研究中，既采用纵向的历史考查方式，注重探讨现代学者或作家们接受鲁迅的学术资源的轨迹，同时也采取横向的现象辨析方式，将鲁迅同胡适、王国维、陈寅恪、郭沫若、顾颉刚、阿英、郑振铎等学者进行比较研究以显示出鲁迅学术研究方式和学术精神对20世纪中国学术研究影响的深刻性。由于鲁迅的学术研究主要集中在对中国古代小说的研究方面，本书也因此在这方面给予了重点关注。此外，文人之门派传承与学术流派一向对传统学术的发展演变影响极大，这一因素在20世纪中国学术的发生与演变过程中是否呈现出与以往完全不同的状况，鲁迅与其同门弟子的关系是否对其学术思想的形成产生影响，以及鲁迅的教育活动、文学创作活动如何影响其学术研究，也是要给予格外关注的内容。

3. 探讨20世纪中国"鲁迅学"的兴起对中国学术的影响，总结鲁迅学术精神作为资源对21世纪中国学术建设的意义。一方面，鲁迅的独特治学方法和思维方式，以及从中外学术资源中获取有价值有意义之学术理念的过程值得追溯和研究，并要置于20世纪中国学术体系建构的大背景下给予梳理，这自然也需要建立在与同时代其他学术大师的比较之上，更要建立在跨学科的综合性研究之上，对鲁迅的从教历史和执教特色给予关注，对鲁迅的文学创作站在学术层面上给予观照，这其中也包括对鲁迅的翻译以及美术领域等的观照；另一方面，独立、自由、开放、创新，这是鲁迅学术精神的基本原则，这种精神在20世纪中国的"鲁迅学"的兴起和发展中起到了很大的作用，但同时也在不同时代不同程度地受到扭曲。"鲁迅学"是20世纪中国学术的领头羊，也是20世纪中国学术发展的一面镜子。从鲁迅学术精神在"鲁迅学"中的命运可以反思当代中国学术发展的经验教训，为当前学术弊端与乱象的治理提供有益的启示。在这方面，将中国古代文学及语言研究界、中国比较文学研究界、中国现代文学研究界以及更为专业的鲁迅研究界对于鲁迅研究中一些关键节点和有关学术观点的认识进行比较，也是一个很有意义的话题。

第二节　"比较既周，爱生自觉"

一、中国现代学术开端之简单回顾

对于19、20世纪之交中国现代学术的开端以及至20世纪20、30年代呈现出学术体系构建基本完成以及一批代表性学术成果问世的发展脉络，刘梦溪先生在其《中国现代学术要略》中有极为概括而又精到的评述，在列举那些代表性学术著作时，就有鲁迅的《中国小说史略》。以下刘梦溪的论述，其实等于为20世纪中国现代学术的发生和演变，给出了一个大致清晰的梳理。由于这段论述极为重要，不妨引用如下：

> 过去通常的说法，认为中国近代的开端始于1840年的鸦片战争，现代的开端始于1919年的五四运动。但这种以政治事变作为学术思想史分期的依据，是有缺陷的。学术思想的变迁，自然不能不受社会政治结构的变化的影响，但学术有自己内在发展的理路。中国现代学术这个概念，主要指学者对学术本身的价值已经有所认定，产生了学术独立的自觉要求，并且在方法上吸收了世界上流行的新观念，中西学术开始交流对话。如果这样界定大体上可以为大家所接受，就可以看出，清中叶的乾嘉汉学里面已经根藏有现代学术的一些因子，而发端应该是在清末民初这段时期。
>
> 至于发端的具体时间，似不好绝然化。1898年严复发表《论治学治事宜分二途》，1902年梁启超发表《论学术之势力左右世界》和《新史学》，1904年王国维发表《红楼梦评论》，这些论著的学术观念发生了重大变化，或开始倡言学术独立，强调学术本身的价值，或借鉴西方的哲学和美学观点诠释中国古代文学名著，传统学术的范围已经无法包容它们的治学内涵，说明中国学术的现代时期事实上开始了。

严复的译事开始于1898年，他以精熟海军战术和炮台学的留英学生的身分，而去译介西方的人文学术思想著作，这本身就值得注意。……（为节约篇幅，此处有删节，引者注）严复的翻译，是中国现代学术发端的一个重要标志。

另外，1905年8月，清廷诏令废止科举考试制度，而代之以新式学堂，这为现代学术的发展提供了制度方面的有利条件。旧式科举转变为新式学堂，适成为学术思想转变的一个契机。如同当时有的开明人士所说："科举与学校有一最异之点，科举之责望子弟也，在人人使尽为人才，作秀才时便以宰辅相期许，故岈而角者，格致之字义未明，而治国平天下固已卒读矣。学校之责望子弟也，在人人使尽具人格，自幼稚园以至强迫之学龄，有荒而嬉者，国家之科条有必及，在其父兄或保护人且加罪矣。一言蔽之，科举思想务富少数人之学识，以博少数人之荣誉，而仍在不可知之数。其思想也，但为个人，非为国家也。学校思想务普全国人之知识，以巩全国人之能力，而不容有一夫之不获。其思想也，视吾个人即国家之一分子也。科举之义狭，学校之义广；科举之道私，学校之道公。"这分解得甚为详明。盖科举制度之下，读书人的惟一进路是入于仕途，己身之学不过是一块敲门砖，无任何独立之价值可言。新式学校不同，它重视知识传播，成就的是个人专业科目的基础，所以知识独立论的色彩有所增强。废科举、兴学堂，改革国家的教育制度，是推动学术思想走向现代的非常重要的一步。

诸种因素组成的合力向我们昭示，1898年至1905年前后这段时间，应该是中国现代学术的发端时期。

但中国现代学术由发端到结出较为丰满的果实，经过的道路是不平坦的。实际上，只有到了二十年代以后，也就是进入后"五四"时代，中国现代学术才逐渐呈现出繁荣的景象。这之前的将近二十年的时间，基本上还是处于现代学术发展的准备期和交错期。从教育制度的变革与学术的兴替之关系一方面来说，科举废而学堂兴，是学术发展的一个契机。由新式学堂而建立正式的大学，是学术发展的又一个契机。1911年，北京大学在原京师大学堂的基础上成立，这是中国第一所具有现代意义的大学。清华学堂也建立于同一年。但北大获得现代学府的地位，是在1916年12月蔡元培出任校长之后。清华则至1928年始成为国立清华大学。这两所现代学术人才培训基地都是在二十年代以后作用更加突显。

"五四"前后那一时期，知识分子被推到时代的前沿，思潮激荡，学派纷繁，颇有诸子百家竞相为说的气象。但深入的研究显得不够，提出的问题多，解决的问题少，真正的学术建树不能尽如人意，研究机构也未走上正常的轨道。所以当时许多学人对学术的现状颇不满意。我们不妨举出陈寅恪先生的一段话作为例证。他写道：

"吾国大学之职责，在求本国学术之独立，此今日之公论也。若持此意以观全国学术现状，则自然科学，凡近年新发明之学理，新出版之图籍，吾国学人能知其概要，举其名目，已复不易。虽地质生物气象等学，可称尚有相当贡献，实乃地域材料关系所浸然。古人所谓"慰情聊胜无"者，要不可遽以此而自足。西洋文学哲学艺术历史等，苟输入传达，不失其真，即为难能可贵，遑问其有所创获。社会科学则本国政治社会财政经济之情况，非乞灵于外人之调查统计，几无以为研求讨论之资。教育学则与政治相通，子夏曰"仕而优则学，学而优则仕"，今日中国多数教育学者庶几近之。至于本国史学文学思想艺术史等，疑若可以几于独立者，察其实际，亦复不然。近年中国古代及近代史料发见虽多，而具有统系与不涉傅会之整理，犹待今后之努力。今日全国大学未必有人焉，能授本国通史或一代专史而胜任愉快者。东洲邻国以三十年来学术锐进之故，其关于吾国历史之著作，非复国人所能追步。昔元裕之、危太朴、钱受之、万季野诸人，其品格之隆污，学术之歧异，不可以一概论；然其心意中有一共同观念，即国可亡，而史不可灭。今日国虽幸存，而国史已失其正统，若起先民于地下，其感慨如何？今日与支那语同系，诸语言犹无精密之调查研究，故难以测定国语之地位，及辨别其源流，治国语学者又多无暇为历史之探讨，及方言之调查，论其现状，似尚注重宣传方面。国文则全国大学所研究者，皆不求通解及剖析吾民族所承受文化之内容，为一种人文主义之教育，虽有贤者，势不能不以创造文学为旨归。殊不知外国大学之治其国文者，趋向固有异于是也。近年国内本国思想史之著作，几尽为先秦及两汉诸子之论文，殆皆师法昔贤"非三代两汉之书不敢观者"。何国人之好古，一至于斯也。关于本国艺术史材料，其佳者多遭毁损，或流散于东西诸国，或秘藏于权豪之家，国人闻见尚且不能，更何从得而研究？其仅存于公家博物馆者，则高其入览券之价，实等于半公开，又因经费不充，展列匪易，以致艺术珍品不分时代，不别宗派，纷然杂陈，恍惚置身于厂甸之商肆，安能供研究者之参考？但此缺点，经费稍裕，犹易改良。独至通国无一精善之印刷工厂，则难保有国宝，而乏传真之工具，何以普及国人，资其研究？故本国艺术史学若俟其发达，犹邈不可期。最后则图书馆事业，虽历年会议，建议之案至多，而所收之书仍少，今日国中几无论为何种专门研究，皆苦图书馆所藏之材料不足；盖今世治学以世界为范围，重在知彼，绝非闭户造车之比。况中西目录版本之学问，既不易讲求，购置搜罗之经费精神复多所制限。近年以来，奇书珍本虽多发见，其入于外国人手者固非国人之得所窥，其幸而见收于本国私家者，类皆视为奇货，秘不示人，或且待善价而沽之异国，彼辈既不能利用，或无暇利用，不唯孤负此种新材料，直为中国学术独立之罪人而已。

陈寅恪先生这段话写于1925年，不用说是极为沉痛的。很明显，他对当时中国学术的现状并不满意，也可以说很不满意。当然也可以说他的估计有些过于悲观。但总的来说还是符合实际的。不止陈寅恪先生，当时的学人大都不满意学术的现状。胡适、顾颉刚、朱光潜也说过类似的话。胡适在1922年8月28日的日记中写道："现今的中国学术界真凋敝零落极了。旧式学者只剩王国维、罗振玉、叶德辉、章炳麟四人，其次则半新半旧的过渡学者，也只有梁启超和我们几个人。内中章炳麟是在学术上已半僵了，罗与叶没有条理系统，只有王国维最有希望。"同年，朱光潜也说："从维新后计算，我国学术界的历史还很幼稚。"所以他提出了"改造学术界"的口号。

中国现代学术创造实绩的拓展和繁荣，是在20年代后半期和30、40年代。1925年清华设国学研究院、1928年中央研究院成立，是现代学术发展的两个里程碑。清华国学研究院的旨趣，是要研究高深学术，培养通才硕学，故其章程中强调：

"'良以中国经籍，自汉迄今，注释略具，然因材料之未备与方法之未密，不能不有待于后人之补正。又近世所出古代史料，至为夥颐，亦尚待会通细密之研究。其他人事方面，如历代生活之情状，言语之变迁，风俗之沿革，道德、政治、宗教、学艺之兴衰，自然方面，如川河之迁徙，动植物名实之繁颐，前人虽有纪录，无不需专门分类之研究。至于欧洲学术，新自西来，凡哲理文史诸学，非有精深比较之考究，不足以把其菁华而定其取舍。要之，学者必致其曲，复观其通，然后足当指导社会昌明文化之任。'此章程实际上起到了为现代学术的研究事业提纲立领的作用。果不其然，现代学术史上许多重要著作，都是学者进行"会通细密之研究"或"专门分类之研究"和"精深比较之研究"的结果。梁启超的《中国历史研究法》、王国维的《古史新证》、赵元任的《现代吴语的研究》、蔡元培的《中国伦理学史》、鲁迅的《中国小说史略》、熊十力的《新唯识论》、冯友兰的《中国哲学史》和贞元六书、钱穆的《中国近三百年学术史》和《国史大纲》、陈寅恪的《隋唐制度渊源略论稿》和《唐代政治史述论稿》、陈垣的《元西域人华化考》和《通鉴胡注表微》、郭沫若的《甲骨文研究》和《金文丛考》、马一浮的《泰和会语》和《宜山会语》、余嘉锡的《目录学发微》和《古书通例》、杨树达的《积微居小学金石论丛》、太虚的《真现实论》、萧公权的《中国政治思想史》、汤用彤的《汉魏两晋南北朝佛教史》、钱基博的《现代中国文学史》、吴梅的《顾曲麈谈》和《曲学通论》、潘光旦的《中国伶人血缘之研究》、雷海宗的《中国文化和中国的兵》、洪业的《杜诗引得序》、金岳霖的《论道》和《知识论》等现代学术史上具有经典意义的著作，都成书于此一时期，体现出中国现代学术的实绩。"[1]

① 刘梦溪：《中国现代学术要略》，生活·读书·新知三联书店2008年版，第111—120页。

刘梦溪的上述概括性论述，以高屋建瓴之势，全面梳理了20世纪中国现代学术从发生到成长壮大的历程，他以有代表性的学术大师为基点，由点到面，为读者勾勒出一幅中国现代学术史发生与演变的宏伟画卷。尽管有些论述比较简略，分析未有深入，但作为宏观性的总结性文字，对后来从事20世纪中国学术思想史的研究者，仍然具有指导性意义。

有意思的是，刘梦溪的这部学术专著，本来是他为其主编的《中国现代学术经典》所写的总序，由于越写越长，后来就发展成为专著。在某种意义上，可以说刘梦溪此书上接梁启超的《清代学术概论》。梁启超此书本来是他1920年初旅欧回国后为蒋方震的《欧洲文艺复兴史》一书所写的序言，不料梁启超越写越认真也越写越长。最终他借题发挥对中国近300年学术史作了一番总结，竟然写成六万字的长序。与蒋著篇幅已经差不多，只好单独成书，再为蒋著另写一篇短序。而刘梦溪的这篇序言同样很长，1996年《中华读书报》曾极为罕见地用四个版篇幅刊登刘梦溪这篇长序，引起学术界关注。后来由李泽厚提议，还就该文专门举行过一次学术研究会，参加讨论的都是学术大师级人物，有李泽厚、李慎之、庞朴、汤一介、戴逸、王俊义、雷颐、余敦康、梁治平、何怀宏和任大援等，如此众多的重量级人物参与讨论，也说明了刘梦溪该文的意义以及参会者对所论述问题的极大兴趣。尽管与会者对刘梦溪的一些论述有不同见解，但都一致肯定了对20世纪中国现代学术发展历程进行总结的必要性和重要性，也都认为刘梦溪所提出的很多问题，特别是中国现代学术史的分期问题、对学术大师的态度问题、学术与时代文化变迁问题、思想自由和学术独立等问题，应该进一步深入研究。综上所述，在这样的学术背景下，本书的撰写就具有一种使命意识，即试图把鲁迅的学术研究置于19世纪以来中西文化大交流和大融合这样一个宏观历史背景之中，以此来确立鲁迅在整个20世纪中国学术和中国文化发展进程中的地位和重要作用。

二、"经世致用"还是"中体西用"

20世纪中国现代学术的发生和演变，诚如上面刘梦溪先生所言，是一个传统中国学术在外来文化的冲击或刺激下，在承受着文化启蒙与民族救亡双重使命的情况下，以一种自觉与不自觉并存状况开始的。其最早的学术演变，当始于19世纪中叶，也即鸦片战争之后。对此梁启超有这样的论述：

> （道光年间）产出一种新精神，就是想在乾、嘉间考证学的基础之上建设顺、康间"经世致用"之学。代表这种精神的人是龚定庵和魏默深。这两个人的著述，给后来光绪初期思想界很大的影响。这种新精神为什么会发生呢？头一件，考证古典的工作，大部分被前辈做完了，后起的人想开辟新天地，只好走别的路。第二件，当时政治现象，令人感觉不安，一面政府钳制的威权也陵替了，所以思想逐渐解放，对于政治及社会的批评也渐渐起来了。
>
> ……
>
> 当洪杨乱事前后，思想界引出三条新路。其一，宋学复兴。乾嘉以来，汉学家门户之见极深，"宋学"二字，几为大雅所不道，而汉学家支离破碎，实渐已惹起人心厌倦。罗罗山、曾涤生在道咸之交，独以宋学相砥砺，其后卒以书生犯大难成功名。他们共事的人，多属平时讲学的门生或朋友。自此以后，学人轻蔑宋学的观念一变。换个方面说，对于汉学的评价逐渐低落，"反汉学"的思想，常在酝酿中。
>
> 其二，西学之讲求。自雍正元年放逐耶稣会教士以后，中国学界和外国学界断绝往来已经一百多年了。道光间鸦片战役失败，逼着割让香港，五口通商，咸丰间英法联军陷京师，烧圆明园，皇帝出走，客死于外。经这次痛苦，虽以麻木自大的中国人，也不能不受点刺激。所以乱定之后，经曾文正、李文忠这班人提倡，忽有"洋务"、"西学"等名词出现。……江南制造局成立之后，很有几位忠实的学者——如李壬叔、华若汀等辈在里头，译出几十种科学书，此外国际法及其他政治书也有几种。自此，中国人才知道西人还有藏在"船坚炮利"背后的学问，对于"西学的观念"渐渐变了。……
>
> 其三，排满思想之引动。……清初几位大师——实即残明遗老——黄

梨洲、顾亭林、朱舜水、王船山……之流，他们许多话，在过去二百多年间，大家熟视无睹，到这时忽然像电气一般把许多青年的心弦震得直跳。他们所提倡的"经世致用之学"，其具体的理论，虽然许多不适用，然而那种精神是"超汉学"、"超宋学"的，能令学者对于二百多年的汉宋门户得一种解放，大胆的独求其是。……他们反抗满洲的壮烈行动和言论，到这时因为在满洲朝廷手上丢尽中国人的脸，国人正在要推勘他的责任，读了先辈的书，蓦地把二百年麻木过去的民族意识觉醒转来。他们有些人曾对于君主专制暴威作大胆的批评，到这时拿外国政体来比较一番，觉得句句都餍心切理，因此从事于推翻几千年旧政体的猛烈运动。总而言之，最近三十年思想界之变迁，虽波澜一日比一日壮阔，内容一日比一日复杂，而最初原动力，我敢用一句话来包举他，是残明遗献思想之复活。①

梁启超这一大段论述诚然是痛快淋漓，对晚清以来中国思想界和学术界的变迁以及现代学术思想的萌芽有着简略却不失精到的概述，这里仅就所谓的"以学术救亡启蒙"再作简单论述。戊戌变法失败之后，康梁等人逐渐由参政转移到文化启蒙，梁启超更是大力提倡"新民体"，又和黄遵宪等人大力提倡"诗界革命"和"小说界革命"，意图以文学变革影响国人。其"诗界革命"虽然早在戊戌变法之前就已提出，但真正大力倡导还是在变法失败之后。其实梁氏等人此类举动，虽有无奈，却是走"自下而上"启蒙之路，是虽然缓慢却行之有效的正确改革路径。而与梁启超等人遥相呼应的，正是鲁迅的老师章太炎。不过他用来作"救亡启蒙"之武器者，却是考证之学。章太炎之提倡民族革命、推翻满洲统治，其思想资源来自古老的经典考证之学，与梁启超提倡文学可谓是"殊途同归"。

首先，章太炎把汉学的兴起解释为是反清的需要。他认为正是清朝统治者推行的文化专制主义如文字狱等，对清代汉学学风的形成产生了重大影响——"多忌，故歌诗文史桔；愚民，故经世先王之志衰。家有智慧，大凑于说经，

① 梁启超：《中国近三百年学术史》，东方出版社1996年版，第31—36页。

亦以纾死，而其术近工眇踬善矣！"①这些观点带有激烈的民族革命思想和种族主义情绪，但在那时的历史语境下确有其合理性。章太炎这种善于从大的社会环境和政治环境分析问题，认为文化专制和种族矛盾是汉学兴起重要成因的说法，也因此在那时被接受，至今也被学术界重视。在章太炎看来，汉学既然与反清排满有关，则民族主义必然为其特色。所以他在《说林》中虽然批评陈启源、朱鹤龄、臧琳等人学识浅薄，却又说"然未尝北面事胡人"，相对于学术层面，他更重视对其政治上的评判。再如章氏对江声、余萧客、陈奂等人不仕满人也充满赞扬之情。显然，章太炎这里所从事的虽然仍然是学术研究，但其评判标准已明显渗透种族因素，其利用学术为反清排满服务之意图非常显。在这个意义上，明末清初一些坚持不仕两朝的学术大师如顾亭林、黄梨洲、王船山等受到后世学术界多少有些过度的推崇，以及钱谦益等降清者尽管学术和文学成就很高却受到后世有些过分的嘲讽就很可理解了。

相对于梁启超痛快淋漓却不免有些随意的论述，相对于章太炎过分强调以考证服务于推翻清朝的偏激，另一位大学者王国维对19世纪中叶以来中国学术的发展演变有着更为平实客观的论述。

首先，王国维特别强调近代以来的中国学术变迁，是在外来文化的刺激下以"受动"方式进行的。但此种受动，因过分受来自政治变革方面的影响，致使对外来学术思想的绍介，受到种种有意无意地误读，例如严复对进化论的绍介就受到王国维的批评："顾严氏所奉者，英吉利之功利论仅进化论之哲学耳。去兴味之所存，不存于纯粹哲学，而存于哲学之各分科，如经济、社会等学，其所最好者也。顾严氏之学风，非哲学的，而宁科学的也，此其所以不能感动吾国之思想界也。"②此种误读也表现在利用西方文化而改造古代学说方面，例如康有为的《孔子改制考》和谭嗣同的《仁学》等。王国维认为他们并非是真正致力于学术，而是借学术之名行政治变革之实。读者阅读他们的

① 章太炎：《清儒》，《章太炎全集》（三），上海人民出版社1984年版，第155页。
② 王国维：《论近年之学术界》，《王国维全集》第一卷，浙江教育出版社、广东教育出版社2009年版，第122页。本书凡是引用《王国维全集》，均为此版本，不再一一注明。

著作，"其兴味不在此等幼稚之形而上学，而在其政治上之意见"①。不过，王国维说严复的介绍进化论在当时未能感动吾国思想界，似乎有些不实，事实上近代以来很多著名学者都承认进化论对其思想造成的重大影响，鲁迅就是其中一位，此类例证太多太多以至于不必举例。也许王国维在此所强调的，不是进化论带给国人的"不进步（进化）就灭亡"的政治变革和民族救亡启示，而是对中国传统文化和学术理念变革的启示，同时也有对改变国人传统思维方式的期待。因为这些进化论思想所产生的深层次启迪作用，才是王国维所期待的吧。

其次，王国维特别注意在绍介外来文化及学术理念过程中，对"新学语"之输入方式和形式的接受。因为"言语者，代表国民之思想者也。思想之精粗广狭，视言语之精粗广狭为准；观其言语，而其国民之思想可知矣。周秦之言语至翻译佛典之时代，而苦其不足；近世之言语，至翻译西籍时，而又苦其不足"。所以介绍西方文化和学术思想，首先就是要解决一些名词术语的翻译问题，王国维对此也提出了批评，认为严复等人的翻译，在外来名词术语的界定方面有问题。对此王国维认为可以借鉴日本在翻译西籍时的一些做法，有些日语中的术语不妨拿来借用，但不可全盘照搬。这里王国维其实是注意到中西文化的差异在语言方面的表现，注意到介绍一种语言，实际上就是引进一种新的文化、新的思维方式。西方学术系统有自己严密的一套学术概念和结构体系，如果不能对其进行科学合理的绍介，则对西方近代以来的学术体系就很难真正理解，更遑论吸收改造。其实，近代以来特别是中国开始向西方大规模派遣留学生以来，已经有不少学者注意到中西语言方面的差异，胡适在其留学日记中就有多次议论。又如吴宓也在其日记中记录有他和陈寅恪这方面的思考，认为中国古代语言多有谈论伦理道德之词语，故家族亲戚名词繁多。又中国古代文化偏重实用，故抽象名词偏少等等。②不过，胡适也好，陈寅恪和吴宓也好，他们这方面的思考，毕竟晚于王国维，而后者的"我中国有辩论而无名学，有

———————————

① 王国维：《论近年之学术界》，《王国维全集》第一卷，第123页。

② 吴宓：《吴宓日记》第二卷，生活·读书·新知三联书店1998年版，第100—102页。

文学而无文法，足以见抽象与分类二者皆我国人之所不长。……故新思想之输入，即新言语输入之意味也"等见解，在当时可谓空谷足音，弥足珍贵，可惜那时的王国维，人微言轻，其言论尚不足以影响学术界。

第三，王国维认为，中国现代学术体系的构建，必须明确以"无用之用"为最根本的学术理念。抛弃一切把学术研究实用化和功利化的做法，同时坚持学术的独立与自由，避免一切来自政治和意识形态方面的干扰。王国维指出"天下有最神圣、最尊贵，而无与于当世之用者，哲学与美术是已。天下之人嚣然谓之曰无用，无损于哲学、美术之价值也。至为此学者自忘其神圣之位置，而求以合当世之用，于是二者之价值失"①。王国维认为，学术研究就是要为学术而学术，其唯一的追求和目的就是探究真理："故欲学术之发达，必视学术为目的，而不视为手段而后可。"②在漫长的中国学术思想发展进程中，有太多的学术为政治服务、为某一特定统治集团服务的事例，而近代以来康梁等人以及严复等人在绍介西方学术思想时所采取的实用主义和功利主义态度，也让王国维意识到，如果要实现中国现代学术的发展以及在将来做到与世界学术发展进程的同步，则必须摈弃所谓的"文以载道"理念，坚持学术的独立性，坚持学术自由和思想自由，这也就是后来由陈寅恪所概括的"独立之思想，自由之精神"；即便如过分强调文学的使命要服务于启蒙救亡之需要的陈独秀，也不得不承认造成中国学术不能发达的最大原因，就是学术不能独立："中国学术不发达之最大原因，莫如学者自身不知学术独立之神圣。譬如文学自由其独立之价值也，而文学家自身不承认之，必欲攀附六经，妄称'文以载道'，'代圣贤立言'，以自贬抑。史学亦自有其独立之价值也，而史学家自身不承认之，必欲攀附《春秋》，着眼大义名分，甘以史学为伦理学之附属品。……学者不自尊其所学，欲其发达，岂可得乎？"③而且，同样难能可贵的是王国维之强调学术独立，不仅在时间上早于陈寅恪和陈独秀等；在具体实践中，更是一以贯之，其学术研究始终远离政治，为中国现代学术的独立自

---

① 王国维：《论哲学家与美术家之天职》，《王国维全集》第一卷，第131页。

② 王国维：《论近年之学术界》，《王国维全集》第一卷，第123页。

③ 陈独秀：《学术独立》，《独秀文存》，安徽人民出版社1987年版，第552页。

由，做出了表率。

最后，王国维格外重视近代以来新发现之研究材料，认为"古来新学问起，大都由于新发现"①。也因此他才会把文章的题目直接写为《最近二三十年中国新发现之学问》，就是把新材料的发现等同于新学问的产生。在此文中，王国维把他那个时代发现的新材料归纳为五类，即殷墟甲骨文字、敦煌塞上及西域各地之简牍、敦煌千佛洞之六朝唐人所书卷轴、内阁大库之书籍档案以及中国境内之古外族遗文。所以王国维把他所处时代命名为"发现时代"，可见他对新材料的重视。这里王国维如此强调研究材料的发现，其实是对传统中国学术过于重视对六经之"微言大义"之阐释的反拨，是对数千年无数学者满足于"我注六经"或"六经注我"式治学方式的批判。只有彻底抛弃这种以阐释"六经"为目的之陈旧治学模式，才有可能在汲取西方学术理念基础上，建构现代学术体系。研究材料的发现与变换，不仅仅是研究对象的更替问题，其实也是研究者思维方式的变革以及研究态度的变化问题，是研究目的的变革，也是强调学术之"无用之用"的具体体现。此外，王国维也指出，所有这些新材料的发现以及深入研究，必须融合于世界学术研究的进程之中，必须强调学术研究的合作与交流，而不能保守僵化、故步自封。在这方面，王国维自己就是极好的例证，他与日本和欧洲汉学家的学术交往，不仅促进了他个人的学术研究，也对20世纪西方汉学研究的发展做出了贡献。

应该注意到，当20世纪初王国维撰写《红楼梦评论》《论哲学家与美术家之天职》《论近年之学术界》以及《论新学语之输入》等一批重要论文时，鲁迅正在日本求学。虽然鲁迅很快就放弃医学，放弃以科学救国的梦想，却并未想到致力于学术研究，而是选择了文学。但这一时期的鲁迅在绍介外来文化与文学观念方面，却与王国维一样，把目光转向叔本华与尼采以及19世纪欧洲的浪漫主义思潮，而且同样也对进化论等西方近代文化思想有着独特而深刻的理解，这些都表现在鲁迅此时所写的《人之历史》《文化偏至论》《摩罗诗力

---

① 王国维：《最近二三十年中国新发现之学问》，《王国维全集》第十四卷，第239页。

说》和《科学史教篇》等早期论文中。这些论文虽然有些偏激和片面，虽然用意不在学术，却在很多方面与王国维有异曲同工之妙。

鲁迅在《文化偏至论》中提出了这样的观点：

中国要"生存两间，角逐列国"，"其首在立人，人立而后凡事举"，要"立人"，必须"尊个性而张精神"，"掊物质而张灵明，任个性而排众数"，才能使中国"屹然独立于天下"。这种思想的文化基础则是"外之既不后于世界之思潮，内之仍弗失固有之血脉，取今复古，别立新宗"。

> 至勖宾霍尔（A.Schopenhauer），则自既以兀傲刚愎有名，言行奇觚，为世希有；又见夫盲瞽鄙倍之众，充塞两间，乃视之与至劣之动物并等，愈益主我扬己而尊天才也。[①]
>
> 德人尼佉（Fr.Nietzsche）氏，则假察罗图斯德罗（Zarathustra）之言曰，吾行太远，孑然失其侣，返而观夫今之世，文明之邦国矣，斑斓之社会矣。特其为社会也，无确固之崇信；众庶之于知识也，无作始之性质。邦国如是，奚能淹留？吾见放于父母之邦矣！聊可望者，独苗裔耳。此其深思遐瞩，见近世文明之伪与偏，又无望于今之人，不得已而念来叶者也。[②]
>
> 若夫尼佉，斯个人主义之至雄桀者矣，希望所寄，惟在大士天才；而以愚民为本位，则恶之不殊蛇蝎。意盖谓治任多数，则社会元气，一旦可隳，不若用庸众为牺牲，以冀一二天才之出世，递天才出而社会之活动亦以萌，即所谓超人之说，尝震惊欧洲之思想界者也。[③]

鲁迅一生多次提及叔本华及尼采，除在杂文中对叔本华之私生活及尼采歧

① 鲁迅：《文化偏至论》，《鲁迅全集》第一卷，人民文学出版社1981年版，第51页。（本书引用的《鲁迅全集》均系人民文学出版社1981年版，后不赘述，如引用其他版本，将另行注明。）

② 鲁迅：《文化偏至论》，《鲁迅全集》第一卷，第49页。

③ 鲁迅：《文化偏至论》，《鲁迅全集》第一卷，第52页。

视女性态度有所讽刺外，对两人学说基本持肯定态度。即便有所批判，也并未全盘否定，而能给予实事求是之评价，如对尼采"超人"之说的评价："尼采式的超人，虽然太觉渺茫，但就世界现有人种的事实看来，却可以确信将来总有尤为高尚尤近圆满的人类出现。到那时，类人猿上面，怕要添出'类猿人'这一个名词。"（《热风·随感录四十一》）1920年，当五四退潮，《新青年》面临分裂困境时，鲁迅翻译了尼采的《查拉图斯特拉如是说》的序言并作《译者附记》，在对尼采文章进行说明时，也表现出鲁迅当时的苦闷心态及对尼采当年不为世人理解之命运的同情，其中那"得到新真理，要寻求活伙伴，埋去死尸"一句，不就是对鲁迅那时心境的最好描述？事实上，鲁迅终其一生对于尼采的"超人"说和"末人"说等，无论是情感还是逻辑上都是认同，对于叔本华和尼采的悲观主义人生观也始终认同，这在其《野草》中有明显表现。即便是到晚年，鲁迅在《中国新文学大系·小说二集》所写导言中也还是引尼采的话证明自己小说创作之独特价值。可能很少有人注意到，在这样一篇导言中，鲁迅居然十次提及"尼采"和他的"超人""末人"等，而且都是在肯定意义上的使用，如此尼采在晚年鲁迅心目中的重要地位难道不是很明显吗？只是由于鲁迅顾忌到文学启蒙和民族救亡的宏大使命，所以在有些场合不好对叔本华和尼采思想给予过多正面评价。但在内心深处，鲁迅是一直把这两人视为其精神导师兼知音的吧。

以下是王国维眼里的叔本华与尼采：

十九世纪中，德意志之哲学界有二大伟人焉，曰叔本华（Schopenhauer），曰尼采（Nietzsche）。二人者，以旷世之文才，鼓吹其学说也同；其说之风靡一世，而毁誉各半也同。就其学说言之，则其以意志为人性之根本也同，然一则以意志之灭绝，为其伦理学上之理想，一则反是；一则由意志同一之假说，而唱绝对之博爱主义，一则唱绝对之个人主义。[1]

叔本华与尼采，所谓旷世之天才，非欤？二人者，知力之伟大相似，

---

[1]　王国维：《叔本华与尼采》，《王国维全集》第一卷，第81页。

意志之强烈相似。以极强烈之意志，而辅以极伟大之知力，其高掌远蹠于精神界，固秦皇、汉武之所北面，而成吉思汗、拿破仑之所望而却走者也。九万里之地球与六千年之文化，举不足以厌其无疆之欲。①

若夫尼采，以奉实证哲学，故不满于形而上学之空想。而其势力炎炎之欲，失之于彼岸者欲恢复之于此岸，失之于精神者欲恢复之于物质。于是叔本华之美学占领其第一期之思想者，至其暮年，不识不知，而为其伦理学之模范。彼效叔本华之天才而说超人，效叔本华之放弃充足理由之原则而放弃道德，高视阔步而恣其意志之游戏。宇宙之内，有知意之优于彼或足以束缚彼之知意者，彼之所不喜也。故彼二人者，其执无神论同也，其唱意志自由论同也。譬之一树，叔本华之说，其根柢之盘错于地下；而尼采之说，则其枝叶之干青云而直上者也。尼采之说，如太华三峰，高与天际；而叔本华之说，则其山麓之花冈石也。其所趋虽殊，而性质则一。彼等所以为此说者无他，亦聊以自慰而已。②

显而易见，尽管两人评价叔本华与尼采的角度不同，意见也不尽一致，但叔本华与尼采带给他们的思想上的震动是一致的，相对于中国传统文化，叔本华与尼采思想中那种对个人意志与个性、天才的强调，那种"高视阔步而恣其意志之游戏"的气势以及那种"吾行太远，孑然失其侣"的孤独心态，都让王国维和鲁迅心向往之，敬佩不已。尽管后来两人一位走向学术研究，一位侧重文学创作，但在他们二人的精神资源宝库中，叔本华和尼采一直是重要的构成。而且，尽管留学日本时的鲁迅所写的这些论文没有发生较大社会影响，但从文章内容看，青年鲁迅的学术起点很高，他对西方近代文化的了解，在很大程度上几乎与王国维同步。也许，只有在这个意义上，才能看出青年鲁迅所写这批论文在20世纪中国学术思想史上的地位和价值，由此展开对鲁迅与20世纪中国学术关系的论述，才是客观和科学的，并且是实事求是的。

---

① 王国维：《叔本华与尼采》，《王国维全集》第一卷，第93页。
② 王国维：《叔本华与尼采》，《王国维全集》第一卷，第94页。

第二章　"人心很古"与"文人比较学"

——鲁迅之门派传承与学术思想关系流变

第一节　"托尼思想，魏晋文章"

一、鲁迅与章太炎之学术传承

欲评述鲁迅学术成就对20世纪中国学术的影响，自然必须厘清鲁迅所承受之中外学术资源的来龙去脉，特别是门派传承关系方面之影响。

首先必须给予特别关注的，自然是鲁迅与章太炎的师生关系。整体而言，鲁迅终其一生，尽管对章氏晚年的思想转向保守有所批评，但对章太炎始终抱尊重态度。[①]查1981年版《鲁迅全集》，其作品中（包括书信，但不含日记）提及"章太炎"有16次。日记中提及"章太炎"有8次，多为拜见章太炎的记录，如章氏被袁世凯软禁京城期间，鲁迅就数次与其他在京的章门弟子前去看望，每次都是"晚归""夜归""傍晚归"，春节时更是给章太炎拜年。弟子如此尊师，章太炎自然也感激鲁迅，曾亲书庄子的一段话赠给鲁迅，条幅内容

---

① 如1933年6月18日鲁迅致曹聚仁信中就说："古之师道，实在也太尊，我对此颇有反感。我以为师如荒谬，不妨叛之，但师如非罪而遭冤，却不可乘机下石，以图快敌人之意而自救。太炎先生曾教我小学，后来因为我主张白话，不敢再去见他了，后来他主张投壶，心窃非之，但当国民党要没收他的几间破屋，我实在不能向当局作媚笑。以后如相见，仍当执礼甚恭，自以为师弟之道，如此已可矣。"

鲁迅与20世纪中国研究丛书

出自《庄子·天运》，即"变化齐一，不主故常；在谷满谷，在坑满坑；涂郤守神，以物力量"。上款为"书赠豫材"，下款为"章炳麟"。章太炎之所以选择《庄子》，是因为诸子之中他对庄子的评价最高，也与鲁迅对《庄子》格外喜爱有关。

不过，仅就上述两人交往的记录看，鲁迅在章门弟子中并非是与章太炎交往最为密切者。而在章太炎看来，新文化运动后的鲁迅名气再大也算不上他的"得意门生"。1928年章氏自撰自定的年谱（《太炎先生自定年谱》）中就说："弟子成就者，蕲（春）黄侃季刚，归安钱夏季中，海盐朱希祖逖先。季刚、季中皆明小学，季刚尤善音韵文辞。逖先博览，能知条理。其他修士甚众，不备书也。"他以黄侃、钱玄同、朱希祖为"弟子成就者"的代表，而只字未提周氏兄弟，显然他更看重的是学术而非文学创作更不是新文学。章太炎晚年曾亲自撰写了一份"弟子录"，上面列入他所认可的章门弟子有数十人。据钱玄同1933年7月3日之日记："晨得检斋信知已于七月一日回平了。并寄来二十二年三月所印章门弟子录一份，其中竟有启明。十时访检斋。"这份"弟子录"中有周作人却没有鲁迅，这本身就很说明问题——因为作为早在东京期间就同时拜在章太炎门下的周氏兄弟二人，无论如何章太炎也不会只记得弟弟而忘记哥哥的，无怪乎连钱玄同也觉得奇怪，用了一个"竟"字。事后钱玄同曾询问章太炎，章氏的回答却是仅凭记忆，没有"深意"。这真是欲盖弥彰，反而证明章太炎撰写这份"弟子录"绝非随意。看来章太炎对鲁迅的态度有些微妙，也许他最在意的还是鲁迅在新文化运动中的激烈表现？但其实周作人彼时的激烈程度并不下于鲁迅，而且兄弟两人互相代写文章的情形很多，署名也较为随意。或者章太炎认为鲁迅的创作再好，也毕竟不是真正的学问？但钱玄同由专治小学转向提倡白话，甚至鼓吹废除汉字，为何仍然视为弟子？此外一向平和的周作人居然有写"谢师"文与章太炎断绝师生关系的行为，而鲁迅虽然给外界印象更为激烈，却在无论公开场合还是私下，对章氏都极为尊重——尽管对其思想倾向有所批判，而且从精神情怀方面讲，鲁迅应该也是最接近章氏的。所以章太炎为何不把鲁迅列入"弟子录"，应该还有更为隐秘且不好公开的理由。至于兄弟二人究竟谁才是章氏比较看重者，这也是一个看似很难回答，但也许章太炎自己内心已有答案的问题。

从学术思想角度看，毫无疑问鲁迅所受章氏影响极大。鲁迅发表于1908年8月《河南》第7期上的《文化偏至论》和发表于1908年12月《河南》第8期上的《破恶声论》，是其早期两篇重要文章，从中可以明显看出鲁迅当年所受章太炎的影响。将《文化偏至论》《破恶声论》与章太炎的《正仇满论》《建立宗教论》《四惑论》等著作作一对比分析，可以看出那时的鲁迅对章太炎思想倾向有深刻的认同，甚至在行文用词（多用生僻词语）方面也是如此。1927年，鲁迅在广州作《魏晋风度及文章与药及酒之关系》演讲，对魏晋文学在中国文学史上的地位给予很高评价，此外鲁迅很多文章都有对魏晋文人及创作的特别推崇与高度评价，这也与受章太炎影响有关。

事实上，在章太炎众多弟子中，周氏兄弟因为主要是倡导新文学和白话文，所擅长均在文学创作、文学理论以及外国文学的绍介而非传统的小学研究，所以至少在纯粹的学术层面，他们均非章太炎认可的学术继承者。在章太炎看来，能够继承其衣钵者当然是黄侃，此外如朱希祖、吴承仕、钱玄同等在小学上的造诣也得到章太炎肯定。不过，章门诸弟子中从精神气质方面看，从对中国古典文学发展特点评价特别是对魏晋文学的推崇方面，周氏兄弟与章太炎确实是相通相近，而鲁迅更为明显。对此学术界也早有认同，如曹聚仁就认为就内在的气质以及对魏晋文学的特殊认同等方面，鲁迅才是真得章氏真传者。[①]

对于章太炎和周氏兄弟对魏晋文学的偏爱，王元化曾这样评述："章太炎继清代钱大昕、朱彝尊的余绪，破千年来的传统偏见，著《五朝学》，对魏晋时代文学作了再估价，恢复了它在学术史上的应有地位。在这一点上，鲁迅也很可能受到他的影响。"（王元化《文学沉思录·关于鲁迅研究的若干设想》）该文还认为鲁迅"喜爱阮籍、嵇康等人的文章，一扫前人奉儒家为正

---

① 曹聚仁《我与鲁迅》一文中就说："章师推崇魏晋文章，低视唐宋古文。季刚自以为得章师真传。我对鲁迅说：'季刚的骈散文，只能算是形似魏晋文；你们兄弟俩的散文才算是得魏晋的神理。'他笑着说：'我知道你并非故意捧我们的场的。'后来，这段话传到苏州去，太炎师听到了，也颇为赞许。"

宗，对玄学家和清谈家所采取的不屑一顾的成见，而肯定阮嵇等人非汤武、薄周孔的反礼教的积极一面。他把魏晋时代称为文学的自觉时代。这一说法不仅中肯，而且具有卓识"。此外在《思辨随笔》中，王元化连写两篇有关鲁迅与章太炎关系的文章，对鲁迅不仅在创作上而且在治学方面所受的章太炎影响进行了细致的梳理辨析。①

当代学者任访秋在其《章太炎文学简论》中也注意到鲁迅所承受章氏影响，指出章太炎曾经写过《魏武帝颂》，在辛亥革命后又歌颂曹操，目的就是要讽刺袁世凯。而鲁迅大概受到影响，所以对曹操的评价也很高。此外任访秋指出："在新文学创作上，鲁迅的《狂人日记》，是对当时反孔教反封建家族制度起过发聋振聩作用的一声春雷。而这篇作品的思想，同样渊源于太炎。"任访秋还列举了鲁迅的《出关》作为更明显的例证，认为鲁迅这篇历史小说，在描述孔丘与老聃的关系方面，就是受了太炎的《诸子学略说》的影响。对此可以从鲁迅那里找到证据："老子的西出函谷，为了孔子的几句话，并非我的发见或创造，是三十年前，在东京从太炎先生口头听来的。"②任访秋认为，新文化运动之初，钱玄同支持胡适和陈独秀，力主用白话文代替文言，其根源也渊源于太炎。钱玄同曾说："章先生于1908年著了一部《新方言》。他说：'考中国各地方言，多与古语相合。那么古代的话，就是现代的话。现代所谓古文，倒不是真古。不如把古语代替所谓古文，反能古今一体，言文一致'。这在现在看，虽然觉得他的话不能通行，然而我得了这古今一体，言文一致之说，便绝不敢轻视现在的白话，从此便种下了后来提倡白话之根。民国元年（1912）1月，章先生在浙江省教育会上演说，他曾说过：'教育部对于小学校删除读经，固然很对。但外国语，修身亦应酬去。历史宜注重，将来语言统一以后，小学教科书不妨用白话来编。'我对于白话文的主张，实在植根于那个时候，大都是受章先生的影响。"（《文化与教育》二十七期，熊梦飞《记录玄同先生关于语文问题谈话》）而鲁迅的开始创作新文学，其实是受到钱玄

① 见王元化：《思辨随笔》，这两篇文章的题目是《鲁迅与太炎》《再谈鲁迅与太炎》，该书由上海文艺出版社于1994年出版。

② 鲁迅：《〈出关〉的"关"》，《鲁迅全集》第六卷，第520页。

同的直接鼓动，这也可以认为是鲁迅间接承受的章氏影响。

陈平原认为："单从学问论，'纵观古今，横览欧亚'的大思路不用说，鲁迅对佛学的兴趣、对魏晋文的欣赏、对庄子的推崇、对儒家学说的批评、对满清统治术的揭露，乃至治学中注重小学、金石和历史等，在在可见章太炎的影响。"① 陈平原甚至认为鲁迅对现代大学体制一直抱有怀疑态度这一点，大概也与受到章太炎影响有关。② 确实，章太炎出于多种考虑，一直拒绝进入现代大学，最明显的例证就是当年清华国学院成立之初，清华方面曾力邀章氏为其国学院导师，却遭到章氏拒绝。对此钱基博认为章氏对现代大学的质疑可能与其一以贯之的对晚清以来的"兴学校、废科举"不以为然有关：

> 时论方兴学校、废科举；而炳麟不然，曰："昔汉时举博士，年五十，始应科。今之世，有晨朝卒业，比暮已为父师者矣。而学官弟子，复以其业为足。循是以往，惧犹不如科举之世。何者？科举文辞之腐朽；得科举者犹自知不为成学；入官以后，尚往往理群籍、质通人；故书数之艺，六典之故，史志之守，性命之学，不因以蠹败；或乃乘时间出，有愈于前。今终以学校之业为具，则画地不能进一武。……"③

接下来钱基博还指出，章氏也曾对现代学校不培养学者而多出政客给予严厉的批判，由此大致可以得知他拒绝进入现代大学体制的缘由。

鲁迅晚年的好友曹聚仁曾说："章师（太炎先生）推崇魏晋文章，低视唐宋古文。（黄）季刚自以为得章师的真传。我对鲁迅说：'季刚的骈散文，只能算是形似魏晋文；你们兄弟俩的散文，才算得魏晋的神理。'他（鲁迅）笑着说：'我知道你并非故意捧我们的场的。'后来，这段话传到苏州去，太炎师听到了，也颇为赞许。"（曹聚仁：《我与我的世界》，北岳文艺出版社

① 陈平原：《作为文学史家的鲁迅》，收入王瑶主编的《中国文学研究现代化进程》，北京大学出版社1996年版，第102页。

② 陈平原：《假如没有文学史》，生活·读书·新知三联书店2011年版，第230页。

③ 钱基博：《现代中国文学史》，中国人民大学出版社2004年版，第66页。

2001年版）鲁迅逝世后，他的同门好友马幼渔写了一副挽联，称鲁迅"热烈情绪，冷酷文章，直笔遥师菿汉阁（"菿汉"是太炎先生号）；清任高风，均平理想，同心深契乐亭君"。将鲁迅的为人与文风直接与章太炎并论，也可谓是一语中的。

二、鲁迅与章太炎的"文学"概念之争

自然，在文学观念以及其他一些具体研究领域方面，鲁迅与章太炎也有分歧。许寿裳在其《亡友鲁迅印象记》中回忆道："……有一次，因为章先生问及文学的定义如何，鲁迅答道：'文学和学说不同，学说所以启人思，文学所以增人感'。先生听了说：这样分法虽较胜于前人，然仍有不当，郭璞的《江赋》、木华的《海赋》，何尝能动人哀乐呢。鲁迅默默不服，退而和我说：先生诠释文学，范围过于宽泛，把有句读无句读的悉数归入文学。其实，文字与文学固当有分别的，《江赋》、《海赋》之类，辞虽奥博，而其文学价值就很难说。这可见鲁迅治学'爱吾师尤爱真理'的态度！"其实，鲁迅关于"文学"这一概念的理解，较之章太炎之说更加科学。在今日看来虽不过是常识，但难能可贵的是鲁迅这一理解早在其《摩罗诗力说》中就有体现：

> 由纯文学上言之，则以一切美术之本质，皆在使观听之人，为之兴感怡悦。文章为美术之一，质当亦然，与个人暨邦国之存，无所系属，实利离尽，究理弗存。①

后来鲁迅又在新文化运动处于高潮之时，仍然念念不忘对文学创作之发动系于作者之情感问题给予强调：

> 伊孛生是在做诗，不是为社会提出问题来而且代为解答。就如黄莺一

① 鲁迅：《摩罗诗力说》，《鲁迅全集》第一卷，第71页。

样，因为他自己要歌唱，所以他歌唱，不是要唱给人们听得有趣，有益。①

钱基博认为，章太炎之所以有近乎迂腐的"文学"观，当与其"小学"观密不可分：

> 炳麟论文，谓当以文字为主，不当以昭彰为主；而文之为名，包举一切著于竹帛而言；故有成句读之文，有不成句读之文；而成句读者，复有有韵无韵之别；无韵文中，当有学说、历史、公牍、典章、杂文、小说六科；而欲以书志疏证之法，施之以一切文辞。
> ……。援经据典，述《文学论略》一篇，博辩强证，洋洋数万言；……。②

在引用了章氏的一些原文后，钱基博指出"炳麟生平论文之旨大略具是矣，然未及文之所由生也"。评价虽然未免苛刻，却是击中了章氏观点的要害，即过于轻视不同文体的差异和过于轻视文学创作中情感的作用。

对于鲁迅与章太炎的"文学"概念之争，今人陈雪虎有较为全面的分析：

> 让我们把目光集中到师弟间争议的焦点，即：文学的本质能否用情感加以界说？羁日期间的章太炎撰《文学论略》（1906）认定："文学者，以有文字著于竹帛，故谓之文"，"榷论文学，以文字为准"，文字是确定文学的最基本的指标。既然以文字为准，章太炎认为感情则不能成为文学的根本指标，也不同意当时悬小说为一切文学之样板的西化做法。他坚决反对以杂文小说之"能事"来概括所有的文学文辞："专尚激发感情，惟杂文小说耳。……彼专以杂文小说之能事，概一切文辞者，是真知其一，而不知其二也。……吾今为语曰：一切文辞（兼学说在内），体裁各

---

① 鲁迅：《娜拉走后怎样》，《鲁迅全集》第一卷，第159页。
② 钱基博：《现代中国文学史》，中国人民大学出版社2004年版，第70—78页。

异。以激发感情为要者，箴铭哀诔诗赋词曲杂文小说之类是也；以发思想为要者，学说是也；……。其体各异，故其工拙亦因之，其为文辞则一也。"同时，章氏又从人类精神活动知性与感性的互渗共通入手，正确而精到地分析了区分学说与文辞、"摒学说于文学之外"之不当："又学说者，非一往不可感人。凡感于文言者，在其得我心。是故饮食移味，居处温愉者，闻劳人之歌，心犹泊然。大愚不灵，无所愤悱者，睹眇论则以为恒言也。身有疾痛，闻幼眇之音，则感慨随之矣。心有疑滞，睹辨析之论，则悦怿随之矣。故曰：'发愤忘食，乐以忘忧。'凡好学者皆然，非独仲尼也。以文辞、学说为分者，得其大齐，审察之则不当。"（《国故论衡·文学总略》，1910年，该文由《文学论略》改成）文章作品是否感人动心，关键在于是否"得我心"，其根本在于主体精神状态与客体对象之间相契性。饱暖之人无法体会劳苦人的歌声，"心犹泊然"；顽愚之人也无法理解智者的高论，"以为恒言"。反之，一旦主体的精神状态与客体对象能够契合，则不仅文辞能够让人"感慨随之"，而且学说文章也会让人感动兴奋愉悦。同一体裁的作品，也并非绝对的感人或不感人，而同一作品，由于每个人的精神状态不同，不仅感受也会大不一样，而且动情与否也未可知。也就是说，动情可以作为文学的特征之一，但是不能成为文学的惟一特征。章氏的这种文学观和文学界说，至"五四"前仍为谢无量的《中国大文学史》（1918）所采用，影响很大。鲁迅如果后来看老师章氏这些文字，恐怕反应也只能还是"默默"。但是，鲁迅到底是"不服"。

在当时中国文化从古典走向现代的困境中，辛亥革命前后的周氏兄弟（至少在文学思想上）已经代表着从西方而来的新潮。当时周氏兄弟不仅师从羁日讲学的章太炎先生，有着较深的传统学术功底，而且大量阅读西方现代文学，接纳西方文艺审美观念，并且从事文学实验。这在1908年《河南》杂志上集中发表的鲁迅的《摩罗诗力说》、《文化偏至论》、《破恶声论》和周作人的《论文章之意义暨其使命因及中国今论文之失》、《哀弦篇》等文章中都得到集中而微妙的体现。他们对西方近现代文学和思想的理解水平完全超过了同时代人的水准，并且基于世界史意识，展开了对传统文化的批判和对西方式现代性的反思。与老师坚持文化相对主义、以汉文化传统逻辑界说文学的做法相反，周氏兄弟思路的突出之处在于借引西来文论，强调文学的情感特性，由此主张情感至上、文学独立和审美自治。在二人合译《红星佚史》的《序》（1907）中，明确以情感作为"文"的根本指标。他们声言："然世之现为文辞者，实不外学与文二事，学以益智，文以移情，能移人情，文责以尽，他有所益，客而已，而说部者，文之属也。"兄弟二人竭力阐明益智之"学"与移情之"文"的区别，由此把小说纳入文学之中。这种思路是针对老师章太炎的。他们改以小说作为样板文类，认定小说和诗歌才是真正的文学，是"纯文学"。鲁迅循西学现代文化分化的常则，将文学归为美术之一部。《摩罗诗力说》（1908）云："由纯文学上言之，则以一切美术之本质，皆在使观听之人，为之兴感怡悦。文章为美术之一，质当亦然，与个人暨邦国之存，无所系属，实利离尽，究理弗存。"文学作为美术之一部，其具有不涉功利性（"实利离尽"）、不涉概念性（"究理弗存"），而最大本质在于创造了使读者和观众为之兴感怡悦的东西，即"诗力"。在青年鲁迅看来，"摩罗诗力"说到底是一种具有奇妙魔力的伟大的感情。《儗播布美术意见书》（1913）又进一步阐述："顾实则美术诚谛，固在发扬真美，以娱人情"，因此，美术活动的精义在于作为艺术再现对象的"天物"、作为主体艺术创造活动的"思理"，以及作为艺术品特性和功能的"美化"。周作人试图在西方文学指标的基础上建构新的文学界说。《论文章之意义暨其使命因及中国今论文之失》（1908）译述美国人宏德（Hunt）的文学理论："文章者，人生思想之形现，出自意象、感情、风味（taste），笔为文书，脱离学术，遍布都凡，皆得领解（intelligible），又生兴趣（interesting）者也。"强调文学的文字性（必得"笔为文书"），兼容了老师的观点。但他更强调西方的文学指标：文学要像小说一样或者以小说为代表，具备大众性（"脱离学术"，"表扬真美，普及凡众"）、情感性（以"能感"为上）和形象性（"思想之形现"，"出自意象、感情、风味"）和感染功能（"得领解"、"生兴趣"），强调文学的本质是意象、感情和风味三事"合为一质"的思想形象，借助思想形象这一"中尘"（即中介），文学寄寓人格个性、伟大灵思和民族心声。文学的情感，及其深刻内蕴，是"文学"至纯至真得以成立的根本所在。周作人强调，如果以文字为中心来定义文学，势必把文章学说包括进来，如"特泛指学业，则肤泛而不切情实"，可能形成对文章内在精神和灵思的遗忘，所以，最重要的是通过文字表现的玄崇伟妙的、灵思所寄的"内在精神"。文章不是一般的物件，而是伟大心灵的具象。

作为20世纪初年轻的现代思想家，与老一代"有学问的革命家"的争议没有形成共识，争议本身极具深层的现代意蕴和各类观念竞争角逐的张力，极具象征意义。在对古代传统的一面，他们强调伟大情感的独立性，这使他们与传统文学教化观和梁启超们"以古目观新制"的文学救国论形成对立；他们强调情感的伟大和激越，这使他们与以刘师培为代表的文选派所强调的"凡为文者，在声为宫商，在色为翰藻"的观点相区别，显现出突出的现代张力。在对当代西方的一面，他们强调情感的民族性和反叛性，使他们摆脱了徘徊于"可信"与"可爱"间的王国维以直觉静观为核心、以忧生而厌世为底色的美学观和游戏慰藉说区别开来。就师弟间而言，他们都是基于现代焦虑和文化困境，在现代思想的极限处一同挣扎、战斗，有着卓绝的经历和深刻的体验，在对中国传统和西方近代文明的批判与超越中开拓现代性思路。对民族远古文明的追慕，对西方现代文明的批判，"外之既不后于世界之思潮，内之仍弗失固有之血脉，取今复古，别立新宗"（《文化偏至论》）的文化复兴思路，使师弟间精神距离非常贴近和契合，也与太炎先生在羁居日本的艰难困苦中提出的"张扬国粹"和"文学复古"思路形成内在呼应。但在回眸与前瞻之间，老师着意于"分理明察"基础上的"持论议礼"的文章，发挥现实的战斗力，对民族的希望系之于实事求是和科学理性的精神，而这一切都落实于文学的"文字"，因为文字是文学的基础；而年轻一辈则寄厚望于"摩罗诗力"和"血书悲哀"的小说和诗歌，强调情感的独到性和"摩罗诗力"，企图以

鲁迅与20世纪中国学术转型

此张扬天才"神思"和民族"心声","掊物质而张灵明"、"尊个人而张精神"(《文化偏至论》),"扬真美""娱人情",动人哀乐,兼得"表见文化"、"辅翼道德"和"救援经济"之用(《儗播布美术意见书》)。与老师基于民族文化的立场,鼓吹"以文字为准"、强调文章的内容性和思想性的思路不同,学生一辈相信西方式现代文化的分化,立志把自己的使命落实于文学的"情感",这突出地表明"所谓艺术和文学的'纯粹'独立的观念,只能是在思考人的存在时视'精神'为绝对内在性的西方思想带来的观念"(参见木山英雄《"文学复古"与"文学革命"》载《学人》第10辑,江苏文艺出版社1996年版)。

清末民初时期周氏兄弟的文学思路,可算是20世纪中国文学现代性情感指标的起源。虽然在当时非常孤独寂寥,也受到非常尊敬的伟大老师的思想的挤压也"默默不服",但周氏兄弟仍在西学资源的启发下,在感受和反思社会急剧变迁的现代性体会中,以自己近乎暗哑的呐喊和沉潜的努力,独立自主地开拓着一桩力图突破中国传统和超越西方近代传统的审美现代性路线,其核心在于标举本土民众和战士情思的心声,张扬现代情感。在这逐渐生长着的审美现代性思路中,情感审美指标不仅成为从传统文化世界中独立出来并获得文学自治权的合法依据,而且扩展为一种人的真正的存在方式,即,独有文艺或以情感、或以直觉的方式获得观照整个世界和日常生活的制高点,独有文艺能够超越现代社会理性化的囚笼,成为制约、批判和反思古典文化与现代文化最可信赖的方式和武器。百年之后看来,这是一条突出的审美现代性思路。这种审美现代性思路,在五四时期得以全面显彰,年轻一代的文学思想逐渐占据上风,并形成中国现代文学的主流。中国文艺和文论由此从古典走向现代,从上层走向民众,从儒家之附庸走向独立自足。

由此可见,"情感"指标的起源其实也蕴含着自身深刻的张力。百年以来,随着时代的变迁,从古代的性、心、意、志不分治,到周氏兄弟青春激情及其抑制,到情感独占文学、文艺以情感审美为重要或根本指标,

情感和情感的内涵都已经发生了深刻的变化。^①

虽然引用较长，但此文的论述十分到位，对鲁迅与章太炎之争的关键之点，即文学的"情感"特征作了较为细致的辨析梳理。可以说鲁迅始终关注文学的"情感"特征并认为是文学有别于其他文章的最重要因素，在这一点鲁迅的见解显然比章太炎要高明。

作为章太炎的大弟子，黄侃在其《国故论衡序》^②中对于其师学术成就的评价自然特别专业和到位：

> 于文字之学：则探幽索隐，妙达神旨。以声有对转，故重文尊多；音无定形，而转注斯起。此精微之独至，实前人所未逮。于文辞之部：则顺解旧文，匡词例之失；甄别古今，辨师法之违。持论议礼、尊魏晋之笔；缘情体物，本纵横之家。可谓博文约礼，深根宁极者焉。
>
> 与诸子之业：则见古人之大体，而不专于邹鲁；识形名之取舍，而无间于儒墨。和以天倪，要之名守，通众家之纷扰，衡所见之多少。……可谓制割大理，疏观万物，以浅持博，以一持万者也。

如果说黄侃的评价过于晦涩艰深，则章太炎另一弟子许寿裳的评价就较为通俗：

> 章先生学术之大，也是前无古人。……他的入手功夫也是在小学，然而以朴学为根基，以玄学致广大。批判文化，独具慧眼，凡古今政俗的消息，社会文野的情状，中印圣哲的义谛，东西学人的所说，莫不察其利病，识其流变，观其会通，穷其指归。千载之秘，睹于一曙。这种绝诣，

　　① 陈雪虎：《情感指标起源的反思——章太炎、鲁迅"文学"争议的当代启示》，《文艺争鸣》2004年第1期。

　　② 黄侃：《国故论衡序》，《国粹学报》第66期。

在清代三百年学术史中没有第二个人，所以称之曰国学大师。[①]

按照章太炎自己的说法，则他的治学道路和学术专长是这样逐步形成的。在其《自述思想迁变之迹》中他写道：

> 余自志学迄今，更事既多，观其会通，时有新意。思想迁变之迹，约略可言。

> 少时治经，谨守朴学，所疏通证明者，在文字、器数之间。虽尝博观诸子，略识微言，亦随顺旧义耳。遭世衰微，不忘经国。寻求政术，历览前史，独于荀卿、韩非之说，谓不可易。自余闳眇之旨，未暇深察。继阅佛藏，涉猎《华严》、《法华》、《涅槃》诸经，义解渐深，卒未窥其究竟。

章太炎的文字过于古奥，其大意是说，他最初学的是考证经书，也就是朴学。朴学又称"考据学"，是针对理学的空疏而言，因治经之学（经学）有理、朴之分。朴学主张解经要由文字入手，以音韵能训诂，以训诂能义理。后来为了寻找救国救民的真理，开始扩大学习范围。对于诸子之说，只以为荀子和韩非的最正确，然后又开始接触佛学，发现极为深奥。接下来，章太炎开始接触西方文化典籍，觉得确实是闻所未闻。然后回过头来再看文字学，发现自己对于古文经学的理解可以更进一步。最后又将东西文化结合起来研究庄子的"齐物"说，"千载之秘，睹于一曙"，才懂得孔子的学说虽然伟大，但其玄远深奥终究比不上老庄。

从上面的简要介绍，可以看出鲁迅在很多方面确实受到章太炎的深刻影响，但鲁迅毕竟有自己的独立思考和学术专长。对于文字学等考据之学，虽然鲁迅也有撰写《中国文字变迁史》的计划，但其重心始终还是放在和现实生活最有关联的文学创作及研究上，在创作上成就最大者是小说，在学术上则是以

① 许寿裳：《章炳麟传》，团结出版社2004年版，第4—5页。

《中国小说史略》为代表的古典小说研究。至于其他领域如对版画的鼓吹与研究，着眼点也是在于版画的宣传鼓动作用。这与章太炎的以小学研究服务于反清排满的种族革命，路数虽然不同，但用意和宗旨倒有一致之处。不过这些如果也认为是受到章太炎影响，则不免过于牵强。总之，对于鲁迅所承受章太炎影响的各个方面，应该还有很多值得探讨，并且由此生发出的中国传统文化中的师承与师生关系问题以及在现代社会中的发展演变，还是大有文章可做。

第二节　"转益多师是吾师"

一、龚自珍与鲁迅和陈寅恪

作为中国近代史上的标志性人物，龚自珍对后世中国文学和中国文化的发展进程产生了重大影响，已是不易之论。近代以来许多大师级人物如梁启超等人，都曾坦承龚自珍对其产生的巨大影响："晚清思想之解放，自珍确与有功焉。光绪间所谓新学家者，大率人人皆经过崇拜龚氏之一时期，初读《定庵文集》，若受电然。"①当代不少学者如王元化也曾指出，鲁迅受龚自珍影响较大，虽然在其著作中并未提及龚氏。王元化并对此表示出极大的不解："照理说，鲁迅和龚自珍有许多相通的地方，为什么鲁迅对他没有只字涉及呢？这是我百思不得其解的。章太炎曾斥龚自珍'欲以前汉经术，助其文采，不素习绳墨，故所论支离自陷，乃往往如谵语'这是极不公允的，只能视为经学今古文之争的门户之见。我不能断定在对龚自珍的评价上，鲁迅是否受到了章太炎的影响。但是如何来解释这个问题呢？我希望有学力的研究者作出深入的探讨。"②记得20世纪90年代笔者读博时，读到王元化此文也不禁对此产生兴趣，就四处寻找资料。不过，算是应了那句"踏破铁鞋无觅处，得来全不费工夫"的古语，原来好友兼同学摩罗早就对此事有兴趣，他在1984年就写信给

① 梁启超：《清代学术概论》，中华书局2010年版，第114页。
② 王元化：《思辨随笔》，上海文艺出版社1994年版，第27页。

鲁迅与20世纪中国学术转型

《读书》编辑部寻求解答，编辑部即请倪墨炎作答，后刊登于1985年第2期的《读书》上。不过在我看来，倪氏的解释尽管非常详尽，却似乎没有什么说服力：

既然鲁迅"好定庵诗"，那他为什么从不在文章中提及龚定庵呢？他又为什么从不评论李贽呢？要解答这两个问题，我以为，先要弄清鲁迅一般是在什么样的情况下论及古代作家的。鲁迅论及古代作家，大致是三种情况：第一，是在文学史著作，如《中国小说史略》、《汉文学史纲要》中，系统的论述。《中国小说史略》中提到李贽，但没有展开评论；而《汉文学史纲要》只写到汉朝文学，无从论及龚自珍。第二，与某种文艺思潮进行论争，而论及到了古代的作家。例如，当年有人称陶潜是"浑身的'静穆'"，而"静穆"是诗的"极境"。鲁迅就指出，陶潜既有"静穆"的一面，也有"金刚怒目"的一面；把"静穆"称为诗的"极境"，是会把诗引向"绝境"的。鲁迅就全面地评论了陶潜，并指出了那种文艺思想的错误。又如，当年林语堂、周作人等人，提倡"心灵小品"，并抬出袁中郎作为"祖师爷"。鲁迅就指出，袁中郎除写小品文外，还有更重要的"关心世道"的一面。但当年并没有因李贽、龚自珍引起争论，鲁迅也就没有评论到他们。第三，鲁迅写杂文有时也引述古代的作家作品，以抨击时弊。这种引述，信手拈来，完全是出于"以古喻今"、"以古讽今"的需要；只要有利于斗争，不论他是第一流还是第二流作家，也不论他是这个朝代或那个朝代的作家。这种引述就有一定的偶然性。我们考察了鲁迅论及古代作家的情况，对于他的没有评论李贽、龚自珍，也就容易理解了。

按照倪氏的说法，鲁迅在其著作中提及谁或者没有提及谁只是一个出于"以古喻今"需要和"带有偶然性"的问题，所以没有提及龚自珍也很正常。其实，这是不正常的。因为大凡熟悉鲁迅作品者都知道，鲁迅是否提及某人某事或者使用何种方式提及，都是很讲究的。例如他在日记中对所收入报酬的用词极为严谨，教育部所发生活费一概记录为"津贴"，而正常所发工资则记录为"俸"。又如对于时间，"晚"和"夜"所指截然不同等。至于在文章中是否提及某位作家，鲁迅更是慎重。最明显的例子就是他在为《中国新文学大系·小说二集》所写的"导言"中没有提及沈从文，就被学术界向来解读为是有意为之，原因在于他与沈从文之间的矛盾或误解。所以，鲁迅多次谈及清代文化、文学等而没有提及龚自珍，恐怕还是有更为深层的因素，这也是王元化希望有人对此探讨的原因吧。2004年，朱奇志出版了其研究龚自珍与鲁迅关系的专著《龚自珍鲁迅比较研究》，按说这样的专著应当对此问题有所解释，可惜依然没有。看来，王元化的愿望还是有待对此有兴趣者继续探讨。

不过，无论如何，说鲁迅受到龚自珍潜在的影响大致不错。为便于比较，我们先看龚自珍对另一位大师级人物陈寅恪的影响，然后再看龚氏对鲁迅的潜移默化影响。首先，就龚氏对陈寅恪而言，其影响大致可分为直接和间接两种方式。所谓间接，就是先对陈寅恪之父——晚清著名诗人陈三立产生影响，再影响到陈寅恪的诗歌创作和学术思想等方面。

陈三立是晚清"同光体"的代表人物，梁启超在《饮冰室诗话》中称"其诗不用新异之语，而境界自与时流异，醇深俊微，吾谓于唐宋人集中罕见伦比"。陈三立诗作有很高成就，与其少门户之见，广泛吸纳他人优长有很大关系。陈寅恪之妹陈新午就说过："一般人都以为我家老人做宋诗；他诚然是做宋诗，但是他老人家早年还学过龚定庵，这是一般人所不知道的。他早年的诗稿在杭州丢了。不然，我倒可以给你看，就知道他早年学定庵的渊源痕迹了。"①书画大家刘太希是陈三立的同乡，也曾说过："定庵的诗，初学诗的人，读了容易着迷，同光朝的诗人很有受定庵的影响的。即如吾乡散原先生四十以前的诗，不难寻出他的胎息定庵的地方……"②今人胡迎建更是具体列举了一些陈三立受龚自珍影响的诗句："人们通常说陈三立学韩学黄，其跌宕

① 陈新午：《记陈散原先生》，转引自胡文辉：《陈寅恪诗笺释》，广东人民出版社2008年版，第129页。

② 刘太希：《无象庵杂记·龚定庵和女人》，转引自胡文辉：《陈寅恪诗笺释》，广东人民出版社2008年版，第129页。

处固然似韩愈以文为诗；其崛健处似黄庭坚之拗调，而绸缪悱恻处又似龚自珍之奇思妙想。句如'千万山如入定僧'（《登楼看落日》）；'晴鸠呼影雁横翎，已有群山为我青'（《二月三日顾石公招饮龙蟠里》）；'闲携野色立高坟'（《同李刑部雨花台游眺》）；'阑干呼月万山东'（《崝庐楼夜》）等，莫不冥搜万象，捕捉感觉，驰骋想象，注人心灵，以似是而非的印象，出之以千奇百怪、意想不到之境界，与龚诗颇相近。"①

至于龚自珍对陈寅恪诗歌创作的直接影响，除却从陈氏诗歌中可以发见龚自珍诗歌的影子外，更有陈寅恪自己的诗作为证：

蒙自杂诗（和容元胎）

其一

少年亦喜定庵作，岁月堆胸久忘之。

今见元胎新绝句，居然重颂定庵诗。

其二

定庵当日感蹉跎，青史青山入梦多。

犹是北都全盛世，倘逢今日定如何。

上述二诗，作于1938年，时陈寅恪在云南蒙自西南联大任教。容元胎，即容肇祖，为容庚之弟，当时也在联大任教。容氏将家藏梁鼎芬书赠陈寅恪祖父陈宝箴的《赏梅诗》手迹条幅赠予陈寅恪，陈寅恪非常感激。后陈寅恪见容氏有赠吴宓诗，遂有和作，当有以诗酬谢之意。原诗有四绝，后两首在收入《陈寅恪诗集》时已改为其他题目。从这两首看，陈寅恪不仅坦承自己早年喜爱龚定庵诗歌，而且说容氏之诗有龚氏风格，自然是褒赞之语，说明他即便是成年后对龚氏之诗依然有高度评价。其次，第二首诗感时伤怀，由定庵当年对社会状况之感慨联想到此时之国难当头局势，遂以为两相比较，那时还真可谓太平盛世。整体看实际也是对龚氏诗歌内容和悲凉风格的肯定。

① 胡迎建：《论陈三立诗的奇境独创、锻炼求新》，《文学遗产》2006年第6期。

陈寅恪的姻亲兼好友俞大维先生在《谈陈寅恪先生》中，则指出陈氏对龚定庵诗词的看法极佳："关于词，除几首宋人词外，清代词人中，他常提到龚自珍、朱祖谋及王国维三先生。"[①]不过，陈寅恪一生对写词似乎兴趣不大，仅有三首，且真伪尚未有最后定论，因此三联版的《陈寅恪集》没有收入，但这自然不能证明陈寅恪对龚氏之诗词印象不佳。

也许是善于从历史角度来看文学作品，或者是习惯于从"诗史互证"的角度，陈寅恪以为龚自珍的诗歌多有借古讽今之作，他对《汉朝儒生行》的评价就是如此。1933年，时为青年学者的张荫麟在《燕京学报》第12期发表《龚自珍汉朝儒生行本事考》，认为诗中的某将军是指岳钟琪。文章发表后，陈寅恪以为不确，认为该诗实际上为咏清朝另一将领杨芳。张荫麟遂再撰《与陈寅恪论汉朝儒生行书》进行商榷，该文发表于1934年的《燕京学报》第15期，但陈寅恪并没有撰文回应。由于原文不长，且一般读者难以查阅，不妨引在下面：

比闻希白先生言，尊意以为定庵《汉朝儒生行》所咏实杨芳事，拙考以为其中之某将军乃指岳钟琪者误。拙考所提出者乃一假说，未敢遽以颠扑不破也；苟有其他假说能予本诗以更圆满之解释，固不惮舍己以从。然尊说似不无困难之处。考本诗作于道光二年壬午《定庵诗自编年》而叙某将军再起定乱时已"卅年久绾军符矣"。然壬午以前杨芳踬后复起，定乱之事，仅有嘉庆十八年平天理教匪一次。自是役上溯其初由千总升守备（嘉庆二年）相距仅十一年，使所歌者为杨芳，定庵何得作"卅年久绾军符"之语？

然此诗遂与杨芳全无关系欤？似又不然。因先生之批评之启示，使愚确信此诗乃借岳钟琪事以讽杨芳而献于杨者。诗中"一歌使公瞿，再歌使公悟"之公，殆指杨无疑。杨之地位与岳之地位酷相肖似也。杨以道光二年移直隶提督，定庵识之当在此时，因而献诗，盖意中事。次年定庵更有《寄古北口提督杨将军》之诗，劝其"明哲保孤身"也。本诗与杨芳之关

---

① 俞大维：《谈陈寅恪》，（台北）传记文学出版社1978年版，第8页。

系，愚以前全未涉想及之。今当拜谢先生之启示，并盼更有以教之。[①]

张荫麟文中的"希白"是指容庚先生，时与陈寅恪同在北京且两人多有书信往来等，因此张荫麟所听到陈寅恪的说法当不会有误。龚自珍的《汉朝儒生行》写于道光二年（1822年），时龚氏在京城。杨芳为清朝著名将领，字诚斋，贵州松桃人。据《清代职官年表》，杨芳于道光元年至三年在古北口任直隶提督，而龚氏好友魏源在道光元年至三年间也一度在古北口杨芳家中坐馆。魏源离京赴杨芳处时，龚自珍曾为之送行。因此，龚自珍结识杨芳当略早于此时。由于军功卓绝，道光帝曾封杨芳为一等果勇侯建威将军。作为汉人而能受到清廷重用，杨芳可谓少数个案中的典范，自然也会受到他人特别是满族将领的妒忌。正因如此，龚自珍才自托为汉朝儒生，写诗劝告杨芳明哲保身，即次年《寄古北口提督杨将军》之诗中"明哲保孤身"之意也。如此说来，陈寅恪说《汉朝儒生行》为咏杨芳事不无道理。

但张荫麟认为陈氏之说有误，以为如解读为该诗说岳钟琪事似更有道理。岳钟琪（1686—1754），字东美，号容斋。祖籍甘肃临洮，后迁居四川成都，是清前期唯一的汉族大臣拜为大将军、节制满汉诸军的官员。曾官至川陕总督，宁远大将军，被雍正、乾隆分别誉为"当代第一名将""三朝武臣巨擘"等。清前期康熙、雍正、乾隆三朝时，我国西南和西北的少数民族地区，先后多次发生叛乱，岳钟琪等人率军平息，使其成为西南和西北地区几乎家喻户晓的清代名将。由于他"武烈飙逝，拓地开边"，"历事三朝，威望著海内。穷巷邃谷之民，贩竖妇人孺子之微，无不知有岳将军"。后虽遭遇坎坷，终再被起用，被誉为"三朝老臣"。根据张荫麟的论证，从诗中所提及时间看，似乎也是指岳钟琪更加贴切。不过张荫麟也没有完全否定陈寅恪的说法，相反在陈寅恪说法的启示下，悟出该诗表面是咏岳钟琪，但实为借此讽杨芳，因二者之地位境遇极为相似也。如此，则张荫麟和陈寅恪之最后观点，即在认为该诗是

---

① 张荫麟：《与陈寅恪论汉朝儒生行书》，《燕京学报》第15期，《张荫麟先生文集》（全二册），（台北）九思出版社1977年版，第1129页。

鲁迅与20世纪中国研究丛书

龚自珍借历史人物讽喻杨芳不仅要明哲保身——不可只知为清朝卖命，而且要珍惜自己地位，为消除满汉之见，为维护国家安定、百姓安宁做出贡献这一点上是一致的，差别仅仅在于诗歌的具体内容究竟是只写岳钟琪事还是借写岳钟琪来咏叹杨芳事。自然，如今两位历史大家均早已去世，我们已无法确认陈寅恪当年的观点究竟是如何具体表述的，或者容庚是如何向张荫麟转述的，也就无法断定他与张荫麟的见解到底有多少具体差异。

不过，我们可以从张荫麟的《龚自珍汉朝儒生行本事考》中推知陈寅恪的意见。在该文的开头，张荫麟就指出"定庵文久以怪诞著。余初读即疑其有所隐托，然命意所在莫能尽详也"。显然，张氏对于龚自珍文章的风格特色非常熟悉。也因此，张荫麟一下就看出《汉朝儒生行》中"有三数语为极明显之自状"，但该诗其他部分，张氏却"迷离惝恍，莫明所指"。直到1932年为纪念龚自珍诞生一百四十周年，张氏欲写纪念文章时，再次反复阅读该诗，才由"关西籍甚良家子，卅年久绾军符矣"之句忽然想到，"此讵非指岳钟琪事？"，然后张氏通过检索有关史料，发现岳钟琪之生平与诗中所言似无不一一对应。最后，张氏又联想到龚自珍对有清一代统治者所采取的不信任汉族大臣的政策一向不满，遂更加确信自己的推断是正确的："定庵生平对清朝之一段腹诽恶诅，流露于本诗及他处，已瞒过一世纪之人者，至是亦得白于世，不可谓非一大快事也。"

毫无疑问，张荫麟之史学天才，从上述一系列推论求证中可以得到证明。不过，他与陈寅恪的差别或者说稍稍欠缺的地方，就是他还未能结合龚自珍对有清一代汉人尤其是汉族文人的思想道德状况以及统治阶级对文人的"大棒加胡萝卜"政策来看龚自珍此诗，也就不能悟出该诗更深刻的意蕴所在。龚自珍不无悲哀地发现，历代统治者对文人的控制，无非主要采取两种手段，即"约束之，羁縻之"。所谓"约束"，就是采取严酷的高压政策，迫使文人就范，有清一代空前惨烈的文字狱，就是最好的例证。而所谓"羁縻"，就是以怀柔方式收买笼络文人，使其在对统治者的感恩戴德中逐渐丧失自己的独立性和对统治阶级罪恶的批判能力。而两种形式的控制结果相同，就是导致文人最后走向"避席畏闻文字狱，著书都为稻粱谋"的境地。龚自珍以为，可以容忍社会其他阶层的平庸和堕落，却不能容忍文人阶层如此，因为只有他们才是拯救一个时代的最后希望。

对龚自珍的上述观点，陈寅恪非常理解且有切身体会，辛亥革命以来的社会动荡和中国知识分子的坎坷命运特别是自己一家的命运以及王国维的自杀等，早已给陈寅恪留下沉痛的记忆。由此，陈寅恪指出该诗是咏杨芳事，实际上更深一层的含义就是，他赞同龚自珍对当时社会状况的分析和批评，且能结合20世纪30年代中国社会的实际状况，来发现龚自珍的深刻寓意。杨芳本为文人，后投笔从戎，也曾立下赫赫战功，却在鸦片战争中遭遇可耻的失败，以至被后人称为"马桶"将军。而失败之因，除却清朝政府的决策失误外，其对西方文化的了解到了非常可笑的地步也是一个重要因素。这当是他们那一代文人的最大悲哀，也是龚自珍本来希望劝诫其多少能够有所改善的本意所在。

我们不能苛求张荫麟，毕竟他的人生经历和治学经验比起陈寅恪来还相对简单肤浅一些，假以时日，他当会有更大的成就。实际上陈寅恪对张荫麟极为推崇，曾特意为其写求职推荐信，称"张君为清华近年学生品学俱佳者中第一人，弟尝谓庚子赔款之成绩，或即在此一人之身也"，评价不可谓不高。大概也就是为此，陈寅恪在张荫麟发表《与陈寅恪论汉朝儒生行书》后，并没有公开回应。自然，在陈寅恪看来，张氏在文中已吸收自己的意见这一事实本身，就已意味着陈寅恪观点的胜出，也就没有必要再撰文回应。后张荫麟英年早逝，陈寅恪极为悲痛，特撰诗表示追悼之意：

> 流辈论才未或先，著书曾用牍三千。
> 共谈学术惊河汉，与叙交情忘岁年。
> 自序汪中疑太激，丛编劳格定能传。
> 孤舟南海风涛夜，回忆当时倍惘然。

再说晚清以来的今文经学以及尝试将其运用于政治变革之中，龚自珍当是开风气之先者。他曾学今文经学于刘逢禄，有诗云：

昨日相逢刘礼部，高言大句喜无加。

从君烧尽虫鱼学，甘作东京卖饼家。①

对于今文经学，晚清重臣张之洞一向反感。在其晚年发表的《抱冰堂弟子记》里，说："平生学术最恶公羊之学，每与学人言，必力诋之，四十年前亦然，谓为乱臣贼子之资。"②在戊戌年，他还曾写一首题为《学术》的诗，对公羊说大为不满：

理乱寻源学术乖，父雠子劫有由来。

刘郎不叹多葵麦，只恨荆榛满路栽。

其自注说："二十年来，都下经学讲公羊，文章讲龚定庵，经济讲王安石，皆余出都以后风气也。遂有今日，伤哉！"而陈寅恪与张之洞观点极为相似。陈寅恪在《朱延丰突厥通考序》中说："后来今文公羊之学，递演为改制疑古，流风所披，与近四十年间变幻之政治，浪漫之文学，殊有连系。"③可以说，晚清从刘逢禄、龚自珍开始的公羊经学之兴起，是导致康梁在戊戌变法中走激进主义道路的源头。对于戊戌变法，陈寅恪的看法非常明确。他认为当时其实有两种思路，一是张之洞、陈宝箴的渐进主义道路，一是康梁的激进主义道路。由此，在政治变革的思路上，陈寅恪对龚自珍不会有多少同感是可以肯定的。

但在对中国文人命运的剖析和社会批判方面，他们二人又有非常相似之处。张荫麟在1932年所写的《龚自珍诞生百四十周年纪念》中，曾联系当时社会实际，对龚自珍的《古史钩沉论》进行评述。他指出：

---

① ［清］龚自珍：《杂诗，己卯自春徂夏，在京师作，得十有四首》，《龚自珍全集》，上海人民出版社1975年版，第441页。

② ［清］张之洞：《抱冰堂弟子记》，《张之洞全集》卷228，武汉出版社2008年版，第27页。

③ 陈寅恪：《寒柳堂集》，上海古籍出版社1980年版，第145页。

当一政治旧势力崩倒以后，少数奸雄，乘时攫夺政府之缰辔，本其驵侩之人生哲学，瘁厉天下以求其一身一家一宗一族一乡一党，及其妻妾儿女之身家宗族乡党之安富尊荣……不论其是同志非同志，老同志，少同志；先进同志，后进同志；忠实同志，非忠实同志；举可以不宣理由，不经法判，而以锁链系诸其项。一切主义政策，法律纪纲，除为便我之具外，为无物；一切道德名词，除为责人之具外，为无物。①

而龚自珍在《古史钩沉论》《明良论》等文中，对其所在时代有极为深刻和尖锐的批判。首先是对统治者的专制和残暴：

昔者霸天下之氏，称祖之庙，其力强，其志武，其聪明上，其财多。未尝不仇天下之士，去人之廉，以快号令，去人之耻，以嵩高其身；一人为刚，万夫为柔，以大便其有力强武……其臣乃辱。……大都积百年之力，以震荡摧锄天下之廉耻。②

其次是对文人之被控制、改造以至逐渐失掉批判立场的揭露：

士皆知有耻，则国家永无耻矣；士不知耻，为国之大耻。历览近代之士，自其敷奏之日，始进之年，而耻已存者寡矣！官益久，则气愈偷；望愈崇，则诌愈固；地益近，则媚亦益工。至身为三公，为六卿，非不崇高也，而其与古者大臣巍然岸然师傅自处之风，匪但目未睹，耳未闻，梦寐亦未之及。臣节之盛，扫地尽矣。非由他，由于无以作朝廷之气故也。③

①　《大公报·文学副刊》第260期，1932年12月26日。
②　[清]龚自珍：《古史钩沉论一》，《龚自珍全集》，上海人民出版社1975年版，第20页。
③　[清]龚自珍：《明良论二》，《龚自珍全集》，第31页。

此与陈寅恪所言几乎一致：

> 纵览史乘，凡士大夫阶级之转移升降，往往与道德标准及社会风习之变迁有关。当其新旧蜕嬗之间际，常呈一纷纭综错之情态，即新道德标准与旧道德标准，新社会风习与旧社会风习并存杂用。各是其是，而互非其非也。斯诚亦事实之无可如何者。虽然，值此道德标准社会风习纷乱变易之时，此转移升降之士大夫阶级之人，有贤不肖拙巧之分别，而其贤者拙者，常感受苦痛，终于消灭而后已。其不肖者巧者，则多享受欢乐，往往富贵荣显，身泰名遂。其故何也？由于善利用或不善利用此两种以上不同之标准及习俗，以应付此环境而已。譬如市肆之中，新旧不同之度量衡并存杂用，则其巧诈不肖之徒，以长大重之度量衡购入，而以短小轻之度量衡售出。其贤而拙者之所为适与之相反。于是两者之得失成败，即决定于是矣。①

由此，则知识分子的命运可以想见，就是龚自珍笔下的"避席畏闻文字狱，著书都为稻粱谋"。对此，陈寅恪的回应是这样一首诗：

> 大贾便便腹满腴，可怜腰细是吾徒。九儒列等真邻丐，五斗支粮更殒躯。世变早知原尔尔，国危安用较区区。闻君绝笔犹关此，怀古伤今并一吁。

此诗本也为悼张荫麟而作，张氏本有肺病，抗战中自然得不到及时治疗，加之营养匮乏，再复以忧国忧民之思，抱疾著述，自然身体难以支撑。而陈寅恪本人在抗战中也因长期处于颠沛流离之中落得一个盲目多病的身体，自然对张氏悲剧感同身受。

有意思的是，陈寅恪一生对于经济收入问题始终非常关注，在抗战期间

---

① 陈寅恪：《元白诗笺证稿》，上海古籍出版社1978年版，第82页。

写给好友傅斯年的信中，曾多次言及"弟好利而不好名""弟此生残疾与否，惟在此时期之经济状况，所以急急于争利者，无钱不要"①。此外，他从来没有对经商给予轻视，曾对吴宓说过："我侪虽事学问，而决不可倚学问以谋生，道德尤不济饥寒。要当于学问道德之外，另谋求生之地，经商最妙。"②而张荫麟则认为，教授即应全心治学，经商乃属渎职。1942年，张荫麟在《思想与时代》第16期发表题为《师儒与商贾》的文章，对战时出现的一些教授经商现象给予批判。他认为大学教授"其职在为民族进学，为国家育才，此其事与市侩之牟利，意向迥殊，心计悬绝，万不能并营而兼善。精勤于市事，则必昏惰于进学与育才。心市侩之心，则必不能任师儒之任"。对此，今人胡文辉认为：张氏仅从经济角度考虑儒、商问题，似不免书生之见。③他认为陈寅恪上述有关"经商最妙"的意见，其实是着重于政治角度，不仅是对当时社会对知识分子迫害的控诉，而且认为是事关知识分子之自由与气节的大问题。细细品来，二人见解有不少差异。在张荫麟看来，国难当头之际，身为知识分子之佼佼者的教授，自然更应把为国家为民族培养人才视为最重要之事，如为个人私利兼职经商，自然有辱使命。不过，陈寅恪的意思则是，如果时局混乱，教授之位已岌岌可危，如无法保证个人的学术自由和人身安全，且不能甘为他人走狗或应声虫，则下海经商不失为一条谋生之道。此外，也不能因为商人多重利轻义而一概给予轻视。中国古代文人历来对经商持不屑态度，其实是片面之见，也是中国古代商业不能发展的重要原因。

至于龚自珍的观点，大致可从《明良论》中看出，因所议论的对象主要就是官僚士大夫。他认为国家如果要这些人尽职尽责而不营私舞弊，就应给他们足够的俸禄来养廉，不当空责急公爱上。他说："贾谊所言'国忘家、公忘私'者，则非特立独行以忠诚之士不能。能以概责之六曹、三院、百有司否也？内外大小之臣，具思全躯保室家，不复有所作为，……抑岂无心，或者贫

---

① 陈寅恪：《陈寅恪集·书信集 》，生活·读书·新知三联书店2001年版，第53、112页。

② 吴学昭：《吴宓与陈寅恪》，清华大学出版社1992年版，第8—9页。

③ 胡文辉：《陈寅恪诗笺释》，广东人民出版社2008年版，第176页。

累之也。"①龚自珍提出的所谓高薪养廉之说，如果放在抗战时期，自然没有可操作性，却有一定的启示意义。

龚自珍与陈寅恪之文化史和思想史意义上的联系大致如上。然后我们就多少可以了解，为何鲁迅明显受到龚氏影响，却未在其著作中提及龚自珍？这至少有一个明显原因，就是鲁迅与其师章太炎一样，不赞同晚清以来盛行的"今文经学"，而今文经学在晚清的倡导者就是龚自珍。不过，这样说多少还是有些牵强，因为很显然，不赞同某人思想并不会成为不在自己论著中提及某人的理由。

而且，龚自珍在精神气质上，在天才地感受到当时清廷统治的压抑和世风日衰等方面，确实让鲁迅"心有戚戚感"，这方面，龚自珍的孤独悲凉与贾宝玉的孤独悲凉以及鲁迅的孤独悲凉是一致的。将自己所生活的时代命名为"衰世"，这是龚自珍的独特发现，而鲁迅则将中国传统社会的本质特征命名为"吃人"。稍有不同的是，龚自珍是在所谓的康乾盛世末期，在社会还处于歌舞升平之时，就预见到大清王朝的衰落已无可避免；而鲁迅则是慧眼独具地撕破封建礼教的伪装，将中国数千年的历史之"吃人"真相揭露给世人看。

所以，龚自珍对鲁迅治学方面的影响，更多是在精神和气质层面。不妨看一些龚自珍与鲁迅对各自社会风貌的描述以及所传达出的悲凉之意境：

> 俄焉寂然，灯烛无光，不闻余言，但闻鼾声，夜之漫漫，鹘旦不鸣。②
>
> 楼阁参差未上灯，菰芦深处有人行。凭君且莫登高望，忽忽中原暮霭生。③

黑漆漆的，不知是日是夜。赵家的狗又叫起来了。狮子似的凶心，兔

---

① ［清］龚自珍：《明良论一》，《龚自珍全集》，上海人民出版社1975年版，第30页。

② ［清］龚自珍：《尊隐》，《龚自珍全集》，第88页。

③ ［清］龚自珍：《杂诗，己卯自春徂夏，在京师作，得十有四首》，《龚自珍全集》，第442页。

子的怯弱，狐狸的狡猾，……

灵台无计逃神矢，风雨如磐暗故园。

寄意寒星荃不察，我以我血荐轩辕。

至于在学术方面，窃以为龚自珍对鲁迅的潜在影响应该是在对史学的重视上，明确提出"尊史"的口号，甚至连"经"也不过是史的"子民"：

史之外无有语言焉；史之外无有文字焉；史之外无人伦品目焉。

灭人之国，必先去其史；隳人之枋，败人之纲纪，必先去其史；绝人之材，湮塞人之教，必先去其史；夷人之祖宗，必先去其史。

出乎史，入乎道，欲知大道，必先为史。[①]

对此，有学者指出，在龚自珍的学术构架中，"经"和"史"并不是"非此即彼""非彼即此"的选择关系，而是从属性的包容关系，"经"更被宽泛的范畴"史"所涵盖。[②]这在其《古史钩沉论》之二中有清晰的表述：

夫六经者，周史之宗子也。《易》也者，卜筮之史也；《书》也者，记言之史也；《春秋》也者，记动之史也；《风》也者，史所采于民，而编之竹帛，付之司乐者也。《雅》、《颂》也者，史所采于士大夫也。《礼》也者，一代之律令，史职藏之故府，而时以诏王者也。小学也者，外史达之四方，瞽史谕之宾客之所为也。……故曰：五经者，周史之大宗也。孔子殁，七十子不见用，衰世著书之徒，蜂出泉流，汉氏校录，撮为诸子，诸子也者，周史之小宗也。[③]

①　［清］龚自珍：《龚自珍全集》，上海人民出版社1975年版，第21、22、81页。
②　朱奇志：《龚自珍鲁迅比较研究》，岳麓书社2004年版，第187页。
③　［清］龚自珍：《龚自珍全集》，第21页。

鲁迅与20世纪中国研究丛书

龚自珍如此看重史学，其实正如后来梁启超过于抬高"小说"之地位一样，不过是一种策略，与章学诚的"六经皆史"有异曲同工之妙。不过，鲁迅可能最受影响的，应该是在其"尊史"口号之下提出的"尊心"之说。也是在《尊史》一文中，龚自珍对"尊心"是这样论述的：

> 史之尊，非其职语言、司谤誉之谓，尊其心也。心如何而尊？善入。何者善入？天下山川形势，人心风气，土所宜，姓所贵，皆知之；国之祖宗之令，下逮吏胥之所□守，皆知之。其于言礼、言兵、言政、言狱、言掌故、言文体、言人贤否，如其言家事，可谓入矣。又如何而尊？善出。何者善出？天下山川形势，人心风气，土所宜，姓所贵，国之祖宗之令，下逮吏胥之所守，皆有联事焉，皆非所专官。其于言礼、言兵、言政、言狱、言掌故、言文体、言人贤否，如优人在堂下，号咷舞歌，哀乐万千，堂上观者，肃然踞坐，眄睐而指点焉，可谓出矣。不善入者，非实录，垣外之耳，乌能治堂中之优也耶？则史之言，必有余呓。不善出者，必无高情至论，优人哀乐万千，手口沸羹，彼岂复能自言其哀乐也耶？则史之言，必有余喘。是故欲为史，若为史之别子也者，毋呓毋喘，自尊其心。①

有学者指出，龚自珍之"尊史"的关键是"尊心"，而"尊心"则为强化历史主体。也就是说，"尊心"所看重的不是历史文本，而是对历史文本的主体阐释和价值评判。②龚自珍认为，所谓"尊心"，关键在"善入"和"善出"。所谓"善入"，是指对历史事实烂熟于胸，包括"山川形势，人心风气""国之祖宗之令，下逮吏胥之所守"，及至"言礼、言兵、言政、言狱、言掌故、言文体、言人贤否"，如数家珍，如道家常。所谓"善出"，即观史如看戏。既要被优人的"好咷舞歌，哀乐万千"所感染，同时，又要保持清醒的理智，具有间离和结构的能力，"肃然踞坐，眄睐而指点焉"。"善入"

---

① ［清］龚自珍：《龚自珍全集》，上海人民出版社1975年版，第80—81页。
② 朱奇志：《龚自珍鲁迅比较研究》，岳麓书社2004年版，第191页。

是"善出"的基础，"善出"是"善入"的升华。这里，我们依稀看到与后世王国维在《人间词话》讲"境界"时所说的能入能出有些相似："诗人对宇宙人生，须入乎其内，又须出乎其外。入乎其内，故能写之；出乎其外，故能观之。入乎其内，故有生气；出乎其外，故有高致。"此处且不细细考证他们二者之间是否有某种联系，只是由此引出，鲁迅的文学史和学术史研究格外重视"世态人心"，重视从社会生活风貌和文人特别嗜好等角度切入对文学现象的考察和对文人心态的分析，当与龚自珍的"尊心"说有一定关联，或者是受到某些启发。

二、从门派传承看鲁迅的学术谱系

在漫长的中国文学发展演变过程中，文人之门派传承关系一直扮演极为重要的角色。这与中国文化发展进程中一直强调维系"学统"和"道统"的合法性有关，与中国传统文化中的家族本位思想和过于看重伦理道德的思想观念有关，与长期以来对文人个性、个体意识的压抑和过于强调继承的文化守成主义思想有关，也与文学和教育历史上一直保持密切互动关系以及强调"尊师重教"的优良学风有关。在近代以来的中国文学变革进程中，就有从曾国藩到俞樾，从俞樾到章太炎，从章太炎到鲁迅，再从鲁迅到孙伏园、胡风、黄源、萧军、萧红、柔石等这样一条清晰的师承关系线索，它几乎与近代以来中国文化变迁历史同步，堪称奇迹。与此类似的著名门派传承关系还有很多，例如从康有为到梁启超，再到蔡锷、杨树达等为代表的康门文人群体，以胡适及其弟子为代表的文人群体以及"学衡"派文人群体等。据《康门弟子述略》所不完全统计，康有为的受业弟子多达120人，并有拜门弟子15人，私淑弟子10人，其中如梁启超、谭嗣同、麦孟华、唐才常、马君武等都是近现代中国文化史上的重要人物。[1]由于这一门派所产生影响主要是在政治文化领域，除梁启超外他人对文学变革的影响相对较弱，本处不予重点论述。

---

① 陈汉才：《康门弟子述略》，广东高等教育出版社1991年版。实际上康有为的弟子数量应该更多，只是其早年所收弟子因缺少资料无法准确统计而已。

作为中国近代文化与文学史上承先启后的代表人物，曾国藩对于维系文化与文学传统有极为自觉的意识。在《圣哲画像记》中，针对西方文化对中国传统文化造成的冲击，曾国藩从维系中国文化"道统"和"学统"之延续性角度，列举了上至文、周、孔、孟，下至顾、秦、姚、王等历代三十二人为中国文化与文学史上的代表人物，并把他们视为门派传承关系中的重要链条。自然，曾国藩本人也是维系中华民族"道统"与"学统"中的重要一环，并与龚自珍、魏源等人开启了近代以来中国文学变革的进程。此外，门派传承中的另一现象——同门关系也对近代以来中国文化的发展变迁产生巨大而深远影响，这方面的案例就是章（太炎）门弟子以及胡（适）门弟子，他们作为近代以来中国文化变迁过程中影响最大的两个文人群体，其成就之所以巨大与其同门之间相互支持与密切呼应有直接关系。正是这种源远流长、脉络清晰的门派传承关系，使得文人群体无论在文学创作还是在从事理论研究时，都呈现出比较鲜明的强调"师承"与维护"同门"利益的特点，自然，在维系师说与坚持个性独立方面难以两全时，也会表现出某种矛盾和困惑。

19世纪末20世纪初，伴随西方文化的进入，传统的门派传承关系发生重大变化，其具体表现为：科举制度的废除使文人丧失借助师承和同门关系等进入统治阶层的机会，迫使知识分子寻找新的立足之地。[①]新式教育的出现和西式学堂的成立，在开启中国文化与文学现代化进程的同时，也导致文人之门派传承脉络日渐模糊淡化。随着传统的"座主"与"门生"以及"同年"关系不复存在，产生了基于现代教育体系的新型同学关系。从师承方面说，由于受教育层次和所学习专业范围增加，则被认可为"老师"的人数大大增加。如俞平伯承认可为自己老师者就多达近十人，而钱玄同更是既拜章太炎又拜崔适为师，全不顾两位老师的学说截然对立。虽然有不少个案说明近代以来师生关系仍类似于古人的"师徒如父子"，但从整体看师生关系日趋淡薄是不争的事实。

此外，伴随西方文化的进入，"洋"（西洋和东洋）老师开始活跃在中

---

① 参看王先明：《近代中国绅士阶层的分化》，《社会科学战线》1987年第3期。该文称20世纪初比较知名的48位报刊主笔、编辑中，就有42人拥有功名，本属于士人阶层，但在废除科举后不得不进入新闻界。

国文化和文学领域。他们或作为真正意义上的老师，培养出一批在中国现代文学与学术史上具有开创性和代表性的人物，如杜威之于胡适，白璧德之于梅光迪、陈寅恪、吴宓和梁实秋等；或者作为现代中国文人的精神导师，对他们的文学创作、批评甚至日常生活等产生重大深远影响，如罗素[①]、泰戈尔、罗曼·罗兰、萧伯纳等。整体上看，现代中国文人对于这些"洋"老师的态度以及对其文学观念的阐释，不仅较之对待"本土老师"有较大差异，且心态也较为复杂。一方面有崇洋与守旧的矛盾心态，一方面又受传统尊师情结影响，对"洋师"（无论是"东洋"还是"西洋"）基本以尊重为主。在吴宓日记中，即有很多对白璧德以及吴宓所景仰之穆尔等美国学者的评述，不仅赞赏他们的学术思想和文学观念，也有对他们高尚人格和魅力的赞美。而白璧德对陈寅恪、梅光迪和吴宓等中国弟子也寄予希望，愿他们回国后有所成就。[②]至于"学衡派"诸子如何走向白璧德以及白璧德如何期望其中国弟子将其学说发扬光大，学术界已有很多研究，兹不赘述。[③]而胡适在留学日记中多次记录与杜威的交往及对杜威的评价，表明胡适从杜威那里不仅学到实验主义理论，还有对公共事务的介入和人文关怀。[④]此外胡适日记中还有很多对其他"洋师"的评述以及美国学者谈大学对一个民族国家的重要性之内容，这些都有助于理解

---

① 例如章太炎晚年弟子曹聚仁就坦承他的思想一半受章氏影响，一半来自罗素。参看《曹聚仁先生纪念集》，上海市政协文史资料委员会、上海鲁迅纪念馆编，上海文史资料编辑部2000年版，第96页。仅就个人生活而言，罗素身为有妇之夫却携其刚结识女友一起来华，确实给当时的中国知识界很大震动，并在青年知识分子中引发模仿"罗素式婚姻"热潮，可参看冯崇义：《罗素与中国——西方思想在中国的一次经历》，生活·读书·新知三联书店1994年版，第163页。

② 此类内容很多，可参看吴宓：《吴宓日记》第二卷，生活·读书·新知三联书店1998年版，第78、91、196、212页等。

③ 此类成果很多，如郑师渠：《在欧化与国粹之间——学衡派文化思想研究》，北京师范大学出版社2004年版；沈卫威：《回眸"学衡派"——文化保守主义的现代命运》，人民文学出版社1999年版；高恒文：《东南大学与"学衡派"》，广西师范大学出版社2002年版。单篇论文更多，不赘。

④ 胡适：《胡适留学日记》卷九，海南出版社1994年版，第173页。此页日记记载胡适正在室中读书，突然发现杜威竟资助和直接参与一妇女集会活动，胡适不禁大惊，以为"二十世纪之学者不当如是耶！"。

鲁迅与20世纪中国研究丛书

为何胡适来到北大以及终生与北大有不解之缘。①值得注意的是，留美时的胡适尽管乐意接受西方的文化价值观，但在评价培根和爱默生这两位文化大师时，却还是用中国传统的"道德文章"标准。对前者胡适明显流露出不屑而对后者表示敬意，就是因为培根的"有学而无行"，与爱默生相比简直有"霄壤之别"。后来胡适果然专门写了一篇《友谊论》，以"中人眼光东方思想评培根一生行迹，颇有苛词，不知西方之人谓之何？"②。

研究中国留学生与外国老师的关系，以往人们多从中外文化的交流融合或碰撞角度，其实如果换为从门派传承角度分析可能更有意义。这方面的文人个案还有傅雷、梁宗岱与罗曼·罗兰、瓦雷里等。另外文人对待其洋老师和本土老师的不同态度，也值得研究，如吴宓和钱锺书之间，胡适、陈独秀等评价杜威，钱玄同、鲁迅等评价章太炎的态度与观点的变化等③。当然还可以分析东洋老师与西洋老师对中国学生的不同影响以及留学东洋与西洋者各自回国后的不同出路和成就等，如此才可以理解20世纪中国文学史上"英美学派"与"法日学派"之明争暗斗的来龙去脉。

相对于古代师承关系的较为固定和简单，近代以来文人之师承关系较为松散也较易发生变化。具体而言，主要体现为以下几个特点：

首先是在思想观念方面表现出明显的"弃旧求新"倾向，对恪守旧说的老师不再盲目崇拜，而能在思想上与其划清界限。最明显的例证就是章太炎与其师俞樾的思想分歧，最终导致章太炎写《谢本师》公开与其决裂。自然，在情感上两人并没有到水火不容地步。章太炎对俞樾如此，以后周作人之所以写《谢本师》批评章太炎，也是认为章氏思想上落伍。鲁迅对章太炎的评价更是强调其学术上的成就和思想上的落伍，基本态度还是重创新轻继承。另一个学术界熟知的例子就是1890年梁启超第一次见康有为后，立刻被其新思想震撼，

① 胡适：《胡适留学日记》卷九，海南出版社1994年版，第2—3页。

② 胡适：《胡适留学日记》卷一，海南出版社1994年版，第16页。

③ 胡适对章太炎的评价有些复杂，早期留学美国时对章氏多取不屑态度，如："又有《章谭合钞》，取其《太炎文钞》读之，中有《诸子学略说》，多谬妄臆说，不似经师之语，何也？"见《胡适留学日记》卷六，海南出版社1994年版，第249页。但回国后特别是在提倡"整理国故"后，对章氏学说评价甚高，但也只是归于旧学殿军而已。

从此尽抛旧学，成为康有为的最得力弟子。还有钱玄同，本来已经拜章太炎为师，却并不影响他再拜崔适为师。章太炎与崔适，一为古文经学大师，一为今文经学泰斗，两人治学思路截然不同。但钱玄同却看重崔适思想中强烈的"疑古"意识和古为今用治学方式，其实也反映出钱玄同对一味求新之时代趋势的认同和迷恋。

其次就继承思想来源和文化资源方面，近代以来的文人师承关系更多地表现为"弃传统尊西洋"倾向，也就是在寻求振兴中国文化和文学的途径和方法时，更看重西方文化和文学的影响，对洋师洋学说的认同和崇拜程度远远超过对本土老师。这一方面体现为近代以来出现的留学热潮，一方面体现为对来华访问讲学之洋老师的尊崇，这种尊崇甚至到了盲目崇拜的程度。这方面的例证就是杜威和罗素的来华讲学，他们两人作为20世纪上半叶对中国文人最有影响的精神导师，当年对中国文化界的巨大影响以及中国文人对他们的近乎盲目的崇拜言行，堪称空前绝后。此外，泰戈尔和萧伯纳等人作为纯粹的文学家来华访问，也先后激起中国文学界极大的反响。

第三个特点似可概括为"以传统反传统"。由于中国文化中根深蒂固的师教、师承观念，任何背叛师门的言行即便到20世纪也还常被认为是大逆不道，而恪守尊师之道却很容易得到社会认同。这就逼迫文人在思想启蒙与实施社会变革中遭受重大压力时，不得不利用传统的师生关系、利用老师的保护伞来保护自己，如钱玄同等章门弟子鼓吹白话文学时就利用了章太炎有关学说并受到其师的默许和支持。自然这一点随着社会的进步和时代发展，随着社会舆论对新思想和新学说的容忍度增加以及对新型师生关系的认可而逐渐趋于淡化并呈现为另一种形式的"以传统反传统"。例如常以"恶"的传统反对"美"的传统、以洋传统反对本土传统，以追求真理代替忠于师说。后两点不用解释，第一点则表现为传统师承关系中那种温情脉脉的师生情感关系以及弟子对师说只能唯唯诺诺的现象日趋淡化，而代之以敢于向老师挑战、论争的师生关系，"吾爱吾师，吾更爱真理"等说法的受到普遍认同就是例证。正是在这一点上似乎可以概括为"恶"，究其实质，就是反对传统的一味恪守师说、因循守旧的师承关系，而更强调"抽象式继承"其师辈学说中富有生命力的精神内涵，更注重对师说进行创造性的改造与现代性转换。如此从形式上看似乎还是坚持传统，却是本质上的以传统反传统。不过，也有部分文人早年行事多体现为离经叛道，晚年反而逐渐保守，在门派传承方面亦然，最终从所谓的反传统又回归传统。此外，导致文人对师承与同门关系日趋淡化的原因还有极为重要的一点，这就是自20世纪初以来伴随着具有现代意识的文人群体的形成和壮大，文人的自我意识开始觉醒，个性独立、艺术创新理念不断强化，由此导致对过于强调承继他人之观念的轻视，这其实也是对历史上过于看重继承而相对忽视创新和变革的一种自觉的反动。

也因此，阐述鲁迅的学术成果及其治学方式，必须对门派师承关系给予足够的关注，特别是那些看似关系不够紧密、实则影响深远者，例如鲁迅早年的启蒙塾师以及留学日本时的藤野先生等。此外，还需关注来自西方的鲁迅之精神导师，如尼采、叔本华等，以及鲁迅多次提及的经由翻译而接受其影响的达尔文、赫胥黎等，这些人物如果不是仅仅视为西方文化的代表性人物，而是作为鲁迅心目中的导师形象来研究，应该更有价值。

鲁迅先后交往过且他一直敬重的老师有三位：一位是他的启蒙塾师寿镜吾先生，一位是他在仙台学医时的日本老师藤野先生，还有一位就是章太炎先生。关于寿镜吾，鲁迅在《从百草园到三味书屋》中有过生动的描述："极方正、质朴、博学。"他管理学生严格，"有一条戒尺，但是不常用，也有罚跪的规则，但也不常用"。这些对少年鲁迅的影响很难说有多少会影响成年鲁迅的学术研究，至多就是其人格魅力和博学多识等对少年鲁迅潜移默化的影响吧。不过鲁迅成年后依然和其保持联系，说明在鲁迅心目中，对这位启蒙塾师还是极为敬重的。鲁迅与他的日本老师藤野先生的交往同样如此。不过由于鲁迅是在异国他乡结识藤野先生，同时又是在自己学习方面遇到困难时得到藤野的帮助，所以藤野在鲁迅心目中地位较之寿镜吾自然更加重要，以致有"他是最使我感激，给我鼓励的一个"的说法。1935年日本友人增田涉翻译《鲁迅选集》时，鲁迅特意写信说："一切随意，但希望能把《藤野先生》选录进去。"直到其逝世前，他还让增田涉打听藤野先生的下落。对于藤野，鲁迅的评价是："他对我的热心的希望，小而言，是为中国，就是希望中国有新医学；大而言之，是为学术，就是希望新的医学传到中国去。他的性格，在我的眼里和心里是伟大的。"①纵观鲁迅特意写的《藤野先生》一文，可以看出藤野对鲁迅最深刻的影响首先是对鲁迅这样一个来自弱国的留学生的真诚的关心和指导，其次是在教学过程中教育鲁迅学习态度要认真，甚至亲自修改鲁迅的听课笔记："原来我的讲义已经从头到末，都用红笔添改过了，不但增加了许多脱漏的地方，连文法的错误，也都一一订正。这样一直继续到教完了他所担任的功课：骨学、血管学、神经学。"再就是教育鲁迅学习自然科学要严谨、实事求是，因为"解剖图不是美术，实物是那么样的，我们没法改换它。现在我给你改好了，以后你要全照着黑板上那样的画"。藤野先生多年前的原话，鲁迅居然记得如此清晰，就恰恰说明鲁迅对此印象深刻。从藤野先生那里鲁迅学到的医学知识可能不多，但藤野严谨认真的教学态度以及对自然科学理论的敬畏尊重，应该对鲁迅之后的治学严谨有着虽然是潜移默化却是重要的影响。

如果认真考察20世纪中国学术的发展演变过程，也许有一个问题值得思考，那就是在见诸学术史的整个发展过程中，是否潜在地存在另一种发展进程？它可能更多受师承、同门等关系影响，这些影响有时可能不是以公开论争或辩难的方式出现，而更多地隐藏于文人的日记、书信、自传等私人记录中，但也正因为这些材料的私密性，所以它们对有关当事人所产生的影响，可能较之在公开场合所言，更加深刻和复杂。作为一条现代学术发展的复线或副线，或作为研究现代文人心态的极有价值的资料，这些应该引起我们足够的关注。按照"西马"的"日常生活批判"理论，任何学术研究实际上都可以还原成日常的生活实践，可以还原成日常生活中每个个体的积极作为，师生之间及同门之间的交往，其实就是一种介于"日常生活"与"非日常生活"之间的文人的日常生活活动。如此，考察和研究文人之间的日常交往特别是师友交往等就有其独特的价值。从性质上看，这些交往关系属于文人的"文学活动"，是其有机组成部分；但从形式上看，却常常以日常交往方式出现且贯穿于文人日常生活当中——这自然与文人这一特殊职业有关：创作也好，理论研究也好，

鲁迅与20世纪中国研究丛书

---

① 鲁迅：《藤野先生》，《鲁迅全集》第二卷，第302—307页。

实质上就是其日常生活的一部分。在文人的日常生活中，师友交往活动常常就贯穿于其写作过程之中，其日记、书信既是私人化的记录，同时又是具有开放性的文本，如胡适日记、吴宓日记以及鲁迅的《两地书》等。由于日常生活具有单调性和重复性，习惯想象和幻想的文人必然会感到不满足，而希望借助于文人之间的交往，老师和同门之间的鼓励刺激甚至论争，进行更有意义的学术活动，以便在理论研究过程中体现个体的独特价值，并在理论研究获得成果的瞬间体验幸福感与成就感，以反抗日常生活的单调乏味。在这个过程中，老师的某些启示教诲和同门的告诫建议，常常成为促使文人进入创作和理论研究的催化剂——例如钱玄同对于鲁迅，王国维对于胡适和陈寅恪，章太炎对于黄侃和钱玄同，鲁迅对于萧军、萧红等。另一方面，由于文人的日常生活和非日常生活界限常常模糊不清，文人与师友、同门之间的交往既属于其日常交往部分，同时具有非日常交往性质。在这样的日常交往过程中，那些属于特定团体（同一师门）的文人自然会把他所在的团体看作是他自身的延伸和拓展，从而不但把自己的活动而且把同门的活动都视为"为我们"的活动。① 按照"西马"代表人物之一阿格妮丝·赫勒的说法，这必然会导致产生一种"为我们意识"，这种意识不是立足于理性的王国之中，而主要是建立在尘世生活的基础之上。由此，既然个人不过是整体的有机组成部分，则更重要的不是个人的胜利而是整体的胜利，反之整体的胜利就是个人的胜利。当整体为了自身的利益而发展壮大，则富有个性的个体也必然随之茂盛。② 赫勒的论断很值得注意，当我们在论述中国现代文学的发展变迁时，不再将目光仅仅局限在政治、经济因素，而是更多地关注文人自身的日常生活以及他与他所在的文人群体之关系时，也许会发现，很多时候文人之间对某些事件的看法、对一些学术观念的论争，其立场并不是先验地被规定好的，假以适当的条件，所谓的"天时、地利

---

① 如沈尹默在回忆章氏门人驱逐桐城派、占领北大过程时说，他那时虽不是章门弟子，但和他们站在同一阵线上："对严复手下的旧人则采取一致立场，认为那些老朽应当让位，大学的阵地应当由我们来占领。"见沈尹默：《我与北大》，收入钟叔河等编：《过去的学校》，湖南教育出版社1982年版，第33—34页。

② ［匈］阿格妮丝·赫勒：《日常生活》，衣俊卿译，重庆出版社1990年版，第45页。

和人和"因素都凑合在一起的话，原本观点对立的双方完全可以走到一起，甚至有可能角色对调。何况就文学发展而言，也不能简单地以成败论英雄。即如"学衡"派而论，其理论的深刻和超前，直到20世纪末叶才受到学术界的重视。

在理论建构和具体的学术研究领域，我们同样可以看到门派传承关系的深刻影响。章太炎对魏晋文学的推崇以及他对"文学"这一概念的界定，就直接影响了鲁迅的文学史研究，对此学术界早有定论，不赘。而胡适终其一生，对方法的重视一直没有改变，甚至声称自己的全部理论都可以归结为方法论问题。胡适常常把自己所使用的研究方法归纳为十个字："大胆的假设，小心的求证。"并明确承认这十个字是来自杜威。胡适发现清代学者治学的方法竟然与杜威的思路极为相似，只是清儒不够自觉而已。正是在胡适这种方法论的影响下，其弟子顾颉刚才能大胆疑古，成为"古史辨"派的代表人物。对此，顾颉刚在《走在历史的路上——顾颉刚自述》等论著中有详尽的叙述。正是由于同门罗家伦的推荐和其师胡适的热情相助，顾颉刚才得以在1920年谋到在北大图书馆工作的机会。另一方面，胡适的治学方法更是直接影响了顾颉刚，胡适不仅给顾颉刚提供新的材料，还带他与北大的马裕藻、沈兼士、钱玄同等交往，而钱玄同的大力支持以及与顾氏的几次书信往来，也是顾颉刚提出"疑古"学说之最核心观点"层累地造成的中国古史"的直接动因。

此外，有必要强调一下文学思潮之发生演变与文人之门派传承的相互影响关系。通常情况下文学史的每个重要阶段，都会有一两个其影响贯穿整个阶段甚至超越这个阶段的重大文学思潮，而这类文学思潮之发生和演变，往往与其时文坛上占据支配地位或者至少是有重要影响之文人门派的鼓吹有直接关系，其中某些具有领袖地位者利用其个人魅力和巨大影响，更是可以直接推动文学思潮的发生与深化。无论是韩愈力倡"古文运动"以至被苏轼赞誉为"文起八代之衰"，还是鲁迅以"摩罗诗力说"引领五四文学启蒙思潮以及后来他与文学研究会同人大力提倡"写实主义"，我们都看到了文坛领袖人物的巨大影响。自然，对于文学思潮发生嬗变与文人之门派传承的关系要给予辩证理解，文人群体之间关系有时处理不好，会对文学思潮的演变产生负面影响。这种负面影响主要体现为由于过分看重团体利益而宁愿牺牲文学健康发展的良好局面，甚至是为了小群体的利益而有意放纵文学思潮向着不利于文学事业繁荣的方向演变。20世纪中国文学史上这样的例子还是不少，特别是当门派利益被有意识和某一时期政治动向结合在一起时，更会对文学思潮的健康发展产生巨大的干扰和扭曲作用。

第三章　历史叙述与诗性叙述

——鲁迅的中国古典小说研究与20世纪的中国小说理论

第一节　鲁迅的《红楼梦》研究与20世纪红学

一、鲁迅的"红学"研究成就概述

在20世纪中国学术史上，鲁迅研究和《红楼梦》研究（以下简称"鲁学"和"红学"）也许一直是影响最大且研究水平最高的两个学术领域，且鲁迅的有关中国古典文学的研究成果在学术史上占有重要地位也是明显事实。其中他在《红楼梦》研究中所提出的一系列重要观点以及所使用的研究方法，对20世纪"红学"乃至中国古典小说研究的发展演变，都产生了重要影响。对此，无论是"鲁学"研究界还是"红学"研究界看法基本一致，只是在鲁迅的《红楼梦》研究是否自成体系方面有一定分歧。[①]此处无意对这一分歧做出判定，只是提出几个颇有意味的问题：尽管鲁迅在20世纪中国文学史、文化史上一直占据领袖地位且长期得到主流意识形态的赞美，但鲁迅在学术思想史上的地位却

———

① 对此，袁良骏发表在《红楼梦学刊》1988年第2期上的《鲁迅与〈红楼梦〉》，可以视为"鲁学"研究界和"红学"研究界对鲁迅《红楼梦》研究成果看法取得基本一致的标志之一。袁文是在中国艺术研究院红楼梦研究所举办的第一届《红楼梦》讲习班上的讲稿整理而成。一位鲁迅研究专家在"红学"界举办的学术活动上作此类讲座，本身就有标志性意义。袁文也谈到了对鲁迅的"红学"研究是否有体系的分歧。

在很长一个时期内没有得到应有的评价，相对于其伟大文学家的身份，在面对大众的宣传方面，作为"学者"的鲁迅为何被有意无意忽略了？通常人们可以毫不犹豫地承认鲁迅为伟大的文学家、伟大的思想家甚至在不正常的年代承认他还是伟大的革命家和伟大的共产主义战士，却很少有人认为鲁迅也是伟大的学者，是可以同章太炎、王国维、陈寅恪等人相提并论的对20世纪中国现代学术体系建构和发展做出重要贡献的学术大师。难道这"学术大师"的称号更加重要和珍贵，人们还不舍得赋予鲁迅？答案显然不是这样，相比起人们赋予鲁迅的那些辉煌称号，一个"学术大师"的称呼已不再有多少分量。那么，是否相比其辉煌的文学创作成就，鲁迅的学术研究确实水平较低？或者水平很高但影响很小？另一方面，在见诸公开的场合，我们又看到无论是"鲁学"研究界还是"红学"研究界以及中国古典小说研究界，很多学者对于鲁迅所提出的一些学术观点又不遗余力地给予最高的赞美，并在他们的论著中不时引用以作为论证的理论依据。为什么会如此？难道是因为鲁迅作为一个文化符号，长期以来所承载的很多政治文化象征意义，早已远远超过文学与学术自身，致使学术界在面对鲁迅的很多思想观点时会不由自主呈现为两种表面看截然相反其实又有内在一致性的现象，即一味过于夸大的赞美与发自内心的多少有些不以为然？当文人面临文学和学术之外的非正常压力时，面对鲁迅是否就只能要么沉默要么给予言不由衷的空洞赞美？据此，有必要以此为切入点，对鲁迅的《红楼梦》研究以及他人评价进行较为全面的辨析，以求还原历史的真实面目，得出符合事实的解释。① 鉴于鲁迅的《红楼梦》研究在其全部中国古典文学研究中最有代表性，其所提出的一系列独创性见解、概念以及所使用的一些研究方法对后人影响最大，因此值得从学术思想发展史角度进行梳理和再探讨。借助于剖析其《红楼梦》研究这个"点"，不仅可以打通"鲁学"和"红学"这两

---

① 有一个因素可能有助于对这一疑问的解释：在鲁迅那个时代，学者的地位似乎高于作家，治学也比创作更能博得人们的尊重，尤其是治旧学者。例如文坛广泛流传的刘文典以自己善治《庄子》自负并因此看不起小说家沈从文，反过来却对陈寅恪极为佩服，以及朱自清任教清华后就致力于古典文学研究而基本放弃新诗创作的例子。如果事实的确如此，那么鲁迅作为兼治国学的新文学家，也许真的不被那时的一些学者看重，但并不能解释1949年后的鲁迅为何就不能也是"学术大师"。

个影响最大却很少沟通的研究领域，而且可以"窥一斑而知全豹"，有助于加深对鲁迅学术思想体系形成和发展演变的理解，有助于深化对20世纪中国文学研究以及中国现代学术转型过程中一些重大问题的认识。

毋庸讳言，发端于19、20世纪之交的中国现代学术体系的建构，是在西方近代文化思想的直接影响下开始的，其中学术研究方法的引进、西方学者惯用之思维方式的借用以及一些新术语的引进介绍，是奠定中国现代学术体系的基础。对此王国维在《论近年之学术界》《论新学语之输入》和《论哲学家与美术家之天职》等文以及陈寅恪在《与妹书》《吾国学术之现状及清华之职责》等文中有极为深刻全面的论述。王国维之所以取得重要而多方面的学术成就，与其对西方近代以来文化观念和学术思想的接受是分不开的。胡适更是以其白话诗和文学革命的成功实践与理论建树，验证了以杜威为代表的西方实用主义哲学在方法论上的指导意义。①从文学史研究和20世纪中国现代学术体系建构和发展角度看，鲁迅的中国古典小说研究也明显受到西方文化的深刻影响，他针对中国古代文学缺少真正悲剧所提出的批评就是一个例子。就《红楼梦》研究而言，鲁迅提出的一些令人耳目一新的论断和概念如人情小说、悲凉风格等，均具有很高的学术价值和鲜明的时代特色。鲁迅的研究成果不仅有助于后来者继续深化对于《红楼梦》的研究，而且对于20世纪中国学术体系的建构和学术方法的演进，也产生了重大而深远的影响。

首先，鲁迅在对以《红楼梦》为代表的优秀古典小说的研究中，以其清醒和自觉的史家眼光和文学史意识，始终将其纳入对全部中国小说史乃至中国文学史的研究视野之中，并在对中国小说的发展演变进程进行总结概括中审视《红楼梦》的思想艺术价值。也正是基于此点，鲁迅给予《红楼梦》以极高的评价，视为中国古典小说的高峰和中国古代文学的巅峰之作。相对于胡适认为《红楼梦》价值不高的判断以及蔡元培从索隐角度、王国维侧重于从哲学角度所作判断，鲁迅从文学史角度和小说发展演变角度所作判断无疑更有价值。在

鲁迅与20世纪中国研究丛书

---

① 刘克敌：《从挚友到对手——对胡适与梅光迪"文学革命"争论的再评价》，《山东师范大学学报（人文社会科学版）》2013年第3期。此外还可参看刘克敌、程振伟的《杜威实用主义哲学与20世纪中国文化》，原载《杭州师范大学学报（社会科学版）》2010年第4期。

某种程度上正是鲁迅的高度评价，才奠定了《红楼梦》在20世纪中国学术界和广大读者心目中不可动摇的"经典"地位，也在很大程度上促进了"红学"的发展。特别是鲁迅在他那个时代，就一方面将高鹗之续书与前八十回看作是一个有机整体，给予高鹗之续作较高评价；另一方面也深刻看出了其他续作的致命缺点即强写一个大团圆结局的拙劣，这种辩证眼光确实难能可贵。鲁迅在将原著和各种续作加以比较后指出："《红楼梦》中的小悲剧，是社会上常有的事，作者又是比较的敢于写实的，而那结果也并不坏。无论贾氏家业再振，兰桂齐芳，即宝玉自己，也成了个披大红猩猩毡斗篷的和尚。……然而后来或续或改，非借尸还魂，即冥中另配，必令'生旦当场团圆'，才肯放手者，乃是自欺欺人的瘾太大，所以看了小小骗局，还不甘心，定须闭眼胡说一通而后快。赫克尔（E.Haeckel）说过：人和人之差，有时比类人猿和原人之差还远。我们将《红楼梦》的续作者和原作者一比较，就会承认这话大概是确实的。"①

其次，是鲁迅在《红楼梦》研究中，并不局限于对作者作品的研究分析，而是能够站在审视中国文学史发展演变的高度，将作者所生活时代和作品产生的有关历史文化背景纳入其小说史研究框架之中，然后给《红楼梦》一个准确的定位，从而使其研究确实做到以点带面，从局部走向整体，具有深广博大之特色。如在《中国小说史略》中论述《红楼梦》是在第二十四篇，但早在第十九篇鲁迅就在"人情小说"的名目下论述《金瓶梅》，正是看到了此书对《红楼梦》的深刻影响。而在第二十六和二十七篇，在论述清代之狭邪小说和侠义小说时，仍然注意到它们不过是《红楼梦》影响的余波或反动，这就给读者以十分清晰的发展演变线索，是真正具有文学史眼光的分析论述。

再次，是鲁迅在对《红楼梦》研究以及其他古典小说研究中所使用的一系列概念和具体研究方法以及框架模式，具有开创性意义，对20世纪中国文学史的撰写指导思想和框架模式产生了重大影响。以《红楼梦》研究为例，鲁迅在整整一章的篇幅中，既有对作者生平和作品产生之时代背景的论述，又有对作

① 鲁迅：《论睁了眼看》，《鲁迅全集》第一卷，第239页。

品流传和版本的分析研究，由此可见鲁迅深知"知人论世"之法。他既有对作品主人公形象的深刻分析，也有对整部作品故事情节的概论，更有对作品艺术特色的精彩论断，等等。其中鲁迅对贾宝玉这一人物形象的精到分析及独特判断如"悲凉之雾遍被华林"及"爱博而心劳"等语，早已成为不易之论。再如他对《红楼梦》前八十回"仅露悲音，殊难必其究竟"以及对后四十回"虽数量止初本之半，而大故迭起，破败死亡相继，与所谓'食尽鸟飞独存白地'者颇相符，惟结末又稍振"[1]的比较性分析评价，都显示出极高的艺术鉴赏品味和对作品思想意义的深刻理解。

第四，鲁迅在《红楼梦》研究以及中国古典小说研究中所提出和使用的一系列名词术语，均具有学术独创性和很强的学术示范性，尽管有些概念的内涵外延在今天看来不够周密严谨，但在那个时代毫无疑问代表了此类研究的最高水平。例如他所提出的"人情小说"概念，并称《金瓶梅》《红楼梦》等为"人情小说"之代表作，就是一个很好的小说类型划分例证。"人情小说"是鲁迅在《中国小说史略》中作为和"神魔小说""讽刺小说"等平行的概念提出的，他对此的界定是："当神魔小说盛行时，记人事者亦突起，其取材犹宋市人小说之'银字儿'，大率为离合悲欢及发迹变态之事，间杂因果报应。而不甚言灵怪，又缘描摹世态，见其炎凉，故或亦谓之'世情书'也。"[2]所谓"银字儿"，是指宋代说话人所讲述的小说故事，因讲述这些小说时以银字管吹奏相和，故有此称。据宋灌圃耐得翁《都城纪胜·瓦舍众伎》："说话有四家：一者小说，谓之银字儿，如烟粉、灵怪、传奇。"[3]又宋吴自牧的《梦粱录·小说讲经史》有"且小说名银字儿，如烟粉、灵怪、传奇、公案、扑刀、杆棒、发迹、变态之事"。[4]鲁迅在论述明代之人情小说时把《金瓶梅》列为代表作，在论述清代之人情小说时则视《红楼梦》为代表作并给予极高

① 鲁迅：《中国小说史略》，《鲁迅全集》第九卷，第232—233页。

② 鲁迅：《中国小说史略》，《鲁迅全集》第九卷，第179页。

③ ［宋］孟元老等：《东京梦华录·梦粱录·都城纪胜·西湖老人繁盛录·武林旧事》，中国商业出版社1982年版，第11页。

④ ［宋］吴自牧：《梦粱录》，浙江人民出版社1980年版。

的评价："至清有《红楼梦》，乃异军突起，驾一切人情小说而远上之，较之前朝，固与《水浒》《西游》为三绝，以一代言，则三百年中创作之冠冕也。"①由此既可看出鲁迅对这两部杰作之内在联系的认定，也可看出鲁迅对"人情"或"世情"之内涵的认定。不过，对于"人情"与"世情"两个说法是否完全可以互换，学术界至今仍有争议。在笔者看来，鲁迅提出这些概念重在题材差异，意在区分小说类别，但并不看重同一类别中作品的艺术水准是否一致。如在人情小说中既有《红楼梦》这样的巨著，也有《玉娇梨》《平山冷燕》这样的平庸之作，而在神魔小说名下也不乏《西游记》这样的杰作。假若认真考辨鲁迅对这两个术语的使用，似乎"世情"小说侧重于展示社会风貌和针砭时弊，而"人情"小说则更侧重于刻画人物情感世界，重在对人性的揭示。如《金瓶梅》和《红楼梦》都被鲁迅视为人情小说的代表作，但对前者鲁迅的评价是："作者之于世情，盖诚极洞达，凡所形容，或条畅，或曲折，或刻露而尽相，或幽伏而含讥，或一时并写两面，使之相形，变幻之情，随在显见，同时说部，无一上之，故世以为非王世贞不能作。"②而在谈到《红楼梦》时，鲁迅的重点始终在于阐释他对宝黛悲剧的理解、对贾宝玉内心悲凉情怀的剖析以及对曹雪芹感时伤怀之"自叙"性创作的肯定："全书所写，虽不外悲喜之情，聚散之迹，而人物事故，则摆脱旧套，与在先之人情小说甚不同。"③这"在先"的人情小说，显然包括《金瓶梅》。对此，陈平原在其《小说史：理论与实践》中有专门章节论述鲁迅如此分类的学术意义及对后世影响，如"后世的小说史家几乎无不借重鲁迅的小说类型设计；……正是在与前代和后世的小说史家的对话中，鲁迅的小说类型理论确立了其独立地位"④。

笔者以为，鲁迅把《红楼梦》视为"人情小说"之代表作的意义，除却陈平原所论述者外，还在于是对中国古代小说一贯将小说之荒诞不经、鬼神狐妖

---

① 鲁迅：《鲁迅小说史大略》第14节，陕西人民出版社1981年版，第88—89页。

② 鲁迅：《中国小说史略》，《鲁迅全集》第九卷，第180页。

③ 鲁迅：《中国小说史略》，《鲁迅全集》第九卷，第233页。

④ 陈平原：《小说史：理论与实践》，北京大学出版社2010年版，第205页。

内容视为当然的一个"反动"、一个拨乱反正。从此小说内容回归世俗，回归表现世人的"日常生活"，也因此可以从世俗生活中挖掘表现诗意之美和人性之复杂深刻。《红楼梦》正是在借描写普通日常生活传达人生哲理方面达到极高造诣，才为鲁迅看重。以往很多研究者相对忽略了鲁迅如此看重《红楼梦》的原因，其实正在于《红楼梦》是一部平平淡淡的写实小说："盖叙述皆存本真，闻见悉所亲历，正因写实，转成新鲜。"①很多学者多次引用过此段，但并未体悟到鲁迅的真正旨意所在。笔者以为鲁迅此段最为强调的，应该就是曹雪芹如何能够将普普通通的平庸烦琐的日常生活素材，改造加工为焕发出浓郁诗意的文学巨著。读过《红楼梦》的人都会有感觉，那就是曹雪芹善于通过对普通日常生活事件的描绘，营造出富有令人怅惘之诗意的场景，从而使得小说人物性格更加丰富复杂深刻，也自然而然使得他们的悲剧命运蒙上一层感伤的薄雾，最终唤起人们对人生意义的反思。②其实，20世纪西方哲学的一个重要转向，就是理性向生活世界的回归，就是更加重视研究日常生活，更加看重日常生活对于那些从事创造性活动者的潜在而复杂的影响。而《红楼梦》的日常生活题材和写实手法，强调对于生活事件细节与人物心理的描写，不正是曹雪芹天才地提前实践了这一理论？鲁迅对此本来就极为敏感，他对日常生活的体验和诗意思考，可以说与曹雪芹是"心有灵犀一点通"。鲁迅晚年在大病初愈后曾经写过一篇《"这也是生活"》，其中有一段可以说明为什么他会对《红楼梦》所写不过是普普通通的生活有那样深刻的理解："街灯的光穿窗而入，屋子里显出微明，我大略一看，熟识的墙壁，壁端的棱线，熟识的书堆，堆边的未订的画集，外面的进行着的夜，无穷的远方，无数的人们，都和我有关。我存在着，我在生活，我将生活下去。……其实，战士的日常生活，是

鲁迅与20世纪中国研究丛书

---

① 鲁迅：《中国小说史略》，《鲁迅全集》第九卷，第234页。

② 美籍华人学者夏志清在其《中国古典小说》（江苏文艺出版社2008年版）中注意到《红楼梦》和《金瓶梅》以日常生活为主要题材的特点，指出："（《红楼梦》）作者从《金瓶梅》所学到的，主要是对日常生活的现实主义描绘艺术，是这样一种技巧，即通过对那些表面看来似乎无关紧要的日常琐事的描写来铺展小说，重点描述对一个家庭来说不同寻常的日子，如生日和节日，因为在这些日记里一般都有重要事件发生。可是，《金瓶梅》却粗糙而单调，而《红楼梦》则是精巧而生动。"见该书第254页。可惜他未有进一步深入的理论分析，没有引入日常生活批判理论论述《红楼梦》的这一特色。

并不全部可歌可泣的，然而又无不和可歌可泣之部相关联，这才是实际上的战士。"①鲁迅不愧其伟大深刻，而晚年的疾病无非加深了他对于日常生活本质的思考而已。的确，日常生活之所以值得关注值得表现，不仅因为它潜藏有审美的种子和诗意的空间，更因为它就是构成现实人生不可或缺的基本要素，就在于它对世人精神情感世界的影响无时无处不在。按照《日常生活》一书作者赫勒的说法，人总是带着一系列给定的特质、能力和才能进入世界之中，他最为关切的往往是他在直接的共同体中的生存（这首先表现为他的家庭以及他所成长于其中的家族或团体的生活空间），他对自己的世界的理解和建立往往是以他的自我为中心，也因此他特别注意培养那些有助于他在给定的环境中生存的特性与素质，这些特性包括特殊的禀赋、排他主义观点、动机与情感。显然，如果要对文人的创作与学术研究生活进行正确的阐释，不可不注意其日常生活状况，不可不研究文人在很多日常活动中微妙而细腻的心理波动。由于文人的日常生活与其创作研究关系更加密切，日常生活和日常交往活动对其影响也就更加深刻复杂。为此，笔者以为有必要对鲁迅的《红楼梦》研究，对鲁迅之日常生活与其创作、治学的关系，运用日常生活批判理论尝试给予新的阐释。

鲁迅在《中国小说史略》中关于《红楼梦》的创新性研究，还在于他第一次在冠以《清之人情小说》的标题下以整整一章篇幅分析《红楼梦》，从作品版本到作者生平，从思想内容到艺术特色，最后是对后世同类作品的影响。这种论述形式对后来的文学史撰写影响极大，以致后来几乎所有的中国文学史和中国小说史专著，都把《红楼梦》作为专章论述，此已成为通例。虽然有些文学史在论述《红楼梦》时没有冠以"人情小说"的名目，但在著作中给《红楼梦》以整整一章的篇幅却几乎完全一致。

在谈到《红楼梦》对后世小说的影响时，鲁迅特别注意从小说类型演变角度以及社会生活角度进行分析，如对《儿女英雄传》及其作者所受《红楼梦》影响，鲁迅就把目光首先放在《红楼梦》所表现"人情"之影响演变方面：

---

① 鲁迅：《"这也是生活"》，《鲁迅全集》第六卷，第601—603页。

"比清乾隆中，《红楼梦》盛行，遂夺《三国》之席，而尤见称于文人。惟细民所嗜，则仍在《三国》《水浒》。时势屡更，人情日异于昔，久亦稍厌，渐生别流，虽故发源于前数书，而精神或至正反，大旨在揄扬勇侠，赞美粗豪，然又必不背于忠义。其所以然者，即一缘文人或有憾于《红楼》，其代表为《儿女英雄传》。……文康晚年块处一室，笔墨仅存，因著此书以自遣。升降盛衰，俱所亲历，'故于世运之变迁，人情之反复，三致意焉。'（并序语）荣华已落，怆然有怀，命笔留辞，其情况盖与曹雪芹颇类。惟彼为写实，为自叙，此为理想，为叙他，加以经历复殊，而成就遂迥异矣。"①这里鲁迅从作者之身世异同及思想境界之高低角度评判作品思想艺术成就高低，深得社会历史批评真髓，当是此类批评的范例。

关于《红楼梦》的主旨，在蔡元培的"索隐说"和胡适的"自传说"之间，鲁迅原先倾向胡适的自传说，后来有所改变而更加强调文学创作的虚构性。而作为胡适、鲁迅共同之好友的俞平伯，原先赞同胡适的观点，后来有所变化转而接近鲁迅的看法。如俞平伯在1940年已经认为："《红楼》原非纯粹之写实小说，小说纵写实，终与传记文学有别。……吾非谓书中无作者知平生寓焉，然不当处处以此求之，处处以此求之必不通，不通而勉强求其通，则凿矣。以之笑索隐，则五十步笑百步耳，吾正恐来者之笑吾辈也。"②其实，无论是鲁迅还是俞平伯，他们对胡适的批评不仅在于对具体作品的研究方法，而且也涉及对胡适在所谓"科学方法"指引下去"整理国故"的看法，认为这样做有局限性。为了进一步体会鲁迅观点的深刻，再看看另一位"红学"名家吴宓的观点，在《红楼梦新谈》中，吴宓运用西方近代小说理论，对《红楼梦》有这样的概括性评价："《石头记》（俗称《红楼梦》）为中国小说一杰作。其人人之深，构思之精，行文之妙，即求之西国小说中，亦罕见其匹。西国小说，佳者固千百，各有所长，然如《石头记》之广博精到，诸美兼备者，实属寥寥。英文小说中，惟W. M. Thackeray之The Newcomes最为近之。自吾读西国

---

① 鲁迅：《中国小说史略》，《鲁迅全集》第九卷，第269页。

② 俞平伯：《〈红楼梦讨论集〉序》，《俞平伯论红楼梦》，上海古籍出版社、三联书店（香港）有限公司联合出版1988年版，第360—361页。

小说，而益重《石头记》。若以西国文学之格律衡《石头记》，处处合拍，且尚觉佳胜。"①吴宓同意美国学者的意见，认为结构谨严是仅次于作品主旨的衡量小说是否杰作的必要前提，而《红楼梦》恰恰符合此点。相比之下鲁迅似乎没有对《红楼梦》的结构给予格外关注，却对其语言特色给予最高赞美。由于吴宓所使用之价值尺度是西方近代以来的小说理论，其对《红楼梦》的分析不乏精彩深刻之处，也开创了运用比较文学理论研究《红楼梦》的先河。但整体而言，他的研究有生搬硬套西方理论之嫌，有些分析也稍嫌牵强。

此外，还应格外关注鲁迅在论述宝玉形象时所提出的"悲凉之雾，遍被华林"这一论断之价值，以及对20世纪中国文学整体风格研究的影响。"悲凉"作为一个词连用，最早见于汉班固的《白虎通义》，内有"黎庶陨涕，海内悲凉"②之句，后谢灵运在其《庐陵王墓下作》中有"道消结愤懑，运开申悲凉"③之句。悲凉作为美学范畴有两层含义，一指作品风格一指作者心态。从《文心雕龙》《诗品》到近代文论著作，都有对悲凉作为一种风格的确认与赞美，如司空图在其《二十四诗品》中就将悲凉列为风格之一，并以这样富有诗意的语言来描述："百岁如流，富贵冷灰，大道日丧，若为雄才。"至于悲凉作为文学人物或作者之心态，导致其产生的因素则比较复杂。第一，由于痛感个人在现实生活中特别是在黑暗势力面前无能为力而产生悲凉感。第二，由于对自己一向认为神圣、视为生命的事业（如学术）感到失望从而导致人生理想破灭而走向悲凉。第三，对自己置身其中又深深迷恋的文化传统感到失望而又无力拯救的悲凉。第四，对宇宙永生、人生短暂而又无力改变这种结局所产生的悲凉。第五，由上述各点导致对自身存在、人类存在的价值感到怀疑、痛苦但又无法解脱而产生的悲凉。一个人如果对人生有悲凉感，并不能表明他的深刻，只有真正为人类命运感到悲哀和无奈的人，他的悲凉才是真正伟大的悲凉。从主体角度看，只有真正具有孤独感的人才会感到悲凉，悲凉与孤独往往是同时出现于心灵之中。因此，无论个人多么痛苦绝望，只要他还能创作，他

①　原载于《民心周报》第1卷第17期（1920年3月27日版）、第18期（4月3日版）。
②　[汉] 班固：《白虎通义》，中国文史出版社1999年版。
③　胡大雷选注：《谢灵运鲍照诗选》，中华书局2005年版。

就不会走向颓废或死亡，鲁迅正是在这个意义上理解了宝玉的悲凉，也正是曹雪芹的悲凉，诚如其所言："在我的眼下的宝玉，却看见他看见许多死亡。"在这个意义上，说《红楼梦》是一部伟大的表现人生之死亡的大书当为确切之词。笔者以为，如此看待鲁迅针对宝玉所使用的"悲凉"一词，才比较接近鲁迅的用意。

此外，鲁迅这一近于盖棺论定的说法更是极大影响了20世纪的中国文学研究，且不说有多少研究者动辄使用"悲凉"概念分析人物心态、界定作品风格，也不说有多少研究者对整个20世纪中国文学冠以"悲凉"特色，单单"悲凉"一词对于20世纪中国文人思想情感的影响，就无论怎样强调都不过分。诚然，19世纪中叶以来的中国文化日趋衰败的状况，为文人提供了创作风格悲凉之作的生活基础，科举制度的废除更是从根本上切掉了文人进入统治集团的合法途径。而中国古代文学中源远流长的"悲凉"传统，也会对那些虽然已经接触和接受了西方的文化与文学思想，但情感上依然对传统文化高度认同的中国现代文人产生深刻影响。例如五四新文化运动中对立的双方，虽然文学观念截然对立，但其作品的风格却都趋于深沉悲凉。更有甚者，是那些积极从事新文学运动的代表性人物，在五四退潮之后所表现出的迷茫和失落之感，更使得他们的创作呈现出无可掩饰的悲凉与荒寒，对此李泽厚等人早在上个世纪的80年代就有过出色的论述。[1]因此，说鲁迅这一论断在很大程度上延续和强化了这一传统对20世纪中国文人的深刻影响是毫不过分的。加上20世纪中国社会持续的动荡不安和中国知识分子所受到的不同形式的打击迫害，就使得"悲凉"这一概念不仅具有文学史和学术史意义，更具有思想史和知识分子心灵史的意义。值得注意的是即便在那些最激进的文人笔下，当他们的目光离开沸腾的社会生活而进入个人内心世界时，就无可抑制地流露出空虚绝望和悲凉之气，这在20世纪的旧体诗词和散文创作中最为明显。[2]

以下我们再简单评述王国维有关《红楼梦》的研究，以进一步对比映照

---

① 对此，可以参看李泽厚的《美的历程》《中国现代思想史论》等著作。

② 对此，笔者在《万古书虫有叹声——二十世纪中国知识分子悲凉心态漫谈》（原载于《江淮论坛》1997年第5期）中有较为详尽的阐述。

鲁迅相关观点的学术思想史价值。王国维最为世人所熟知的，自然是他借用叔本华哲学于1904年所写的《红楼梦评论》，这是20世纪中国学术界运用西方哲学理论研究《红楼梦》的第一篇论文，其重要意义不言而喻。俞平伯在《索隐与自传说闲评》中曾对王国维此文有较高评价："及清末民初，王蔡胡三君，俱以师儒身份大谈其《红楼梦》，一向视同小道或可观之小说遂登大雅之堂矣。王静安说中含哲理，惜乏嗣音。"①纵观王国维此文，其最大学术价值在于运用叔本华哲学，断定《红楼梦》是一部彻头彻尾的悲剧、一部悲剧中的悲剧。他说："由叔本华之说，悲剧之中又有三种之别：第一种之悲剧由极恶之人极其所有之能力以交构之者；第二种由于盲目的运命者；第三种之悲剧由于剧中之人物之位置及关系，而不得不然者，非必有蛇蝎之性质与意外之变故也，但由普通之人物，普通之境遇，逼之不得不如是。彼等明知其害，交施之而交受之，各加以力而各不任其咎。此种悲剧，其感人贤于前二者远甚。……若《红楼梦》正第三种之悲剧也。"所以"可谓悲剧中之悲剧也"。②总之，《红楼梦》一书的美学价值就在于其所写的是悲剧中的悲剧。王国维受叔本华悲观主义哲学影响，认为《红楼梦》的主旨不过是说明"生活之欲之先人生而存在，而人生不过此欲之发现也。此可知吾人之堕落，由吾人之所欲而意志自由之罪恶也"。王国维认为，贾宝玉最终只有放弃他的生活之欲也即出世，才能根本上解决他一生中所有问题，才能获得解脱。出家和自杀都不能使人生得到解脱，因为它们还是不够彻底。出世与出家虽只一字之差，实有天壤之别。值得注意的是王国维与鲁迅一样，认为宝玉是体现《红楼梦》悲剧精神的唯一人物："彼于缠陷最深之中，而已伏解脱之种子，故听《寄生草》之曲，而悟立足之境；读《胠箧》之篇，而作焚花散麝之想，所以未能者，则以黛玉尚在耳。至黛玉死而其志渐决，然尚屡失于宝钗，几败于五儿。屡蹶屡振，而终获最后之胜利。读者观自九十八回以至百二十回之事实，其解脱之行程，精进之历史，明了精切何如哉！且法斯德之苦痛，天才之苦痛；宝玉之苦痛，人人所

---

① 俞平伯：《俞平伯全集》第六卷，花山文艺出版社1997年版，第435页。
② 王国维：《王国维全集》第一卷，第66—67页。

有之苦痛也。其存于人之根柢者为独深，而其希救济也为尤切。"① 这里我们发现，他的说法与鲁迅论宝玉的"悲凉之感"有异曲同工之妙。不过整体而言，王国维论《红楼梦》更多是从哲学角度，而鲁迅则更侧重于从文学史角度评价，这是他们的不同之处。

作为较早的"红学"研究成果，王国维的《红楼梦评论》自然也有不足之处。钱锺书在其《评〈红楼梦评论〉》中就评价说："王氏于叔本华著作，口抹手脈，《红楼梦评论》中反复称述，据其说以断言《红楼梦》为悲剧之悲剧。……然似于叔本华之道未尽，于其理未彻。苟尽其道而彻其理，则当知木石姻缘，侥幸成就，喜将变忧，佳耦始者或以怨耦终；遥闻声而相思相慕，习进前而渐疏渐厌……"②按钱氏之意，是说假如宝黛二人真能结合，则才为真正悲剧。因为一旦理想变为现实，反而容易因得到后不知珍惜，日久反生厌倦之心。他还认为："盖自叔本华哲学言之，《红楼梦》未能穷理窟而抉道根；而自《红楼梦》小说言之，叔本华空扫万象，敛归一律，不屑观海之澜；而只欲海枯见底。夫《红楼梦》，佳著也，叔本华哲学，玄谛也；利导则两美可以相得，强合则两贤必至相厄。"③笔者以为，钱氏所言虽有道理，但与王国维所说似乎不是同一视角，而且考虑到王国维在20世纪之初就写出这样深刻的"红学"研究论文，其中很多见解依然准确深刻，钱氏批评多少有些苛刻。此外钱锺书作为古典文学研究的大学者，当对鲁迅的中国古典小说研究极为熟悉，但除在20世纪30年代有一次提出某条资料可补鲁迅《小说旧闻钞》中之遗漏外，对鲁迅之研究并无具体评价，个中态度颇耐人寻味。对此学术界早有注意，不赘。④

① 王国维：《王国维全集》第一卷，第64页。
② 钱锺书：《谈艺录》，生活·读书·新知三联书店2001年版，第72页。
③ 钱锺书：《谈艺录》，生活·读书·新知三联书店2001年版，第76页。
④ 此类研究较多，如王培军的《钱钟书与鲁迅》，《福州大学学报（哲学社会科学版）》2003年第2期。

二、鲁迅"红学"研究之影响

毋庸置疑，由于一些客观原因如资料搜集的限制，鲁迅在《红楼梦》研究中所提出的一些关于作品版本、作者生平等方面的具体观点和见解，在今天已经过时或者不够全面，但他对《红楼梦》的思想艺术价值所作出的整体判断依然深刻。无论是对"红学"研究者还是对"鲁学"研究者而言，鲁迅的"红学"研究成果都不容忽视，且不因时间的流逝而减弱其学术价值。

笔者曾对"红学"界一些研究者的论著以及常见中国文学史中有关《红楼梦》部分的论述进行过统计，发现在众多的研究论著中，引用鲁迅有关《红楼梦》的论述最多者应为以下五处：

1.（宝玉）于外昵秦钟蒋玉函，归则周旋于姊妹中表以及侍儿如袭人晴雯平儿紫鹃辈之间，昵而敬之，恐拂其意，爱博而心劳，而忧患亦日甚矣。……

荣公府虽煊赫，而……颓运方至，变故渐多；宝玉在繁华丰厚中，且也屡与"无常"觌面，……悲凉之雾，遍被华林，然呼吸而领会之者，独宝玉而已。①

2.至于说到《红楼梦》的价值，可是在中国底小说中实在是不可多得的。其要点在敢于如实描写，并无讳饰，和从前的小说叙好人完全是好，坏人完全是坏的，大不相同，所以其中所叙的人物，都是真的人物。总之自有《红楼梦》出来以后，传统的思想和写法都打破了，——它那文章的旖旎和缠绵，倒是还在其次的事。②

3.《红楼梦》是中国许多人所知道，至少，是知道这名目的书。谁是作者和续者姑且勿论，单是命意，就因读者的眼光而有种种：经学家看见《易》，道学家看见淫，才子看见缠绵，革命家看见排满，流言家看见宫闱秘事……。

---

① 鲁迅：《中国小说史略》，《鲁迅全集》第九卷，第231页。
② 鲁迅：《中国小说的历史的变迁》，《鲁迅全集》第九卷，第338页。

在我的眼下的宝玉，却看见他看见许多死亡；证成多所爱者，当大苦恼，因为世上，不幸人多。惟憎人者，幸灾乐祸，于一生中，得小欢喜，少有挂碍。然而憎人却不过是爱人者的败亡的逃路，与宝玉之终于出家，同一小器。但在作《红楼梦》时的思想，大约也止能如此；即使出于续作，想来未必与作者本意大相悬殊。①

4. 高尔基很惊服巴尔札克小说里写对话的巧妙，以为并不描写人物的模样，却能使读者看了对话，便好像目睹了说话的那些人。……中国还没有那样的好手段的小说家（指巴尔札克，引者注），但《水浒传》和《红楼梦》的有些地方，是能使读者从说话看出人来的。②

5. 在中国，小说是向来不算文学的。在轻视的眼光下，自从十八世纪末的《红楼梦》以后，实在也没有产生什么较伟大的作品。③

此外，鲁迅在《鲁迅小说史大略》中有一段堪称经典的对《红楼梦》的评价，也常为学界引用："人情小说萌发于唐，迄明略有滋长，然同时坠入迂鄙，以才美为归，以名教自饰。李赞、金喟虽盛称说部，而自无创作，亦无以破世人拘墟之见，但提挈一二传奇演义，出于恒流之上而已。至清有《红楼梦》，乃异军突起，驾一切人情小说而远上之，较之前朝，固与《水浒》《西游》为三绝，以一代言，则三百年中创作之冠冕也。"④

在20世纪后半叶影响较大的几部中国文学史和"红学"研究专著中，均有对鲁迅上述论断的不同程度引用。如游国恩等五教授主编的《中国文学史》第四卷，在论述《红楼梦》的第八章第三节的结尾，引用了上述四段中的第二段，这也是该章所引用现代红学研究者成果唯一的一次。相形之下，该章在提及其他红学研究代表人物如蔡元培、胡适等人观点时均不提具体人名且取批判态度，而对鲁迅此段引文的使用是放在该卷第三节的结尾，具有盖棺论定的作

① 鲁迅：《〈绛洞花主〉小引》，《鲁迅全集》第八卷，第145页。
② 鲁迅：《看书琐记》，《鲁迅全集》第五卷，第530页。
③ 鲁迅：《〈草鞋脚〉小引》，《鲁迅全集》第六卷，第20页。
④ 鲁迅：《鲁迅小说史大略》第14节，陕西人民出版社1981年版，第88—89页。

用，由此可见对鲁迅论断的重视。又如由中国科学院文学研究所集体编写的三卷本《中国文学史》，也是在第三卷专门论述《红楼梦》的第七章第五节，在评价《红楼梦》的艺术成就时也引用这一段，是该章中唯一一次引用现代学者的研究成果，并且同样是对胡适、蔡元培等人的观点予以不点名的批判。

20世纪80、90年代，李泽厚的著作曾经影响了中国文化思想界，其《美的历程》更是风行一时。该书在论述清代文艺思潮时，即把《红楼梦》看作当时感伤主义思潮的代表："关于《红楼梦》，人们已经说过了千言万语，大概也还有万语千言要说，因此，本书倒不必给这个说不完道不尽的奇瑰留更多篇幅。总之，无论是爱情主题说、政治小说说、色空观念说，都似乎没有很好地把握住上述具有深刻根基的感伤主义思潮在《红楼梦》里的升华。其实，正是这种思潮使《红楼梦》带有异彩。笼罩在宝黛爱情的欢乐、元妃省亲的豪华、暗示政治变故带来巨大惨痛之上的，不正是那如轻烟如梦幻、时而又如急管繁弦似的沉重哀伤和唱叹么？因之，千言万语，却仍然是鲁迅几句话比较精粹：……颓运方至，变故渐多；宝玉在繁华丰厚中，且也屡与'无常'觌面，……悲凉之雾，遍被华林；然呼吸而领会之也，独宝玉而已。"[1]显而易见，李泽厚只有受到鲁迅的深刻影响，才会对鲁迅观点极为赞同。

周汝昌是20世纪中叶以来"红学"研究的代表性人物之一，他这样评价鲁迅的《红楼梦》研究："只要细读《中国小说史略》第二十四篇《清代人情小说——红楼梦》，就会看出，鲁迅在蔡胡两家之间，作出了毫不含浑的抉择：弃蔡而取胡。并且昌言指明，'自传说'开端最早，而论定却最晚。""应当体会到，鲁迅下了'论定'二字是笔力千钧，他岂是轻言妄断之人？""更应着重指出的，是鲁迅并非照抄别人的文字见解，他自己作了更多的探索，而且有超越别人的识见。这才真正够得上是'学'的了。"[2]

上个世纪50年代初因批判俞平伯之《红楼梦》研究而爆得大名的李希凡和蓝翎，在其论著中更是不止一次引用鲁迅的有关论述，作为他们文章的立论出

---

① 李泽厚：《美的历程》，中国社会科学出版社1984年版，第256—257页。

② 周汝昌：《还"红学"以学——近百年红学史之回顾》，《北京大学学报（哲学社会科学版）》1995年第4期。

发点。如李希凡的《沉沙集——李希凡论红楼梦及中国古典小说》中，就多次引用上述数段鲁迅的论断作为自己评价《红楼梦》的理论基础。在该书的《极摹人情世态之歧》一文中，李希凡在引用鲁迅那句"总之自有《红楼梦》出来以后，传统的思想和写法都打破了"后，写下这样对鲁迅之研究高度评价的话："鲁迅给予《红楼梦》如此高度的评价，而且是早在二十年代，的确显示了他的小说家的深邃、卓识的眼光。"①

另一位"红学"研究名家蒋和森，曾在写于上个世纪80年代的有关《红楼梦》的长文中两次引用鲁迅的话作为理论依据，②不过没有一次是鲁迅评价《红楼梦》的内容，而是鲁迅就其他话题所发表之议论。这本身颇耐人寻味，因为就蒋氏此文之题目看，他所评述之内容，本该是很适合引用鲁迅有关《红楼梦》之论断才顺理成章。那么，这是否说明他对鲁迅的"红学"研究多少有些不以为然还是有意无意的疏忽？而且，从蒋和森其他"红学"论文中可以看出他所受鲁迅影响的明显痕迹，如"中国文学从《诗经》开始就歌颂爱情，虽历千年而不少衰，发展到明清更是广及于戏曲小说。但那些作品虽然各有冲击封建社会的意义，却总是跳不出一个范围，即大都不脱'郎才女貌'、'夫贵妻荣'、'五花诰封'这类爱情理想和人生追求。只有《红楼梦》出来以后，才完全打破了这种传统的格局"③。蒋和森这段话虽然没有明指，但显而易见脱胎于鲁迅的那句"总之自有《红楼梦》出来以后，传统的思想和写法都打破了"④。

当代学者陈平原在其《小说史：理论与实践》中谈到清代小说时，也是引用鲁迅的"总之自有《红楼梦》出来以后，传统的思想和写法都打破了"作为对《红楼梦》的最高评价。⑤至于其他学者之引用和评价，限于篇幅无法一一

---

① 李希凡：《沉沙集——李希凡论红楼梦及中国古典小说》，文化艺术出版社2005年版，第360页。

② 蒋和森：《一部对时代生活感到痛绝的书——论红楼梦的思想内容及其社会意义》，《红楼梦研究集刊》第五辑，上海古籍出版社1980年版。

③ 蒋和森：《红楼梦论稿》，人民文学出版社1959年版，第33—34页。

④ 鲁迅：《中国小说的历史的变迁》，《鲁迅全集》第九卷，第338页。

⑤ 陈平原：《小说史：理论与实践》，北京大学出版社2010年版，第167页。

列举。自然，由于鲁迅在1949年后特殊的思想文化和文学领袖地位，很多学者都会对鲁迅的《红楼梦》研究给予高度评价，也会在相关研究中引用鲁迅观点作为自己立论的出发点。所以，要正确判断鲁迅研究的价值以及对"红学"研究的影响，还是要回到学术研究本身，具体分析鲁迅的研究是否确实具有很高的学术价值。为此，看看作为"新红学"代表人物的胡适、俞平伯如何评价鲁迅的有关研究，应该是一个很好的参考尺度。①

胡适在1928年写的《白话文学史》的"自序"里这样评价鲁迅的小说研究："在小说的史料方面，我自己也颇有一点点贡献。但最大的成绩自然是鲁迅的《中国小说史略》；这是一部开山的创作，搜集甚勤，取材甚精，断制也甚谨严，可以替我们研究文学史的人节省无数精力。"②1936年11月，胡适的学生苏雪林致信胡适，攻击鲁迅。胡适在12月14日的复信中却高度评价了鲁迅："凡论一人，总须持平。爱而知其恶，恶而知其美，方是持平。鲁迅自有他的长处。如他的早年文学作品，如他的小说史研究，皆是上等工作。"③不过，耐人寻味的是对鲁迅有关《红楼梦》的观点，胡适似乎没有什么评价。

再看俞平伯，首先要注意他与鲁迅的"师友渊源"关系：俞平伯的曾祖父俞樾，是鲁迅老师章太炎的老师，因为此段关系，俞平伯曾把自己小时与俞樾的合影照片复制品赠送给鲁迅。其次，鲁迅在《中国小说史略》中，曾引用了俞樾有关《红楼梦》的两段评述。再就是《中国小说史略》正式出版时，鲁迅将俞平伯当时有关《红楼梦》研究的主要观点列入书中并给予足够的重视。那么俞平伯对于鲁迅的《红楼梦》研究以及小说史研究，是持怎样态度呢？

1923年秋，俞平伯应聘到上海大学教授中文，负责中国小说的讲授课程，为了备课，他想通过周作人向鲁迅先生索要一份《中国小说史》讲义。④当年8月5日，他写信给周作人："下半年拟在上海大学教中国小说。此项科目材料

①　至于"新红学"另一代表人物顾颉刚，由于和鲁迅关系完全敌对，此处不论。

②　胡适：《胡适文存》第三卷，黄山书社1996年版，第491页。

③　中国社会科学院近代史研究所中华民国史组编：《胡适来往书信选》中册，中华书局1979年版，第339页。

④　此处资料来源为孙玉蓉的《俞平伯与鲁迅》，原文载《鲁迅研究月刊》1994年第4期。

鲁迅与20世纪中国学术转型

之搜集颇觉麻烦，不知先生有何意见否？鲁迅先生所编之《中国小说史》讲义，不知能见赐一份否？"俞平伯应该没有从周作人处得到此讲义，因为这时周氏兄弟已反目成仇，而刚从南方回到北京的俞平伯尚不知情。后来俞平伯是通过孙伏园从鲁迅处借到《小说史》讲义，看后又由孙伏园归还鲁迅。当年9月2日，俞平伯返回上海前写信给周作人："我明日拟偕绍原南下，因事冗路远，未能再走诣一次，至歉！《小说史》讲义在鲁迅先生处借得一册，觉得条理很好。原书仍交伏园奉返，请您晤他时为我致谢。"这个"条理很好"虽然是正面性评价，但考虑到两人之间的准师生关系，也不算是评价太高。至于俞平伯对鲁迅关于《红楼梦》有关研究的态度，应该是属于抽象肯定而具体忽视。抽象肯定是因为在1949年后，由于客观情势俞平伯不得不和其他研究者一样，公开承认要在马列主义和鲁迅思想指导下进行学术研究。至于具体忽视，则是指俞平伯在其红学专著中，基本没有提及鲁迅，没有对其"红学"研究观点进行肯定性评价。①除却常见材料外，还可以从以下材料证明。

1979年二三月间，俞平伯与好友叶圣陶在书信往来中多次就《红楼梦》展开讨论，其中有一次俞平伯曾提及鲁迅："鄙意兄看有关'红楼'材料，只宜'略读'遣闷。过于烦琐冗长者，宜'屏而勿读，读亦勿卒'（鲁迅语也）。"②不过，这里所引用鲁迅之语并非是鲁迅针对《红楼梦》而发。时俞平伯已八十高龄，叶圣陶更已是八十六岁，然而两人对《红楼梦》研究依然兴趣盎然。就在此信中，俞平伯还就当时的"红学"研究发表了自己的看法："然窃谓今之谈红学者，其病正在过烦，遂堕入魔境，恐矫枉亦不免过正耳。"③

综上所述，作为"新红学"的代表人物，胡适和俞平伯对于鲁迅的小说研究成就给予较高评价和重视，但对于其《红楼梦》研究及有关论断并未给予

① 据笔者利用电脑软件对《俞平伯全集》搜索的结果，没有此类资料。

② 叶至善、俞润民、陈煦编：《暮年上娱——叶圣陶俞平伯通信集》，花山文艺出版社2002年版，第305页。

③ 叶至善、俞润民、陈煦编：《暮年上娱——叶圣陶俞平伯通信集》，花山文艺出版社2002年版，第305页。

特别关注，这既与鲁迅没有专门的"红学"论著及主要成就为文学创作有关，也与他们两人在"红学"研究中所取得巨大成就有关——大概他们感到自己已经是站在群山之巅，所以对于其他，多少都抱着俯视的态度。此外，在他们眼里，恐怕鲁迅的身份更多还是小说家，而鲁迅的学术研究，不过只是副业而已。

至于"鲁学"研究界和中国现代文学研究界，虽然很长一段时间内对鲁迅的学术成就评价较高，但实际上并未给予足够关注，这只要看看数十年来影响最大的两部中国现代文学史就可以明了。唐弢的三卷本《中国现代文学史》和钱理群的《中国现代文学三十年》都把鲁迅放在最重要的地位，其标志就是所有作家中只有对鲁迅特意用两章篇幅进行论述。但即便如此重视，它们阐述的重点仍然是鲁迅的文学创作成就，而对其学术研究却论述甚少，对于《中国小说史略》则更是一句带过，没有具体评价。考虑到二者的文学史属性，自然会把论述重点放在作家作品和有关时代背景的讨论，但对鲁迅的学术研究处理如此简略，不仅反映了作者所受时代背景制约的局限，也反映了现代文学研究界对鲁迅之学术成就整体上忽略的状况。自然，忽略的原因也在于"鲁学"研究界和现代文学研究界长期受到来自意识形态领域的非正常干预而必须把鲁迅研究的重点放在其思想演变和文学成就的阐释上。这与"红学"研究界长期以来一直过分强调《红楼梦》的反封建思想意义，可谓相映成趣、异曲同工。最重要的是在几乎整个20世纪，这两个影响最大的研究领域之间，长期缺少足够的沟通。从20世纪中国现代学术体系建构和发展演变的角度，鲁迅本应列入被重点考察的对象，却没有受到应有的关注。因此，从学术思想发展史角度，审视鲁迅的《红楼梦》研究以及他在研究过程中所体现出的现代学术视野，并分析他的相关研究对20世纪中国学术思想史产生的影响，该是一个较为迫切的工作。

三、鲁迅"红学"研究的意义与当代性

鲁迅不仅是伟大的小说家，也是艺术鉴赏力极高和理论分析能力极强的文

学理论家。这种作家与学者的双重身份和双重视角，无疑对其学术研究有复杂深刻影响。整体而言，当有利于鲁迅对《红楼梦》的思想艺术性给予准确深刻地把握，特别是在对其艺术特色的体悟和分析方面。这也对后世一些主要以作家身份研究《红楼梦》者以启示，如鲁迅之后的张爱玲和近年来刘心武、王蒙等人对《红楼梦》的研究，其实就体现了他们作为作家的独特视角和独特艺术经验。且不说他们的研究成果和结论是否正确深刻，单单考察他们的"红学"研究是否受到鲁迅以及如何受到影响，就是很有价值的研究课题。

鲁迅对《红楼梦》的语言评价极高，对其写实性风格也给予高度评价，在《中国小说史略》中也多次对其他小说的语言特色给予格外的关注和评价，其实也与鲁迅自身的小说家身份有极大关系。对此已有学者给予注意，如台湾学者龚鹏程就曾特别论述鲁迅的小说家身份对其治学影响："《小说史略》对小说的文字功夫，讨论极多，如谓《孽海花》描写当能近实，而形容时复过度，亦失自然。盖尚增饰而贱白描，当日之作风固然如是矣。……详看这些评语，我们就会发现它确实是一位作家写的小说史。里面对于如何描写着墨甚多，金针度人，不乏甘苦之谈。比起一般只从主体意识、社会背景、渊源影响论小说史者，确实掌握了文学的特定，不愧为小说之史。"① 不过，值得一提的是，鲁迅的此类评价，对20世纪几部文学史的写作都产生了深远影响。在此我们稍作对比：

　　《红楼梦》在艺术上的巨大成就，还表现在它所具有的那种不见人工痕迹的反映生活的本领。天然无饰，或者说巧夺天工，这是曹雪芹的一个很大的天才特色。在《红楼梦》中，一切是显得那样的血肉饱满和生气勃勃；一切是显得那样的纷繁多姿，然而又是那样的清晰明朗。生活，在《红楼梦》中的再现，好像并没有经过作家辛苦的提炼和精心的刻划，只不过是按照它原有的样子任其自然地流到纸上，就像一幅天长地阔的自然风光，不加修饰地呈现在我们的窗子面前一样。其实，这都是经过作家的

① 龚鹏程：《中国小说史论》，北京大学出版社2008年版，第345—346页。

惨淡经营才能达到如此的境界。①

　　盖叙述皆存本真，闻见悉所亲历，正因写实，转成新鲜。②

　　至于说到《红楼梦》的价值，可是在中国底小说中实在是不可多得
的。其要点在敢于如实描写，并无讳饰，和从前的小说叙好人完全是好，
坏人完全是坏的，大不相同，所以其中所叙的人物，都是真的人物。总之
自有《红楼梦》出来以后，传统的思想和写法都打破了，——它那文章的
旖旎和缠绵，倒是还在其次的事。③

虽然所引第一段没有直接引用鲁迅的论述，但显而易见受到了上述两段鲁迅之
论述的影响。

　　此外，鲁迅对《红楼梦》中有关内容的摘引以及摘引方式也值得关注，
不仅显示出鲁迅很高的文学鉴赏水平和小说家特有的欣赏角度，而且看出鲁迅
别致新颖的学术视角和善于从第一手资料中加工提炼出内在主旨的学术眼光。
《中国小说史略》中对《红楼梦》中有关宝玉的大段摘引有两段，一段是为了
说明宝玉的"爱博而心劳"，所引内容为戚本第五十七回中宝玉去看黛玉，因
黛玉休息不敢造次，遂与其他丫鬟谈笑反遭冷落以致伤心流泪事。另一大段则
是为了阐释"悲凉之雾，遍被华林，然呼吸而领会之者，独宝玉而已"的观
点，所引内容为戚本第七十八回中宝玉因晴雯之死想去吊唁却未能如意，遂往
黛玉、宝钗处寻求慰藉也未能如愿，最终遂将满腔悲愤绝望及因晴雯之死所产
生之痛惜悲凉之情，倾泻于为"姽婳将军"所做挽词中事。从前八十回看，这
两段对于塑造宝玉的性格以及表现宝玉的悲凉孤独心境和对旧传统的反叛思想
非常重要，鲁迅的摘引确实极有眼光。

　　① 中国科学院文学研究所中国文学史编写组：《中国文学史》第三卷，人民文学出版社
1979年版，第1115—1116页。
　　② 鲁迅：《中国小说史略》，《鲁迅全集》第九卷，第234页。
　　③ 鲁迅：《中国小说的历史的变迁》，《鲁迅全集》第九卷，第338页。

值得注意的是，后来所出版一些中国文学史，虽然其分析论断深受鲁迅影响，但在引用《红楼梦》时，却很少照搬《中国小说史略》中所引用片段，如此也许是为了显示他们的分析有别于鲁迅，也可能另有外界不可知深意在。但实事求是看，很多文学史和小说史对《红楼梦》整体思想意义和艺术成就的分析评价，特别是对于作品艺术特色如人物性格心理分析和语言特色的阐释，对作者创作心态的分析，并未超越鲁迅。个中原因，除了学识、境界与时代局限外，研究者的单纯学者身份是否也是一个重要因素呢？另一方面也应指出，鲁迅的学者身份对其文学创作也有着直接间接的影响，如他在《中国小说史略》中对宝玉这一形象和《红楼梦》"悲凉"风格的界定和高度认同，必然会影响他个人的文学创作，在大致同时期酝酿和写作的《野草》，其美学风格就不仅受到西方和俄罗斯文学的影响，也明显受到弥漫《红楼梦》全篇之悲凉氛围的影响，只是限于篇幅此处不再展开论述。

最后，笔者以为在鲁迅《红楼梦》研究以及中国古代小说研究中所体现的学术独创性和学术自觉性，也值得给予充分关注。在此仅从20世纪中国现代学术体系建构发展角度，简单阐释鲁迅做出的重要贡献。1931年陈寅恪在谈到当时中国学术界现状时曾表示不满："吾国大学之职责，在求本国学术之独立，此今日之公论也。若将此意以观全国学术现状，则自然科学，凡近年新发明之学理，新出版之图籍，吾国学人能知其概要，举其名目，已复不易。虽地质生物气象等学，可称尚有相当贡献，实乃地域材料关系所使然。古人所谓'慰情聊胜无'者，要不可遽以此而自足。西洋文学哲学艺术历史等，苟输入传达，不失其真，即为难能可贵，遑问其有所创获。社会科学则本国政治社会财政经济之情况，非乞灵于外人之调查统计，几无以为研求讨论之资。教育学则与政治相通，子夏曰'仕而优则学，学而优则仕'，今日中国多数教育学者庶几近之。至于本国史学文学思想艺术史等，疑若可以几于独立者，察其实际，亦复不然。"[①] 显而易见，陈寅恪是从思想自由和学术独立、从建构既接受西方

———————

① 陈寅恪：《吾国学术之现状及清华之职责》，《金明馆丛稿二编》，上海古籍出版社1980年版，第317页。

现代学术观念又承继古代优秀学术传统之中国学术体系的高度看当时学术界之现状，所以认为问题甚多。其实早在20世纪初叶，学术界一些远见卓识之士就意识到建构现代学术体系的重要性，胡适、王国维和陈寅恪等就一直为之呼吁。如陈寅恪就针对在引进外来文化和承受传统文化过程中出现的问题提出了"买珠还椟"（即只接受其合理内核，抛弃其不合中国国情之形式）、"新瓶装旧酒"等原则性意见。王国维也对当时学术界存在的照搬外来文化、学术研究的"无用之用"及学术独立等发表过很多真知灼见，其对中国古代戏曲史和甲骨文的研究等更是将中西学术观念和学术研究方法结合的典范，具有开创性意义。对此鲁迅也曾给予高度评价："中国有一部《流沙坠简》，印了将有十年了。要谈国学，那才可以算一种研究国学的书。开首有一篇长序，是王国维先生做的，要谈国学，他才可以算一个研究国学的人物。"① 陈寅恪更是从学术思想史和文化史角度对王国维的贡献给予极高评价："自昔大师巨子，其关系于民族盛衰学术兴废者，不仅在能承续先哲将坠之业，为其托命之人，而尤在能开拓学术之区宇，补前修所未逮。故其著作可以转移一时之风气，而示来者以轨则也。"② 其实陈氏对王国维的评价，正可移来评价鲁迅在中国古典小说研究领域做出的贡献，因为鲁迅的《中国小说史略》正是一部与王国维的《宋元戏曲史》同样具有开创性和奠基性的著作，是一部坚持学术独立、思想自由、强调个人独到见解的杰作。鲁迅之前，冠以"小说史"等名目而出版的著作不是没有，如1915年由商务印书馆出版的蒋瑞藻所编的《小说考证》、1916年商务印书馆出版的钱静方的《小说丛考》以及1920年泰东书局出版的张静庐的《中国小说史大纲》等。但这些著作水平太差，要么只是简单的资料长编，要么简单照搬西方小说理论而对中国小说发展缺少系统和深入的了解，③与《中国小说史略》其差距之大简直不能相提并论。也正因为如此，鲁迅的著

---

① 鲁迅：《不懂的音译》，《鲁迅全集》第一卷，第398页。

② 陈寅恪：《王静安先生遗书序》，《金明馆丛稿二编》，上海古籍出版社1980年版，第219页。

③ 对此可参看陈平原的《鲁迅以前的中国小说史研究》，收入其《小说史：理论与实践》一书，北京大学出版社2010年版，第198—203页。

作一出即受到学术界的一致称赞，也因此引起相关的学术探讨。如对陈寅恪就曾以"间接对话"方式对鲁迅的中国古典小说研究工作给予关注，《西游记》中孙悟空等人物形象原型的来源问题，当时胡适、鲁迅等人都有自己的看法，陈寅恪也写了《西游记玄奘弟子故事之演变》等文，表明自己的观点与胡适、鲁迅不同，并特意注明是"此为昔日吾国之治文学史者，所未尝留意者也"①。陈氏此文发表于1930年，而鲁迅的《中国小说史略》早已在1925年出版，并在1930年修改后再版，所以陈氏所言应是若有所指。自然，这也从一个侧面说明了鲁迅的古典小说研究是开创性的和奠基性的，且在当时达到了第一流水平，才会引起学术界的广泛关注。

整体而言，鲁迅的《红楼梦》研究对后世学者的影响是重大和深刻的，但由于其辉煌的创作成就以及在政治思想文化领域的巨大影响，致使其学术成就无形中受到忽视冷落。诚如前面所指出的一个有意思的现象，即"鲁学"和"红学"都属于长期以来研究水平最高且受政治影响冲击最大者，但二者之间的沟通和交流一直较少，而且对鲁迅的学术成就都表现出程度不同的有意无意的忽略。这在那个不正常的年代也许正常，但在今天就确实不正常了，理应加强交流沟通。无论是《红楼梦》还是鲁迅，当年都曾有被过分拔高其文学地位和思想地位，强化其在现代中国政治思想文化史上价值的时期，也许正是这种不正常和不纯粹的研究，使得部分研究者对鲁迅的《红楼梦》研究产生偏见和抵触心理，从而使得鲁迅的观点要么成为确保理论正确的挡箭牌，要么因为公开的对鲁迅的批判事实上不可，而只好被有意无意地忽略。从鲁迅被引用最多的几段关于《红楼梦》的相关论述看，其论述的相对概括性和整体性评价较多的特点，也使得对它们的引用变得较为方便，不仅适用于对《红楼梦》，也适用于评价其他文学现象甚至文化现象。久而久之，人们反而忽视了鲁迅之论断的具体内涵和学术价值。

从对鲁迅的有关研究和1949年后的客观情势看，也有制约学术界特别是

---

① 陈寅恪：《西游记玄奘弟子故事之演变》，《金明馆丛稿二编》，上海古籍出版社1980年版，第192页。

"红学"研究界对其论断采取"抽象肯定、具体忽略"的复杂原因。鲁迅在其《红楼梦》研究中虽然也借"悲凉之雾遍被华林"等论断指出了作品的思想价值，但重点还是放在分析宝黛爱情悲剧特别是贾宝玉这个人物精神世界上，而没有过多谈论什么反封建思想意义，更没有在政治层面上论述《红楼梦》中的阶级矛盾和斗争[1]，这无形中就与1949年后把《红楼梦》看作是了解中国封建社会的百科全书以及强调作品反封建性和批判性的主流看法不尽一致。毫无疑问，囿于1949年后的文学研究环境，相关研究者不得不更加重视研究《红楼梦》的思想性，而这必然导致对其反封建色彩的过分强调。何其芳曾经在其《论红楼梦》中试图把红学研究的方向从政治思想角度拉回到宝黛爱情的主旨上，结果受到批判就是一个明显的例子，对此当代学者胡明有较为详尽的分析[2]，不赘。此外，单从贾宝玉这个人物看，在"悲凉之雾遍被华林"的大背景下，鲁迅强调更多的是宝玉的内心感受，是"爱博而心劳"，是其无奈的一声叹息。而后人更多看重的是宝玉的叛逆思想和叛逆行动，是所谓的呐喊和反抗。另一方面在对作品版本和具体内容的考证上，鲁迅也没有更多更深入的跟进性研究，也使得他的观点难以对"红学界"产生具体实际的影响。

诚如很多文学史研究者和鲁迅研究专家所言，中国小说自古无史，有之，则从鲁迅始。而20世纪的"红学"，尽管在鲁迅那个时代有王国维、蔡元培、胡适等人的研究，但鲁迅依然能够独树一帜，提出很多具有独创性的观点，其对作品的理解和概括性论述在那个时代堪称深刻，对后世影响也极为深远，早已超出对《红楼梦》进行阐释的范围。至于这些影响的具体表现，笔者以为可以分为直接（或显性）影响和间接（或潜在）影响两种方式，两者比较，后者更为重要。所谓直接影响，就是鲁迅的此类研究直接而具体地影响了他所在时代以及后来研究者的研究视角和研究模式，如前述他对《红楼梦》悲凉风格的概括、对宝黛爱情悲剧与人类终极命运的追问等等，都不仅对后来的"红学"研究者影响深刻，也深刻影响了现代文学研究界对20世纪以来白话小说的研

---

[1] 虽然鲁迅也在《文学与出汗》等杂文中运用阶级分析方法提及《红楼梦》，但因不是严肃的学术研究论文，故可置之不论。

[2] 胡明：《"红学"四十年》，《文学评论》1989年第1期。

究。所谓间接影响，就是鲁迅在《红楼梦》研究中所使用的方法、概念等以及在古典小说研究中所形成的研究模式和一些很有价值的思路（如他多次提及的对中国文学史写法的思考等），都对20世纪中国学术史的建构和发展产生了重要影响。只是这些影响限于某些来自政治文化等方面的干扰以及学术界此前的不够重视而长期未能进入主流学术界的视野，有些研究者虽然从鲁迅的研究中获益良多，却出于种种原因不愿或不敢直接提及自己所承受鲁迅的影响。此类间接影响的另一种表现就是鲁迅的《红楼梦》研究在经历时间的考验后，早已和他的其他学术思想、文学创作等一起，共同构成了我们这个民族对"鲁迅"这个文化符号的丰富、深刻和伟大的全部想象。提及鲁迅，自然会提及他的小说、他的杂文，他深刻的批判与启蒙思想，但也会提及他的"悲凉之雾遍被华林""爱博而心劳"等关于《红楼梦》的天才评判，所有这些才构成了鲁迅的丰富性和完整性。

总之，鲁迅在对《红楼梦》和中国古典小说研究过程中所使用和提出的一些学术理念和观点，证明他在那时就已经做到中西学术的融会贯通，为中国现代学术体系的构建，做出了重大贡献。诚然，如果按照现代学术规范要求看，还不能说鲁迅的《红楼梦》研究已有严密的体系，但说其研究已经初具规模和框架初成是没有问题的。然而，迄今学术界对鲁迅的学术思想和研究成果，虽然已有要提升到从20世纪中国学术思想史的高度进行研究的共识，但具体成果依然甚少。加之"红学"研究界和"鲁学"研究界之间的沟通存在很多不足，从而使得相关研究进展缓慢。为了更好地对20世纪中国文学研究史和中国学术思想发展史进行总结，就必须对这些不足加以改进，尤其要抛开意识形态层面曾经加于两个研究领域的不正常压力和干预，对此我们有理由给予乐观的期待。

第二节　鲁迅有关唐传奇之研究及其小说观

一、"始有意为小说"的价值发现

在《中国小说史略》第八篇，鲁迅这样开始对唐代传奇的评述："小说亦如诗，至唐代而一变，虽尚不离于搜奇记逸，然叙述宛转，文辞华艳，与六朝之粗陈梗概者较，演进之迹甚明，而尤显者乃在是时则始有意为小说。胡应麟（《笔丛》三十六）云，'变异之谈，盛于六朝，然多是传录舛讹，未必尽幻设语，至唐人乃作意好奇，假小说以寄笔端。'其云'作意'，云'幻设'者，则即意识之创造矣。此类文字，当时或为丛集，或为单篇，大率篇幅曼长，记叙委曲，时亦近于俳谐，故论者每訾其卑下，贬之曰'传奇'，以别于韩柳辈之高文。顾世间则甚风行，文人往往有作，投谒时或用之为行卷，今颇有留存于《太平广记》中者（他书所收，时代及撰人多错误不足据），实唐代特绝之作也。"①毫无疑问，这是理解鲁迅小说观及文学史观的一段极为重要的文字，借此还可窥见鲁迅在古典小说研究中所彰显之现代学术理念及方法。

首先，对于唐代小说创作的特征，鲁迅的概括极为准确："与六朝之粗陈梗概者较，演进之迹甚明，而尤显者乃在是时则始有意为小说。"这"始有意为小说"六个字，为古代文人从不自觉创作小说到自觉创作，划出了一个明确的界限，标志着从此中国小说进入了真正成长的时代。从文学史看，任何一种文体从幼稚到成熟再到繁荣，都伴随有一个文人不自觉创作到自觉再到踊跃的过程，而唐代传奇显然居于一个承前启后的关键点位。这一段评述的重要之处还在于它彰显出鲁迅清醒的文学史意识，即他总是能够自觉地将一个时代的文学现象放在整个文学史的发展进程中考察，然后给予准确的定性和定位。再如鲁迅对六朝鬼神志怪"小说"的评价也是如此。这里的"小说"之所以加引号，是因为鲁迅大概不认为是严格意义上的"小说"，因为他自己称之为"书"。理由就是六朝时这些"文人之作，虽非如释道二家，意在自神奇教，

---

① 鲁迅：《中国小说史略》，《鲁迅全集》第九卷，第70页。

然亦非有意为小说"①。

不仅对于小说，鲁迅在论述其他时代文学时，也总是把它们放在全部文学史发展过程中考察。例如他对于魏晋文学，就有以下人们熟悉的论断：魏文帝曹丕"著有《典论》，现已失散无全本，那里面说：'诗赋欲丽'"。"他说诗赋不必寓教训，反对当时那些寓训勉于诗赋的见解，用近代的文学眼光来看，曹丕的那个时代可说是'文学的自觉时代'……"②从文学的自觉时代，到小说的自觉时代，这就是六朝志怪与唐传奇的最大区别。

在唐代之前，中国文学史尚没有严格意义上的小说（按照今人对小说的界定而言），也对"小说"这类文体极为轻视。但在唐代，一切都开始改变，原因就是鲁迅此段评述中值得注意的第二点："至唐人乃作意好奇，假小说以寄笔端。"小说的本质是虚构，而鲁迅的概括正是紧紧扣住此点。正是由于唐代文人的"作意好奇"，才使得小说的虚构特征得以充分体现；正是由于"假小说以寄笔端"，才使得唐代传奇不仅思想意义较之前代更加丰富深刻，艺术性更是有了质的飞跃。鲁迅在《中国小说的历史的变迁》中对于唐代传奇的评价与此相同，只是具体表述更加口语化而已："小说到了唐时，却起了一个大变迁。我前次说过：六朝时之志怪与志人底文章，都很简短，而且当作记事实；及到唐时，则为有意识的作小说，这在小说史上可算是一大进步。而且文章很长，并能描写得曲折，和前之简古的文体，大不相同了，这在文体上也算是一大进步。"③

对于唐传奇艺术形式上的进步即开始讲究文采与意想，鲁迅又从文体发展源流角度进一步给予分析："传奇者流，源盖出于志怪，然施之藻绘，扩其波澜，故所成就乃特异，其间虽亦或托讽喻以纾牢愁，谈祸福以寓惩劝。而大归则究在文采与意想，与昔之传鬼神明因果而外无他意者，甚异其趣矣。"④可以说鲁迅的评价完全抓住了唐传奇有别于六朝志怪的本质特征，由此也可看出

---

① 鲁迅：《中国小说史略》，《鲁迅全集》第九卷，第43页。
② 鲁迅：《魏晋风度及文章与药及酒之关系》，《鲁迅全集》第三卷，第504页。
③ 鲁迅：《中国小说的历史的变迁》，《鲁迅全集》第九卷，第313页。
④ 鲁迅：《中国小说史略》，《鲁迅全集》第九卷，第70—71页。

鲁迅与20世纪中国研究丛书

鲁迅不仅有清醒的文学史眼光，同时具有很高的艺术鉴赏水平。

值得注意的是鲁迅在评述宋代小说时还曾指出其与诗歌的关系："引诗为证，在中国本是起源很古的，汉韩婴的《诗外传》，刘向的《列女传》，皆早经引《诗》以证杂说及故事，但未必与宋小说直接相关；只是'借古语以为重'的精神，……唐人小说中也多半有诗，即使妖魔鬼怪，也每能互相酬和，或者做几句即兴诗，此等风雅举动，则与宋市人小说不无关涉，但因为宋小说多是市井间事，人物少有物魅及诗人，于是自不得不由吟咏而变为引证，使事状虽殊，而诗气不脱。"①大体而言，由于对小说的轻视，所以才逼迫文人在小说中有此"借古语以为重"的手法，但此类手法一经形成惯例，倒也成为古代小说的一个特色。笔者以为，鲁迅虽然没有对诗歌与小说的相互影响作进一步分析，但他实际上提出了一个很重要的问题，即诗歌在小说中虽然只是一个组成部分，但很多诗歌单独来看都是完整作品，这种部分与整体的关系以及此类诗歌对小说结构、故事情节乃至人物性格等所起特殊作用以及对整部小说艺术成就的影响，其实都蕴含有小说美学以及中国古典美学的重大问题。不过，本文无意对此进行分析评述，故置之不论。

二、鲁迅对小说艺术特征的重视

本部分进一步阐释鲁迅在《中国小说史略》中对古代文人如何从不自觉创作小说到自觉创作、如何从只关注教化劝诫功能到逐渐注重其艺术特性之整个过程的分析论证。

首先，鲁迅始终强调的一点就是历代文人创作小说的态度以及是否"有意为之"。在谈论六朝之"鬼神志怪书"时，鲁迅指出："文人之作，虽非如释道两家，意在自神其教，然亦非有意为小说，盖当时以为幽明虽殊途，而人鬼乃皆实有，故其叙述异事，与记载人间常事，自视固无诚妄之别矣。"②鲁迅指出，只有到了唐代，文人才开始"有意为小说"。故此，真正的中国小说走

---

① 鲁迅：《宋民间之所谓小说及其后来》，《鲁迅全集》第一卷，第149页。
② 鲁迅：《中国小说史略》，《鲁迅全集》第九卷，第43页。

向成熟应该是始于唐代。

其次，鲁迅注意将小说的娱乐功能置于教化功能之上，注意小说内容由记述鬼怪转向世俗生活，并以此判定小说的进步演变程度。如在论述《世说新语》时就指出："世之所尚，因有撰集，或者掇拾旧闻，或者记述近事，虽不过丛残小语，而俱为人间言动，遂脱志怪之牢笼也。"①接下来鲁迅更是强调了魏晋之时文人更加重视小说的娱乐功能："若为赏心而作，则实萌芽于魏而盛大于晋，虽不免追随时尚，或供揣摩，然要为远实用而近娱乐矣。"②其实，早在《摩罗诗力说》中，深受西方文学观念影响的鲁迅就对文学的审美本质有了这样清晰的理解："由纯文学上言之，则以一切美术之本质，皆在使观听之人，为之兴感愉悦。文章为美术之一，质当亦然。"③

对此我们可以再看鲁迅对唐代之后传奇的评价，最简洁的一句就是："至于传奇本身，则到唐亡就随之而绝了。"④鲁迅以为宋代的传奇由于过多注重讲教训，又由于当时讳忌太多，文人创作不够自由，加以宋代理学盛行，小说也就被理学化了。⑤由此必然导致艺术上的倒退，用鲁迅自己的话就是："然其文平实简率，既失六朝志怪之古质，复无唐人传奇之缠绵，当宋之初，志怪又欲以'可信'见长，而此道于是不复振也。"⑥文学的发展包括具体一种文体的兴衰，与时间的推移并不会总是一致，可能会出现曲折甚至反复，在这里坚持线性的进化观念毫无用处。

第三，随着时代演变，我们看到鲁迅对古典小说的要求也随之提高，在论述唐传奇之时，他已经将小说家是否有意追求小说的虚构性乃至强调创作中艺术想象之作用，来作为评价此时小说的一个重要尺度，并应用到对具体作家作品的评论之中。如他对牛僧孺之《玄怪录》，就有这样精妙的论述："其文虽

① 鲁迅：《中国小说史略》，《鲁迅全集》第九卷，第60页。
② 鲁迅：《中国小说史略》，《鲁迅全集》第九卷，第60页。
③ 鲁迅：《摩罗诗力说》，《鲁迅全集》第一卷，第71页。
④ 鲁迅：《中国小说的历史的变迁》，《鲁迅全集》第九卷，第318页。
⑤ 鲁迅：《中国小说的历史的变迁》，《鲁迅全集》第九卷，第319页。
⑥ 鲁迅：《中国小说史略》，《鲁迅全集》第九卷，第100页。

与他传奇无甚异，而时时示人以出于造作，不求见信；盖李公佐李朝威辈，仅在显扬笔妙，故尚不肯言事状之虚，至僧孺乃并欲以构想之幻自见，因故示其诡设之迹矣。"①公开宣称自己的小说就是虚构，就是出自想象，这对于那时的文人而言，是一大进步。因为那时的文人即便优秀者如李公佐等，如鲁迅所说，其传奇也仅仅显示其文笔之妙，而不愿坦承所写人事为虚构。②所以，牛僧孺之传奇创作对中国小说的发展，应是有重要贡献，理应给予足够重视。可惜，由于其《玄怪录》十卷均已散失，鲁迅只能凭借《太平广记》所收录部分给予论述，不然如果资料完备，可以想见鲁迅会给予牛僧孺之传奇以更高的评价。也是出于对小说虚构性的肯定，鲁迅对宋代文人的志怪小说明确斥为"平实而乏文采"："宋一代文人之为志怪，既平实而乏文采，其传奇，又多托往事而避近闻，拟古且远不逮，更无独创之可言矣。"③至于宋代传奇在艺术性方面退步的原因，学术界早有分析，如今人马兴波就指出：唐宋两代之文言小说艺术创作水平相差如此之大的原因在于"一是唐代思想控制较为松弛，文人士子'昼谵夜谈'之习气，而宋代理学好以'教训'人为作文之主旨；二是当时文言小说之创作为小道，并未有诗文之正统地位，故未有士人重视；三是因宋代人并未能继承唐代文言小说的文化遗产。而未能继承的最直接原因竟是宋代人多数未能见到唐人创作的文言小说"④。如《太平广记》是唐代文言小说的主要来源，被后人赞为中国古代"小说之渊薮"，但是宋代文人中只有很少人见过《太平广记》中唐人所创作的文言小说，所以在艺术上缺少借鉴。

有意思的是，在论述牛僧孺创作时，鲁迅还提及一件与其有关的"文字狱"。当时牛僧孺与李德裕不合，两人各立门户，就有李德裕之门人假借牛僧

① 鲁迅：《中国小说史略》，《鲁迅全集》第九卷，第91页。

② 中国古典小说的一个重要特点，就是在虚构之后作者还坚持说自己所创作小说内容真实，并不惜以破坏小说结构来列举一些所谓的证据。最典型者如《阳羡书生》，明明故事荒诞不经且来自佛教，但整理者偏偏在结尾加上"彦大元中为兰台令史，以盘饷侍中张散，散看其铭，题云是永平三年作"这样一段，以示故事真实。对此也许要从中国文化的实用性特点以及注重道德劝诫等方面探究。

③ 鲁迅：《中国小说史略》，《鲁迅全集》第九卷，第110页。

④ 马兴波：《文献视野的〈中国小说史略〉考辨及其引申》，《重庆社会科学》2013年第9期。

孺之名写了一篇传奇，其中故意虚构了文人落第返乡途中迷路，却获艳遇，与汉唐妃嫔宴饮。当问起当今天子为谁时，此落第文人与妃嫔之对答之语中有玩笑之语，结果被李德裕抓住把柄，诬告牛僧孺不仅"意在或民"，而且"无礼于其君甚矣"，一定要给予牛僧孺严惩。鲁迅对此评述说，"自来假小说以排陷人，此为最怪，顾当时说亦不行"①。显而易见，正因为牛僧孺的小说开始强调虚构，重视艺术想象，才会有文人迷途与妃嫔艳遇这样的情节出现，这"文字狱"事件本身，恰恰说明了牛僧孺作品的卓越艺术成就。

　　古典小说最重要的是人物形象，故事情节等等均应为塑造人物而设，故此判定小说艺术上的发展，也应以人物形象塑造成就高低衡量。在论述唐传奇时，鲁迅就有别于之前，开始注意传奇中人物以及作者与小说中人物之关系，这里最著名的例证自然是对元稹《莺莺传》的分析。时人最为重视的，自然是鲁迅这一段近于盖棺论定的评价："元稹以张生自寓，述其亲历之境，虽文章尚非上乘，而时有情致，固亦可观，惟篇末文过饰非，遂堕恶趣。"②对于元稹的始乱终弃、却不以为耻反以为荣的行径，鲁迅毫不留情地给予批判，本为自然之举。不过我们应注意的是鲁迅实际在分析作品的自传性，在阐述作品中虚拟人物与真实作者之间的关系，这在《中国小说史略》中当为首次。以《莺莺传》为开端，中国古典小说中自传性小说开始形成传统，至《红楼梦》达到顶点。这也可以说明，正是在唐传奇时代，中国古典小说才真正不仅在名目上而且在内涵上，具有了词典意义上的"小说"品格。更由此可以看出鲁迅在阐释唐传奇时，一直以极为清醒的文学史眼光和小说理论家眼光来看待唐传奇有别于之前志怪小说的那些特征，并从文体演变发展角度正确厘清了唐传奇的艺术成就和小说史地位。

　　此外，在《中国小说史略》中，正是在论述唐传奇之后，对作者与人物关系、小说中人物与生活原型（如对《水浒》中宋江的论述）、虚构故事情节与真实历史事件关系的分析才开始成为主要内容，源流的考证渐渐弱化。这一方

---

① 鲁迅：《中国小说史略》，《鲁迅全集》第九卷，第92页。

② 鲁迅：《中国小说史略》，《鲁迅全集》第九卷，第82页。

面固然是因为之后的小说确实走向成熟，另一方面也说明，撰写《中国小说史略》时的鲁迅，其小说观念已经非常成熟，不仅对西方的小说理论较为熟悉，而且能够结合中国古典小说发展的实际情况，在论述上有所侧重有所强调，从而能把每个重要时代的小说发展特征，给予简单却不失关键的概括。如果没有卓越的文学史观和小说史观，是做不到这一点的。

三、历时性与共时性并重的小说研究

作为第一部中国小说史，以哪些小说作为例证以及如何对这些小说进行分析阐述、用力程度如何等等，都会对后人撰写小说史起到示范作用。在论述唐传奇时，鲁迅用了三章的篇幅，占全部二十八章将近九分之一，可见其重视程度。究其原因，则在于此时的小说在中国小说发展史上具有承前启后之地位，在于自此文人开始有意创作小说，且小说的虚构性和娱乐性得到重视，教化功能被逐渐弱化。在这三章中，鲁迅所提的唐传奇有数十篇（或集子，有些则只有题目），重点分析论述者则有《游仙窟》《枕中记》《莺莺传》和《南柯太守传》等，详略可谓得当。虽然限于资料来源，有些重要作品《中国小说史略》没有收入或者鲁迅没有给予应有的论述，但作为第一次对唐传奇全面的总结，这三章已经为后人的进一步研究唐传奇奠定了坚实的基础。如果看20世纪50年代影响最大的集体编写的两部中国文学史即中国科学院文学所编写以及北大五教授所编写之相关内容，即可看出它们对鲁迅此部分论述的重视和借鉴。[①]此外，在一些专门研究古代文言小说的学术专著中，更明显看出对鲁迅研究成果的直接继承借鉴。这种借鉴不仅体现在观点上的引用甚至明确借用，而且体现在例文的选择方面。

笔者多年前在评价陈寅恪有关唐传奇繁荣与唐代科举关系的研究时，曾提

---

① 即中国科学院文学研究所中国文学史编写组所编的《中国文学史》三卷本（人民文学出版社1962年初版）以及游国恩等五教授所编写的《中国文学史》四卷本（人民文学出版社1963年初版）。这两种文学史后来都曾多次重版，堪称影响最大的两部中国文学史。在这两部著作中，无论是有关唐传奇的评论还是在例证的使用方面等都明显受到鲁迅的影响。

及鲁迅此方面的观点，①并与陈寅恪作一比较。此处不妨再对他们两人有关韩愈之小说创作问题进行简单比较，以进一步理解鲁迅的小说观。陈寅恪在《韩愈与唐代小说》一文中曾指出："贞元（785—805）元和（806—820）为'古文'之黄金时代，亦为小说之黄金时代，韩集中颇多类似小说之作，《石鼎联句诗并序》及《毛颖传》皆其最佳例证，前者尤可云文备众体，盖同时史才、诗笔、议论俱见也。要之，韩愈实与唐代小说之传播具有密切关系。"②又在论述元稹白居易诗歌时指出："中国文学史中别有一可注意之点焉，即今日所谓唐代小说者，亦起于贞元元和之世，与古文运动实同一时，而其时最佳小说之作者，实亦即古文运动中之中坚人物是也。……而古文乃最宜于作小说者也。"③陈寅恪如此强调小说与古文的关系，这里的"古文"就是韩愈力倡的散文，意思是古文这种体裁较之骈文更加自由，特别易于小说创作。当时之碑传铭刻形式上因袭雷同，早已不适应表现现实生活需要，当然需要改革："然碑志传记为叙述真实人事之文，其体尊严，实不合于尝试之条件。而小说则可为杂要无实之说，既能以俳谐出之，又可资雅俗共赏，实深合尝试且兼备宣传之条件。此韩愈之所以为爱好小说之人。"④

对于韩愈创作的小说，陈寅恪也与元稹小说进行了比较，认为韩愈之《毛颖传》不能算是成功，远不如元稹之《莺莺传》。至于原因，陈寅恪指出元稹之作为自叙之文，有真情实事；而《毛颖传》则为游戏之笔，感情固难以投入。另外小说叙述描写应求细求详，韩作过简而元稹之文繁，则作小说正用其所长，所以他们之优劣自然分明。鲁迅的见解则与陈寅恪大致相同，认为《毛颖传》与沈既济之《枕中记》一样，"文笔简练，又多规悔之意"，评价尺度更注意内容与形式的统一方面。其实就是在唐代，对韩愈的《毛颖传》已有截

① 对此可参看笔者的《陈寅恪与中国文化》（上海人民出版社1999年版）及《陈寅恪和他的同时代人》（文化艺术出版社2006年版）中有关内容。

② 陈寅恪：《韩愈与唐代小说》，转引自汪荣祖：《陈寅恪评传》，百花洲文艺出版社1992年版，第180页。

③ 陈寅恪：《元白诗笺证稿》，上海古籍出版社1978年版，第2页。

④ 陈寅恪：《元白诗笺证稿》，上海古籍出版社1978年版，第3页。

然相反的评价，韩愈之弟子张籍就致信批评他"尚驳杂无实之说"。《旧唐书·韩愈传》则认为《毛颖传》"讥戏不近人情"，乃"文章之甚纰缪者"。而柳宗元却给予理解和较高评价，认为《毛颖传》寓教于乐，具有幽默诙谐的美学风格："且世人笑之也，不以其俳乎？而俳又非圣人之所弃者。《诗》曰：'善戏谑兮，不为虐兮。'《太史公书》有《滑稽列传》，皆取乎有益于世者也。故学者终日讨说答问，呻吟习复，应对进退，掬溜播洒，则罢惫而废乱，故有'息焉游焉'之说。……不学操缦，不能安弦。有所拘者，有所纵也。韩子之为也，亦将弛焉而不为虐欤！息焉游焉而有所纵欤！"这"息焉游焉"正是小说的娱乐功能。至现代，则一贯重视小说的翻译大家林纾，也称赞《毛颖传》为"千古奇文"。总之，凡是看到小说审美特征者均能理解韩愈，并能从艺术性方面做出恰当评价。反之，那些拘泥于所谓"道德文章"者，则都认为韩愈创作这样的作品不仅不成功，而且有失"文坛领袖"之身份。

在撰写《中国小说史略》过程中，学术界已经注意到鲁迅之所以能够做出开创性的贡献，与其深受西方文学思潮特别是丹纳、勃兰兑斯文学思想影响如"种族、时代、环境"文学发展三要素等理论有关，[①]特别注意从社会变化角度分析唐传奇繁荣的原因："顾世间则甚风行，文人往往有作，投谒时或用之为行卷，今颇有留存于《太平广记》中者，实为唐代特绝之作也。"[②]他与陈寅恪一样，看到了科举与小说创作的关系，在当时就体现为举子之"行卷"与小说的联系。鲁迅认为元稹的《莺莺传》成就很高，但对结尾部分的议论不满："元稹以张生自寓，述其亲历之境，虽文章尚非上乘，而时有情致，固亦可观，惟篇末文过饰非，遂堕恶趣。"鲁迅所指责者即《莺莺传》中张生为自己辩解之语："大凡天之所命尤物也，不妖其身，必妖于人。使崔氏子遇合富贵，秉娇宠，不为云为雨，则为蛟为螭，吾不知其变化矣。昔殷之辛，周之

---

① 早在1907的《摩罗诗力说》中，鲁迅就两次提到"丹麦评骘家勃阑兑思"。后来又多次提及勃兰兑斯的文学史研究。如在致徐懋庸的信中（1933年12月20日）鲁迅指出："文学史我说不出什么来，其实是G.Brandes的《十九世纪文学的主要潮流》虽是人道主义的立场，却还很可看的。"的确，勃兰兑斯的这部巨著基本上运用泰纳的种族、环境、时代三因素决定论来研究文学发展史，同时也注重作家的生平和心理状态，这些对鲁迅都有深刻影响。

② 鲁迅：《鲁迅全集》第九卷，第81页。

幽，据万乘之国，其势甚厚，然而一女子败之，溃其众，屠其身，至今为天下僇笑，予之德不足以胜妖孽，是用忍情。"对元稹的"忍情"说，鲁迅斥之为"文过饰非，差不多是一篇辩解文字"，并明确反对所谓"女人祸水"论。但同样是这段话，陈寅恪则从另一个角度来理解："莺莺传中张生忍情之说一节，今人视之既最为可厌，亦不能解其真意所在。夫微之善于为文者也，何为著此一段迂矫议论耶？"陈寅恪引赵彦卫《云麓漫钞》一段后说："据此，小说之文宜备众体。莺莺传中忍情之说，即所谓议论。会真等诗，即所谓诗笔。叙述离合悲欢，即所谓史才。皆当日小说文中，不得不备具者也。"[1]陈寅恪虽也认为此段议论"迂矫"，但认为如从文体演变角度看也有其存在的合理性。不过，如果陈寅恪仅仅指出此段议论文体上的必要性，则我们会追问，同样的议论为何不可以表示对"始乱终弃"的批判呢？原来，陈寅恪从文化演变和社会风俗角度告诉我们，其实，无论是小说中张生的始乱终弃，或者是现实中元稹的风流成性，都不过是表现了那个时代年轻士子力图冲破旧日礼法限制的愿望和当时人们对士子爱情婚姻观念的宽容或者说纵容。也就是说，在元稹那个时代，他只能写出这样的结局以及说出那样"迂矫"的言论，这是时代的局限性而无关乎元稹本人的思想高度。看来，陈寅恪是从文化、种族角度看待那个时代士子的风流之举，由此证明社会风气的演变与民族文化之间交流融合的关系——按照陈寅恪的考证，崔莺莺之"崔"姓在当时是名门望族，但《莺莺传》中之"崔莺莺"其实出身低下甚至可能出身娼门，其姓"崔"无非是借姓氏自夸而已（小说之另一名字《会真记》其实已经有所暗示，陈氏在《读莺莺传》中对此考证甚详）。所以元稹的友人白居易等对莺莺表示同情，却也并不以张生言行为非。自然，在道德评判问题上，陈寅恪也和鲁迅一样，斥责元稹的行为是可耻可恶："纵其一生行迹，巧宦固不待言，而巧婚尤为可恶也。岂其多情哉？实多诈而已矣。"[2]虽然尚无法证实陈寅恪读过鲁迅的《中国小说史略》，但从上述诸问题可看出他对当时的小说研究极为熟悉，所以他之某

---

[1] 陈寅恪：《元白诗笺证稿》，上海古籍出版社1978年版，第115页。

[2] 陈寅恪：《元白诗笺证稿》，上海古籍出版社1978年版，第95页。

鲁迅与20世纪中国研究丛书

些论断，当可理解为有为而发。①

　　总之，通过以上对鲁迅在《中国小说史略》中有关唐代传奇论述的阐释，可以看到在鲁迅心目中对于中国小说的发展演变进程有着极为清晰的判断，并能在这一进程中为唐传奇确定一个恰当而重要的地位。在中国小说研究史上，鲁迅的这些论述毫无疑问是开创性的，在很大程度上也是对唐传奇思想艺术成就的"盖棺论定"。时至今日，学术界在谈到唐传奇以及中国古代文言小说时，依然不得不借重鲁迅的评价，应是不辩自明的事实②。不过，如何从学术史角度看待鲁迅的研究，并从中辨析西方文学史观和治学理念对鲁迅的影响，这正是今天我们应该进行的研究。否则，在中国古典小说研究领域超越鲁迅，就很可能只是一句空话。

第三节　鲁迅与民国时期的小说研究

一、从三位大师的评价说起

　　1936年秋鲁迅逝世，在众多挽联中蔡元培撰写的一副别有深意，重点突出了鲁迅一生的学术成就："著述最谨严，非徒中国小说史。遗言太沉痛，莫作空头文学家。"

　　胡适则在他的《白话文学史·自序》中说："在小说的史料方面，我自己也颇有一点点贡献。但最大的成绩自然是鲁迅先生的《中国小说史略》；这是一部开山的创作，搜集甚勤，取材甚精，断制也甚谨严，可以替我们研究文学史的人节省无数精力。"③

---

　　①　对此，笔者的认识也有一个变化过程，可参看拙著《陈寅恪与中国文化》中有关部分的论述。

　　②　例如吴志达的《中国文言小说史》（齐鲁书社1994年版）。全书引用鲁迅有关中国古代小说研究的论述多达54次，其很多观点都是对鲁迅观点的引申，有些观点虽然有所修正，也是建立在鲁迅已有研究的基础上。

　　③　胡适：《胡适文存》第三卷，黄山书社1996年版，第491页。

另一位文化大师级人物郭沫若，虽然在很多方面与鲁迅不一致甚至敌对，但对鲁迅的中国古代小说研究成就，也是赞不绝口："王国维的《宋元戏曲史》和鲁迅的《中国小说史略》，毫无疑问，是中国文艺史研究上的双璧。不仅是拓荒的工作，前无古人，而且是权威的成就，一直领导着百万的后学。"①

确实，自从《中国小说史略》问世以来，它在中国小说史研究中的开山地位就不可动摇，时至今日影响仍然至深至巨，用今人陈平原的话就是：今天的中国小说史研究，还没有走出鲁迅时代，迄今为止，小说家之撰写小说史，仍以鲁迅的成绩最为突出。

至于鲁迅自己，一方面对这部《中国小说史略》极为看重，另一方面则对其后出现的他人有关论著持轻视态度。如1932年底编《两地书》时，鲁迅对最后一信做了删改，增加以下一段：

> 例如小说史罢，好几种出在我的那一本之后，而凌乱错误，更不行了。这种情形，即使我大胆阔步，小觑此辈，然而也使我不复专于一业，一事无成。②

对于在其之后其他冠以"中国文学史"的著作，鲁迅也认为大都是所谓的"资料长编"，没有什么价值：

> 郑君所作《中国文学史》，顷已在上海豫约出版，我曾于《小说月报》上见其关于小说者数章，诚哉滔滔不已，然此乃文学史资料长编，非"史"也。③

平心而论，在民国时期出版之众多文学史中，郑振铎的《中国文学史》尚

① 郭沫若：《鲁迅与王国维》，转引自《王国维学术经典集》（下），江西人民出版社1997年版，第506页。
② 鲁迅：《两地书》，《鲁迅全集》第十一卷，第315页。
③ 鲁迅：《320815　致台静农》，《鲁迅全集》第十二卷，第102—103页。

属于水平一流之作，却仍不被眼光极高的鲁迅所看重，所以他才会在给出上述"苛评"后补上一句"但倘有具史识者，资以为史，亦可用矣"。郑振铎著作尚如此，则其他人著作不获鲁迅肯定就不足为奇了。由此可见，鲁迅撰写和判断文学史一类著作是否具有价值的根本标准不在于史料的占有，而在于是否具有"史识"或者说是"小说史意识"，对此稍后详论。

再看鲁迅之后那些中国小说史作者（主要是民国时期）对鲁迅这部学术著作的态度，这里笔者使用的材料主要来自陈洪主编的《民国中国小说史著集成》（南开大学出版社2014年版，共十卷）。该书以影印方式全面收录了民国时期出版的中国古代小说史著作，以公开出版之单行本为主，酌收部分手稿、讲义以及报刊发表过的小说史或具有小说史意义的文章，其所收入之著作约半数1949年后没有刊行。因此，这应该是迄今为止我们考察民国时期有关中国古代小说研究史著较为齐全权威的资料。

首先看谭正璧之《中国小说发达史》中的评价：

> 中国自有小说史以来，迄今仅十余年，屈指记之，亦仅张静庐之《中国小说史大纲》、周树人之《中国小说史略》、范烟桥之《中国小说史》而已。（尚有郭希汾之《中国小说史略》系译日本岩谷温《中国文学概论讲话》之《小说概论》一部分，不足称为著述。）张著出世较早，然草创伊始，仅具雏形，漏略既多，今已绝版。周著虽亦蓝本岩谷温所作，然取材专精，颇多创见，以著者为国内文坛之权威，故其书最为当代学者所重。①

谭正璧虽然对鲁迅的研究评价甚高，却也指出是以岩谷温著作为蓝本，言外之意独创性不够。

关于小说史和小说的评论，小说的作法一类著作，坊间也有十多种可

① 谭正璧：《中国小说发达史·序》，该书收入陈洪主编《民国中国小说史著集成》第5卷，南开大学出版社2014年版。

买。但是有的支离舛误，有的收罗不广，有的门户之见太深，有的竟以日人所著的为蓝本，能虚衷逻辑，成为完善的狠少狠少。①

这是江红蕉为范烟桥的《中国小说史》所写感想（其实是序）中的一段，江氏为鸳鸯蝴蝶派代表作家之一，鲁迅曾对这一派曾有所抨击，江氏自然也对鲁迅的研究不以为然。一句"竟以日人所著的为蓝本"就将其嘲讽态度显露无遗，只差没有指责鲁迅"抄袭"了。

不过，范烟桥本人在自己这本《中国小说史》中，倒是没有对鲁迅的研究有什么批评嘲讽，反而多次引用鲁迅的有关论断，当然也没有给予特殊好评，通常引用之后范烟桥只有简单引申阐释却没有详细评价。以下列举几条：

> 《中国小说史略》云"小说亦如诗，至唐代而一变。虽尚不离于搜奇记遗，然叙述宛转，文辞华艳，与六朝之粗陈梗概者较，演进之迹甚明。"且渐使作者有创作之兴味。（以下引用胡应麟有关评述，不赘。）②

> 适周邦彦先在，乃有《少年游》之词，更离奇匪夷所思。此外有《开河记》《迷楼记》《海山记》，今人题为唐韩偓撰，《中国小说史略》以为《海山记》已见于《青琐高议》中，自是北宋人作，余当亦同。③

> （关于《大宋宣和遗事》）是书自尧舜直至写至徽钦，于徽钦乃描写特祥，《中国小说史略》云"文中有吕省元《宣和讲篇》，及南儒《咏史诗》，'省元''南儒'皆元代语，则其书或出于元人，抑宋人旧本，而

———————————

① 江红蕉：《我的感想》，原载范烟桥编写之《中国小说史》（该书收入陈洪主编《民国中国小说史著集成》第3卷，南开大学出版社2014年版）卷首，与包天笑等几人所写序言放在一起。

② 范烟桥：《中国小说史》，陈洪主编：《民国中国小说史著集成》第3卷，南开大学出版社2014年版，第73—74页。

③ 范烟桥：《中国小说史》，陈洪主编：《民国中国小说史著集成》第3卷，南开大学出版社2014年版，第111页。

元时又有增益，皆不可知。"①

　　据不完全统计，范烟桥此书共引用鲁迅的《中国小说史略》或提及鲁迅者有六次，相对于他多次引用胡适和王国维有关论著的情况，只能说是正常。他对鲁迅《中国小说史略》的引用除了一些史料的考证外，对于鲁迅的一些具体论断并未有所批判。但毫无疑问，该书由于引用过多而缺少分析论证，其独创性见解甚少，更遑论超越鲁迅之见解。不过范烟桥本人对自己的这部《中国小说史》颇为自信，原因在于他把戏曲弹词也纳入论述范围，并坦承这观点是受《孽海花》原作者金松岑影响，故此他认为自己的这部著作"较以前一切中国小说史书为广漠"②。

　　还有出版于20世纪30年代末的《中国小说史》，作者是郭箴一。此书为王云五主编的"中国文化史丛书"之一种，全书近三十万字，可谓内容丰富，但由于"大量沿袭鲁迅等人成果，故此颇受学者诟病"③。作者郭箴一自己也坦承"本书限于客观的环境和主观的浅识，未能完成原来的计划，贡献中国小说史以特殊的创见。在取材方面除一部分根据鲁迅先生的《小说史略》外，尚参看其他书籍及各学者对于个别小说的意见和批评，不敢掠美，用特声明"。整体而言，该书确实大量使用鲁迅《中国小说史略》中的论断和材料，而作者自己的观点几乎缺失殆尽。以下摘录一段几乎原文照抄鲁迅原著的文字：

　　　　小说亦如诗，到唐代就变了。虽是仍离不了搜奇记逸，然而叙述宛转，文辞华艳，与六朝的粗陈梗概的比较，演进的痕迹甚为明白。尤其显著的，就是到了唐代方才有意为小说。④

　　① 范烟桥：《中国小说史》，陈洪主编：《民国中国小说史著集成》第3卷，南开大学出版社2014年版，第89—90页。

　　② 范烟桥：《中国小说史》，陈洪主编：《民国中国小说史著集成》第3卷，南开大学出版社2014年版，第15页。

　　③ 陈洪主编：《民国中国小说史著集成》第7卷，所引用之语见于该卷卷首之主编者说明。

　　④ 郭箴一：《中国小说史》，陈洪主编：《民国中国小说史著集成》第7卷，第138页。

下面是鲁迅的原文，两相对照，感觉就是用白话复述了一遍而已，不过由此也可看出鲁迅著作影响确实深远巨大：

> 小说亦如诗，至唐代而一变，虽尚不离于搜奇记逸，然叙述宛转，文辞华艳，与六朝之粗陈梗概者较，演进之迹甚明，而尤显者乃在是时则始有意为小说。

还有蒋祖怡的《小说纂要》，也多次引用鲁迅有关论断作为理论支撑，但全书的理论框架却十分薄弱，没有多少新意：

> 中国小说形态完成的第一期，是唐代的传奇小说，它比六朝小说进步之点，即在从神话变成了人化。从以鬼神说教的内容，变成了写人生为主的小说。……鲁迅亦谓唐人小说较六朝之进步为人事之描写与意识之创造。这不特六朝小说与唐人小说之变异，亦为中国小说进步中的一个重要的迹象。①

值得一提的还有刘开荣的《唐代小说研究》。刘开荣于20世纪40年代考入时在成都的燕京大学历史研究所，师从陈寅恪研究唐代文学，这部《唐代小说研究》就是其毕业论文，由商务印书馆于1947年出版。在该书中，刘开荣不仅大量使用了导师陈寅恪的观点，也在很多地方引用了鲁迅的有关论述，作者并明确指出其所依据材料就是鲁迅所校勘的《唐宋传奇小说》：

> （本文）所选用小说是用的鲁迅所校录的《唐宋传奇小说本》上册，为的是鲁迅先生曾用数种可靠的本子精校出来的，这样可免校勘之劳。②

---

① 蒋祖怡：《小说纂要》，陈洪主编：《民国中国小说史著集成》第9卷，第342页。
② 刘开荣：《唐代小说研究》，陈洪主编：《民国中国小说史著集成》第10卷，第18页。

由于该书只论唐代小说，所以无法看出作者对其他时代小说发展的态度。仅就唐代小说言，作者论述还是有独到之处，但整体水平依然难以达到鲁迅论述的高度。

以下再看胡怀琛的有关著作。胡怀琛于1910年加入南社，曾与柳亚子共同编辑《警报》《太平洋报》等，后执教沪上大学。其有关小说研究著作有《中国小说研究》等数种，其中《中国小说研究》系1929年出版，为王云五主编之《万有文库》之一种。该书最大特色是从形式上将中国小说分为记载体、演义体、描写体和诗歌体四种，虽然不是十分科学严谨，但在那个时代这样的分类还是别有新意。该书在评述唐代小说《游仙窟》时曾引用鲁迅有关论述。此外胡怀琛还著有《中国小说的起源及其演变》一书，该书于1934年由南京正中书局出版。在该书中，胡怀琛以专章介绍了有关中国古代小说研究的情况。在列举有关理论著作时，将鲁迅的《中国小说史略》置于第一位，又将鲁迅的《小说旧闻钞》置于第四位，足见对鲁迅的重视。[1]

不过，在这部《民国中国小说史著集成》中最有分量且影响最大者当属阿英的《晚清小说史》，该书也是1949年后再版次数仅次于鲁迅《中国小说史略》者。阿英的晚清小说研究，早已被学术界视为水平极高且影响最大者，因此看看他对鲁迅之中国古代小说研究的评价，是很有意义的，以下列举几条：

> 自此书（指《二十年目睹之怪现状》，引者注）刊行以后，数十年来评者颇不乏其人，就中以《中国小说史略》所论最为精当。[2]

在论述晚清谴责小说时，阿英数次引用鲁迅的观点以为佐证：

> 因此，晚清的小说，遂有了几个特征。第一，充分的反映了当时的

鲁迅与20世纪中国学术转型

---

① 此处材料见陈洪主编之《民国中国小说史著集成》第4卷中收录之胡怀琛著作，详见第148、279页等。

② 阿英：《晚清小说史》，陈洪主编：《民国中国小说史著集成》第6卷，第228页。

政治社会情况，广泛的从各方面刻画出社会的每一个角度。第二，当时的作家，有意识的以小说作为了武器，不断的对政府和一切的社会恶现象抨击。这也就是鲁迅《中国小说史略》所谓的"谴责"。

（晚清小说的结构）就是《中国小说史略》说的："头绪既繁，脚色复多，其记事遂率于一人俱起，亦即与一人俱讫，若断若续，与儒林外史略同。"①

（对于晚清小说）鲁迅说："虽命意在于匡世，似与讽刺小说同伦，而辞气浮露，笔无藏锋，甚且过甚其辞，以合时人嗜好。"虽极中肯，亦非全般之论。晚清小说诚有此种缺点，然亦自有其优胜处。②

除了第三条中阿英略微表示了不能完全赞同鲁迅的意见外，其他提及鲁迅处，阿英均对鲁迅的研究成果和论断表示赞同或赞美。自然，由于阿英此书出版于鲁迅逝世后的1937年，彼时鲁迅的文学史地位和思想史地位早已确立，加之阿英的"革命作家"身份，他对鲁迅的研究做出很高评价也是意料中事。数十年后，阿英对《中国小说史略》的评价依然很高：

我们从鲁迅先生《中国小说史略》的一些论断里，无论是时代分析方面，或是倾向说明方面，抑是作品研究方面，都很易于看到一种共同的、基本的东西，就是非常看重于和社会生活关系的联系，和它的深度的追求。③

整体而言，阿英对鲁迅有关古代小说研究的评价一直很高，且能从学术角度出发，基本没有受到其他方面影响。

① 阿英：《晚清小说史》，陈洪主编：《民国中国小说史著集成》第6卷，第211页。
② 阿英：《晚清小说史》，陈洪主编：《民国中国小说史著集成》第6卷，第214页。
③ 阿英：《关于〈中国小说史略〉》，《小说三谈》，上海古籍出版社1979年版，第237页。

陈洪主编这套丛书自然也会收入胡适的有关著作，而胡适对鲁迅的评价，除却本文开头所引一段外，下面这段也很为人们熟悉：

> 凡论一人，总须持平。爱而知其恶，恶而知其美，方是持平。鲁迅自有他的长处。如他的早年文学作品，如他的小说史研究，皆是上等工作。通伯先生当日误信一个小人张凤举之言，说鲁迅之小说史是抄袭盐谷温的，就使鲁迅终身不忘此仇恨！现今盐谷温的文学史已由孙俍工译出了，其书是未见我和鲁迅之小说研究以前的作品，其考据部分浅陋可笑。说鲁迅抄盐谷温，真是万分的冤枉。盐谷一案。我们应该为鲁迅洗刷明白。①

这是1936年胡适写给苏雪林信中的一段话，可以看出胡适对鲁迅文学创作及小说史研究的评价很高，也很公正客观。至于两人在中国古典小说研究方面具体的交流与沟通，也有很多实例。如关于《西游记》《水浒传》研究中有关问题，两人曾多次写信讨论。②

综上所述，可以看出自鲁迅的《中国小说史略》问世后至1949年，民国学术界对鲁迅的中国古代小说研究一直给予很高评价，其影响也是十分深远巨大，可以说凡是欲研究中国古代小说者，鲁迅的相关研究是不可能忽略的。相对于另一位研究大家胡适的注重考证，鲁迅的有关思想见解和文本分析可能更是其长处，也是最能体现其对后世影响之处。对此陈平原曾在其《作为学科的文学史》一书中有详尽论述，不赘。

二、"中国之小说自古无史，有之则自鲁迅始"

在撰写小说史的体例，对古代小说发展所做分期、分类以及一些术语的提出等方面，鲁迅对民国时期相关研究的影响也值得注意。在这方面，将鲁迅的研究与之前研究进行比较，可看出鲁迅的"开创性"贡献。与之后的研究比

① 耿云志、欧阳哲生编：《胡适书信集》（中），北京大学出版社1996年版，第710页。
② 对此可参看《鲁迅全集》（人民文学出版社1981年版）第十一卷中有关书信。

较，也可验证鲁迅为何对后出小说史著作持不屑态度。

在学术界一直流传这样一句话："中国之小说自古无史，有之则自鲁迅始。"这话前半句出自鲁迅，而后半句陈平原认为已难以考证最早出自何处，不过倒是学术界一致的评价。这部鲁迅最早是作为教材的学术著作，之所以奠定了中国古典小说研究的开山地位，首先就是它确立了一个小说史撰写的基本体例和为后人理出一条相对科学而清晰的中国古代小说发展演变的线索。

而且，从最初的讲义到《中国小说史大略》再到最后的《中国小说史略》，鲁迅在不断的修改中，逐步完善了这部杰作的基本体例。全书二十八篇，前有题记、序言，尾有后记，是结构十分严谨完整的学术专著。

对于《中国小说史略》全书的结构或理论框架，学术界大致有这样两种观点：

一个是"目录学"说：

> 《中国小说史略》以目录学的原则来结构全书，其开宗明义第一篇《史家对于小说之著录及论述》依历史顺序考察了《汉书·艺文志》、《隋书·经籍志》、《唐书·经籍志》、《新唐书·艺文志》、《少室山房笔丛》、《四库全书总目》等书关于文言小说的著录与分类，附以简明的论断。①

一个是"类型演进"说，自然以陈平原为代表人物：

> 将小说类型的演进作为中国小说史叙述的重点，构成了鲁著的一大特色。而这里面蕴含的小说史意识即是，在某种意义上，可以把中国小说（尤其是元明清三代的章回小说）的艺术发展理解为若干主要小说类型演进的历史。②

---

① 顾农：《〈中国小说史略〉导读》，《鲁迅研究月刊》2002年第11期。

② 陈平原：《小说史：理论与实践》，北京大学出版社2010年版，第182—183页。

若论其影响，则后者远较前者为大。不过二者并无实质意义的差异，只是一个适合概括宋代之前的小说，一个更适合宋代之后而已。陈平原自己也明确指出：

> 《中国小说史略》下卷最主要的理论设计，就是借用"神魔小说"、"人情小说"等若干小说类型在元明清三代的产生及演进，第一次为这五六百年的中国小说发展勾勒出一个清晰的面影；并且一下子淘汰了诸如"四大奇书"、"淫书"、"才子书"之类缺乏理论内涵的旧概念，使得整个小说史研究焕然一新。[①]

显而易见，面对从古代神话到唐传奇、宋话本的令人眼花缭乱的复杂变化，单纯类型研究的研究方式并不适宜。相对于一些学者简单套用西方小说理论的做法，鲁迅试图将中国古代小说的发展演进纳入中国文化和文学的整体发展进程之中，并将小说这一文体的发展演变与其他文体例如神话的发展演变结合起来考察，同时注意从创作者的"无意"与"有意"、从是否注重文采和想象虚构的角度来衡量宋代之前小说的发展历程。这自然需要目录学的校勘方法和考证，需要从文艺心理学角度来研究小说作者的创作心理，更需要结合社会发展状况来看小说形态的变化。所有这些，其实难以使用一个简单的理论框架给予概括（特别是宋代之前）。如果一定要概括，也许还是陈平原所说的是否具有"小说史意识"以及此"意识"如何逐渐明晰等比较恰当。而鲁迅之所以对他之后一些小说史表示轻蔑，最重要原因其实也就是这些著作在"小说史意识"方面表现太弱。

我们不妨列举一些实例来看这些著作与鲁迅的差异，特别是那些虽然明显受到鲁迅影响但在具体论述时依然无法做到以清醒的"小说史意识"分析小说发展现象的例子。

---

① 陈平原：《小说史：理论与实践》，第184页。

首先是对于古代神话传说与小说关系的阐述，鲁迅的着眼点始终在于发现神话对后世小说影响的蛛丝马迹，所以他论述神话一直强调那些具有文学色彩的例证，如在论述《山海经》时即认为中国神话：

> 然自古以来，终不闻有荟萃熔铸为巨制，如希腊史诗者，第用为诗文藻饰，而于小说中常见其迹象而已。①

谭正璧的《中国小说发达史》用了近六页篇幅谈《山海经》，却没有一句论述它的文学意味，唯一和小说有关的文字是：

> 及明人胡应麟以《山海经》为"古今语怪之祖"，清代《四库全书》把它列入子部小说家，才给予了它恰当的地位。更经了今人的研究，《山海经》的为古代神话的大宝藏，遂成了确切不移的成谳了。②

本来，既然已经提及胡应麟和《四库全书》，就可以进一步引申发挥指出《山海经》与后世小说的关系当在其为"古今语怪之祖"，然后分析为何"语怪"，如此就不是简单的只是就神话谈《山海经》，而能置于古代小说发展的大背景中论述《山海经》的特殊价值。可惜"史识"不足使得作者未能再进一步。

同样的问题也存在于郭箴一的《中国小说史》，洋洋三十万字可谓篇幅浩大，却有很多地方沿袭鲁迅等人的成果，因此很受学界诟病。例如也是论述《山海经》，也是用了差不多六页篇幅，却仅仅就神话谈神话，毫无论及与后世小说的关系。六页篇幅中有关"小说"内容仅仅出现一次：

> 《山海经》在《庄》、《列》、《楚辞》、《竹书纪年》（从汲冢

① 鲁迅：《中国小说史略》，《鲁迅全集》第九卷，第21页。
② 谭正璧：《中国小说发达史》，陈洪主编：《民国中国小说史著集成》第5卷，第29页。

出，但今所传的已非原本）等里均以为是依据太古传说而小说化了的。①

但如何"小说化"了呢，作者没有说，只是列举一段原文而已。其实这里原本可以多说一些《山海经》对后世小说影响的，无论是其内容还是语言等方面。

再看有关《西京杂记》的论述。鲁迅在指出该书特色在于"杂载人间琐事"后，又特别指出"若论文学，则此在古小说中，固亦意绪秀异，文笔可观者也"②，然后以司马相如与卓文君故事作为例证，有论有例，且能从小说角度谈《西京杂记》，这就是"史家眼光"。而后出几种小说史，在此问题上同样看出其眼界短浅，更遑论有所创见了。

而谭正璧的《中国小说发达史》则仅仅满足于引用鲁迅上述论断，然后即以偷懒方式将司马相如与卓文君故事作为例证了事，一点没有自己的评述。③

无独有偶，郭箴一也是在引用了鲁迅原文后再列举司马相如与卓文君故事为例证，同样没有从"小说史"角度谈出自己的意见。④

如果说这些都是属于"古小说"，用现代小说理论观照实在是无法分析的话，则对于元明清三代的长篇小说，后出的这些小说史本应有更多的进一步深入阐释才对，但很多著作依然只是介绍作者、复述情节，然后再加一些版本的简单介绍，就了事。稍好者会有对作品思想艺术性的分析，但其见解多是泛泛之论，有些更是理解偏差，对读者甚至有误导作用。为此不妨再列出这些小说史著作中有关《红楼梦》思想艺术性方面的论述，读者可与鲁迅的相关论述作一比较，则不仅高下立判，且差距不可以毫厘计：

全书结构，盖以金陵十二钗之情话为经，以荣国，宁国二府之盛衰

① 郭箴一：《中国小说史》，陈洪主编：《民国中国小说史著集成》第7卷，第71页。

② 鲁迅：《中国小说史略》，《鲁迅全集》第九卷，第37—38页。

③ 参看谭正璧：《中国小说发达史》，陈洪主编：《民国中国小说史著集成》第5卷，第104—105页。

④ 郭箴一：《中国小说史》，陈洪主编：《民国中国小说史著集成》第7卷，第87—88页。

为纬，故能如线穿珠，各有脉络可寻，然中间时日或有矛盾，前后或欠照顾，来历或未尽明了，要皆白璧微瑕，不足为病也。①

如果说这个结构上的"经纬"说还有几分道理的话，则对于书中主要人物性格不置一词，反而花很多篇幅解释成书的各种臆说就明显本末倒置了。

凡是说给人听的，每一段书的事情必须愈曲折愈热闹愈好，所有人物也比较的多。《三国志演义》、《水浒》都是如此。若《红楼梦》就不是如此。他每一段的事情大概都是很简单很平淡，只是描写得很细腻真切。所谓"入情入理""绘色绘声"，这只有写在纸上好看，一放到口头上说，就没有什么可以说的了。所以他就无形中成了"只能看不能说的作品。" 这是以前所没有的，所以可称为创作。不过在事实上，《红楼梦》虽已经成了一种创作，但是该书的作者曹雪芹，自己还不曾知道是一种创作。不但是不曾知道，而且在表面上还是因袭着"平话"的陈旧的腔调。②

作者能够注意到《红楼梦》内容多写日常生活还是较为难得，但最后的判断则只承认《红楼梦》不过是作者曹雪芹尚未自觉的"创作"，难道之前的那些中国古代小说都不是"创作"？假如说是文人自觉的个人创作，则早有《金瓶梅》在先。所以这里用"创作"一词既没有概括出《红楼梦》的开创性，也无法说清它与之前小说的承继发展关系，有些不伦不类。

再看本已大量因袭鲁迅观点的郭箴一的有关论述，是否会有些自己的见解：

（清代）小说有《红楼梦》，堪与《水浒》、《西游》相当。实际《西游记》的幽玄奇怪，《水浒传》的华丽丰赡，可以配列天、地、人三

---

① 徐敬修：《说部常识》，陈洪主编：《民国中国小说史著集成》第2卷，第86页。
② 胡怀琛：《中国小说概论》，陈洪主编：《民国中国小说史著集成》第4卷，第346页。

才，不独在中国小说界鼎力争霸，即推出于世界的文坛也无逊色。①

以"天地人"三才评这三部小说，还算新鲜，且指出它们的文学价值很高，放在世界文坛也无逊色，评价不能说不高。但非常可惜，这段话并非郭箴一自己的观点而是来自岩谷温。②那么，《红楼梦》的特殊价值究竟是什么呢？其艺术性上又有何特色？且看作者的具体评述：

> 全篇分章为一百二十回。计划非常伟大，结构细密，用意周到，祸福相倚，吉凶互伏，虽千变万化，然如线之穿珠，如珠之走盘，情节的概括是很能一贯的了。……全书滔滔九十万言，殆是一部倍于《史记》与《水浒传》的大册子，为古今东西第一的言情小说。③

如果觉得这一段评价还不错的话，则我们必须注意到，此一大段评述之后，郭箴一加了一句"在这点上，即如我（岩谷温）就完全没有谈论《红楼梦》的资格"。原来这一段还是参考或者说因袭了岩谷温的说法，而并非作者自己的创见。至于把《红楼梦》只是简单归结为"言情"，则无论这观点是否郭箴一的独创，其实都没有多少意义了。再看下面一段：

> 《红楼梦》出世后，即夺去《三国志演义》之席而居四大奇书之一。它在清人小说中，其地位恰如《金瓶梅》之于明人小说，而所写亦恰皆为一家一门之事迹。惟《金瓶梅》所写，为市井无赖之家庭，其中人物，都居中下流阶级；《红楼梦》所写，为富豪贵族的大家庭，人物大都豪华奢丽，另成一种景象。④

① 郭箴一：《中国小说史》，陈洪主编：《民国中国小说史著集成》第7卷，第474页。
② 对此可参看郭希汾之《中国小说史略》，该书即为岩谷温原作最早的中文版本，收入《民国中国小说史著集成》第2卷，此段话见于第93—94页。
③ 郭箴一：《中国小说史》，陈洪主编：《民国中国小说史著集成》第7卷，第476页。
④ 郭箴一：《中国小说史》，陈洪主编：《民国中国小说史著集成》第7卷，第492页。

这评价也还有些深度，但可惜依然不是作者自己的话，而是不加说明地引用了谭正璧的《中国小说发达史》中的评价。纵观郭箴一论《红楼梦》这一部分，虽然长达三十余页，除却引用胡适、岩谷温等人评述以及作品原文外，就是大量的介绍有关版本、作者考证的文字，但究竟哪些才是他自己的意见，因笔者资料不全，实在难以确定。令人多少有些奇怪的是，该书其他部分有大量因袭鲁迅《中国小说史略》的内容，但在论《红楼梦》部分却基本没有，是否鲁迅那些脍炙人口的评价如"悲凉之雾遍被华林"等早已为学界熟悉而无法再用？其实这本不是问题，可以直接引用也可以间接引用。抑或别有原因？其个中缘由，今天已无法探知。

再看另一部小说史著作中的有关评价：

> 清代尚有一千古巨作，就是尽人皆知的《红楼梦》，……全书实在写一个大家庭的渐趋没落，也是解说人世虚无的道理。……研究《红楼梦》的书很多很多，因为这书的故事与技巧太动人了，引起了大家研究的心。于是后世有"红学"之称。同时也因为原书动人的缘故，便出了种种续书。①

对《红楼梦》的思想价值，只有寥寥一句话的概括，可谓惜墨如金。而关于该书的艺术性，干脆就只有"太动人"一笔带过。对于"千古巨作"，作者只给予不到两页的篇幅，说明作者根本没有将《红楼梦》置于最重要古代小说地位的认识，或者说虽然有认识却不能作出有价值的分析。

同样对《红楼梦》给予十分简略评价者还有刘永济的《小说概论讲义》，不过该书由于篇幅较短，内容以提纲方式呈现，自然不能展开充分论述。该书文字典雅，不愧为著名学者所作，其将《红楼梦》与《水浒》一起比较论述的方式也较为独到新鲜：

---

① 蒋伯潜、蒋祖怡：《小说与戏剧》，陈洪主编：《民国中国小说史著集成》第9卷，第75—76页。

具浮天浴日之观，抱涵虚纳深知量者，其惟《水浒》、《红楼》乎？《红楼》毗于阴，故文多缠绵；《水浒》丽于阳，故词尚激昂。一则忠愤不平则鸣也。一则情天恨海之史也。至其包举之大，组织之巧，体物之工，言情之妙，倘所谓并驾齐驱、异曲同工者欤？然而竟为侈丽之词，没其讽喻之义，使览之者劝百而讽一，则亦同夫赋家之失矣。①

　　最后我们看看范烟桥的《中国小说史》中有关评价。范氏此书十七万字，却极为"吝啬"地只给了《红楼梦》四页篇幅，而且所有的文字都用来介绍作者、引用原作和评述作者创作动机的各种臆说，如"影射"说、"索隐"说和"自传"说等，却完全没有对于作品人物性格、故事情节和语言结构的分析，更没有用一段概括性的话说明《红楼梦》在中国文学史上的重要地位，所以在此也不必列出原文。②相比之下，范烟桥倒是对一部二流的公案小说《彭公案》给予很高的评价：

　　　　前代别有不朽之作数种，其意境、其文笔皆以前所望尘莫及者，且类皆出于科举时代，在文学极受束缚之下，而能有此等特异之作，虽谓为清代文学之结晶，中国小说之成功者，非过也。③

　　阅读此段，想必很多读者以为这该是对《红楼梦》的评价吧，怎么会用到《彭公案》上？难道《红楼梦》不正是在清代"文字狱"的高压笼罩下创作出来的？《红楼梦》不才该被评价为"清代文学之结晶，中国小说之成功者"？看来眼界和眼光问题，也即是否具有"史识"，确实是撰写文学史中最重要问题，不然，一味郑重其事地介绍和论述一部平庸之作，不但会让后世学者嘲

————————
　　① 刘永济：《小说概论讲义》，陈洪主编：《民国中国小说史著集成》第4卷，第394页。
　　② 范烟桥：《中国小说史》，陈洪主编：《民国中国小说史著集成》第3卷，第221—225页。
　　③ 范烟桥：《中国小说史》，陈洪主编：《民国中国小说史著集成》第3卷，第221页。

笑，也会对缺少鉴别能力的普通读者造成危害。

以上诸段有关《红楼梦》之评价，皆出自鲁迅《中国小说史略》之后到1949年期间出版的一些中国小说史著作。作为后出的文学史，它们不但没有超越鲁迅，而且整体而言距鲁迅水平相差甚远，无怪乎鲁迅对其持不屑态度了。

在鲁迅之前，冠以"小说史"之名的尚有张静庐的《中国小说史大纲》①，该书于1920年6月在上海出版，可以说是第一部标为"中国小说史"的著作，尽管全书错误百出，见解鄙陋。正如陈平原所说"全书缺乏完整系统的构思，作者对中国小说的发展线索没有稍为系统的见解。至于照搬西方小说从浪漫主义到现实主义再到新浪漫主义的发展公式，在中国小说史上找例证，更是十分危险的歧途"②。

所以，该书作者对《红楼梦》不可能会有真正深刻的分析，只有笼统的概述：

> 清代则更兴旺，比元代益形发达。然创刊之作，亦只有曹雪芹之《红楼梦》与吴敏斋之《儒林外史》二书而已。二书无所本，皆凭意象和经验而作。《红楼梦》写家庭儿女间情事，惟妙惟肖；《儒林外史》写社会上文人丑态，刻画无遗。
>
> ……
>
> 惟《红楼梦》以旖旎绮丽之笔，描写小儿女之情事，贵族家庭之豪华，逼肖如写真、此书风行全球，其魔力之大，几登《水浒》而上之，执中国小说界之牛耳。③

综上所述，可以发现在鲁迅那个时代，无论之前还是之后，所有的中国小说史都不仅无法与鲁迅之作相提并论，且水平相差很远。究其原因自然很多，

①　除该书外，鲁迅之《中国小说史略》前尚有蒋瑞藻的《小说考证》（商务印书馆1915年版）和钱静方的《小说丛考》（商务印书馆1916年版），但冠以"小说史"者，当属张静庐此书。

②　陈平原：《小说史：理论与实践》，北京大学出版社2010年版，第202页。

③　张静庐：《中国小说史大纲》，陈洪主编：《民国中国小说史著集成》第1卷，第50、66页。

但最重要的恐怕还是写作者自身缺少"史识"。

所谓"史识"，其实就是要求文学史家能够走进作家的内心世界，能够把他的创作和他所生活的时代以及社会变化紧密结合起来，能够从全部文学史发展演变的轨迹中确定一个作家一部作品的价值，以及在某一特定历史时期所具有的特殊意义——这意义不仅是思想的，也是艺术的。不过，真要具备过人的"史识"并不容易。首先要求文学史家对本国历史不仅熟悉，而且抱有敬意。用钱穆的话来说，就是"对其本国已往历史略有所知者，尤必附随一种对其本国已往历史之温情与敬意"。或者用陈寅恪的话来说就是"凡著中国古代哲学史者，其对于古人之学说，应具了解之同情，方可下笔"。陈寅恪虽然说的是哲学，但同样适用于文学史的撰写。鲁迅与这些在其之后的小说史作者的巨大差异，也许就在有无这种"了解之同情"吧。

其次，要撰写出具有独到见解的文学史，还要求作者具有很高的文学才华，既有创作经验又有极高的文学鉴赏眼光，也就是要兼备作家与学者双重身份。以此来看，鲁迅毫无疑问是撰写中国文学史最好的人选，他本人对此也很自信。而民国时期很多小说史的作者，正是在这方面，与鲁迅相比有较大的差距。尽管他们受到鲁迅著作的深刻影响，尽管他们也想写出有见解的学术著作，但个人能力的不足导致他们连邯郸学步也做不到，更遑论超越。至于1949年之后的小说史著作或文学史著作，又由于受到来自意识形态方面的巨大影响，而走向把文学史当作政治史、社会生活史、阶级斗争史甚至是中国革命史来撰写的邪路，就自然无法在鲁迅开辟的正确道路上继续前行。至于对这些著作的进一步具体评价，则已超出本书的论述范围，不赘。

第四节　鲁迅与20世纪下半叶的中国古典文学研究

一、王瑶与陈平原笔下的鲁迅学术思想

1949年后直至"文革"开始前的十七年间大陆学术界特别是中国现代文学

研究界，由于受到来自意识形态方面的过分干扰，不仅一直把鲁迅的形象神话化，而且对于鲁迅的文学创作成就一直给予最高评价。然而，对于鲁迅的学术研究，却并未给予足够的重视——虽然评价很高却大都失之空洞和泛泛而谈，真正有深度有见解的研究成果很少。而在中国古典文学研究界，对于鲁迅的学术研究成果如《中国小说史略》等，虽然也给予一定的重视或者迫于来自政治的压力而不得不对鲁迅的研究大加赞美，但在具体的研究中，却很少注意到对鲁迅的研究成果给予阐释和发扬光大。尽管鲁迅的一些观点经常被引用，却并未在实质上进入古代文学研究者的视域，大致属于"抽象肯定具体否定或忽视"的状态。对于鲁迅之古典文学研究成就的重视远不如对其文学创作成就的评价，在很多学者看来，鲁迅的成就自然体现在文学创作上，而学术研究充其量是其副业。这种情况直到20世纪70年代末才有所改变，而在90年代"国学热"时才真正引起学术界的关注。

提到鲁迅的学术研究，人们首先要说的，自然是那部《中国小说史略》，对于鲁迅的那句"中国之小说自来无史"，人们很自然给补上一句"有史自鲁迅始"。很久以来，不知有多少学者引用过这两句话，但对于这后一句的出处其实已经不太清楚。查阿英的《关于〈中国小说史略〉》一文，开头第一句就是"中国小说之有专史，始于鲁迅先生的《中国小说史略》"[①]，此文写于1956年，也许这就是最早的"有史自鲁迅始"的版本。此外，王瑶先生在1986年的一个学术会议上也明确说过这句话，见于该年度的《学术动态》第279期，之后即得到广泛的传播，而陈平原更是在不同的场合引用过这个说法，可见此论断影响确实很大，但最初之出处却不太清楚。这里笔者无意考证其出处，只是想引出本文的话题，即对王瑶与陈平原师生的学术史研究及鲁迅学术思想研究作一个简单的评述，并借此简单分析鲁迅的相关研究对他们两位的影响。

王瑶在学术研究的道路上始终坚持"师朱（朱自清）法鲁（鲁迅）"，即效法鲁迅的路子。鲁迅曾经说过："倘要论文，最好是顾及全篇，并且顾及作

---

① 阿英：《关于〈中国小说史略〉》，见其《小说闲谈四种》中之《小说三谈》，上海古籍出版社1985年版，第232页。

者的全人，以及他所处的社会状态，这才较为确凿。"对此王瑶说："这话今天仍然是我们学习古典文学遗产时的重要指针。对陶渊明这样一位历来对他有过许多模糊认识的诗人，这样的研究就显得更其重要。"注重历史的传承，注意考察文人日常生活与其文学创作的关系，"知人论世"，是鲁迅一直坚持的方法。鲁迅一方面注意文艺与时代及社会环境的密切关系，一方面注意从文人心态变化方面切入对其创作的考察。王瑶很好地继承和发扬鲁迅这种方法，他的中古文学研究以及现代文学研究之所以有引人瞩目的成就，与受鲁迅有关学术理念深刻影响有很大关系。以下我们以王瑶的《中古文人生活》为例，看看鲁迅有关中国古典文学研究设想及相关学术思想在王瑶那里是如何发生影响，以及王瑶如何一方面继承一方面有所创新，从而做出自己独特研究的。

首先，在该书"自序"中王瑶明确说明其撰写理念和框架建构直接受到鲁迅的影响：

> 本书共十四章，大致是分三个范围论述的。第一部分是"文学思想"，着重在文学思想本身以及它和当时一般社会思想的关系。第二部分是"文人生活"，这主要是承继鲁迅先生《魏晋风度及文学与酒及药之关系》一文加以研究阐发的，着重在文人生活和文学作品的关系。第三部分是"文学风貌"，是论述主要作家和作品内容的。不过这只是大致的说法，因为这三部分都互相有关联；而且如果要分开，这书中每章都可自成一单元，但因为又是有计划写的，所以合起来也颇具系统。①

此外，探讨王瑶所承受鲁迅学术思想影响，自然不能忘记鲁迅在《中国小说史略》及其他论著中关于魏晋六朝文学的相关论述。如《中国小说史略》在提及《世说新语》产生的社会背景时，鲁迅这样说：

> 汉末士流，已重品目，声名成毁，决于片言，魏晋以来，乃弥以标格

---

① 王瑶：《中古文人生活》，棠棣出版社1951年版，第2页。

语言相尚，惟吐属则流于玄虚，举止则故为疏放，与汉之惟俊伟坚卓为重者，甚不侔矣。盖其时释教广被，颇扬脱俗之风，而老庄之说亦大盛，其因佛而崇老为反动，而厌离于世间则一致，相拒而实相扇，终乃汗漫而为清谈。渡江以后，此风弥甚，有违言者，惟一二枭雄而已。世之所尚，因有撰集，或者掇拾旧闻，或者记述近事，虽不过丛残小语，而俱为人间言动，遂脱志怪之牢笼也。①

在"文人与药"一章中，王瑶指出魏晋文人服药在当时是一个相当普遍的社会现象，鲁迅在其《魏晋风度及文章与药及酒之关系》中指出这一现象，说明其眼光独到。但为何会在这时期发生这种现象，以及它和当时的实际情况有怎样的关系，还有待于我们进一步追索。②之后王瑶就根据《世说新语》等史料展开了精彩的阐释。王瑶指出原始人没有生死概念，也就没有对死亡的恐惧与悲哀以及对时间流逝的感叹。在《诗经》中也只有下意识的感觉，至春秋战国时期，我们在《楚辞》中才看到了对现实世界的不满以及对超现实的追求，但儒家却对生死问题采取规避的态度，所谓"未知生，焉知死"即是此种态度的代表性说法。直到汉代末年对生的感悟才大量出现在文学之中，其原因在于一方面当时的社会动荡给人们带来的恐惧不安，一方面也是对儒家思想的反动趋于成熟，而道家思想乘虚而入，影响了文人的创作。在这里，我们依稀看到鲁迅对道家意见的影子，即鲁迅认为影响中国文人和文化最大者不是儒家而是道家。不过，王瑶指出，道家只是意识到和提出了生死问题却没有给出解决的方法反而使得明白此问题的人们更加痛苦，文人尤其如此。直到佛教进入后，文人才有了寻求解脱的方法。因为佛教之所以有很大影响，并非仅仅因为佛理与玄学相通而获得文人肯定，更是由于佛教的"神不灭"的报应说，比较适合时代需要，可以给人们以心灵上的安慰和解脱。正如鲁迅所言："佛教既渐流播，经论日多，杂说亦日出，闻者虽或悟无常而归依，然亦或怖无常而却走。

---

① 鲁迅：《中国小说史略》，《鲁迅全集》第九卷，第60页。

② 王瑶：《中古文人生活》，第5页。以下论述均见于该书有关章节，不一一注明。

此之反动，则有方士亦自造伪经，多作异记，以长生久视之道，网罗天下之逃苦空者，今所存汉小说，除一二文人著述外，其余盖皆是矣。"①所以在建安诗歌中，尽管还是充满"对酒当歌，人生几何"的慨叹，却已经有了对"人生的自觉"。"这种人生的自觉，实在是建安文学所以能开一代宗师的重要理由。这时诗文的感慨苍凉，所谓建安风骨，正因为他有了这样充实的内容。"②

那么，为何文人会热衷于服药？王瑶指出，虽然有人相信佛教的轮回之说，相信神仙不死之说，但作为一般人还是追求延年不死，而对于服药可以长生或者至少是延年，也还是大多文人都追求的人生目标。此外，王瑶根据《世说新语》等材料指出那时文人的爱好服药，还有一个很重要原因就是与文人追求仪容仪表之美有关，因为服药之后，无论是否有延年的效力，至少从表面看，面色会变得红润而人也显得格外有活力，似乎更加健康。

不过王瑶的分析并未到此为止，而是更进一步追问道：为何那时的社会风气会如此注重一个男性的外在之美？原来这一方面是承继了汉代以来人物评论的余风，一方面与文人谋求仕途的升迁有关。要升迁就要有人推荐。要获推荐，就要得到他人特别是名人的好评，而外在之美就是很重要的因素，因为古人相信由一个人的形体外部可以看到其全体，即"由形观神"。所以，"为了给别人好的印象。为自己的名誉前途，在这种社会风气下，除了完全以方外自居的任达之士外，谁又能摆脱他的影响呢！"③。最后王瑶还指出，那时的文人服药，还有一个因素，就是追求刺激，获得肉体的快感，这与那时文人大都是贵族，生活条件优越有关。而服药产生的强烈刺激又会导致文人性情暴躁或乖张，所以后人所追崇的所谓魏晋风度和名士气派，其实都与魏晋时期的文人服药有关。而有些所谓的名士气和做派，倒不是有意为之，而是药性发作使然。因此，鲁迅和王瑶抓住"服药"这一点谈魏晋文人及其创作，确实是抓住了要害和关键。鲁迅那篇《魏晋风度及文章与药及酒之关系》由于是讲演，很多问题不能深入具体阐释，而王瑶此书就对此进行了深入细致的阐述，并列举大量的文人作品为例，然后从社会时代发展与文学发展演变关系角度，从文人生活与创作关系角度进行分析，所以有很强的说服力。

在《中古文人生活》中，还可以看到王瑶关于那时文人对"小说"以及创作中运用虚构手法的评述：

> 中国"小说"一词的意义本来很广，汉志所谓"街谈巷语，道听途说者之所造"，自然亦可包括乌有先生和亡是公问答的赋体。而且如西京杂记博物志世说新语等书，传统皆认为是小说，则赋的内容实际还要比较更接近些。所以在当时人的眼中看起来，赋中所托的古人本来即不必实有其事，自然在叙述中也不必其与史传相合，这只是一种"俳优小说"，并不是历史的实录。①

把上述论述与鲁迅在《中国小说史略》相关章节及有关文章结合起来，则可见其如何受鲁迅影响以及王瑶如何根据自己的研究做出更进一步的见解。例如对《西京杂记》的评价，王瑶就与鲁迅有微妙的不同。鲁迅认为"杂载人间琐事者，有《西京杂记》，本二卷，今六卷者宋人所分也"。"书之所记，正如黄省曾序言，'大约有四：则猥琐可略，闲漫无归，与夫杳昧而难凭，触忌而须讳者。'然此乃判以史裁，若论文学，则此在古小说中，固亦意绪秀异，文笔可观者也。"②鲁迅认为是小说，而王瑶认为其实"传统皆认为是小说，则赋的内容实际还要比较更接近些"，但不管怎样，还是属于"俳优小说"。

对于王瑶的古典文学研究及其特点，陈平原在其主编《中国文学研究现代化进程二编》中有较为详尽的评价，认为王瑶在文学史研究中有自觉的对科学方法论的追求意识，即力图写出更具"史识"的著作而非资料长编，这自然是受到鲁迅的明显影响。其次是坚持"以史证文"，这更多是受到朱自清的影响。第三是重视"阐释与批评"，不陷于史料的堆积和烦琐考证之中，而是由

---

① 王瑶：《中古文人生活》，第125页。
② 鲁迅：《中国小说史略》，《鲁迅全集》第九卷，第37—38页。

鲁迅与20世纪中国研究丛书

史料引出正确的结论。①对此陈平原没有指出受谁之影响，笔者以为，这方面王瑶应是受到他晚年一直推崇的"清华学派"的影响。以下姑摘录几段陈平原评述王瑶在《中古文学史论》中关于小说与方术关系一章的几段，以见这位高足是如何概括出上述评价的：

> 《小说与方术》一章共分六个部分。每个部分都有考证的成分，每个部分又都是关于小说产生与道家方术兴盛之间关系的论述。第一节，论小说产生于方术之士，而方术之士又是由"巫医之术"来的，因而吴薛综注张衡《西京赋》"小说九百，本自虞初"时说的"小说，医巫厌祝之术"的说法，也大致是适用汉魏六朝这个时代的。文中引《汉书·艺文志》所录小说十五家虽然今皆佚而不存，经过文献的考证，知道其中六种为汉代人所作，前九家多为依托之作，最早也只能是战国末期的作品，其中自有不少出于汉人的。文章引《汉书·艺文志》以及班固注、《四库提要·小说类序》等材料考定，"知汉人所谓小说家者，即指的是方士之言；而且这和《后序》中小说家出于稗官的说法，也不冲突。汉魏六朝对于小说的观念和小说的内容，都和这起源有关。"接着，连续用近十余条材料论证：方术就是方术之士，方术之士本来的地位，为士流所不齿；方士是由巫医来的，巫医的职务是通于神明；汉魏六朝时代小说乃"巫医掩住之术"，非常有说服力。第二节，用大量确凿的材料，首先论证巫在社会上的地位是很低的，以方术知名的人士出身不高，在那个门阀势力笼罩的社会中是很难在政治上得意的。但医巫之术仍然有深厚的社会基础，因为医巫之术本来盛行于民间。但他们成了方术之士之后，由于干禄之心的增大，帝王们以方术求得长生的欲望的强烈，因此方术之士也常常挟神书异籍来自重。接着，文章引用《后汉书·襄楷传》、《三国志·张鲁传》及注引《典略》、《后汉书·襄楷传》章怀太子注引《太平经典·帝王

---

① 陈平原：《作为文学史家的王瑶》，《中国文学研究现代化进程二编》，北京大学出版社2002年版，第473—479页。

篇》、《晋书·孙恩传》、《晋书·周札传》等文献。论证方术的发展后来便成了道教，而道教的道术和企图，也是和方士一样的，是流行于民间，是尽力想法向上干政的。由此得出结论性的判断："无论方士或道士，都是出身民间而以方术知名的人，他们为了想得到帝王贵族们的信心，为了干禄，自然就会不择手段地夸大自己方术的效益和价值。这些人是有较高知识的，因此志向也就相对地增高了；于是利用了那些知识，借着时间空间的隔膜和一些固有的传说，援引荒漠之世，道称绝城之外，以吉凶休咎来感召人；而且把这些来依托古人的名字写下来，算是获得的奇书秘籍，这便是所谓小说家言。"小说的产生与方士之间的关系，在考据的基础上得到了清楚的阐释。第三节，开始用史籍材料论证方士的三个种类；（一）前知吉凶，（二）医疗疾病，（三）地理博物之学。又用几条典籍的材料，说明三种性质其实是相通的；山川地理是神仙所居的地方，珍宝异物是神仙所用的东西，前知吉凶和治疗疾病是通于神仙和役使鬼物的结果。所以方术干脆就是通于鬼神之术。帝王们所以需要这些方术，最重要的是为了长生不死。秦皇汉武的不死之药，都是基于这种动机。这时引曹植《平陵东行》、王嘉《拾遗记》、托名东方朔的《海内十洲记》等材料，有力地证明了这一点。由于服药求仙、行气导引，既需漫长的时间，又随时可能产生毛病，于是方士们找出一条捷径：炼丹。炼丹的方士也得到帝王的器重。这里又引用《抱朴子·金丹篇》、《颜氏家训·养生篇》、《南史·陶弘景传》中的四条材料论证，炼丹以求得到皇帝的重用正是方士所企求的理想结果。随后在这一节里，王瑶又以典籍材料证明佛教与方术在小说中的影响。认为佛教虽在汉代已传入中国，但在东晋以前，人们仅认为是方术的一种，而信仰佛教的人，由于各种原因，也常与方术相比附，使黄老、浮屠并称。因此魏晋早期小说中，很少有佛教的影响。宋齐以下，佛法大盛，和方士的动机一样，佛教徒也就有用因果轮回等来宣扬教法的。这时在街谈巷议的小说里，也有了佛教和方术内容的差异了。王瑶引《宋书·宗室传》，特别是鲁迅的《古小说钩沉》中所辑《幽明录》一则材料，并完整地引录出来，证明后来佛教用小说攻击道教方术，借以宣传佛法的情形。第四节，说明方士、小说家为了他们的信仰为人接受，也需要举出帝王因信任方士而能够太平兴国的事例。于是这时期集中文治武功的英雄式的领袖汉武帝、淮南王刘安，就成了小说家聚积的理想的目标。这是小说发展中一个重要现象。王瑶用几十条材料论证这一点。有了帝王，还要有佐助他的方士，于是有了关于东方朔的许多奇言怪事的书产生和流传。在用大量的材料阐述这些观点之后，王瑶作了自己的理论判断的升华："这是宗教，态度可能是很严肃的。因此小说虽然是丛残小语，在作者也许是相信它完全是实事和真理。这些事纵然是出于想象的创造，但基于宗教热诚的幻想，也可能使自己相信它是真实的。因此小说的发展和道教的盛行，存在着极密切的关系。"这种文学历史的阐释就是对于考证之学的很大的超越。第五节，考订叙述魏晋时期小说的真伪与现存小说的特点。第六节以《世说新语》为中心，在考证的同时，更主要的是论证了史传和小说的密切关系。既有大量的史料作依据，有对史实的考证，有对于当代其他学者考证材料的引用，也有自己的具有真知灼见的论断。如在论到晋王嘉《拾遗记》时，王瑶认为王嘉把传说和历史小说化了。因为他是方士，所以"殊怪必举"，"博采神仙之事"；因为他又是一代宗师，所以能写得"事丰奇伟，辞富膏腴"。文字写得绮丽，而且也有了人物和结构的雏形。但后人因为内容和史传不合，所以多斥他为怪诞。"以史法与道德来绳方士之言，当然是不可能的：因为这本是街谈巷议的小说。而且照近代'小说'的观念，这也许是魏晋时比较最接近'小说'的一种。"文章中对于《世说新语》的神怪性质与历史特色、对于小说和史传的联系与区别的论述，都是很有见地的。

这一章典型地体现了王瑶所追求并实践的科学实证精神和方法的特点。一方面，他重视搜索大量的文学与历史的现象的资料，对于一些问题进行必要的考证辨伪，使得自己的论述有深厚的历史的根据；另一方面，他又不局限于繁琐的考证之中，总是在复杂的历史现象中找到一些带有规律性的东西，做出富于创见的理论性的论断。朱自清称赞王瑶这篇文章写得"非常精彩""你能见其大，将繁乱的琐碎的材料整理出线索来，这是难得的，有用的"。他在50年代关于《红楼梦》的讨论中所写的文章里，又一次明确地表示了他的这种文学史的自觉意识。他说："'详细占有材料'是好的，但重要的是从这些事实中、材料中引出正确的结论"，而要做到这一点，需要有正确的观点和方法作为基础，"由于没有正确的思想方法作基础，过去许多的研究工作者常常面对着茫然的罗列的材料，既不审查它底真实的程度和一定的阶级背景，而只把它机械地堆积或排列起来，甚至利用一些材料来达到他主观所臆想的结论"。

到了80年代，王瑶更自觉地概括这种文学史研究的科学的方法论。他认为，鲁迅先生的《中国小说史略》、《汉文学史纲要》、《中国新文学大系·小说二集导言》等著作，"作为中国文学史研究工作的方法论来看"，是"具有典范的意义"的。这种"典范意义"在于："他能从丰富复杂的历史中找出带普遍性的、可以反映时代特征和本质意义的典型现象，然后从这些现象的具体分析和阐述中来体现文学的发展规律。"在丰富复杂的史料的考证的基础上，闻一多、朱自清所实践的"解释与批评"，朱自清所讲的考证"必须和批评联系起来"，王瑶所说的从对于"典型现象"的"具体分析和阐述中来体现文学的发展规律"，都是对于清代以至现代的朴学式的纯实证研究的现代性的超越。①

从上述引文可以看出，陈平原的评价十分准确到位，不仅概括了王瑶在学术思想方面所承受鲁迅和朱自清等人之影响及其发展，而且指出了鲁迅和朱自清的研究方法和治学思路对王瑶的深刻影响，以及对今天研究的启示意义。

至于陈平原那篇《作为文学史家的鲁迅》，被收入王瑶主编的《中国文学研究现代化进程》一书，可以认为是陈平原对鲁迅学术成就和治学模式的概括性评价。此外在其他论著中，他也有很多相关评述。以下我们即结合他对鲁迅

① 陈平原：《作为文学史家的王瑶》，《中国文学研究现代化进程二编》，北京大学出版社2002年版，第480—484页。

学术成就特别是小说研究成就的评述以及陈平原个人在相关领域的研究成果，综合分析陈平原所承受鲁迅影响及其所做出的创新性成果。

首先，面对鲁迅丰富的学术遗产，陈平原给鲁迅以这样的定位：

> 像那个时代的若干大家一样，鲁迅的学术理想是熔铸古今会通中外，借用他为一个青年学者的文学论著写的题记，则是：
>
> 纵观古今，横览欧亚，颉华夏之古言，取英美之新说，探其本源，明其族类，解纷挈领，粲然可观……

> 如果再加上文学与艺术的横通、实物与文字的印证、正统与异端的对话、历史与现实的交汇等具体策略，则鲁迅的学术追求大致可见。当然，"追求"不等于"成就"，鲁迅的许多很好的学术思路其实并没展开和落实；就已有的学术成果而言，鲁迅的贡献仍以文学史研究为主。只是将鲁迅的文学史研究置于其整个学术追求的大背景下来考察，确实有利于我们对其研究策略的理解。[①]

在具体论述中，陈平原从五个方面展开，即"专著与杂文""清儒家法""文学感觉""世态人心"和"学界边缘"。显然，论述鲁迅的学术研究，首先要解决的是研究材料问题，鲁迅的学术专著其实不是问题[②]，主要是如何辨析和使用鲁迅杂文中大量出现和论述的一些学术问题，特别是鲁迅带有嘲讽意味的一些论述，用于论述的鲁迅的学术思想或治学方法确实有很大难度。这个问题不解决，鲁迅杂文中大量材料是无法利用的。第二点"清儒家法"，其实

---

① 陈平原：《作为文学史家的鲁迅》，王瑶主编：《中国文学研究现代化进程》，北京大学出版社1996年版，第81页。

② 其实有些也需要辨析，如关于鲁迅的《中国小说史略》与明代胡应麟相关研究的关系以及与日本学者盐谷温之中国古代小说研究的关系，以及对是否涉嫌抄袭盐谷温的考察等。关于陈源指责鲁迅涉嫌抄袭一事，虽然胡适当年已为鲁迅洗清不白之冤，但此事直到今天似乎仍未尘埃落定。对此可参看钟扬的《盐谷温论〈红楼梦〉——兼议鲁迅"抄袭"盐谷温之公案》，原载于《南京师范大学学报》2005年第2期。以及张永禄、张谡的《论盐谷温对鲁迅小说史研究的影响》，原载于《中国现代文学研究丛刊》2015年第5期。

141

是在蔡元培等人观点基础上的发挥，要论述鲁迅直接承受乾嘉学派以及从章太炎及浙东学派那里学到的乾嘉学派的考据方法并如何应用于小说研究。在这方面，应该说陈平原的分析很有深度，可惜其具体案例分析不多。最后一点"学界边缘"谈的是鲁迅与学术界的关系，这应该从学术界看鲁迅和鲁迅看学术界两方面分析，对此本书还会有论述，此处不赘。

窃以为陈平原写得最好最有味道者，当是"文学感觉"和"世态人心"两部分，在这两部分，可以看到陈平原走进了鲁迅的学术世界，仿佛带领读者探宝一般，边走边对读者介绍，说到妙处，真的感觉其有眉飞色舞之状。学术研究与文学鉴赏一样，在某种程度上借用西哲的话就是所谓"灵魂的探险"，就是我们这些或普通或平庸的灵魂在智者的引导下得以窥视那些逝去的伟大灵魂的过程。窃以为，陈平原的一些学术史研究，不仅"升堂"而且已经"入室"。

其次，在撰写文学史方面，陈平原一方面承认深受鲁迅影响，一方面试图摆脱鲁迅《中国小说史略》的巨大影响，例如他更注重抓住形式特征的演变："我给自己写作中的小说史定了十六个字：'承上启下，中西合璧，注重进程，消解大家。'这路子接近鲁迅拟想中抓住主要文学现象展开论述的文学史，但更注重形式特征的演变。'消解大家'不是不考虑作家的特征和贡献，而是在文学进程中把握作家的创作，不再列专章专节论述。"[①]不过他的设想虽然大胆且极具特色，他本人也认为是"体例上有特点，或者说有新意"[②]。却很难获得学术界的认同，特别是在具体的文学史撰写过程中，为代表性作家作品列专章专节论述早已成为通例，如果不如此，不仅一般读者会感到线索不清，即便专家学者也不容易把握某一时期文学发展的基本线索，因为通常情况下，文学发展的基本脉络正是由具有代表性的作家作品构成。所以，陈平原的这部《中国现代小说的起点——清末民初小说研究》原为严家炎主编的《二十世纪中国小说史》的第一卷，但因为参与写作的其他作者在撰写理念上和陈平

---

① 陈平原：《中国现代小说的起点——清末民初小说研究》，北京大学出版社2005年版，第360页。

② 陈平原：《中国现代小说的起点——清末民初小说研究》，第319页。

鲁迅与20世纪中国研究丛书

原有不同意见，致使该书最终流产①，陈平原不得不把已经撰写的第一卷改名后单独出版。

显而易见，陈平原的文学史撰写理念说是"曲高和寡"也好，说是另辟蹊径甚至过于超前也好，恐怕短期内还难以获得学术界的认同。但作为一种极有价值的尝试，作为不是为普及而写、而是致力于学术创新的文学史撰写方式，陈平原的努力依然值得赞许。也许陈平原心目中最理想的或者说最"野心勃勃"的文学史撰写，就是既按照鲁迅所设想抓住主要文学现象来展开论述，比如鲁迅的以"药酒、女、佛"来概括六朝文学；又能在此基础上更进一步，有所创新，写出陈平原自己的特色。如此，方能超越鲁迅的小说史研究。

其实，关于文学史的撰写文体，在20世纪的中国学术史上，一直受到特殊的关注，只因这一问题关联到构建现代中国学术体系问题，关系到如何在这一过程中既汲取外来文化体系尤其是西方学术思想中的有益因素，又能承继传统学术资源中仍然富有生命力的那些资源，从而在上述基础上生成具有中国特色之现代学术体系的问题。为此，不妨看看陈寅恪在其《元白诗笺证稿》中，是如何提出他关于文学史撰写之意见的：

> 苟今世之编著文学史者，能尽取当时诸文人之作品，考定时间先后，空间离合，而总汇于一书，如史家长编之所为，则其间必有启发。而得以知当时诸文士之各竭其才智，竞造胜境，为不可及也。②

陈寅恪此言，是有感于白居易和元稹的诗歌创作，和他们之间以及同时代其他诗人之间的相互影响相互启发有很大关系。这些关系中不仅有模仿，更有改进。也只有借助于类似史学长编的文学史，也即"文学编年史"，才可以清晰

---

① 如钱理群就认为："平原这卷小说史不专门谈作家作品，是有很大优点，可也有弊病。这弊病到下面几卷会越来越突出，晚清小说毕竟没有大家，'五四'就不一样，鲁迅怎样写？"吴福辉也承认："平原这小说史写得很干净，太精炼了，有过于浓缩之嫌。读起来挺吃力，水分太少了。"参看前注陈平原书中第322、325页。

② 陈寅恪：《元白诗笺证稿》，第9页。

勾勒出文人之间交往活动对他们创作的复杂影响。不过，这样的文学编年史撰写与一般的文学史有很大差异，也更加专业化和学术化，其编写的难度也很大。我们提及陈寅恪的愿望，无非是说明，在鲁迅和陈寅恪的时代，文学史的撰写本来就有很多可能，而他们两位也都是有可能撰写出通史的文史全才，可惜均未实现题目的抱负。其实对于撰写文学史和小说研究，陈寅恪和胡适、鲁迅等是有过学术交流的，对此本书另有撰文评述，不赘。

二、其他当代学者眼里的鲁迅学术思想

另一位对中国古代小说研究做出很大成绩且也是由现代转到古代的学者是杨义，他的《中国古典小说史论》与其《中国现代小说史》和《二十世纪中国文学图志》等，不仅受到学术界很高评价，且也被他自己称之为"它们都有我的生命和心血的投入"①，自然是其一生学术研究的代表性著作。从上述三部著作中，可以看出作者不仅深受鲁迅之小说研究的影响，且试图立足于20世纪中国文学与西方文化交融的历史进程中，对中国现代小说和古典小说的发生与发展以及它们之间的内在联系，做出创造性的新的阐释。以下摘录几段杨义上述著作中直接引用鲁迅有关论述的段落以及对鲁迅之中国古典小说成就评价的段落，以见其所承受鲁迅学术思想的影响：

> 鲁迅打破中国小说"自来无史"的局面，著成开创性的《中国小说史略》，是借鉴了西方的小说观念和文学发展观的，但他也感觉到讲中国小说史，不能不追踪中国小说的命名……②

在《中国古典小说史论》中，杨义在第19章专门论述了《红楼梦》与"五四"小说的关系，下分五节，每一节杨义都是先提出鲁迅有关《红楼梦》的评价或者是指出鲁迅的创作与《红楼梦》的关系，然后再对"五四"时期小

① 杨义：《中国古典小说史论》，中国社会科学出版社2004年版，此语见于该书的"后记"。

② 杨义：《中国古典小说史论》，中国社会科学出版社2004年版，第2页。

说创作与《红楼梦》关系进行具体的分析阐释。以下几段既可看出杨义对鲁迅之《红楼梦》研究的评价，又可看出他如何受到鲁迅相关评价的影响，转而应用于对"五四"时期小说的评价之中。

> 鲁迅从本质上阐述了《红楼梦》的现实主义的特点，指出："至于说到《红楼梦》的价值，可是在中国的小说中实在是不可多得的。其要点在敢于如实描写，并无讳饰，和从前的小说叙好人完全是好，坏人完全是坏的，大不相同，所以其中所叙的人物，都是真的人物。总之自有《红楼梦》出来以后，传统的思想和写法都打破了。"这样鲁迅就为新文学的现实主义找到一个古老的典范，确定了一套基本的原则。①

> 鲁迅总是把艺术上的创新和描写平凡的亲历的题材联系起来的，《红楼梦》所提供的"正因写实，转成新鲜"的经验，是贯穿《呐喊》《彷徨》的基本的艺术原则。他小说中的人物总是把真实性、平凡性和普遍性结合在一起的，正如曹雪芹写出高度真实的贾宝玉、林黛玉，就打动了千百多情的男女一样，阿Q、闰土、祥林嫂、孔乙己是永远使人难忘的典型。②

> 五四作家大多数缺乏曹雪芹那样的大家风度，学《红楼梦》有时落了痕迹，把创造变成模仿，也是不足取的。尽管有这些原因，但《红楼梦》的巨大艺术投影，还是可以在五四小说中看到的。鲁迅等人吸收《红楼梦》等古典小说的杰出手腕，对于自己小说的民族化和成熟化，起了良好的作用。五四小说创作的历程依然证明这一点；《红楼梦》是我们民族文学的巨大的艺术宝库，它泽被后世，功不可没。③

此外，杨义在其《现代中国学术方法通论》一书中，设专节对鲁迅的学术思想、治学特点及方法进行了比较全面的论述。该书共五章，另有导论、附论和余论，第四章为"会通效应通论"。对于"会通"，杨义这样阐释：

---

① 杨义：《中国古典小说史论》，第632—633页。
② 杨义：《中国古典小说史论》，第636页。
③ 杨义：《中国古典小说史论》，第650页。

鲁迅与20世纪中国学术转型

会通，或融会贯通之所以成为中国现代学术众所趋同的一种基本的学术范式和学术方法，一个重要的原因在于20世纪以来的中国学术发展长期处在频繁的思潮变换和激烈的中西文化碰撞及对话之中。众声喧哗，各种文化思潮和学术体系以不同的声音、言语、观念、诉述着自己的合理性，于是热闹中求深沉，一些视野开阔的学者面对丰富的智慧闪光和思想要素，开始了不同形式的创造性综合，或综合性创造。

融会贯通是面对复杂纷纭的文化思潮而不满对其进行分类排比之时，进而在深层学理上求其本质的一种思想方式。……这种思想方式讲究的是博闻中的通识，透入一层而追求学理的本原。作为一个术语，它又分别表述为"融通"、"贯通"或"会通"，其他字可以省略，唯"通"字不能省。①

对"会通"做了这样的界定后，杨义就在题为"深度识力是会通的神经"一节中，集中论述了鲁迅在其学术研究中所表现出的"深度识力"以及所使用的学术方法。中国古代学者治学，历来讲究"才学识"三字，而以"识"最为重要。所谓"识"就是见识、见地、史识，就是有自己对历史的独到见解，如唐代史学家刘知几就在《史通》中提出，一个优秀的史学家必须具备史才、史学、史识三长。其中，史学指历史知识，史识是历史见解，史才是研究能力和方法技巧。史学家必须"三长"兼备，而史识又是最重要的。杨义所使用的"深度识力"，与古人的"史识"或"见识"内涵大致相同。杨义认为，鲁迅的这种"深度识力"，首先表现在文献搜集和材料鉴别方面，对此鲁迅有两种表述："扫荡烟埃，斥伪返本"和"极微见昭，勾稽渊密"。大致而言，搜集材料的过程就是去伪存真、集腋成裘的过程。在这个意义上，杨义对鲁迅在中国古典小说研究中为搜集资料所付出的劳动和成果给予很高的评价：

① 杨义：《现代中国学术方法通论》，山东教育出版社2009年版，第215—216页。

十余年间政事扰攘，人事蜩沸，而鲁迅小说史料终不放弃，这"锐意穷搜"四字，包含着何等定力和识力。①

再看刘勇强对鲁迅之古典小说研究成就研究的评价，他在《中国古代小说史叙论》②中以专节评述了鲁迅的研究。以下是其主要观点：

虽然"以西例律我国小说"一直呈强劲态势，但并不意味着在现代意义上的小说史学科的建立过程中，传统学术完全无所作为。作为20世纪影响最大的小说史著，鲁迅的《中国小说史略》（以下简称《史略》）在"以西例律我国小说"的学术背景下，不单确立了小说史作为一门学科的地位与内涵，而且有着明显的纠偏意义。

1920年11月起，鲁迅先后在北京大学等校讲授中国小说史。稍后，他将讲义整理出版。这就是引导和影响了古代小说研究几代学人的《中国小说史略》。

《史略》的学术意义体现在两个方面。首先是它的学术史价值。也就是说，它打破了"中国之小说自来无史"的局面（《史略·序言》），使小说登上了学术的殿堂，小说史逐渐成为一门真正的学科。其次则是书中学术思想的科学价值。虽然时过境迁，小说史研究已有长足的进步，但鲁迅的许多观点至今仍具有鲜活的生命力和深刻的启发性，而这两方面的意义又都与鲁迅研究小说史的学术理念及表述方式密不可分。

事实上，鲁迅小说史研究特别重视的就是对小说发展演变规律的揭示，这也是《史略》作为"史"而不仅仅是"作家作品通览"的长处。鲁迅在《中国小说的历史的变迁》开篇就说，他要"从倒行的杂乱的作品里寻出一条进行的线索来"，这正是《史略》的最基本的理念。

与二三十年代许多学者一样，鲁迅也笃信进化论的思想。这构成了

① 杨义：《现代中国学术方法通论》，山东教育出版社2009年版，第244页。
② 刘勇强：《中国古代小说史叙论》，北京大学出版社2007年版。以下引用部分见于该书第569—575页。

鲁迅与20世纪中国学术转型

147

《史略》的又一个重要理念。鲁迅描述了小说如何由"粗陈梗概"的初级阶段。到"有意为小说"的成形阶段，直至小说繁荣发展的阶段。此外，他算是高度肯定有创新精神的作品，而对模仿之作往往评价很低。鲁迅多次用到"拟"字。这既被用作揭示文体。如宋元有"概括本"，明有"拟宋市人小说"，清有"拟晋唐小说"，又隐含价值判断，如他说宋人传奇"拟古且远不逮"（第十二篇）。

不过，鲁迅不是一个机械进化论者。……所以，他在透视小说史时，就采取了这样一种更符合实际的眼光，赋予了小说发展多角度的考察，鲁迅十分重视政治、文化在小说发展中的作用。这虽然难免有考虑不周之处，如他对神魔小说产生背景的分析，似乎就没有充分考虑非现实形象构成自身的艺术规律，但从总体上说，《史略》对政治、文化背景的阐述并不拘泥，仍不失为把握小说演变的一个途径。

众所周知，鲁迅还是一个个性极强的作家，胡适、钱玄同等人曾批评《史略》论断太少。鲁迅在给胡适的回信中说："我自省太易流于感情之论，所以力避此事。"但力避此事并不等于完全放弃。而是以更科学的态度，锤炼平稳精辟的见解。要言不烦，一语中的。……这当然不是说鲁迅在《史略》中的论断就没有个性特点。实际上，《史略》中随处可见鲁迅的思想。

总的来说，《史略》的论点发隐抉微，细致精当。这与鲁迅的充分准备分不开。他在读到《史略》时就说过，"我都有我独立的准备。"（《华盖集续编·不是信》）实际上，鲁迅的小说史研究自成系列。除《史略》外，有《古今小说钩沉》、《唐宋传奇集》这样的作品考订。有《小说旧闻抄》这样的史料搜索，也有《破〈唐人说荟〉》、《宋民闻之所谓小说及其后来》这样的专论。它们与《史略》相互补充、相得益彰。特别值得一提的是，鲁迅治学崇尚平实。如他不赞赏胡适等人"恃孤本秘笈，为惊人之具"，他用的都是"通行之本，易得之书"。固在具体考证

鲁迅与20世纪中国研究丛书

中，他适可而止。因为他觉得，有些问题"只消常识，便得了然"（《二心集·关于〈唐三藏取经诗话〉的版本》），较之后世小说史研究一些走火入魔般的考证，《史略》的精神也是应当提倡和效法的。

二、文学研究视域中的鲁迅之中国古代小说研究

当代学者黄霖的中国古代小说研究成就斐然，在中国古代文学研究界影响很大，他撰写的《中国小说研究史》[①]中特设专节评价鲁迅的《中国小说史略》并给予高度评价。黄霖认为，之所以说鲁迅的《中国小说史略》是成熟的小说史著作，是基于以下几点：

一、体例完整，内容全面。从史家对小说概念论述到对小说渊源即神话传奇之追溯，一直到晚清之谴责小说，清晰地勾勒出中国小说产生、发展、演化的过程。

二、体系科学而严谨。对古代小说纵向以朝代分，横向从题材、语体上分，并概括出很多科学而富有创意的概念，如将明代小说分为"讲史"、"神魔"、"人情"，将《儒林外史》归于"讽刺小说"，将《品花宝鉴》等归于"狭邪小说"，《官场现形记》等归于"谴责小说"等。这既不同近代学人贴西方"标签"的做法，也不同于以往小说史或枝蔓芜杂或笼统而缺少理论界限的分类，非常贴切而又清楚。

三、资料坚实，立论精审。《中国小说史略》多发前人所未发之见，但也注意吸收前人如胡应麟到胡适等人的成果。也借鉴了日本岩谷温的《中国文学概论讲话》中的有关内容。它不同于胡适单纯以"历史演进法"来考证小说的演化，而是在史的源流中突出文学这样一种精神产品的创造，将它更多地与当时思想文化的氛围及其文人心态结合起来，而不是附和于社会历史的变迁。这样处理"文"与"史"的关系，可以说是解决

① 黄霖等：《中国小说研究史》，浙江古籍出版社2002年版。下面所引用黄霖观点见于该书第244—245页。

鲁迅与20世纪中国学术转型

了材料考据与文学感悟之间的矛盾。因此，鲁迅的《中国小说史略》除了资料的扎实与准确外，更重要的是对作品的思想内涵，艺术特色及与时代的关系作了深入探讨，精彩之见迭出。

总之，鲁迅的《中国小说史略》为后世小说史的撰写树立了一个很高的标尺，……后世欲超越鲁迅的《中国小说史略》，不在资料占有、观念创新与见识眼光上取胜，便很难有所突破。

黄霖指出："建国后，直到1980年，中国大陆只出版了三部小说史，即北京大学中文系文学专门化1955级集体编著的《中国小说史稿》（1960年，后由北京大学中文系部分师生于1978年修订为《中国小说史》与南开大学中文系编著的《中国小说史简编》〔1979〕）。虽然三部小说史都是依照《中国小说史略》的框架，以年为序撰写，但能够普遍引入历史唯物主义与辩证法的原理，用社会阶级分析的方法来对古代小说作家与作品进行重新认识与评价，特别注意总结了几部古典名著的研究成果，代表了这一阶段小说研究的总体水平。当然，用政治或哲学的眼光来看待古代小说，其缺点也是不言自明的。这往往使本应内蕴丰厚异彩纷呈的小说史变为机械枯燥的政治思想诠释史，甚至有一部分的阐释直接与政治斗争联系起来，这当然是受当时的社会环境与研究风气所致。"

作为比较，黄霖对同一时期台湾出版的孟瑶的《中国小说史》的评价相对还是比较公允，但认为该书对小说史规律性的探讨尚嫌不足。

为了更具体了解黄霖的学术思路，以下我们引用几段他评述建国后两部影响最大之中国文学史的章节：

中国科学院文学研究所集体编写三卷本《中国文学史》，于1962年由人民文学出版社出版，约80万字，以时间为纲，按照朝代分期。每一朝代都根据经济基础、阶段关系、社会意识形态的发展变化再划分为几个段落，如：《诗经》分为西周前期的诗、西周后期的诗、东周的诗三段；宋代分为北宋初期、北宋中期、北宋后期、南宋前期、南宋后期五段；明代分为明初、成化至隆庆、万历及明末四个时期；清初至鸦片战争分为顺治、康熙（上），顺治、康熙（下），雍正、乾隆，嘉庆、道光三个时期四个部分。本书编者"力图遵循马克思列宁主义的观点，比较系统地介绍中国古代文学的发展过程，并给古代作家和作品以较为恰当的评价"（"编写说明"）。他们注意把文学现象和它所产生的历史时期的社会斗争结合起来考察，分析历代社会经济、政治、思想、文化给予当时文学的影响和文学对于时代生活和社会矛盾的反映。如分析《三国演义》、《水浒传》的出现与元末明初农民战争的关系，明初政治高压对当时诗歌戏曲等创作和风格的影响，万历年间城市经济的发展、市民阶层的壮大与小说戏曲的繁盛。这种社会历史方法，尽管还只是注意于经济、政治、思想等方面，视野还不够开阔，但是著者的态度还是比较冷静客观的，没有像此前的几部"红色文学史"，假想地抽象出某个规律来框定文学史的叙述。评述作家作品思想内容和艺术成就，多从具体对象出发，立论相对来说也较为平妥。

然而，稍迟一年出版的游国恩、王起等主编的四卷本《中国文学史》却未能获此殊荣。实际上，这部《中国文学史》与科学院的《中国文学史》在写作原则、编写体例上较为相似，对材料的占有和分析则更为丰富和细致，不凭空扣帽，不空发议论，不轻下判断，立论审慎，力图以马克思主义、毛泽东思想的原则来真实地描述中国文学的发展历程，评价作家作品在文学史上应有的地位。与科学院的《中国文学史》不同的是，这部《中国文学史》不再把各时期的社会经济、政治等外围背景另立出来单独叙述，而是融入到具体作家作品的评述中，应该是这种编写体例更为合理些。但是，在1964年强调阶级分析的学术思潮中，游国恩等主编的《中国文学史》遭到了大规模的学术批判。批判该著以抽象的"人情"和"真实情感"为标准来衡量古代作家作品的超阶级观点，很少分析古代作品精华部分的时代局限性和阶级局限性，对古代作家作品批判得不够坚决，不够准确和深刻等错误。随后，便是十年"文革"，《中国文学史》教材的建设，遭到极大的破坏，陷于停顿状态。

纵观建国后三十年《中国文学史》的编撰，可以说这项兼顾教育和学术的工程，有效地配合了建国后的思想意识形态建设和宣传，担负起时代赋予的重任，以时代的主流意识指导广大青年和社会主义文艺建设者去分析研究中国古代文学，认识古代文学的人民性、民族性、爱国主义精神和现实主义传统，去热爱和发扬民族文学光辉的优良传统，创造新时代的新文学。这三十年中编撰的《中国文学史》都力图以马克思主义毛泽东思想为指导，以社会历史研究为主要方法，探索中国文学的历史发展，从当代的价值观出发，给予历史上的作家作品以一定的评价。但在不同时段里，思想意识形态的强调重点和力度也略有不同，相应地，在各时编撰的《中国文学史》中也反映出思想意识形态的一些变化。大致上可以看出"双百"方针提出之前，编撰的《中国文学史》以激进的态度强强调思想意义；"双百"方针中，这种庸俗社会学风气受到批判，开始思考重新定调、重新审视中国文学史；"大跃进"中，激进态度再次得到激扬，以高度政治性为宗旨集体编撰的《中国文学史》纷纷出笼；60年代初激情消歇后，则出现了一些更重史实、更重材料、审慎严谨的《中国文学史》著作。而60年代中期后历史又发生了重大的转折。总体上看，这期间的《中国文学史》沐浴在当时的学术风气中表现出关注时代、参与社会的高度热情。在这个总的倾向下，又自觉思考了中国文学史自身的一些问题，如中国文学史的主流、中国文学史的分期等问题。①

再看一部专门史，即吴志达的《中国文言小说史》②，该书内容所受鲁迅影响大致可以分为三个方面。一个是直接引用鲁迅关于中国古典小说的有关评价，作为阐释评述某种文学现象的理论依据，一个是在论述历史上某一时期的小说发展或某一作家作品时，同时对鲁迅的相关研究进行评述，第三是直接使用鲁迅在《古小说钩沉》等著作中提供的资料，作为阐释某种文学现象的事实论据。

据笔者不完全统计，该书引用鲁迅观点或使用鲁迅资料多达五十六次，考

① 黄霖主编，周兴陆著：《20世纪中国古代文学研究史》（总论卷），东方出版中心2006年版，第244—246页。

② 吴志达：《中国文言小说史》，齐鲁书社1994年版。

虑到这仅仅是阐述文言小说的专门史，这样的频率是很高的。此外，该书很多地方尽管没有明确说明是引用鲁迅有关评述，但其论述明显受到鲁迅影响。兹列出一二处如下：

> 魏晋是个大动荡、大变化的时代。士大夫的玄学清谈之风对于社会政治、国家大事来说，是带有破坏性的腐蚀剂；但却促使知识分子从两汉经术和谶纬宿命论的思想控制下解放出来。士人意识到人的自身价值及其存在的意义，怀疑和否定传统的外在权威，追求人内在的人格独立与完美；也讲究人的仪表风度，崇尚潇洒疏放、俊秀雅谈之美。士大夫们聚会在一起，以谈玄理、品评人物为风尚，谈玄机锋高妙也是表现人的才智和风度的方式之一。人们一反儒家正襟危坐、一本正经的（实际上却是很虚伪的）生活态度，追求恣肆狂诞、放浪形骸、饮酒享乐的生活，菲薄外界强加的伦理道德框架，充分张扬个性，表现自我。人的觉醒促进文学的自觉，更推动了以描写士大夫和精神风貌为主的志人小说的兴起。《世说新语》就是士大夫日常生活、人生理想、道德规范、内心世界以及审美意识的写照。[①]

以下是鲁迅在《中国小说史略》中的相关论述：

> 汉末士流，已重品目，声名成毁，决于片言，魏晋以来，乃弥以标格语言相尚，惟吐属则流于玄虚，举止则故为疏放，与汉之惟俊伟坚卓为重者，甚不侔矣。盖其时释教广被，颇扬脱俗之风，而老庄之说亦大盛，其因佛而崇老为反动，而厌离于世间则一致，相拒而实相扇，终乃汗漫而为清谈。渡江以后，此风弥甚，有违言者，惟一二枭雄而已。世之所尚，因有撰集，或者掇拾旧闻，或者记述近事，虽不过丛残小语，而俱为人间言动，遂脱志怪之牢笼也。

---

① 吴志达：《中国文言小说史》，第200页。

同样是论述魏晋时期志人小说兴起的社会原因，同样是一章的开头语，尽管具体表述有细微差异，但明显与鲁迅说法大同小异。自然，鲁迅不过是准确概括了那个时代小说发展的基本特征而已，后来的写作者提及这一时期，大概也只能这样论述，不能因为要标新立异而违背历史事实。因此，这不是因袭鲁迅观点，我们只是想说明鲁迅此段概述对后人的影响罢了。

另一位值得评述的中国古代小说研究大家是阿英，特别是在晚清小说研究方面，阿英在很长一个时期都堪称独步。阿英对鲁迅之中国古典小说研究的评述，主要见于两篇文章，一篇是《关于〈中国小说史略〉》，一篇是《作为小说学者的鲁迅先生》，均收入其《小说闲谈四种》。以下我们摘录几段阿英《关于〈中国小说史略〉》对鲁迅之中国古典小说研究成就及特点的评价：

> 《中国小说史略》的编写成功，无疑的，是一部有光辉的书。结构本身，就体现了鲁迅先生当时写作的基本精神："演进"（鲁迅先生自己的话）。中国小说的发展道路，成长因素，丰富而多彩的智慧与经验，以至人物的典型创造，几乎都是通过极其简略的叙述，深刻、突出、并有重点的表现出来。不但把晚清以来的研究发展到了顶点，也替以后用新的观点和方法研究小说的人，准备了宽广的道路。直到现在，鲁迅先生逝世二十年了，在小说史著作方面，我们也还是只有这部值得夸耀，又经得起长期考验的书。

> 这部书，也反映了鲁迅先生谨严的精密的治学精神。只要研究过鲁迅先生治学方法的人，我想总能说出：鲁迅先生不但在西洋文化方面有深邃的研究，对中国文史有渊博深厚的基础，在治学方法上，也是承继了历史上有名的浙东学派衣钵的。就从这一部书及其有关材料里，我们不难体会，鲁迅先生在掌握材料的过程中，是怎样的既搜集、甄别，又继之以精细反复的校勘，以求材料的真实可靠。在研究过程中，怎样探索倾向影响，阐明艺术特征，然后自抒卓见，作出合理的分析论断。写作过程中，又如何掌握主次，去芜存菁，并力求文字的精炼。严肃审慎，实事求是，这正是《中国小说史略》的特色。

> 《中国小说史略》的产生，不但结束了过去长期零散评论小说的情

况……，也给涉及小说的当时一些文学史杂乱堆砌材料的现象进行了扫除（如《中国大文学史》）。最基本也最突出的，是以整体的、"演进"的观念，披荆斩棘，辟草开荒，为中国历代小说，创造性的构成了一幅色彩鲜明的画图。……中国人民对小说之有系统的知识，明确的观念。可以说是从这一部书开始。①

毫无疑问，阿英对鲁迅的上述评价很高，所提出论断也很有见地，即便是放在今天也依然可以大放异彩。考虑到这是阿英在1956年所写，不能不说阿英对鲁迅的学术研究及其特点极为熟悉，且其概括也是很见学术功底。虽然这里面很难摆脱政治因素的影响，因为鲁迅在1949年后是被置于"五四"文学革命旗手地位的，但从此文整体看，阿英的评价还是主要基于学术方面。

自然，对于鲁迅在学术研究中的一些不足之处，阿英也实事求是地给出具体评价：

不过这毕竟是完成在新民主主义初期的著作，所以论《红楼梦》，则止于曹雪芹"自叙"说，论农民革命和谴责小说，在政治上就不可能有更高的理解，若干论断，也必然难跳出唯心范畴，还达不到从阶级关系进行研究分析。因为是"史略"，以及当时很多材料还没有发现，也就不可能"详"。②

阿英还对作为学者的鲁迅之治学特点进行了认真的评述，此见于其《作为小说学者的鲁迅先生》一文。该文同样写于1956年，对鲁迅有关小说研究的差不多所有的论著都进行了综述，意在从小说研究发展史的角度对鲁迅的学术研究价值给予评价。同时该文同样对鲁迅的治学方法以及该书在体例上的创新进行了细致的分析评价：

---

① 阿英：《关于〈中国小说史略〉》，《小说三谈》，上海古籍出版社1985年版，第235—236页。

② 阿英：《关于〈中国小说史略〉》，《小说三谈》，上海古籍出版社1985年版，第238页。

鲁迅与20世纪中国学术转型

在体例上最见特色的，是鲁迅先生只注意于"蜕化的迹象"，而寻其发展，在必要时亦叙其对前人的拟作。于一体例的兴，也略述其根源、趋向，有时也说到发展的结果。……①

阿英也注意到鲁迅在观点论证方面的独到之处：

论证方面其特点自不外考证精确与论断谨严。于每一倾向，只涉及代表的作品，其详略又据价值而定。②

不过，在该文中，阿英还是增加了对鲁迅之中国古典小说研究不足的阐述，并从四个方面给予具体分析。阿英指出，鲁迅之研究的不足首先是对社会经济背景叙述的不足，其次是对小说作者以及思想考察部分的缺乏，第三是由于客观条件的限制，很多史料鲁迅没有见到，自然无法加以利用。第四点则认为鲁迅虽然自称写作态度谨严，但态度的谨严并不一定导致论断的正确，阿英并对此举出一些例证来说明。应该说上述四点不足确实存在于鲁迅的论著中，所言大致到位。在阿英写作此文的前后，也有其他学者对鲁迅论著中的不足进行批评。不过，阿英的这些批评却是立足于正面肯定，是在整体给予高度评价的前提下才指出其不足的，并且阿英在列举出四点不足后，还是很客观的且站在小说研究历史发展进程的角度指出：

总结的说，鲁迅先生的《中国小说史略》，是一部对中国小说研究极重要的书，甚至到现在为止，还没有更好一些的产生，特殊是关于古代的钩沉部分。不过，我们是决不能以此为满足，忽略了能否适应现在读者的

① 阿英：《作为小说学者的鲁迅先生》，《小说四谈》，上海古籍出版社1985年版，第187页。

② 阿英：《作为小说学者的鲁迅先生》，《小说四谈》，上海古籍出版社1985年版，第187页。

需求，以及批判的继承他的遗业。而继续发扬光大的应担负起的关于这一方面的任务……。①

---

① 阿英：《作为小说学者的鲁迅先生》，《小说四谈》，上海古籍出版社1985年版，第191页。

第四章　文人之学与学者之文

第一节　小说家抑或学问家

一、鲁迅的双重身份

20世纪中国文学史上，不乏很多既为作家又是学者的文人，五四时期更是如此，鲁迅就是其中的佼佼者。不过通常人们多习惯于首先认同鲁迅为伟大作家，然后才是批评家、理论家或翻译家等。就鲁迅的文学成就所产生社会影响而言，这样的顺序无可非议。不过，我们不要忘记，鲁迅在开始文学创作之前已经从事学术研究很久，人们所熟知的"钞古书"就远远早于其白话小说创作，至于其对外国小说的翻译和对西方文化的绍介等，也早于其文言小说《怀旧》的写作时间。而且，鲁迅对于学术研究投入的时间和精力并不少于创作，甚至付出远超出常人想象的艰辛。即如对《嵇康集》的校订而言，鲁迅从1913年到1935年，竟然花费了23年。再如终其一生，鲁迅一直念念不忘的就是撰写一部《中国文学史》并为此做了多方面的准备。最后，鲁迅学术成就对20世纪中国学术发展的影响并不亚于其文学创作对20世纪中国文学产生的影响，只是在社会影响上，由于学术研究需要专门知识，更少为一般人熟悉，才给人以创作更为突出之感。事实上，文学史上有很多类似例证。如所谓的世界三大短篇小说之王契诃夫、莫泊桑和欧·亨利，其实契诃夫的戏剧创作成就绝不亚于其小说，而且契诃夫后期的创作重点也是剧本。至于莫泊桑，虽然写有大量短篇，但毕竟还有六部长篇。只有欧·亨利是不折不扣的以短篇创作为主，虽然也有一部长篇，但结构松散，更像是短篇的集合。世人称他们为"短篇小说之王"，仅仅是因为他们的短篇确实突出，但并不能因此抹杀其他方面的成就。

就鲁迅而言，如前所述，近年来人们已经注意到其学术研究的成就并有很多相关研究成果，笔者此处提及一般读者对鲁迅的身份印象问题，只是想指出，对于鲁迅这样身兼双重身份，既为学者又是作家，在研究其学术成就时，必须时时注意其作家身份带给他的或显或隐的复杂影响，反之亦然。

说到作家身份对致力于学术之鲁迅的影响，最直接和最明确的，当为鲁迅从事文学批评与文学理论活动方面，其次应为从事外国文学作品与理论的翻译工作方面，以及从事中国古典小说发展研究方面，最后就是其从事其他学术领域的研究如对汉语变迁以及对版画艺术的介绍方面。

对于既创作又兼治学者，有意思的是在文学界常称之为"学者型作家"，并把钱锺书等作为楷模；而学术界则通常把学者之创作视为游戏之作或者副业，不会格外关注，这只因为学术界通常有一种偏见，即认为作家所从事学术研究"不够专业"，例如认为朱自清的古典文学研究就是如此。说来有意思，朱自清当初由创作新诗转为研究古典文学，其最根本动因也是在于其进入大学任教后，担心自己的诗人身份会被人轻视，所以才决心转行学术研究。对此朱自清不止一次在其日记中表示过这种担忧，甚至连做梦也会梦到自己被学生嘲笑没有学问。此外，在文人之作家与学者双重身份这一点上，通常考察学者身份对其创作影响较多，很多人甚至提议作家不妨关注些学术，成为学术型的作家。但对于作家型学者的关注却不多——事实上对于前者人们是持赞美态度而对后者大多不以为然。即便对此有所关注，也较少从学术上、从文艺心理学等角度探讨文人的双重身份究竟如何影响其创作或学术研究，其中近年来突出者当为陈平原。例如下面两段文字，就看出陈平原对鲁迅在学术研究中自觉不自觉受其创作影响的分析：

周氏兄弟虽曾在大学教书，却并非一般意义上的专家学者，其文学史写作，颇有表明个人文学趣味的倾向。因此，其"言说"固然重要，其"沉默"同样意味深长。①

在小说史的总体描述以及具体作家作品的评价上，胡适远不如鲁迅，其中一个重要原因是文学修养及创作经验的差别。像鲁迅这样"学"、"文"兼备的学者，无疑是文学史研究的最佳人选。②

有意思的是，陈平原在第二段称鲁迅为"学者"而非作家，虽然是为了与下面的"文学史研究"对应，但至少说明，他在考察鲁迅的学术研究时，心目中首先是把鲁迅作为一位学者而非作家看待的。可惜陈平原因关注重点不同，较少引用例证去具体分析鲁迅的作家身份如何影响其作出学术评价和论证，以及作家心态和学者身份在同一主体内部的冲突及外在表现形式。事实上，鲁迅不仅在其撰写的一系列文学批评文章中体现出来自其文学创作丰富经验的影响，如对萧红、萧军、柔石等小说的批评，而且在其纯粹的学术论著如《中国小说史略》和《汉文学史纲要》中，也时常显示出作家身份对其学术研究的影响。

二、批评的境界

由于文学批评和文学理论的研究最能体现鲁迅的"作家"身份对其研究的影响，以下我们就先对此进行考察。首先，我们注意到，以往人们在提及鲁迅的文学批评和文学理论研究时，常常会说鲁迅的批评是一位伟大作家的批评，其理论研究是"作家"的研究而非"学者"的研究，由此人们把鲁迅和其他一些主要从事学术研究者区分开来。这里不能否认的是习惯的力量以及所谓的约定俗成。即如钱锺书、张爱玲吧，尽管前者有《围城》之长篇，后者有对《红楼梦》的严肃考证之作《红楼梦魇》，但人们还是认为钱锺书是学者而张爱玲是小说家。所以这里笔者要做的就是阐述作为"作家"的鲁迅在从事文学批

---

① 陈平原：《中国现代学术之建立》，北京大学出版社1998年版，第354页。

② 陈平原：《作为学科的文学史》，北京大学出版社2011年版，第274页。

评和理论研究时，其作家身份如何影响或制约了其学术研究，哪些属于锦上添花，哪些属于导致研究的局限或者称之为"美丽的误会"。

作为新文学运动的主将，鲁迅对青年作家的批评自然被视为权威意见，以往人们多关注鲁迅这些批评对这些被批评者的影响，其实还该关注鲁迅这些批评对他自己所创作及学术研究的影响——特别是鲁迅在批评过程中那些自觉不自觉以自己创作实践给予其所依据之理论支撑的部分。换言之，鲁迅这些批评实践活动不仅来自其理论框架，也与其创作经历有关。反过来，这些批评不仅对被批评者有所影响，也对鲁迅自身创作有潜移默化影响。对此，鲁迅自己曾有这样的评述：

> 研究文章的历史或理论的，是文学家，是学者；做做诗，或戏曲小说的，是做文章的人，就是古时候所谓文人，此刻所谓创作家。[1]

显然，鲁迅也认为学者与作家的区别，在于一个主要运用理性，一个主要是情感，所以他们的产品截然不同。再结合鲁迅当年所提出的"文学和学说不同，学说所以启人思，文学所以增人感"之说，就会明白鲁迅对于作家和学者的界限十分清楚。问题在于，当这二者同时发生在自己身上时，鲁迅又是如何认识和体验的呢？

先看几个例子：

> 作者写出创作来，对于其中的事情，虽然不必亲历过，最好是经历过。诘难者问：那么，写杀人最好是自己杀过人，写妓女还得去卖淫么？答曰：不然。我所谓经历，是所遇，所见，所闻，并不一定是所作，但所作自然也可以包含在里面。天才们无论怎样说大话，归根结蒂，还是不能凭空创造。……
>
> 中国确也还盛行着《三国志演义》和《水浒传》，但这是为了社会还

---

① 鲁迅：《读书杂谈》，《鲁迅全集》第三卷，第440页。

有三国气和水浒气的缘故。《儒林外史》作者的手段何尝在罗贯中下，然而留学生漫天塞地以来，这部书就好像不永久，也不伟大了。伟大也要有人懂。

对此陈平原认为，"借助西人的文学眼光，可以欣赏《三国演义》或《水浒传》，但很难理解文人味很浓、更多体现中国文化特色的《儒林外史》"①。其实我以为鲁迅这段话不仅显示出中西文化的差异，还昭示出他身为作家（中国文人），自认有着相对于西人的某种自豪和优越感——对《儒林外史》中文人生活风貌的那些描述，鲁迅以为这些对他而言太熟悉不过，所以他不仅懂得，而且可以解释。这解释就是：

> 迨吴敬梓《儒林外史》出，乃秉持公心，指摘时弊，机锋所向，尤在士林；其文又戚而能谐，婉而多讽：于是说部中乃始有足称讽刺之书。

至于对《儒林外史》艺术特色的评述，则不仅看出鲁迅所受中国古代传统的小说评点方法影响，且更可看出鲁迅之"作家"身份对其"学者"身份的干扰或影响：

> 敬梓之所描写者即是此曹，既多据自所闻见，而笔又足以达之，故能烛幽索隐，物无遁形，凡官师，儒者，名士，山人，间亦有市井细民，皆现身纸上，声态并作，使彼世相，如在目前，惟全书无主干，仅驱使各种人物，行列而来，事与其来俱起，亦与其去俱讫，虽云长篇，颇同短制；但如集诸碎锦，合为帖子，虽非巨幅，而时见珍异，因亦娱心，使人刮目矣。②

① 陈平原：《作为学科的文学史》，第279页。
② 鲁迅：《中国小说史略》，《鲁迅全集》第九卷，第220—221页。

还有下面对萧红小说的批评，也处处可见一个伟大作家对他人优秀作品的特殊印象或感觉：

这本稿子的到了我的桌子，已是今年的春天，我早重回闸北，周围又复熙熙攘攘的时候了。但却看见了五年以前，以及更早的哈尔滨。这自然不过是略图，叙事和写景，胜于人物的描写，然而北方人民的对于生的坚强，对于死的挣扎，却往往已经力透纸背；女性作者的细致的观察和越轨的笔致，又增加了不少明丽和新鲜。精神是健全的，就是深恶文艺和功利有关的人，如果看起来，他不幸得很，他也难免不能毫无所得。……

现在是一九三五年十一月十四的夜里，我在灯下再看完了《生死场》。周围像死一般寂静，听惯的邻人的谈话声没有了，食物的叫卖声也没有了，不过偶有远远的几声犬吠。想起来，英法租界当不是这情形，哈尔滨也不是这情形；我和那里的居人，彼此都怀着不同的心情，住在不同的世界。然而我的心现在却好像古井中水，不生微波，麻木的写了以上那些字。这正是奴隶的心！——但是，如果还是扰乱了读者的心呢？那么，我们还决不是奴才。

鲁迅：《萧红作〈生死场〉序》

上述对萧红小说的评价，笔调优美而富有诗意。鲁迅这种不仅将作品与作者生活联系，而且与自己生活状况联系的写法，其实也是对自己当时文学活动与内心活动关系的生动描述，也再一次袒露出鲁迅身为作家对同道创作甘苦的"心有戚戚感"。

在事实上，沉钟社却确是中国的最坚韧，最诚实，挣扎得最久的团体。它好像真要如吉辛的话，工作到死掉之一日；如"沉钟"的铸造者，死也得在水底里用自己的脚敲出洪大的钟声。然而他们并不能做到，他们是活着的，时移世易，百事俱非；他们是要歌唱的，而听者却有的睡眠，有的槁死，有的流散，眼前只剩下一片茫茫白地，于是也只好在风尘涸洞中，悲哀孤寂地放下了他们的莹簇了。

许钦文自名他的第一本短篇小说集为《故乡》，也就是在不知不觉中，自招为乡土文学的作者，不过在还未开手来写乡土文学之前，他却已被故乡所放逐，生活驱逐他到异地去了，他只好回忆"父亲的花园"，而且是已不存在的花园，因为回忆故乡的已不存在的事物，是比明明存在，而只有自己不能接近的事物较为舒适，也更能自慰的。

鲁迅：《〈中国新文学大系〉小说二集序》

看一下这评论许钦文的一段，难道鲁迅不是颇有些"夫子自道"？有关故乡、父亲以及那段难以回首的童年往事，鲁迅诚然通过其创作例如《朝花夕拾》等有所表现，但这里其实不也是另一种形式的表现？也许，由故乡和童年激起的复杂况味，恐怕只有鲁迅自己才能体会吧。这里鲁迅已经不是以一个清醒的评论家出现，而更多是作为能"懂得"作品和"懂得"作者的读者和老乡身份在说话，同时也显示出作为"同道"和"同行"对许钦文创作心理的理解和认同。人们常说，对于那些不但理解而且"懂得"的作家或作品，我们应表示特殊的敬意，但真正做到并不容易。在这一点上，鲁迅之评价萧红，与刘西渭之评价沈从文，都是此类借批评走进作者心灵的好例。

按照20世纪颇有影响的日内瓦学派代表人物乔治·布莱的观点，所谓文学批评只不过是一种"替代"，是"一个主体替代另一个主体，一个自我替代另一个自我，一种'我思'替代另一种'我思'，文学批评如若进行，只能在它所研究的想象世界引起的赞叹中。在一种与最慷慨的热情无异的一致的运动中无保留地和这想象世界及其创造者认同。一切都开始于诗思维的热情，一切都结束于（一切又都重新开始于）批评思维的热情，首先要赞叹，永远要赞叹，永远要赞叹！"①。乔治·布莱在这里提出了"诗思维"和"批评思维"两个

① ［比利时］乔治·布莱：《批评意识》，百花洲文艺出版社1993年版，第11页。

概念，认为诗人是通过他借在想象世界时与世界相适应的那种同情来意识自我的，批评家则通过他对诗人怀有的同情在内心深处唤醒一个个人形象的世界，他依靠这些形象实现他自己的"我思"。于是，批评家与作家进行的交流就成为批评家与深藏在自己内心中的形象世界进行交流。在这个意义上，可以说批评家也就成了诗人。① 应该说乔治·布莱的论述非常精彩，由此再进一步我们就可以推论，当这个诗人和批评家本来就是存在于一个主体身上时，他的这种"诗思维"和"批评思维"当更加容易交流和相互影响，一旦遇到外在的刺激，即：阅读和评价他人的作品时，这种交流和影响就会以远远超过乔治·布莱所说的强度和力度出现，从而使得这位暂时成为"批评家"的"作家"不仅会把自己的类似情感经历放入对批评对象的解释之中，而且在进行理论概括时也很难避免两种思维的交叉。这不正是鲁迅上述文学批评所呈现出的状况么？

其实，不仅是对中国作家作品，在评价外国作家作品或翻译外国文学、理论著作时，鲁迅的"作家"身份也常常跳出来，干扰或影响作为批评家或理论家鲁迅的所谓正常论述，使得这论述往往风格由严肃变为幽默，论证由严谨变为自由，甚至不忘对当时的文坛不良风气或者鲁迅所遭受的攻击来一个嘲讽和回马枪，如下面一段：

> 我的译书，就也要献给这些速断的无产文学批评家。因为他们是有不贪"爽快"，耐苦来研究这些理论的义务的。
>
> 但我自信并无故意的曲译，打着我所不佩服的批评家的伤处了的时候我就一笑，打着我的伤处了的时候我就忍疼，却决不肯有所增减，这也是始终"硬译"的一个原因。②

《"硬译"与"文学的阶级性"》是鲁迅较为全面阐述自己翻译理论，为"硬译"辩护同时批驳梁实秋的长篇论文，就在这样理应态度严肃论证严谨的论

---

① ［比利时］乔治·布莱：《批评意识》，第11页。
② 鲁迅：《"硬译"与"文学的阶级性"》，《鲁迅全集》第四卷，第210页。

文中，却不乏上述这样嬉笑怒骂、冷嘲热讽的文字，与一般的论文截然不同。这当然可以视为鲁迅的一贯风格，但从艺术心理学角度分析，其实就是鲁迅的"作家"与"学者"双重身份综合影响其文字表达的结果。正如乔治·布莱所说："批评家掌握他人的作品极像诗人掌握他人的生活。……从诗人的语言到听者、读者、译者、批评家（他借助语言在自己身上重复诗人的感情）的思想，这中间有一种第二复现。一切都仿佛是同一种精神实在从一个思想传向另一种思想，其过程本质上是重复性的，其终点则将是批评家的大脑。……因此，诗人的兄弟和alter ego，即批评家，读者，就是在其身上重复诗人的某种精神状态的那个人。"①

　　另一方面，作为"学者"的鲁迅，是否也会对作为"作家"的鲁迅之创作活动有所影响？答案应是肯定的。鲁迅对弗洛伊德的理论非常熟悉，既清楚其科学性，也知道其弊病在何处，发表于1933年4月15日的杂文《论说梦》，就是对弗洛伊德学说中的"泛性论"观点的否定。文章针对当时《东方杂志》关于"新年梦想"所做的调查，指出记者在《读后感》中借用弗洛伊德观点将梦分类，认为"正宗"的梦是"表现各人的心底的秘密而不带着社会作用的"。这虽然指出了被调查者说梦的不真实性，但记者并没有看到弗洛伊德学说中"被压抑"的根源还是习惯、社会制度这些外在原因，并非单纯的生物需求。鲁迅还指出"婴孩出生不多久，无论男女，就尖起嘴唇，将头转来转去。莫非它想和异性接吻么？不，谁都知道：是要吃东西"。鲁迅认为，人对于生存所必需的物质的需求远胜于弗洛伊德所强调的"性"的需求。性的压抑与苦闷不是人类行动的唯一根源，这就从根本上否定了弗洛伊德学说中的"泛性论"观点。因此，在鲁迅作品中，有一些故事情节设置故意对弗洛伊德理论给予嘲讽就不足为怪了，例如《补天》中对女娲造人之心理动机的描述等。又如在《野草》中有很多"梦"的意象，"梦"是构建鲁迅《野草》生命哲学大厦的基本元素。在《野草》中对"梦"的呈现有多种形式，既有对显现的梦境、梦魇之描述，也有梦幻似的思绪氛围以及白日梦式的玄思冥想描述和近乎梦话

① ［比利时］乔治·布莱：《批评意识》，第24页。

鲁迅与20世纪中国研究丛书

的自白。这也与鲁迅受弗洛伊德学说影响有直接关联。此外，在其作品中（杂文中自当有议论，这里指的是小说和散文，特别是一些抒情散文）有一些议论成分，甚至作者自己直接出面说话的情形，其实也可以看作是"学者"鲁迅"入侵""作家"鲁迅领地的"证据"，比如《祝福》中这一段议论："这百无聊赖的祥林嫂，被人们弃在尘芥堆中的，看得厌倦了的陈旧玩物，先前还将形骸露布尘芥里，从活得有趣的人们看来，恐怕要惊讶她何以还要存在，现在总算被无常打扫得干干净净了。灵魂的有无，我不知道，然而在现世，则无聊生者不生，即使厌见者不见，为人为己，也还都不错。"

总而言之，鲁迅小说中的议论能如此深刻精彩，除了他是有天分的小说家外，还在于他同时又是思想家，理论家，具有比一般作家更丰富的理论修养和更广阔的视野， 从而可以不仅以形象表现现实，也可以从理论角度概括现实，做到如马克思所说，从观念上把握世界。

第二节　文人之"学"与学者之"文"

——对三篇《导言》的解读

一、意味深长的差异

本节我们主要以鲁迅的《中国新文学大系·小说二集》之《导言》为例，来具体分析"作家"鲁迅的"治学"与"学者"鲁迅的"创作"之间的复杂关系，同时，对与鲁迅同时撰写的另外两篇《导言》进行对照性解读，以求在互相观照中彰显鲁迅之《导言》的独特价值。

首先必须注意到，作为新文学运动的主将和五四时期白话小说成绩最杰出者的鲁迅，当他以学者和评论家身份出现时，如果要总结概括第一个十年之小说创作，那么第一个要面对的就是对自己小说的评价问题。

这是一个很有难度的评价，如果过分谦虚，显然不符合文学史实际，因为这毕竟是学术性总结文章，是很有可能成为中国文学史一部分的文字。而且鲁迅自己的白话小说也确实值得给予高度评价——无论是从作品自身价值抑或从作品的影响方面都是如此。那么，既然是学术性文字，既然是严肃的学术研究，就不应该考虑论述对象是否和自己有关。且看鲁迅对自己的评价：

> 在这里发表了创作的短篇小说的，是鲁迅。从一九一八年五月起，《狂人日记》，《孔乙己》，《药》等，陆续的出现了，算是显示了"文学革命"的实绩，又因那时的认为"表现的深切和格式的特别"，颇激动了一部分青年读者的心。然而这激动，却是向来怠慢了绍介欧洲大陆文学的缘故。一八三四年顷，俄国的果戈理（N. Gogol）就已经写了《狂人日记》；一八八三年顷，尼采（Fr. Nietzsche）也早借了苏鲁支（Zarathustra）的嘴，说过"你们已经走了从虫豸到人的路，在你们里面还有许多份是虫豸。你们做过猴子，到了现在，人还尤其猴子，无论比那一个猴子"的。而且《药》的收束，也分明的留着安特莱夫（L. Andreev）式的阴冷。但后起的《狂人日记》意在暴露家族制度和礼教的弊害，却比果戈理的忧愤深广，也不如尼采的超人的渺茫。此后虽然脱离了外国作家的影响，技巧稍为圆熟，刻划也稍加深切，如《肥皂》，《离婚》等，但一面也减少了热情，不为读者们所注意了。

整体而言，鲁迅对自己的评价是准确和到位的，但语气还是相当谦虚，如其中的"算是""技巧稍微圆熟，刻划也稍加深切"等字样。如果与该文中鲁迅评价其他小说家所使用语言比较，则鲁迅的自我评价是相当克制甚至有些苛刻。但对于自己小说在五四时期的特殊意义和社会影响，鲁迅还是给出了符合事实的评价：第一是显示了"文学革命"的实绩，其次是颇激动了一部分青年读者的心。至于艺术性方面，鲁迅给自己的评价是"表现的深切和格式的特别"，这其实也是当时评论界对鲁迅作品的一致意见。

而另外两篇《导言》的作者茅盾和郑伯奇，他们的评价其实可以更加客观——后者主要是从事文学评论和批评，茅盾那时虽然已经创作小说，但对于自己所批评的对象却可持相对客观态度，因为新文学第一个十年中他基本没有从事小说创作。所以这三篇《导言》中，鲁迅这篇是典型的作家兼学者之作，而其余两篇可以认为是纯粹的文学批评家之作。又由于三篇《导言》论述内容各有分工，由此导致三篇《导言》在论述框架、观点阐述和论述风格等各方面的差异——甚至有暗暗的观点上的交锋。就如对于鲁迅小说的评价来说，固然因为分工的不同，茅盾主要论述文学研究会而郑伯奇论述创造社，但作为具有文学史意味的《导言》——既然写作《导言》的初衷是对第一个十年进行总结，又怎能不对新文学最初的白话小说进行源头上的梳理？所以茅盾不管怎样，还是在文章开头，对鲁迅的小说创作给予高度评价："民国七年（1918），鲁迅的《狂人日记》在《新青年》上出现的时候，也还没有第二个同样惹人注意的作家，更其找不出同样成功的第二篇创作小说。"①相形之下，郑伯奇之《导言》文章在开头大谈新文学运动的兴起，却对鲁迅的白话小说只字不提，个中缘由当然要归结于创造社与鲁迅的论争。此外，郑伯奇的《导言》多次引用茅盾《导言》中的内容，却没有一次引用鲁迅的《导言》——或许是鲁迅就没有给他看过，或者是看过也不想引用？不管怎样，对鲁迅及作品无论是给予褒贬还是保持沉默，其实都是一种态度。

茅盾和郑伯奇的《导言》，由于各自的分工问题，必然要对文学研究会和创造社的成立、发展过程以及观点有所交代，这方面的论述两人大致相同，只不过是各自站在维护各自社团的立场而已。相比之下，鲁迅所论述的是这两大社团之外的其他小说家，所以鲁迅的评价相对比较客观和自由。加之鲁迅又是以这第一个十年的小说创作中实际参与者和引导者的身份出现，所以他的评述更加具有权威性和文学意味，其对各种小说流派创作特色的评述既言简意赅又挥洒自如。而另外两篇则更多富有纯理论色彩和论辩意味，如二者均把这第一个十年分为前后两个五年，并一致认同后一个五年成绩更为显著——这多少也在证明他们各自的社团的进步，虽然按照郑伯奇的说法，是"对立的发展"并且是"有趣的现象"。值得注意的还有，尽管郑伯奇的《导言》中不乏对茅盾

---

① 茅盾：《现代小说导论》（一），《中国新文学大系导论集》，上海书店1982年影印本，第82页。

之《导言》的引用甚至观点的赞同，但在整体上还是可以体会出这两个社团的代表人物对各自社团小说成绩的赞美以及对对方观点和小说创作成绩的不以为然——尽管语气是淡淡的甚至是模糊的。事实上，在肯定自己这方小说成绩的同时，就意味着对方成绩的不如自己——因为双方是"对立的发展"，自然这发展不会处于同样的水平。且看以下两段文字：

> 因为只是"著作同业公会"的性质，所以"文学研究会"的简章第九条虽有"本会会址设于北京，其京外各地有会员五人以上者，得设一分会"之规定，而且事实上后来也有几个分会，而且分会也发刊了机关报，然而这决不是"包办"或"垄断"文坛，像当时有些人所想象。[①]

> 中国新文学团体中，组织较广，历史较久，影响最大而对立也最强烈的，要推文学研究会和创造社。……但，文学研究会，诚如茅盾先生所说，"绝不是包办或垄断文坛，像当时有些人所想象"，然而久而久之，文学研究会的成员渐渐固定了，变成了一个同人团体，那却是不容否认的。[②]

双方的立场截然对立，而且语气十分坚决。一个是"决不是包办"，一个是"不容否认"，算得上势同水火、毫不退让了。相比之下，鲁迅对文学研究会和创造社之外的那些小说所作评价，还是较为公正客观——不过仍有例外，最明显的一点就是不谈沈从文——尽管沈从文早在1924年就开始大量发表小说并获得广泛的关注，这应该和鲁迅对"新月派"的反感以及所谓的"京派"与"海派"之争有关。[③]好在鲁迅在《导言》结尾为自己作了一点辩护："十年

---

① 茅盾：《现代小说导论》（一），《中国新文学大系导论集》，上海书店1982年影印本，第86页。

② 郑伯奇：《现代小说导论》（二），《中国新文学大系导论集》，上海书店1982年影印本，第148页。

③ 关于鲁迅与沈从文之间的矛盾，也许还与鲁迅曾将后者所写之信误认为丁玲所写而错怪沈从文有关，但从根本上看，还是两人之文学观念的差异所致。

中所出的各种期刊，真不知有多少，小说集当然也不少，但见闻有限，自不免有遗珠之憾。至于明明见了集子，却取舍失当，那就即使并非偏心，也一定是缺少眼力，不想来勉强辩解了。"①自然，没有绝对的公正客观，何况每个人都有权利对文学史做出评价，只是这评价无论怎样偏激，但至少在学理上要立得住，方为一家之言。整体看，茅盾和郑伯奇的《导言》更像是学者之文，而鲁迅的《导言》尽管也有一些所谓的"遗珠之憾"，却是体现"文人之学"的佳作。

二、乡土文学之争

不过，鲁迅之《导言》所最重要之价值，在于昭示出与《中国小说史略》同样的文学史撰写思路和鲁迅的史家眼光。诚如温儒敏所言："鲁迅的《小说二集》导言，堪称是文学史的经典学术之作，最好与其《中国小说史略》联系起来读，那样可以更好地体味鲁迅治文学史的思路。这里特别要指出的，是导言善于从复杂的文学创作流变中抽取有典型意义的'现象'，以这些典型'现象'为点，去把握文学发展的线索。这些典型'现象'的点，表面上往往集结于某一社团流派，但鲁迅却并不止于介绍这些团派的面目，而更注重考察其作为'过程'的表现。"②这方面，最值得关注的就是鲁迅提出了"乡土文学"这一概念，并在这一概念下对一大批作家作品进行了科学细致的梳理，从而为20世纪中国文学的发展，开启另一个新的领域。在某种程度上，赵树理等人的山药蛋派、孙犁等人的荷花淀派以及1949年后出现的一大批表现农村生活的优秀作品，都与鲁迅对"乡土文学"的肯定和大力推荐有很大关系。

所谓"乡土文学"，鲁迅是这样界定和说明的：

蹇先艾叙述过贵州，裴文中关心着榆关，凡在北京用笔写出他的胸臆来的人们，无论他自称为用主观或客观，其实往往是乡土文学，从北京

---

① 鲁迅：《〈中国新文学大系〉小说二集序》，《鲁迅全集》第六卷，第256页。

② 温儒敏：《论〈中国新文学大系〉的学科史价值》，《文学评论》2001年第3期。

这方面说，则是侨寓文学的作者。但这又非如勃兰兑斯（G. Brandes）所说的"侨民文学"，侨寓的只是作者自己，却不是这作者所写的文章，因此也只见隐现着乡愁，很难有异域情调来开拓读者的心胸，或者眩耀他的眼界。许钦文自名他的第一本短篇小说集为《故乡》，也就是在不知不觉中，自招为乡土文学的作者，不过在还未开手来写乡土文学之前，他却已被故乡所放逐，生活驱逐他到异地去了。

这里鲁迅提到了"故乡"和"乡愁"——鲁迅很早就写过"故乡"，虽然他的《故乡》里面没有多少乡愁，而只有对故乡的感叹："阿！这不是我二十年来时时记得的故乡？"其实，鲁迅不仅是"乡土"这一概念的提出者①，更是这一类文学最早的创作者，那一句"还未开手来写乡土文学之前，他却已被故乡所放逐，生活驱逐他到异地去了"，不正是鲁迅自己的感想？纵观鲁迅那些最优秀和最有影响的小说，差不多都是以其故乡为背景的，而创作时间也都是在被生活所驱逐到的"异地"，所以鲁迅对于"故乡"的感情是复杂的。诚如夏志清所言："鲁迅对于农村人物的懒散、迷信、残酷和虚伪深感悲愤；新思想无法改变他们，鲁迅因之摈弃了他的故乡，在象征的意义上也摈弃了中国传统的生活方式。然而，正与乔伊斯的情形一样，故乡同故乡的人物仍然是鲁迅作品的实质。"②

中国现代小说的发展，正如茅盾在其撰写《导言》中所说，五四白话小说在一开始差不多都是恋爱小说，不仅题材单一，而且水平很差。在这种情况下，乡土文学的出现，标志着作家视野的扩大和对社会生活的关注——不再仅仅局限于个人的情感小天地。而从文学史看，中国古代文学中本来就有悠久的"乡愁"情结、"游子"心态，有大量优秀的咏叹山水田园之作，所以当小说

---

① 迄今为止，最早提出乡土文学概念的是周作人。1910年在为自己翻译的匈牙利作家约卡伊·莫尔的中篇小说《黄蔷薇》撰写的序里，周作人肯定《黄蔷薇》为"近世乡土文学之杰作"。不过，这只是在介绍外国文学时所提及，且当时周作人的文章鲁迅当都有看过甚至两人多有互相署名情形。

② 夏志清：《中国现代小说史》，复旦大学出版社2005年版，第26页。

鲁迅与20世纪中国研究丛书

成为新文学作家的创作品种时，就会自然用于表现作家的乡土情结——这一"情结"由于五四之后很多作者的涌入城市而变为作者排遣个人愁绪和展示其对社会关怀的绝好题材。

耐人寻味的是茅盾的"导言"没有使用"乡土文学"这一概念，而代之以"农民小说""农村小说"等。这其中蕴含有对周氏兄弟的异议——虽然主要是针对周作人。农民的生存和生活状态是茅盾对20年代乡土小说给予的概括性评价，也是茅盾之后创作《春蚕》等一批农村题材小说的宗旨。而所谓"乡土"在周作人那里更多是体现出一种故乡之思，一种客居异乡者对故乡景物和风俗人情的怀念留恋之情——骨子里周作人所透露出的，还是古代士大夫的闲适格调。这不仅与茅盾有本质差异，而且与鲁迅的《故乡》等乡土文学的代表作也有很大不同。所以茅盾这里所质疑的"乡土文学"，恐怕更多是针对周作人的立场和创作倾向。

不过，在鲁迅正式提出"乡土文学"后，茅盾还是给予了应有的回应：

> 关于"乡土文学"，我以为单有了特殊的风土人情的描写，只不过象看一幅异域的图画，虽能引起我们的惊异，然而给我们的，只是好奇心的餍足。因此在特殊的风土人情而外，应当还有普遍性的与我们共同的对于命运的挣扎。①

显而易见，茅盾论述的重点在于"共同的对于命运的挣扎"而不是"特殊的风土人情"。对于茅盾与周氏兄弟有关"乡土文学"解释之大体一致中的不一致，有学者给予这样的评述：

> 从周作人到茅盾，中国现代乡土文学理论经过暗含争辩的酝酿期，初步形成了乡土文学发展的两个向度，其一是周作人所阐发的、以地方色

① 茅盾：《关于"乡土文学"》，《茅盾全集》第21卷，人民文学出版社1991年版，第89页。

彩、风土人情为特色的、趋于趣味主义的乡土文学；其二是茅盾所坚持的、以文学为人生为宗旨的、提倡反映农村经济破产和农民艰苦生活的农民文学。这两个向度被鲁迅在《小说二集导言》中整合成相对完整的乡土文学理论。鲁迅一方面采用了"乡土文学"这个在中国现代文坛有着杰出的创作实绩、并为国内外文学批评界广泛接受、认可的概念，另一方面又以自己启蒙主义的、改良人生的文学观为"乡土文学"注入了新的精神实质，而这种新的精神实质与茅盾一贯坚持的对农民生活、生存状况的关注是一致的。正是基于这种一致，茅盾暂时放弃了自己一直摇摆不定的"描写农民生活的作品"、"农民小说"、"农村小说"、"农村生活的小说"等概念、术语，以后随着政治语境的变化，茅盾又沿用了以前的术语，但基本观点却没有大的变化。①

上述评述大致准确，不过对于鲁迅使用"乡土文学"这一概念，是否最早其实并不特别重要，需要关注的是，应该结合鲁迅其他的文学史著作来看这一概念为何在新文学十年后被提出或使用——用来对新文学十年中一个相当突出的小说类别进行总结，其背后的理论考量又是什么？是否可以结合鲁迅在《中国小说史略》等论著中的有关论述来看鲁迅对中国文学中此类题材作品的一个整体态度或意见？也就是说，绝不能仅仅把这篇导言以及茅盾和郑伯奇的导言看作是单纯的文学批评文章，更应看作是具有文学史意味的对新文学第一个十年中小说创作盖棺论定式的总结——这总结因为有了三个不同的版本而更能显示出立体感，三篇导言的互相呼应也好，互相对立也好，在肯定第一个十年小说成就方面却是一致的。这种不一致中的一致，正是文学史写作的极好案例。

最后，还有一点必须指出，鲁迅在撰写这篇导言时，已经摆脱了进化论思想的影响，并未将"五四"之后的小说看作是一个不断进步的过程。相反，在为《中国新文学大系·小说二集》所写的"编选感言"中，倒是直言不讳地

鲁迅与20世纪中国研究丛书

---

① 余荣虎：《周作人、茅盾、鲁迅与早期乡土文学理论的形成》，《南京师大学报（社会科学版）》2007年第3期。

认为"二十年后的现在的有些作品，却仍然赶不上那时候的"。尽管那时候的"技术是不能和现在的好作家相比较的，但把时代记在心里，就知道那时候倒很少有随随便便的作品。内容当然更和现在不同了"。鲁迅显然是对他写此感想时的小说创作状况不满，所以才不无辛辣地讽刺说："后来，小说的地位提高了，作品也大进步，只是同时也孪生了一个兄弟，叫作'滥造'。"①

---

① 鲁迅：《〈中国新文学大系〉小说二集编选感想》，《鲁迅全集》第八卷，第383页。

第五章　清儒家法与科学思维

——鲁迅的治学方法与现代中国学术体系建构

第一节　别具一格的治学方式

一、鲁迅与浙东学派

20世纪的中国学术史，是在西方文化影响下，从传统的治学领域开始转向并最终实现与现代西方学术发展基本同步的时期。在这一历史性的转变中，鲁迅以其崇高的文学地位和特殊的学术经历，在文学研究特别是中国古代文学研究方面作出了具有开风气之先的重大贡献。研究他的学术思想和治学特点，同时关注他与同时代一些重要学者治学方式的异同，对于了解整个20世纪中国学术发展的历史及其特点，对于进一步发展当代中国学术研究，都有特别重要的意义。

为此，首先必须考察鲁迅学术思想体系的形成背景和所承继的学术资源，然后论述鲁迅何以能在那个时代那样的学术氛围中独树一帜，以富有创造性的学术研究方式，在中国古典小说以及其他一些领域做出开创性成就。同时，也要关注鲁迅的这些治学方法和研究路径，对其之后学者的影响。

19世纪末20世纪初，是青年鲁迅文化观和价值观形成时期，也是中国传统学术遭受西方文化思想影响陷入衰落迷茫和重建现代学术体系的滥觞时期。不过，青年时期的鲁迅，显然并未准备做一个潜心治学的学者，即便是在放弃学医后，他最优先的选择是文学创作和翻译。所以，即便追溯鲁迅青少年时期所受到的学术方面训练以及前人治学方面的影响，只能说这些训练和影响对鲁迅而言，是无意识的和潜移默化的。不过，从日本留学时期鲁迅所撰写的一些论文来看，他在学术研究方面已经显示出其基础扎实、视野开阔和善于进行中西古今比较等特点。五四文学革命时期，鲁迅开始白话创作，但同时也开始了以中国古典小说研究为主的学术研究，从鲁迅日记和其每年的书账中，可以看到鲁迅的学术准备至少在民国初年就已开始。至于出于对故乡先贤如嵇康等的偏爱而进行的古籍搜集、考订和整理工作，更是很早就已开始。

首先看鲁迅学术研究是否受地域文化影响。"两浙"是清代经史之学的重镇之一，但浙东、浙西学术并不相同。对此清代史学大家章学诚在《文史通义·浙东学术》中说："世推顾亭林为开国儒宗，然自是浙西之学，不知同时有黄梨洲氏出于浙东，虽与顾氏并峙，而上宗王刘，下开二万，较之顾氏，源远而流长矣。顾氏宗朱而黄氏宗陆，盖非讲学专家各持门户之见者，故互相推服而不相非诋。学者不可无宗主，而必不可有门户，故浙东、浙西，道并行不悖也。浙东贵专家，浙西尚博雅，各因其习而习也。"周作人在《鲁迅的文学修养》一文中也明确地说："鲁迅的著作，不论小说或是杂文，总有一种特色，便是思想文章都很深刻犀利。这个特色寻找它的来源……因为在浙江省中间有一条钱塘江，把它分为东西两部分，这两边的风土民情稍有不同，这个分别也就在学风上表现了出来。大概说来，浙西学派偏于文，浙东则偏于史；就清朝后期来说，袁随园与章实斋，谭复堂与李越缦，都是很好的例子。再推上去，浙东还有毛西河，他几乎专门和'朱子'朱晦庵为难，攻击的绝不客气……拿鲁迅去和他们相比，的确有过之无不及，可以说是这一派的代表。"①

就清代学术领域很有影响的浙东学派而言，鲁迅对这个学派的一些代表人物在其著作中并未给予特别关注，即如这一学派的著名代表人物王阳明而

① 周作人：《鲁迅的青年时代》，中国青年出版社1957年版，第58—59页。

言，《鲁迅全集》中仅出现两次，一次是在杂文中，有嘲讽之意；一次在其《中国小说史略》中，只是作为"程朱陆王"整体出现，并未有对其学术思想的评价。而大名鼎鼎的章学诚，也仅在《鲁迅全集》中出现两次：一次是在杂文中，说他和袁枚如何文人相轻，一次是在《中国小说史略》，鲁迅引了一句他对《三国演义》的评价，作为对自己有关《三国演义》分析的佐证。至于黄宗羲，则《鲁迅全集》中干脆就没有提及其名字。另一代表人物朱舜水虽然在《鲁迅全集》中出现过三次且都是正面评价，但鲁迅所强调的始终是朱舜水的反清复明立场，对其学术思想并未有所论述。当然，在其著作中很少述及浙东学派并不能证明鲁迅没有受其影响，正如鲁迅虽然始终没有提及龚自珍，但学术界大都认为鲁迅还是受到其很多影响。而且已经有学者撰文，对鲁迅所承受浙东学派影响给予阐释。①此外，陈平原也认为"鲁迅对清儒的接纳，有其特殊的角度"，因为"鲁迅恰好对经学毫无兴趣，而对作为经学附庸的小学和史学旁支的金石、方志则兴趣益然"。②陈平原认为，鲁迅只是借助其师章太炎才沟通了与清儒的联系，只是这联系基本集中于小学、金石和方志等而非经学。不过，对某一学派很少提及至少说明鲁迅的一种态度，作为反证的就是鲁迅对于嵇康，则不但多次提及，详细阐释其思想和文学成就，且给予其很高的评价，那么鲁迅是否重视嵇康以及是否受其影响就根本不是问题了。

另一方面，鲁迅严谨的治学态度、独立思考精神以及创造性思维方式，与浙东学派虽然难以考证具体的承继关系，但确实一脉相承。如黄宗羲就自称："予注律吕、象数、周髀、历算、勾股、开方、地理之书，颇得前人所未发。"③黄宗羲还对明代诗坛的拟古主义深表不满，指出一味仿效古人，附和"一时习气"，就"不可谓之诗人"。（《景洲诗集序》）他还对富于创新的作家给予赞美，称金介山之诗"昔人不欲作唐以后一语，吾谓介山莫不欲作明

① 陈方竞：《"鲁迅与浙东文化"论纲（一）》，《西南民族大学学报（人文社科版）》2006年第7期；陈方竞：《"鲁迅与浙东文化"论纲（二）》，《西南民族大学学报（人文社科版）》2008年第6期。

② 陈平原：《作为文学史家的鲁迅》，王瑶主编：《中国文学研究现代化进程》，北京大学出版社1996年版，第86—87页。

③ 黄宗羲：《黄宗羲全集》第10册，浙江古籍出版社2012年版，第509页。

以前一语也"（《金介山诗序》）。这种力主艺术创新的精神对鲁迅当会有积极影响。此外，浙东学派重视各学科特别是文史之间的打通，学者应该就是通人，章学诚就是如此。他的《文史通义》与唐刘知几所著《史通》被称为中国古代史学的双璧。章学诚指出："通者，所以通天下之所不通也。"（《文史通义·释通》）章学诚对文史之间的打通深有体会："史迁发愤，义或近于风人；杜甫怀忠，人又称其诗史。由斯而论，文之与史，为缛为沇。"（《文史通义·湖北文征序列》）章学诚从史学角度考察文学问题，提出了很多创见，这与陈寅恪善于"诗史互证"等，都是文史互通的好例。而鲁迅的文学史著作和一些古籍考订工作，也正是文史互通的典范。

就具体治学方法而言，鲁迅无论是从章太炎那里还是从清儒大家那里，都继承了治学态度严谨、重视第一手资料的搜集和重考据等特点，做到言必有据。同时，鲁迅又以"拿来主义"态度借鉴和吸收了西方近代以来的一些治学理论、方法和科学思维方式，并将其与中国传统的治学方式进行融会贯通，最终实现了在兼收并蓄基础上的创造性研究，并形成了他特有的治学方法和模式。

陈平原指出："鲁迅治学从根本做起，注重辑佚和考据，这不仅体现在撰史前的详尽的资料准备工作，更体现在《中国小说史略》中提及同时代人的研究成果（如胡适、孟森、王国维、罗振玉、吴梅、俞平伯、钱静方、蒋瑞藻等），全都局限于史料考辨。"[1]以下仅就鲁迅在古小说的辑录考证方面所显示出的严谨科学态度以及"考证固不可荒唐，而亦不宜墨守"等操作方法，以及他对待同时代人研究成果的处理方式等，做简单的考察，并与同时代一些著名学者的相关考证进行比较。

所谓考证，其内容主要考订古书和考证史实。此外也包括具体文字校勘以及注释的增补辨析等。考订古书主要是指考证古书的版本、作者、年代、卷次等，也包括对古书真伪的辨析。考证史实，则是对历史人物事件的考察，如

人物生平、著作事迹的考察，某些历史事件发生时间、地点、牵扯人物及原因结果的考察等。至于具体考证方法，陈垣认为有三种，即：按照证据形式的不同分为理证、书证、物证。而王国维更是提出了著名的二重证据法："吾辈生于今日，幸于纸上之材料外，更得地下之新材料。有此种材料，吾辈固得据以补正纸上之材料，亦得证明古书之某部分全为实录，即百家不雅驯之言亦不无表示一面之事实。此二重证据法，惟在今日始得为之。"①这里的二重证据就是陈垣所说的书证和物证，不过王国维更强调以出土地下之文物来校正书证。他在甲骨文考证方面做出的巨大贡献也早已为学界认同。所谓考据，就是拿出证据，这与一般的论述有本质区别。考证之学，至清代达到高峰，史称乾嘉之学。对于清代考证之学的发展及特点，王国维有十分精到之评价："国初之学大，乾嘉之学精，而道（光）咸（丰）以降之学新。"而对于王国维的国学成就及治学特色，陈寅恪更有几近经典的评价："其学术内容及治学方法，殆可举三目以概括之者。一曰取地下之实物与纸上之遗文互相释证。凡属于考古学及上古史之作，如《殷卜辞中所见先公先王考》及《鬼方昆夷獫狁考》等是也。二曰取异族之故书与吾国之旧籍互相补证。凡属于辽金元及边疆地理之作，如《萌古考》及《元朝秘史之主因亦儿坚考》等是也。三曰取外来之观念与固有之材料互相参证。凡属于文艺批评及小说戏曲之作，如《红楼梦评论》及《宋元戏曲考》、《唐宋人曲考》等是也。此二类之著作，其学术性质固有异同，所用方法亦不尽符会，要皆足以转移一时之风气，而示来者以轨则。吾国他日文史考据之学，范围纵广，途径纵多，恐亦无以远出三类之外。此先生之书所以为吾国近代学术界最重要之产物也。"②

在这方面，鲁迅的意见和具体学术实践，可以说和王国维有异曲同工之妙，其在考订方面的最高成绩就是《嵇康集》的校订。《嵇康集》在明代以前，多有手抄《嵇中散集》本流传于世。今所见最早的《嵇康集》刻本是明吴宽丛书堂藏抄校本。自明嘉靖年间以后，翻刻本甚多，然错误及散失也多。据

① 王国维：《古史新证》，湖南人民出版社2010年版，第2页。

② 陈寅恪：《王静安先生遗书序》，《金明馆丛稿二编》，上海古籍出版社1980年版，第219页。

《四库全书总目》："《嵇中散集》十卷（两江总督采进本）。旧本题晋嵇康撰。"又《四库简明目录》："《嵇中散集》十卷，魏嵇康撰，《晋书》为康立传，旧本因题曰晋者，缪也。其集散佚，至宋仅存十卷。此本为明黄省曾所编，虽卷数与宋本同，然王楙《野客丛书》称康诗六十八首，此本仅诗四十二首，合杂文仅六十二首，则又多所散佚矣。"鲁迅考订《嵇康集》始于1913年，至1935年长达二十三年，先后校勘十余次，有抄本三种，亲笔校勘本五种，另有《嵇康集》校文十二页，即从《全三国文》摘出的文字。此外还撰写有《嵇康集考》《嵇中散集考》《嵇康集逸文》等手稿。说《嵇康集》是鲁迅一生校勘时间最长，次数最多，花费尽力最大的一种绝不为过。虽然鲁迅生前并未将这一考订成果出版，但1938年出版的《鲁迅全集》中收录了鲁迅的《嵇康集》校本，算是为鲁迅的考订画上一个较为完美的句号。

二、鲁迅与俞樾

就鲁迅而言，可以认为他借鉴和发展了乾嘉学派的考证之学，并成功将其应用于古代小说源流和版本作者等方面的考证，这可能与其受祖师俞樾影响有关。作为国学大师的俞樾，对一向不被重视的小说很感兴趣并作了很多考证，这甚至连其弟子章太炎都不以为然。自然，俞樾没有认识到小说的真正文学价值，只是强调其观风俗兴衰的作用。[1]而鲁迅才是第一次真正站在整个中国文学史发展的高度，将小说的发展演变纳入整个文学发展的长河中考察，所以其考证不仅是科学的，而且是有独创性的。为此不妨看一下俞樾的小说考证。

俞樾的考证主要是考证小说作者、人物和事件的本事与小说的版本和体例等，并对小说的内容、艺术性及其地位进行评价，也对小说的发展有所探讨。

首先在小说作者考证方面，俞樾的考证为后人提供了很好的研究路径和启示。例如对《西游记》作者的考证，俞樾在《九九消夏录·西游集》（卷十二）中认为《西游记演义》"托之邱长春，不如托之宗渝"，原因在于

---

[1]　陈平原：《作为文学史家的鲁迅》，王瑶主编：《中国文学研究现代化进程》，第92页。

"（托之宗渝）尚是释家本色。虽金公木母，意近丹经，然意马心猿，未始不可附会梵典也"。邱长春是道士，而宗渝是僧人，作者为宗渝自然更合情合理，这是从原作内容考证《西游记》的作者。此外，在《小浮梅闲话》中，俞樾再次对"世传《西游记》是邱真人作，借以演金丹之旨"的说法表示怀疑，认为"妄传也"。并引用钱大昕《补元史艺文志·地理类》之《长春真人西游记》及《元史·邱处机传》的记载，指出："（邱真人西游故事）记中所载，多及西域地理，故入地理类。俗人不知，乃以玄奘事属之，大非其实矣。"对此判定，鲁迅持赞成态度，在《中国小说的历史的变迁》中指出："（通俗小说《西游记》）世人多以为是元朝的道士邱长春做的，其实不然。邱长春自己另有《西游记》三卷，是纪行，今尚存《道藏》中；惟因书名一样，人们遂误以为是一种。"

其次，是对作品版本的考证。如《九九消夏录》卷五中指出："宋洪迈《夷坚志》甲至癸二百卷，支甲至支癸一百卷，三甲至三癸一百卷，四甲、四乙各十卷。以十干编次之书，殆无多于此者矣。今《四库》著录者止支甲至支戊五十卷。吾湖路氏又得甲午丙丁四集而刻之，盖卷帙既繁，流传日久，遂至散佚不全，甚可惜也。"[1]

作为对比，看看鲁迅在《中国小说史略》中如何论述《夷坚志》：

> 迈在朝敢于谠言，又广见洽闻，多所著述，考订辨证，并越常流，而《夷坚志》则为晚年遣兴之书，始刊于绍兴末，绝笔于淳熙初，十余年中，凡成甲至癸二百卷，支甲至支癸三甲至三癸各一百卷，四甲四乙各十卷，卷帙之多，几与《太平广记》等，今惟甲至丁八十卷支甲至支戊五十卷三志若干卷，又摘钞本五十卷及二十卷存。[2]

俞樾的考订显然为鲁迅提供了很好的借鉴。

---

① 俞樾：《九九消夏录》，中华书局1995年版，第42页。

② 鲁迅：《中国小说史略》，《鲁迅全集》第九卷，第102页。

鲁迅与20世纪中国研究丛书

俞樾还在《九九消夏录》之《世说诸书》中对刘义庆的《世说新语》之名字的演变以及产生的续作、仿作进行了考证：

> 昔刘向有《世说》一书，而今不传。宋临川王刘义庆裒集后汉至东晋轶事，分三十八门，名《世说新书》，其曰"新书"者，以刘更生旧有此书也。说详黄伯思《东观余论》。不知何代何人易其名曰《世说新语》，相沿至今，不可改矣。宋王谠又有《唐语林》八卷，仿《世说》之体，分五十二门，名虽有异，其实则一。《世说》之名，本汉刘向；《语林》之名，本晋裴启也。明何良俊因有《何氏语林》之作，以《世说新语》为蓝本，而裒集宋齐之后续之，并刘氏原书，得二千七百余事。此三书至今尚存，则自汉季至唐遗闻琐事，略备矣。……①

而鲁迅《中国小说史略》中有关《世说新语》的部分是这样说的：

> 宋临川王刘义庆有《世说》八卷，梁刘孝标注之为十卷，见《隋志》。今存者三卷曰《世说新语》，为宋人晏殊所删并，于注亦小有剪裁，然不知何人又加新语二字，唐时则曰新书，殆以《汉志》儒家类录刘向所序六十七篇中，已有《世说》，因增字以别之也。《世说新语》今本凡三十八篇，自《德行》至《仇隙》，以类相从，事起后汉，止于东晋，记言则玄远冷俊，记行则高简瑰奇，下至缪惑，亦资一笑。孝标作注，又征引浩博。或驳或申，映带本文，增其隽永，所用书四百余种，今又多不存，故世人尤珍重之。然《世说》文字，间或与裴郭二家书所记相同，殆亦犹《幽明录》《宣验记》然，乃纂缉旧文，非由自造：《宋书》言义庆才词不多，而招聚文学之士，远近必至，则诸书或成于众手，未可知也。

可以看出俞樾所考证也为鲁迅的相关研究提供了很好的基础。

---

① 俞樾：《九九消夏录》，第36页。

作为著名学者，俞樾不囿于旧说而敢于大胆提出质疑，在《湖楼笔谈》中说："'尽信书，则不如无书'，是书不可尽信，凡书皆然。""夫孔孟之书且不可尽信，然则二十四史中记载之失真者，可胜道乎？读史者，乃即其事实以论定其为人，吾恐古人之负屈而不白者，为不少矣。"如果连历史也不可信，则那些"街谈巷语，道听途说"的小说是否就更不可信？大概是出于这样的考虑，促使俞樾对小说进行考证。如他在《湖楼笔谈》中就这样表示："汉唐以来二千余年之事，存乎史氏纪载者半，存乎委巷传闻者亦半。学士大夫之所知，史氏纪载之事也。愚夫愚妇之所知，委巷传闻之事也。然学士大夫少而愚夫愚妇多，则史氏之纪载不敌委巷之传闻矣……沿习既久，虽士大夫亦误信之……是知不经之说，自古有之，好奇轻信，亦所不免。后世负鼓盲翁，登场优孟，附会古人，张皇幽渺，复何尤焉。"

由此可知，虽然俞樾考证小说的初衷只是为了求证历史真相，并从中观察社会发展变迁而并非是从文学史角度看小说的演变，但在他的时代能够如此重视小说，甚至亲自为《三侠五义》这样的通俗历史小说进行修改，这无论如何值得赞许。总之，俞樾是近代以来最早有意识地把传统考据方法用于小说研究的学者，其意义不仅体现于具体的考证，更重要的是体现了传统学术体系和观念对小说态度的变化。而俞樾以其在学术界的崇高地位，更是在很大程度上改变了人们对小说轻视的态度，也为鲁迅及同时代一些学者的小说研究奠定了良好的基础。

俞樾的这种态度，倒使笔者联想到陈寅恪，因为陈寅恪也对通俗小说情有独钟，例如对张恨水的小说就极为喜爱，更是对一向视为通俗小说的《再生缘》进行考证，写成《论再生缘》这一著名长篇论文。自然，陈寅恪所处时代不同，对通俗小说的理解和研究方式以及目的也不同，但他与俞樾等国学大师竟然都对不登大雅之堂的小说特别是通俗小说极为重视，其实是在昭示人们，对于学术研究而言，没有什么对象是不可以研究的，研究对象本身的"雅"或"俗"并不能和对象本身是否重要画等号，关键在于研究者的研究态度以及研究方法是否科学正确。

除却俞樾，除却浙东学派的那些代表性人物，清代其他朴学大师对鲁迅学术研究的影响，很难从鲁迅著作中找到直接的证据，即便鲁迅论著中有所提及，也基本是在杂文中以嘲讽和批判的口吻。但作为自幼接受传统文化教育的鲁迅，又处于那样一个时代，不可能不受到影响，只不过是这种影响更多是以潜移默化方式，或者通过其师友如章太炎、刘师培等的研究间接呈现出来。其实即便是在杂文中那些批判性的内容，也是以另一种方式提示我们，鲁迅对清儒以及他同时代一些国学大师的学术成就及治学方法非常了解，所以才能如数家珍，任意评说。以下不妨列举几条：

> 说起清代的学术来，有几位学者总是眉飞色舞，说那发达是为前代所未有的。证据也真够十足：解经的大作，层出不穷，小学也非常的进步；史论家虽然绝迹了，考史家却不少；尤其是考据之学，给我们明白了宋明人决没有看懂的古书……

> 但说起来可又有些踌躇，怕英雄也许会因此指定我是犹太人，其实，并不是的。我每遇到学者谈起清代的学术时，总不免同时想："扬州十日"，"嘉定三屠"这些小事情，不提也好罢，但失去全国的土地，大家十足做了二百五十年奴隶，却换得这几页光荣的学术史，这买卖，究竟是赚了利，还是折了本呢？

> 可惜我又不是数学家，到底没有弄清楚。但我直觉的感到，这恐怕是折了本，比用庚子赔款来养成几位有限的学者，亏累得多了。[1]

> 中国有一部《流沙坠简》，印了将有十年了。要谈国学，那才可以算一种研究国学的书。开首有一篇长序，是王国维先生做的，要谈国学，他才可以算一个研究国学的人物。[2]

> 横竖到处都是水，猎也不能打，地也不能种，只要还活着，所有的是

---

① 鲁迅：《算账》，《鲁迅全集》第五卷，第514页。

② 鲁迅：《不懂的音译》，《鲁迅全集》第一卷，第398页。

闲工夫，来看的人倒也很不少。松树下挨挤了三天，到处都发出叹息的声音，有的是佩服，有的是疲劳。但到第四天的正午，一个乡下人终于说话了，这时那学者正在吃炒面。

"人里面，是有叫作阿禹的，"乡下人说。"况且'禹'也不是虫，这是我们乡下人的简笔字，老爷们都写作'禺'，是大猴子……"

"人有叫作大大猴子的吗？……"学者跳起来了，连忙咽下没有嚼烂的一口面，鼻子红到发紫，吆喝道。[①]

前两个例子一般读者较为熟悉，不论，且说第三个。1981年版《鲁迅全集》对此处作了这样的注释："禺"出自《说文解字》："禺，母猴属。"清代段玉裁注引郭璞《山海经》注说："禺似猕猴而大，赤目长尾。"据《说文》，"禹"字笔画较"禺"字简单，所以这里说"禹"是"禺"的简笔字。显然，如果鲁迅没有深厚的小学功底以及对段玉裁等小学大家的了解，是无法写出这一段文字，更无法对顾颉刚的疑古思潮给予辛辣的嘲讽。

三、鲁迅的超前治学理念

对于同时代人的学术成就和见解，鲁迅一直极为尊重，并在可能的情况下尽量采用。例如对胡适、俞平伯的有关《红楼梦》的考证，鲁迅就极为重视并在可能的情况下采用他们的研究成果，这在《中国小说史略》中多有例证，鲁迅更是在双方通信和一些文章中对"新红学"的研究给予肯定，对此学术界早有定论，不赘。此处再看鲁迅对郑振铎等人有关古小说考证工作的评价。[②]

1927到1928年间，郑振铎曾选编和出版了唐代至清末短篇小说三卷，题为《中国短篇小说集》。鲁迅称赞这部选集扫荡了研究中国短篇小说的烟尘，排除了虚伪的材料，恢复了它的本来面目，解决了多年没有解决的问题："偶见郑振铎君所编《中国短篇小说集》，埽荡烟埃，斥伪返本，积年埋郁，一旦

---

① 鲁迅：《理水》，《鲁迅全集》第二卷，第373页。

② 此处所用部分材料参考了陈福康的论文《鲁迅与郑振铎——纪念鲁迅诞生一百周年》，原载《绍兴师专学报（社会科学版）》1981年第2期。

霍然。"（《〈唐宋传奇集〉序例》）不过，对学术问题要求严格的鲁迅，也指出该书的一些硬伤。如该书沿袭古籍《唐人说荟》的说法，将一些篇目的作者名字搞错。鲁迅在另一短文《破〈唐人说荟〉》（见《集外集拾遗补编》）中曾经指出，"这一部书，倘若单以消闲，自然不成问题，假如用作历史的研究的材料，可就误人很不浅。我也被这书瞒过了许多年，现在觉察了"。文中例举了该书"删节""硬派""乱分""乱题撰人""妄造书名"等七大谬误。《唐人说荟》一名《唐代丛书》，清代陈世熙编。全书共16集，收集唐人传奇和笔记达16种，数量虽可观，然谬误之多也正如鲁迅所揭露的那样，在使用时必须小心对待。

鲁迅在《中国小说史略》中，曾把《四游记》中杨志和编的《西游记》看作是吴承恩《西游记》的祖本。鲁迅在书中说："又有一百回本《西游记》，盖出于四十一回本《西游记传》之后，而今特盛行。"后来郑振铎在《西游记的演化》中认为杨志和的《西游记》是从吴承恩的《西游记》中抄摘下来的。鲁迅看后赞同郑振铎的说法，并在《〈中国小说史略〉日本译本序》一文中说："郑振铎教授又证明了《四游记》中的《西游记》是吴承恩《西游记》的摘录，而并非祖本，这是可以订正拙著第十六篇的所说的，那精确的论文，就收录在《询楼集》里。"在《〈唐宋传奇集〉稗边小缀（五）》中，鲁迅也引述了郑振铎对《东阳夜怪录》的考证材料，认为这篇传奇情节类似牛僧孺的《元无有》，也许是同出一源。

1933年郑振铎在《小说月报》第22卷第7、8号上发表《明清二代的平话集》一文，介绍了《三言》被发现的情况。在同年7月的《文学》月刊上，又发表《谈〈金瓶梅词话〉》一文，考证了此书作者和故事发生的时代等问题，并认为同年在北平新发现的明代万历本《金瓶梅词话》"是原本的本来面目"。鲁迅认为郑振铎这一研究很有意义。他在《〈小说旧闻抄〉再版序言》中说："此十年中，研究小说者日多，新知灼见，洞烛幽隐，如《三言》之统系，《金瓶梅》之原本，皆使历来凝滞，一旦豁然。"

又如郑振铎在1934年10月13日写的《论元人所写商人、士子、妓女间的三角恋爱剧》一文在《文学季刊》发表后，也受到鲁迅的赞许。他在1935年1月9

日致郑振铎的信中说："顷见《文学季刊》，以为先生所揭士大夫商人之争，真是洞见隐密，记得元人曲中，刺商人之貌为风雅之作，似尚多也，皆士人败后之扯淡耳。"鲁迅在1935年4月9日致日本友人增田涉的信中，也热情地推荐了郑振铎这篇论文。

鲁迅赞扬郑振铎的一些研究成果和治学精神，但对他的一些治学方法和态度并不赞成。这首先表现为鲁迅不同意郑振铎据"孤本秘籍"的考证方法。

1933年8月15日，鲁迅致台静农信中说："郑君治学，盖用胡适之法，往往恃孤本秘籍①，为惊人之具，此实足以炫耀人目，其为学子所珍赏，宜也。我法稍不同，凡所泛览，皆通行之本，易得之书，故遂孑然于学林之外，《中国小说史略》而非断代，即尝见贬于人。"鲁迅所言虽有嘲讽之意，但却指出了他与郑振铎不同的治学路径。对此郑振铎有自己的见解："予之集书也，往往独辟蹊径，不与众同。予集小说、戏曲于举世不为之日。予集弹词、鼓词、宝卷、俗曲，亦在世人知之之先。集词集、散曲集、书亦以于词、于曲、于书目有偏嗜故。至于所收他书，或以专门之需求连类及之，或以考证有关而必欲得之；而间亦以余力收明刊之《四库》存目及未收之书。"②郑振铎在学术研究中利用自己的图书收藏，这本来无可厚非，但鲁迅所反感的是那种"恃孤本秘籍，为惊人之具"的不可一世态度，他者如胡适就也有这种态度。鲁迅认为即便自己占有了他人所无的新材料，有了可以发"一家之言"的资本，也不能沾沾自喜，以夺取研究的话语权为目的，还是应将注意力集中到研究本身，也就是王国维所呼吁的"为学术而学术"。至于郑振铎在这方面是否有某些具体的事例招致鲁迅反感，倒不是我们关注的重点。

四、"发现"与"发明"之争

其实由上述鲁迅对郑振铎的非议，可以引出学术研究中一个重大问题，即如何搜集材料和使用材料的问题。诚然，学术研究要出新成果的前提是占有资

---

① 如钱穆对胡适有这样的回忆："胡适之藏有潘用微《求仁录》一孤本，余向之借阅。彼在别室中开保险柜取书，邀余同往。或恐余携书去有不慎，又不便坦言故尔。"

② 见辛笛：《忆西谛》，（香港）《大公报》，1979年2月20日。

料，且最好是尚未为外界所知的第一手资料，或者外界虽然知道，但却限于主客观原因，无法对材料做出正确的理论分析。鲁迅对胡适和郑振铎等因占有材料之利而获得学术成就持不以为然态度，认为治学如能依靠寻常材料也能做出成就，方为学术研究之正途。此说与陈寅恪之见解如出一辙，也与鲁迅之同门师兄黄侃所赞同的"发明"之学重于"发现"之学有异曲同工之妙。

先说黄侃的"发现"与"发明"之说。1930年黄侃对来访的日本学者吉川幸次郎说："中国学问的方法：不在于发现，而在于发明。"①对此吉川幸次郎评价说："以这句来看，当时在日本作为权威看待的罗振玉、王国维两人的学问，从哪个方面看都是发现，换句话说就是倾向资料主义的。而发明则是对重要的书踏踏实实地用工细读，去发掘出其中的某种东西。我对这话有很深的印象。"②这二者的区别，大体如王国维所说：一由考察材料以发现问题，一根据问题去找材料。而二者的关系，即新旧材料的关系。中国传统学术，既重发现，也重发明。相比之下，发明比发现更为难得。盖发现是所谓的从无到有，只要有新材料出现，就能说有新的发现。这就是所谓的"说有容易说无难"，当然，这个"有"要真能确认也并不容易。而发明则往往是材料仍为旧有，但能从中看出新问题并得出新的观点见解，自然更为难得，也由此对研究者之眼光和研究方法有更高要求。19世纪末20世纪初，西方近现代学术理念已经对传统中国学术产生重大影响，此时又恰逢敦煌文物大发现、甲骨文出土及清廷之大内档案流出等，使得当时中国学术界之佼佼者罗振玉、王国维等有了大展身手之机会，其研究成果层出不穷，令人目不暇接。盖所谓天时地利人和，当时几乎都已具备，诚所谓中国学术大发现之黄金时代也。对此王国维也坦承他那个时代是"发现"时代：

> 古来新学问起，大都由于新发见。有孔子壁中书出（出山东曲阜县）而后有汉以来古文家之学。有赵宋古器出，而后有宋以来古器物、古文字

---

① 张晖编：《量守庐学记续编》，生活·读书·新知三联书店2006年版，第77页。另该书第3页黄侃有"今发见之学行，而发明之学替矣"的感慨。

② 张晖编：《量守庐学记续编》，第77页。

之学。惟晋时汲冢竹简出土后，即继以永嘉之乱，故其结果不甚著。然同时杜元凯注左传，稍后郭璞注山海经，已用其说。而纪年所记禹益伊尹事，至今成为历史上之问题。然则中国纸上之学问赖于地下之学问者，固不自今日始矣。自汉以来，中国学问上之最大发见有三。一为孔子壁中书。二为汲冢书。三则今之殷墟甲骨文字、敦煌塞上及西域各处之汉晋木简、敦煌千佛洞之六朝及唐人写本书卷、内阁大库之元明以来书籍档册。此四者之一，已足当孔壁汲冢所出。而各地零星发见之金石书籍，于学术有大关系者，尚不与焉。故今日之时代，可谓之发见时代。自来未有能比者也。①

不过王国维并没有对这种状况感到满意。相反，他认为中国学术这种表面上的繁荣，究其然不过是又一次受动性文化接受过程，缺少对自身缺陷的深刻检讨。所谓"受动"者，就是基本上只能被动接受外来文化和学术理念而缺少主动地选择和改造。而且，鉴于当时中国学术的现状，王国维甚至以为"即谓之未尝受动，亦无不可也"。正是王国维的清醒认识，使他成为较早意识到与其被动接受西方，不如主动地对传统学术理念进行改造，并同时吸收西方学术思想的学者之一。也因此黄侃的指责如果仅仅是针对王国维的话，应该是不合乎事实的。

而陈寅恪在1919年留学哈佛时，也对中国传统学术的弊病有所批评："中国之哲学美术，远不如希腊。不特科学为逊泰西也。……其言道德，惟重实用，不究虚理。……而救国经世，尤必以精神之学问（谓形而上学）为根基。"②至于原因，他们均归因于国人的急功近利态度，从小处看是误把学术当作获取个人名利的工具，从大处看则是导致在引进西方学术时普遍采取的短视行为。此外他们也看到，面对蜂拥而来的西方学术理念和治学方法以及不断问世的新史料，学术界出现了一些不好的倾向。这不好的倾向就是黄侃的概

① 王国维：《最近二三十年中中国新发现之学问》，《王国维遗书》第五册《静安文集续编》，上海古籍书店1983年版，第65页。

② 吴学昭：《吴宓与陈寅恪》，清华大学出版社1992年版，第9页。

括："近人治学之病有三。一曰郢书燕说之病。一曰辽东白豕之病。一曰妄谈火浣之病。"①上述三病，出处都为古典，大致意思是治学中要么曲解原意，以讹传讹，要么穿凿附会，少见多怪，一味求新求怪，而无视事实真相。针对这些状况，王国维、陈寅恪除坚持治学严谨、方法科学、考证严密外，也更加重视"发明"之学。王国维认为，当西方文明破门而入，我们唯一的出路就是"相互激荡，相互发明"。针对中西文化不合之说，王国维在《奏定经学科大学、文学科大学章程书后》中指出，西洋哲学与中国哲学的关系，如同诸子之学与儒家的关系。"异日发明光大我国之学术者，必在兼通世界学术之人，而不在一孔之陋儒，固可决也。"在两年后发表的《论哲学家与美术家之天职》一文中，王国维认为："天下有最神圣最尊贵而无与于当时之用者，哲学与美学是已。"又说："哲学与美学之所志者，真理也。真理者，天下万世之真理而非一时之真理也。其有发明此真理（哲学家）或以记号表之（美术）者，天下万世之功绩而非一时之功绩也。唯其为天下万世之真理，故不能与一时一国之利益合……"

至于陈寅恪，则一贯强调"发明"之学胜于"发现"。如他在为冯友兰的《中国哲学史》下册所写审查报告中，之所以对冯著给予肯定，原因就在"此书于朱子之学，多所发明"。在其早年留学海外所写之《与妹书》中，即已可窥见陈氏对"发明"之学的重视。该文原载于《学衡》第20期（1923年8月）上，是陈寅恪公开发表的第一篇论学文字。值得注意的是这样一段："我今学藏文甚有兴趣，因藏文与中文，系同一系文字。如梵文之与希腊拉丁及英德俄法等之同属一系。以此之故，音韵训诂上，大有发明。因藏文数千年已用梵音字母拼写，其变迁源流，较中文为明显。如以西洋语言科学之法，为中藏文比较之学，则成效当较乾嘉诸老，更上一层。"

不仅王国维、陈寅恪认为"发明"胜于"发现"，其他大学者亦然。如梁启超对王国维的评价是：此公治学方法，极新极密，今年仅五十一岁，若再延十年，为中国学界发明，当不可限量。另一个例证是钱锺书。他在1985年9月

① 张晖编：《量守庐学记续编》，生活·读书·新知三联书店2006年版，第3页。

23日致何新的信中说："现想自编一集，因将'旧文四篇'改订，只改就'中国诗与中国画'一篇，字句及内容皆有改进，颇有新发明。"在钱锺书看来，自己文章的价值就在于颇有"新发明"，而不是有"新发现"。

但若仔细分辨，相对于王国维，似乎陈寅恪更看重"发明"，这也许是因为陈寅恪错过了新材料如出土甲骨文等大发现的黄金时期，所谓"生不逢时"，自然无法由个人选择，这其实也就是黄侃对罗振玉、王国维的学术成就不甚看重的原因。黄侃认为，罗振玉、王国维的"发现之学"的根本局限，在于"经史正文忽略不讲，而希冀发见新知以掩前古儒先"。而且学风过于浮躁不正："国维少不好读注疏，中年乃治经，仓皇立说，挟其辩给，以炫耀后生，非独一事之误而已。……要之，经史正文忽略不讲，而希冀发见新知以掩前古儒先，自矜曰：我不为古人奴，六经注我。此近日风气所趋，世或以整理国故之名予之，悬牛头，卖马脯，举秀才，不知书，信在于今矣。"[1]

黄侃对发现与发明的看法甚至也影响到他自己的著述。他之所以五十岁之前不著述，是因为他对著述特别是"作"看得太重。他认为：作与述不同。作有三义：一曰发现谓之作；二曰发明谓之作；三曰改良谓之作。一语不增谓之述。他既然如此看重发明，则如果自认没有什么重大发明，又怎能随意著述呢？

无论发现还是发明，显然都与材料有关，前者更是完全依赖新材料。针对当时历史学和文字学过分看重史料的风气（如傅斯年甚至提出"史学就是史料学"的口号），黄侃更有这样的断言："无论历史学、文字学，凡新发见之物，必可助长旧学，但未能推翻旧学。新发见之物，只可增加新材料，断不能推翻旧学说。"[2]而且，黄侃有时在提及新发现之史料时也有意气之辞："自鸣沙石室书出，罗振玉辈印之以得利，王国维辈考之以得名，于是发丘中郎乘四处，人人冀幸得之。"[3]说罗振玉得利也许不错，但说王国维是为了出名则显然不合事实。事实是王国维根据当时所问世之新材料，确实做出很多新

---

① 黄侃：《黄侃日记》（中），中华书局2007年版，第313页。
② 张晖编：《量守庐学记续编》，生活·读书·新知三联书店2006年版，第3页。
③ 黄侃：《黄侃日记》（中），第323页。

发现，而这些发现放在20世纪中国学术史甚至全部中国学术史上，又确实是属于填补空白或属于纠正谬误的新"发明"。由材料的"发现"，到观点的"发明"正是王国维的贡献。因此黄侃对王国维的治学理念和方法的批评即便不是错误，至少也属不当。而且即便黄侃自己，后来也意识到新材料的价值，开始有意识搜集和利用，这在其日记中有很多记载，不赘。其实黄侃并不是一味轻视"发现"之学，只是对王国维等过分依赖新材料而有所不屑。潜意识中大概以为，如果自己也有罗振玉、王国维那样的千载难逢之机遇，掌握大量的新材料，不仅能做出如他们那样的新"发现"，而且新"发明"会更多吧。说起来黄侃有理由这样自负，但对王国维的指责还是有些过分。

王国维、罗振玉、伯希和、内藤虎次郎、狩野直喜等主张尽量吸收新材料，他们自己也是善于利用新材料并能从新材料中予以重大发现的好手，如王国维利用出土之甲骨文对"王亥"的解释等。他考证殷代先公先王，首先从王亥开始。卜辞中屡见王亥之名，他是殷人的祖先，祭礼特别隆重。在《山海经·大荒东经》中有王亥其人，《世本》亥作胲，《帝系篇》作核，《楚辞·天问》作该，《汉书·古今人表》作垓。可见胲、核、该、垓皆亥之通假字。《史记》于《殷本纪》及《三代世表》两处均作振，与核、垓二字形近。《吕览》作王冰，冰字篆文作，亦与亥字相似。经他这样一考证，先公王亥就被确定下来了。[1] 王国维这样的考证其实很难，必须熟悉很多类似材料，才能利用少数脱离之片断。没有发现，难以发明，不以发明为目的，则发现不过杂碎。不知新材料或不通旧材料而强作发明，更难免妄臆之弊。更为重要的是，发明者之最终目的，应是不仅以材料来证实，更应贯通古今中外，以实证虚，促成某些重大理论建树的最后成立或完善。所以吉川幸次郎认为，即使被日本学者奉为权威的罗振玉、王国维，也不免有资料主义倾向，难以达到欧美乃至

---

[1] 王国维对甲骨文研究的贡献且看他的自述："辛壬之交初抵日本，与叔言参事整理其所藏书籍，殆近一年，此时无书可读，故得诗二三十首。嗣是以后始得重理旧业，数年零星纂述共得四十余卷，皆系小品，且涉各方面，无足以就正宏达者。惟有一二事堪以奉告者，叔言前撰《殷墟书契考释》，于殷先王之名已十得八九，前年维复于甲骨中考得王亥一人（即《史记·殷本纪》之振、《世本·帝系篇》之核、《作篇》之胲）乃与《大荒经》称正同。今年复考上甲微以后六世，系统与《世本》略殊。后复见一骨折为二者，合之，乃证明此事。"

日本汉学家也难以达到的化境，即陈寅恪所谓"育于环境，本于遗传"的"精神之学"。浦江清曾对朱自清谈及："今日治中国学问皆用外国模型，此事无所谓优劣。惟如讲中国文学史，必须用中国间架，不然则古人苦心俱抹杀矣。即如比兴一端，无论合乎真实与否，其影响实大，许多诗人之作，皆着眼政治，此以西方间架论之，即当抹杀矣。"浦江清这里所说，就是如何将材料和所谓模式结合问题，而单纯采用"西说"似不能解释中国古代文学的很多表达问题，还是要用"中国间架"。

王国维所在时代，一方面是新材料层出不穷，一方面是外来新观念大量引进。对此王国维不仅作了很多绍介和阐释工作，更以《宋元戏曲史》和《人间词话》等成为20世纪中国学术研究体系的基石之一。只是王国维去世太早，假以时日，他当能在建构真正有中国特色之现代学术体系方面做出更多贡献。

其次，鲁迅认为郑振铎编写的文学史，有的地方重在材料，缺乏史识。1932年8月15日，鲁迅在给台静农的信中说："郑君所作《中国文学史》，顷已在上海豫约出版，我曾于《小说月报》上见其关于小说者数章，诚哉滔滔不已，然此乃文学史资料长编，非'史'也。但倘有具史识者，资以为史，亦可用耳。"这里所说的关于小说数章，当为郑振铎所作的《〈水浒传〉的演化》《〈三国志演义〉的演化》《明清二代的平话集》等，均刊载在《小说月报》上。对此，我们可以结合鲁迅自认自己的治学与其善于利用常见材料有关，而无关乎掌握什么孤本秘籍——这也是他指责胡适和郑振铎的理由之一。陈寅恪就是如此，也是一个善于利用常见材料甚至是假材料而有所发现和发明的学者。

四、鲁迅眼里的"史识"

鲁迅的眼界太高，所以他人的文学史不能入其法眼，自然可以理解。在他眼里，真正的"史"应该是这样：

> 讲文学的著作，如果是所谓"史"的，当然该以时代来区分，"什么

是文学"之类，那是文学概论的范围，万不能牵进去。如果连这些也讲，那么，连文法也可以讲进去了。史总须以时代为经，一般的文学史，则大抵以文章的形式为纬，不过外国的文学者，作品比较的专，小说家多做小说，戏剧家多做戏剧，不像中国的所谓作家，什么都做一点，所以他们做起文学史来，不至于将一个作家切开。①

不过，平心而论，郑振铎的文学史尽管独到见解不多，但还是编写得很有特色，其表述也很有文采，直至今天影响也很大。我们倒不必因鲁迅的评价而过分看低了这部著作。而且郑振铎本人对于自己的这部著作，也是持"敝帚自珍"态度，甚至多年之后依然如此，且看其日记中所说："重看《插图本中国文学史》，自己觉得，还有些胜处，但错字太多，且有时也有累句，必须细细校改一下。"②这是郑振铎写于1953年11月23日日记中的话，说明他直到那时，对自己的这部文学史还是比较满意。鲁迅所不满意的是郑振铎的文学史"乃文学史资料长编，非'史'也"，也即只有"史料"，缺少"史识"。所以鲁迅认为，也只有那些"具史识者，资以为史，亦可用耳"。所谓降格以求，大致如此。不过，还应注意的是，鲁迅所说的是他在《小说月报》上所看到的郑氏关于小说者数章，至于郑振铎的整部文学史，虽然郑氏是送给鲁迅，但是否全部看过鲁迅并未明言。按照这里鲁迅的语气，想必是没有看也不会看的罢。不过为了严谨起见，我们不妨把郑氏关于文学史撰写的设想以及他收入文学史的有关小说的部分与鲁迅小说史有关部分对比一下，看看鲁迅断定郑著缺少史识的说法是否成立，或者郑著在史识方面还是有所建树，只是没有达到鲁迅心目中的高度而已。

在《插图本中国文学史》的《自序》中，郑振铎一开头就说：

> 我写作这部《中国文学史》，并没有多大的野心。既不曾将它成为

① 鲁迅：《351105　致王冶秋》，《鲁迅全集》第十三卷，人民文学出版社2005年版，第576页。

② 陈福康整理：《郑振铎日记全编》，山西古籍出版社2006年版。

鼓吹什么的东西，也并不是什么"一家之言"。老实说，那样式样的大著作，如今还谈不上。因为如今还不曾有过一部比较完备的中国文学史，足以指示读者们以中国文学的整个历史的过程和整个的真实的面目的呢，如何谈得上进一步的什么。①

在该书的"绪论"部分，郑振铎对于文学史的撰写又有这样的论述：

> 差不多重要的史籍都是出于个人之手的。文学史也是如此，历来都是个人的著作。但个人著作的文学史，却也有个区别：有的只是总述他人已得的成绩而整理排比之的，这可以说是"述"，不是"作"；有一种却是表现着作者特创的批评见解与特殊的史料的，像法国太痕（Taine）的《英国文学史》的，那便是"作"而不是"述"了。
>
> 本书虽是个人的著作，却只是"述而不作"的一部平庸的书，并没有什么特殊的见解与主张。②

如果看上述郑氏的自白，则鲁迅就不该指责此书没有史识而只是"资料长编"，因为郑振铎在写作之初根本就没有想写一本有见识的文学史。但郑振铎是否真的就只想写一部"述而不作"的平庸的书呢？好像不是这样，因为就在上面所引绪论的后面紧接着郑振铎这样说：

> 然而在一盘散沙似的史料的堆积中，在时时不断地发现新史料的环境里却有求仅止于"述而不作"而不可能者。新材料实在太多了，有一部分需要著者第一次来整理，来讲述的。这当然使著者感觉到自己工作的艰巨难任，但同时却也未尝没有些新鲜的感觉与趣味。③

---

① 郑振铎：《插图本中国文学史·自序》，岳麓书社2013年版，第1页。

② 郑振铎：《插图本中国文学史·自序》，第8—9页。

③ 郑振铎：《插图本中国文学史·自序》，第9页。

而且，郑振铎已经指出，在可以称为"作"的著作中，有的是因为特殊的见解，有的却是因为"特殊的史料"。综合郑振铎的上述说法，结合他日后在日记中对自己著作的评价，应该说他绝没有想仅仅写一部平庸的"述而不作"的文学史，而是有自己想法和雄心壮志的，这在该书的体例设置等方面也可看出。其实问题很简单，没有哪位真正的学者在著作时就只想写一部平庸之作，但是否能写成杰作，还要有很多条件来满足。

就郑振铎的《插图本中国文学史》而言，在现有论述小说发展的几章中，明显有借鉴和借用鲁迅《中国小说史略》之处，某些章节中甚至论述次序和例证也几乎完全一致。自然郑振铎已事先说明并在参考书目中将鲁迅该书列入，所以不存在什么剽窃问题。但这些章节内容，除了有些资料是新发现被郑氏使用之外，仅就观点而言，确实新论断不多，这也许就是鲁迅对其评价不高的原因吧。

如论述唐代传奇一章，郑氏之论述就与鲁迅之论述有很多相似。鲁迅的《中国小说史略》在论述唐传奇时首先指出其特色在于"始有意为小说"[①]，郑振铎则说是："唐代传奇文是古文运动的一支附庸，却由附庸而蔚成大国。……他们是中国文学史上有意识的写作小说的开始；他们是中国短篇小说上的最高的成就之一部分。"接下来鲁迅指出"传奇者流，源盖出于志怪，然施之藻绘，扩其波澜，故所成就乃特异，其间虽亦或托讽喻以纾牢愁，谈祸福以寓惩戒。而大归则究在文采与意想"等等，这就是鲁迅的论断了，虽然鲁迅也引用了胡应麟的有关论述，但却在其基础上又有发挥，并始终抓住唐传奇与六朝志怪之间的演变轨迹，即在于考察文采与思想风貌的差异。而郑氏对此没有论述，也就使得唐传奇与之前小说的内在联系不够明晰。

在具体例证方面，也可看出郑氏大量直接使用了鲁迅所用例证，甚至连论述语气和论述顺序也一致。如鲁迅先后提及的传奇小说名目为王度的《古镜记》、无名氏的《补江总白猿传》、张鷟的《游仙窟》、沈既济的《枕中记》

---

① 此处所引用鲁迅文字均见于其《中国小说史略》中论述唐代传奇部分，为省篇幅计，不一一注明。所引用郑振铎文字均见于其《插图本中国文学史》中"传奇文的兴起"一章，不一一注明。

和陈鸿的《长恨歌传》等，这些例证不仅郑氏书中同样出现，而且介绍文字也与鲁迅大同小异。自然，作为文学史，在介绍和叙述某一时期的作家作品时，对某些史料的使用如作家生平和作品年代及内容的复述等，不可避免会有重复和大同小异之处，这本来无可厚非。但在对作家作品的评价方面以及在选择哪些内容为例证方面，还是可以既看出研究者史料掌握得如何，又可看出其是否具有"史识"。在这方面，不能不说郑氏的文学史与鲁迅之著作相比，是有较大差距的。例如同样是分析和下判断，鲁迅对元稹之《莺莺传》的说法早已成为经典，而对于唐传奇中这样有分量的代表作，本应作详细阐释（鲁迅不仅指出传奇作者中，元稹是特有关系二人之一，"所作不多而影响甚大"。更是用近1500字的篇幅进行论述，既有小说段落的摘引，也有对其思想艺术和人物性格的分析，还有对后世影响的评述等），但郑振铎的论述不仅过于简单——只用一个自然段200余字论述，而且结论明显不够恰当："《莺莺传》里，叙张生无端与莺莺绝，却是很可怪的事，尤不近人情。董解元把后半结果改作团圆，虽落熟套，却未为无识。"对《莺莺传》的思想和艺术性，鲁迅则是这样说的："元稹以张生自寓，述其亲历之境，虽文章尚非上乘，而时有情致，固亦可观，惟篇末文过饰非，遂堕恶趣。"自然，对于所谓的"大团圆"结局，鲁迅是站在"国民劣根性"的批判立场，才持反对态度。鲁迅曾经感叹中国文学中缺少悲剧，并将此归结于民族素质问题。郑振铎如能从学理上阐述"大团圆"也有其合理之处，倒也可为"一家之言"，遗憾的是他只说了一句"是很可怪的事，尤不近人情"，这就会让普通读者产生困惑。

其实，对于中国古代文学中常常出现的"大团圆"结局，陈寅恪的分析和看法就与鲁迅不同，但他确实是站在与鲁迅不同的视角，侧重点不同，所以也足为"一家之言"："相传世俗小说中，才子佳人状元宰相之鄙恶结构，固极可厌可笑，但亦颇能反映当日社会这一部分真相也。"[①]

陈寅恪认为，古代小说戏剧中的才子佳人之大团圆结局，实际上从一个侧面表达了下层劳动人民追求美好生活的愿望，毕竟对他们而言，走科举之路

① 陈寅恪：《柳如是别传》（上），上海古籍出版社1980年版，第119页。

往往是唯一有可能成功的机会，对此不能一味地全部予以否定和批判。此外，陈寅恪还考证出这一观念的形成其实与佛教文化的引进有关。佛教本有深刻哲理，但因中华民族注重实用，轻视玄学，故对佛教中玄渺之思弃之不顾，而接受了那些宣扬轮回报应的故事，最后遂演变为"善有善报、恶有恶报""好人终有好结局"的大团圆思想。因此这一大团圆思想的形成，实与中外文化交流关系甚大，其利弊得失也非简单判断即可得知，而需进行细致的分析。鲁迅批判大团圆结局，是出于思想启蒙的目的；而陈寅恪取的是文化交流与比较视角。二者出发点不同，结论自然不同。遗憾的是，郑振铎对此没有论述。当然，由于郑氏撰写是为普及一般的文学史常识，加之又非专门的小说史著作，所以有些分析论断简单可以理解，但对《莺莺传》这样的代表性作品作如此草率处理，而且其整体论断又有问题，鲁迅对其有不满意见也就不足为怪。

关于鲁迅和郑振铎之间，有关学术之外的问题本文不涉及，但有关学术争议有论述的必要。这主要集中在对《大唐三藏取经诗话》之年代的考证方面，而且该问题竟然一直持续到今天，由此可见当年鲁迅、王国维和郑振铎等人之间的学术争论对现代之影响。

《大唐三藏取经诗话》是一话本小说，它直接导致了《西游记》的问世，或者可以说是后者的母本，在中国小说史上有着重要地位。但它的成书年代却是一个很有争议的问题，有多种意见，如王国维就认为是成书于南宋，鲁迅则认为是元代，郑振铎则对鲁迅的观点提出质疑，认为是在宋代。当代学者在前人基础上包括吸收日本汉学界的研究成果，认为应该是在唐代或北宋晚期。首先看鲁迅的观点及论证：

> 《大唐三藏法师取经记》三卷，旧本在日本，又有一小本曰《大唐三藏取经诗话》，内容悉同，卷尾一行云"中瓦子张家印"，张家为宋时临安书铺，世因以为宋刊，然逮于元朝，张家或亦无恙，则此书或为元人撰，未可知矣。①

① 鲁迅：《中国小说史略》，《鲁迅全集》第九卷，第120页。

对于鲁迅的看法，《新雕大唐三藏法师取经记》的收藏者德富苏峰（德富猪一郎）曾著文商榷：

这两书，是都由明慧上人和红叶广知于世，从京都栂尾高山寺散出的。看那书中的高山寺的印记，又看高山寺藏书目录，都证明着如此。

鲁迅氏未见这两书的原板，所以不知究竟，倘一见，则其为宋椠，决不容疑。其纸质，其墨色，其字体，无不皆然。不仅因为张家是宋时的临安的书铺。①

但鲁迅依然坚持自己的看法，在1927年又撰文答辩，但并未提出新的证据而只是说"疑"而已："但在未有更确的证明之前，我的'疑'是存在的。"

1931年，郑振铎在《中学生》上刊登《宋人话本》中关于《唐三藏取经诗话》，一句王国维的考证，认为该书"必为宋代的产物"。鲁迅为此特意撰写了《关于〈唐三藏取经诗话〉的版本》一文，依然坚持自己的观点："所以倘无积极的确证，《唐三藏取经诗话》似乎还可怀疑为元椠。"有意思的是，鲁迅同样采用王国维的另一端考证，来证明该书年代当定为元代：

即如郑振铎先生所引据的同一位"王国维氏"，他别有《两浙古刊本考》两卷，民国十一年序，收在遗书第二集中。其卷上"杭州府刊版"的"辛，元杂本"项下，有这样的两种在内——
《京本通俗小说》
《大唐三藏取经诗话》三卷
是不但定《取经诗话》为元椠，且并以《通俗小说》为元本了。《两浙古本考》虽然并非僻书，但中学生诸君也并非专治文学史者，恐怕未必

① 此处引文见于鲁迅的《关于〈三藏取经记〉等》一文，《鲁迅全集》第三卷，第386页。

有暇涉猎。所以录寄贵刊，希为刊载，一以略助多闻，二以见单文孤证，是难以"必定"一种史实而常有"什么疑义"的。[①]

显然问题出在王国维身上，他对于《大唐三藏取经诗话》的考证有宋椠和元椠两说，似乎自相矛盾，而又未予详细说明。不过根据笔者查《王国维全集》所得结果，王国维其实在究竟为宋椠还是元椠问题上最终采取了折中态度，他给出的结论是"当为宋元间所刊行者也"。不过王国维在做出此结论前还有一句"此书不避宋讳名"，是否他多少还是倾向于元椠说？[②]自然，文字中有避讳也未必可靠。不过，根据王国维的考证，该版本中的"中瓦子"为南宋临安府街道名称，"瓦子者，倡优剧场所萃之地也"。则作为街道之名，虽然早在宋代就已出现，但至元代继续沿用此名也完全可能。所以王国维在该文中尽管作了很多考证，但文章结尾还是说："今金人院本、元人杂剧皆不传，而宋元间所刊话本尚存于日本，且有大字、小字二种，古籍之出，洵有不可思议者乎！"[③]至于鲁迅所指出的另一处断为元椠，则王国维仅仅是将其归类于元代著作，并未有版本时间之考证。综上所述，则王国维的态度较为谨慎，他的判定为"宋元间"之说应该是折中之说，如此鲁迅和郑振铎的见解都无法从王国维那里得到佐证。

最后，由鲁迅与郑振铎等人关于《大唐三藏取经诗话》和《取经记》年代问题，可以生发出新的学术问题。首先，如果纯粹从语言角度，利用统计学和概率论方法测定作品年代是否就一定准确？我们固然承认这种方法有其科学性，但是语言的形成和演变是一个漫长过程，且不排除期间会有异常变化，加上古代社会动荡和王朝更迭因素对古籍保留整理的复杂影响，所以从语言学角度推测文学作品的年代一定要极为审慎。已有学者指出[④]，如果已经用语言学

① 鲁迅：《关于〈唐三藏取经诗话〉的版本》，《鲁迅全集》第四卷，第276页。

② 王国维：《东山杂记·三十六》，《王国维全集》第三卷，第350—351页。

③ 王国维：《东山杂记·三十六》，《王国维全集》第三卷，第352页。

④ 汪维辉：《〈大唐三藏取经诗话〉、〈新雕大唐三藏法师取经记〉刊刻于南宋的文献学证据及相关问题》，《语言研究》2010年第4期。此处论述及引用均来自该文。

之外的证据确定了某一作品的问世年代下限，那么书中出现的所有语言现象就都不可能晚于该时间，假如有一些疑似后代的语言现象，我们不应该怀疑其为后代所改，反而应该考虑对这些语言现象的断代本身是否存在问题，也就是语言学方法是否有失灵可能。其次，在研究中国古代文化与文学时，应充分注意日本汉学界的研究成果。"日本汉学界对中国历代的文献钻研很深，成果极为丰富，其中有许多精当的考订，国内学界往往鲜有所知，导致重复研究甚至倒退，在今后的研究工作中应该引以为戒。"

在这方面，鲁迅就非常注意利用当时日本学者的研究成果，无论是资料的引用还是观点的介绍和借用等，在其论著中这样的例证很多，不赘。

五、从杜威之实用主义在中国的命运说起

鲁迅和他那个时代一些最杰出的学者如胡适、王国维、陈寅恪等一样，都有留学海外的经历，对西方文化和学术思潮都较为熟悉，所以都属于中西兼通的文化大师。西方近代以来的学术思潮和治学方法，也必然会影响他们的学术研究，这方面最明显的例子自然是胡适，其对杜威实用主义哲学的迷恋和应用，早已成为20世纪中国学术史上的经典案例。

为了更清晰地阐述鲁迅所承受西方文化思潮与学术理念，以彰显鲁迅的独特选择和对西方文化的吸收加工和改造，有必要先把他的同时代人如胡适、"学衡派"以及王国维所受西方文化思潮影响作简单的梳理。

同为20世纪中国的文化大师，胡适与陈寅恪、梅光迪、吴宓等学衡派诸子，都曾留学美国，都对引进西方文化以振兴发展现代中国文化有极大兴趣。他们差不多同时接触到杜威的实用主义哲学和白璧德的新人文主义学说，然而，胡适成了杜威的信徒，而陈、吴等学衡派却成为白璧德学说在中国的鼓吹者，这其中的缘由值得探讨。

虽然陈寅恪和吴宓等人留学美国的时间晚于胡适，但这不能成为他们拒绝杜威理论和接受白璧德学说的理由，例如梅光迪留学美国的时间仅比胡适晚一年而已。笔者以为，导致他们与胡适在获取西方精神资源方面出现分歧的原因

可能有很多，但基本可从时代和中国社会变革对他们那一代知识分子的客观要求以及他们自身个性和交往等主观因素两方面来确定。陈寅恪虽然无直接对杜威的评价，但可以从他对胡适的评价以及对新文化运动的评价中间接看出。鉴于陈寅恪基本上没有公开地直接地对新文化运动以及它的领导者胡适发表过批判性意见，而是常常采取"潜对话"的方式①，因此，他在1919年12月14日与吴宓谈话时，所涉及对中西文化的整体评价中，有对当时方兴未艾之五四新文化运动不满的说法，其实就是对胡适等人的批判性意见。此外，其某些文章中的说法实际上也可以认为是对胡适学术思想以及文化观的批判，如对冯友兰所撰写《中国哲学史》所写的评审意见②、对清华入学考试为何出对对子的解释以及对胡适和鲁迅等研究中国古代小说所间接发表的不同意见等。而学衡派的另一个代表人物吴宓，则有很多对杜威思想不满的直接评价，既见之于他的文章，更见于他的日记③。至于对杜威学说在中国最忠实的代言人胡适的批判，更是既直接又激烈，有时其日记中所言甚至近于谩骂。还有，学衡派的另一个重要人物汤用彤，则以这样的语言表述对国人崇拜杜威的不满："其输入欧化，亦卑之无甚高论。于哲理，则膜拜杜威、尼采之流；于戏剧，则拥戴易卜生、萧伯纳诸家。……罗素抵沪，欢迎者拟及孔子；杜威莅临，推尊者比之为慈氏。今姑不言孔子慈氏与二子学说轩轾，顾杜威罗素在西方文化与孔子慈氏在中印所占地位，高下悬殊，自不可掩。"④由此，我们看到的是，以胡适为代表的新文化运动倡导者一方，与以吴宓、陈寅恪等"学衡派"一方，形成了

---

① 笔者对这种"潜对话"形成的原因和表现方式等有过详细的分析，可参看拙著《陈寅恪与中国文化》（上海人民出版社1999年版）中有关论述。

② 如在对冯友兰之《中国哲学史》上册的审查报告中，陈寅恪就指出："今日之谈中国古代哲学者，大抵即谈其今日自身之哲学者也；所著之中国哲学史者，即其今日自身之哲学史者也。其言论愈有条理统系，则去古人学说之真相愈远；此弊至今日之谈墨学而极矣。今日之墨学者，任何古书古字，绝无依据，亦可随其一时偶然兴会，而为之改移，几若善博者能呼卢成卢，喝雉成雉之比；此近日中国号称整理国故之普通状况，诚可为长叹息者也。"实际上就是借对冯著的评价抨击胡适。

③ 如吴宓在其1920年10月25日日记中，即有"学生之说陈说，无非杜威之唾余，胡适之反响，且肆行谩骂，一片愤激恣睢之气"的评价，引自《吴宓日记》第二卷，生活·读书·新知三联书店1998年版。

④ 汤用彤：《评近人之文化研究》，原载《学衡》1922年12月第12期。

激烈的有关中国文化发展和文学演变的论争，这种论争不但早在他们留学美国时即已开始，并在他们先后归国后继续展开，以至被认为是杜威和白璧德学术论争的"中国版"。最终，这种论争对20世纪中国文化和学术的发展演变，产生了极其深远的影响。

那么，是什么原因导致陈、吴等人对杜威学说没有兴趣甚至反感，转过来却对白璧德学说奉为真理呢？对此我们不妨先看胡适是如何"迷恋"上杜威的。

胡适本人的走向杜威，根据其个人的自述，与其当年在康奈尔大学学习时该校经常组织的对杜威学说的批判有关，这种批判导致胡适对杜威产生兴趣，并最终投奔杜威的门下。这自然仅仅是外部的原因，至于内在原因，他自己认为，是由于在当时美国的实验主义大师中，杜威是对宗教采取比较理性化看法的学者，即多谈科学，少谈宗教。这种思想倾向对于一心想从西方哲人学说中寻找救国良策的胡适而言，自然很有吸引力。[1]此外，也有学者指出，胡适本人很小就具有的怀疑精神，也是导致其走向杜威的个人因素之一。[2]

而吴宓等人的对白璧德学说情有独钟，则也不乏个人情感上的因素。对此吴宓在其日记中也有很多记述[3]。

此外，如果仅仅从文人交往的因素考虑，则胡适的友人梅光迪，因为对胡适提倡白话诗不满而导致两人友谊破裂，这种文化观和文学观念的分歧自然导致梅光迪本人以白璧德为自己的精神导师，以获得和胡适对抗的精神支撑。于是，梅光迪本人在结识吴宓后，也就自然会绍介吴宓投奔于白璧德门下了。而陈寅恪的走向白璧德，除却他本人的文化价值观因素外，吴宓等人的推荐介绍也是一个重要原因。而作为白璧德这方面，则他本人对中国传统文化特别是儒家思想的重视，对中国文化在现代之重新崛起的期望以及与陈、吴等人融洽的私人交往关系等，应该也是导致吴宓、梅光迪和陈寅恪接受他为精神导师的一

① 以上胡适的观点，来自唐德刚译注的《胡适口述自传》，华东师范大学出版社1993年版，第92—93页。

② 刘作芹：《浅析胡适走近杜威实验主义的原因》，《科教文汇》2008年第7期。

③ 对此可以参看《吴宓日记》第二卷，生活·读书·新知三联书店1998年版。

个重要原因。

　　自然，根本原因在于胡适与陈、吴等人文化观上的差异。对此，不妨先看美籍华人学者汪荣祖的意见，他认为导致他们在向西方学习时寻找到不同思想导师的原因，在于胡适受进化论影响过深，且取文化单元论观点；而陈寅恪等人取文化多元论。这种文化观的根本不同导致他们在寻找西方的思想资源时，必然有不同的选择。[①]此外，陈寅恪和吴宓一向认为，中国传统文化，唯重实用，不究虚理，其长处短处均在此。而救国经世，当以精神之学问为根基，因此在向西方学习时，尤其应注重研究西方文化的根基如宗教、哲学等。近代以来中国留学生多学习西方工程技术等，忽视对西方哲学的研究，其实是受偏重实用之积习的影响。在此局面下，一味强调"经验"和"实用"的杜威哲学，自然不会进入陈寅恪和吴宓等人的研究视野，更可能的情况是，仅仅"实用主义"（尽管杜威以"实验主义"取代了"实用主义"的提法，但实际上还是后者更加为国人所熟知）这个名称本身，已经会引起他们的反感。

　　更重要的是，杜威在中国的代表人物胡适，回国之后与陈独秀等提倡新文化运动的举动，以及胡适以"大胆的假设，小心的求证"来对实用主义进行"实用主义式"的简单化概括，更是激起陈、吴等人的反对，对学生言行的反感必然导致对其老师学说的反感和批判，杜威的不被看重反遭批评的态度由是而定。（对此，可以把《胡适日记》和《吴宓日记》中有关部分进行对读，应该是很有意思的比较。）不过，胡适的提倡新文化及其具体实践如创作白话诗等，在多大程度上影响了陈、吴等人对杜威哲学的态度和立场，还是值得探讨的问题。例如，这种态度仅仅是情感上的和学术派别之间的意气之争，还是基于真正学术上的深刻认识？学生的失误和错误言行是否必然和西方洋老师的学说有关？如果说胡适的一些关于新文化运动的见解有偏颇和片面并对之后的中国文化进程产生过负面影响的话，则是否其老师杜威的学说也要承受连带责任？无论怎样，可以肯定的是，由于胡适早于吴宓等人回国以及因提倡白话诗而"暴得大名"，实际上很早就赢得了界定新文化运动的"话语权"，并且借

---

①　汪荣祖：《史家陈寅恪传》，北京大学出版社2005年版，第231—234页。

此很自然居于历史所赋予的"合法性"地位，多少会激起陈寅恪和吴宓等人内心的反感和不快吧。

但这些似乎还不足以解释陈、吴等人对白璧德的钟爱和对杜威的漠视。也许，更深刻的原因在于他们在学习西方文化的过程中，除却对学习内容的关注外，其实也一直在探讨学习的方式和追求最佳的效果，也就是要解决外来文化的"本土化"问题。陈寅恪在谈到宋代儒家对待佛教的态度时，曾经提出了"避名取实、取珠还椟"式的接受方式，即只接受外来文化的精华而抛弃其外在形式，并认为近代以来中国在学习西方文化时仍应采取此种态度。但在他们看来，既然中国传统文化就有过于实用的倾向，则杜威的实用主义哲学无论是作为"珠"还是"椟"，均无学习接受之必要，而白璧德之新人文主义学说倒是值得学习引进（作为精神之救药，更是急切之事）。

陈寅恪和吴宓对杜威之学说的冷落和反感，此外还有一个因素就是对于胡适提出的治学原则的质疑和反感，也就是对胡适提出之"大胆的假设，小心的求证"十字方针的质疑。在20世纪初叶，当现代中国学术体系处于初创阶段时，对于治学方法的介绍自然也是必要的。但陈、吴等人显然对当时的"疑古"思潮颇为不满，而其根源，其实与胡适的这个"十字方针"有很大关系。胡适本人曾经承认，他的这个治学"十字方针"，来自杜威有关人之系统思想形成需要五个阶段的论述。[1]但显然，胡适的"十字方针"与杜威的五阶段，是有着重大不同的。与此形成对照的是陈寅恪等人提出的治学中的"暗合"说、"说有容易说无难"说、"同情之理解"说和对王国维的"两重证据法"的肯定。

那么，20世纪初的中国社会，在历史变革的重大关头，为何在文化取向方面最终选择的是胡适以及杜威的学说（当然不仅仅是这些，例如在政治上就另有抉择）？白璧德的新人文主义学说其实应该更合乎中国现代知识分子的口味，且与中国文化精神有精神上的亲近感，为何不能有更广泛的流传和应用？

---

① 胡适有关此类论述，学术界早已熟知，此处不赘，可参看唐德刚的《胡适口述自传》（中），第96—97页。

更令人困惑的是，白璧德的这些弟子和他们的学说为何不能在当时发挥更大的影响，甚至他们在很长的历史时期内遭到误解和批判？这是历史的必然选择，还是有某些偶然因素？一般认为，白璧德之学说之所以不能在20世纪初的中国得以流行，关键在于其学说即便绝对正确，对于当时的中国社会和文化发展却无法产生立竿见影之效。而当时蔓延于中国社会的两大思想主题正是"启蒙与救亡"，而且后者似乎更加紧迫，不然就要"亡国亡种亡文化"了。因此，在引进外来学说中最急迫的是那些可以产生雪中送炭之效者而非锦上添花者，白璧德学说显然属于后者而必然遭致被冷落。其次，白璧德学说的被冷落，也与吴宓等人的虽然热情却不恰当的推介方式有关，例如采用文言而非白话，在具体言说方式上又过于庄重（其实就是死板）。对此白璧德在中国的另一位弟子梁实秋也深有体会："《学衡》初创之时，我尚未卒业大学，我也是被所谓'新思潮'挟以俱去的一个，当时我看了《学衡》也是望而却步，里面满纸文言，使人不敢进一步探讨其内容了。白璧德的思想在国内就是这样被冷淡的。"①

今天看来，值得思考的是，吴宓、陈寅恪等人批判胡适及其理论支撑杜威之学说，是否有过于偏激之词和片面之见？如果说对于胡适以极其实用主义的态度生硬地照搬杜威学说进行批判，在当时是具有某些历史的合理性甚至是预见性的话，那么，由此导致的对杜威学说的批判和否定性态度，是否也有过于简单化和平面化的倾向？尽管很难找到吴宓等人接触理解杜威思想的资料，但他们是否仅仅由于杜威是其论争对手的精神导师，而相对忽视了杜威学说中的很多有价值的思想特别是与儒家思想相同的那些部分呢？相比之下，学衡派的另一位重要人物刘伯明，就对杜威思想及其在中国的影响有比较认真的观察和研究。他对于杜威来华后思想学说上的某些变化，给予了很大的肯定，认为经历一战之后的杜威，在来到中国亲身感受到中国社会和中国传统文化的影响后，其实对自己的学说，已经有了某种修正："杜威之表彰中国文化精神，盖冀有以救其弊而补其偏。然其于此不啻将其平素主张之哲学，加一度之

① 梁实秋：《梁实秋批评文集》，珠海出版社1998年版，第212页。

修正也。"①对此，也许王元化先生的评价比较公允和到位："胡适是继王国维等之后，更全面地参照西学观点来治国学的人，他首先把西方治学方法引进中国。他说，方法主宰了他四十多年，他的所有著述都是围绕着方法这一观念打转的，在这个问题上，他开风气之先，影响很大，衣被学人，不止一代。""胡适的失误是他没有用批判精神对传统文化进行较深入的理解，他以传统文化去比附西方文化阻碍了他对中国文化的更多理解。"②

有一点可以肯定，就是胡适本人对于杜威学说有很大曲解和误解，有些是他本人当时确实没有理解，有些却可能是故意进行曲解和实用主义应用态度所致。例如，余英时就认为胡适仅仅从杜威那里学到一些方法论的东西，却对其本体论和知识论的内容知之甚少。③美籍学者周明之也认为，实际上，杜威和胡适之间的（学术）关系是暧昧的，因为早年的胡适多次坦承杜威对自己学术思想和治学方法的重大影响，但到晚年却试图给予否认或者说是采取回避态度。④周明之对此的解释是，在胡适看来，既然社会改良是胡适那一代人所要承担的必然使命⑤，则杜威的学说自然容易引起胡适的共鸣。但从根本上说，胡适实际上还是受中国传统文化中讲求实用和功利主义倾向的影响，所以才会在接触到杜威时"一见钟情"。⑥对此，尽管学术界已有很多研究，但胡适的这些误解和曲解，在多大程度上来源于杜威思想？换句话说，如果胡适真正理解了杜威的思想，他还会提倡白话诗和倡导新文化运动么？

还有一个问题就是，白璧德的学说如果被更早和更广泛地介绍到中国，那么，是否也能成为倡导五四新文化运动者的理论武器，至少也是其中之一呢？

① 刘伯明：《杜威论中国思想》，原载《学衡》1922年5月第5期。

② 王元化：《清园夜读》，中国社会科学出版社1997年版，第58、65页。

③ 可参看余英时：《中国近代思想史上的胡适——〈胡适之先生年谱长编初稿〉序》中有关内容，收入《重寻胡适历程——胡适生平与思想再认识》，广西师范大学出版社2004年版。

④ 周明之：《胡适与现代中国知识分子的选择》，广西师范大学出版社2005年版，第189页。

⑤ 胡适在1914年1月写道："今日吾国之急需，不在新奇之学说，高深之哲理，而在所以求学论事观物经国之术。以吾所见言之，有三术焉，皆起死之神丹也：一曰归纳的理论，二曰历史的眼光，三曰进化的观念。"见《胡适与现代中国知识分子的选择》第188页。

⑥ 周明之：《胡适与现代中国知识分子的选择》，第186页。

白璧德学说和杜威学说，除却它们的很多分歧外，是否也具有某些一致性？自然，可以探讨他们学说的理论渊源的相同之处，还可以看到，他们对中国传统文化的重视特别是对儒家思想的很大认同等等——尽管这种认同的出发点和具体认同程度及侧重点有明显的差异，但仅仅这种事实本身，是否就可以说，如果白璧德和杜威的学说，在被引进和应用到20世纪上半叶的中国社会变革中时，是否有可能产生殊途同归的实际效果？还是根本就是大相径庭？

今天，随着杜威学说在欧美的不断再发现和再研究，随着其学术思想在中国学术界的再次被重视和得到充分研究，随着对"实用主义"这种学说的实事求是的评价日益深入，我以为，也许有必要对其在20世纪中国社会和中国文化建设方面的影响给予重新研究和定位。同时更重要的是，应该研究其学说在今天是否还具有对当代中国文化发展的建设性影响？例如杜威对主客体的一致性的强调，与中国传统文化的天人合一说有极为相似之处，这是否意味着杜威学说中有着天然的与中国文化可以化合的因子？杜威在五四运动时期来到中国，对中国社会和文化有了直接的和比较深入的了解，这对其修正和完善其学说起到重大影响。例如在其回国后所作的《中国的新文化》一文中，杜威不仅对五四运动有这样一段相对客观的评价，而且还居然认为五四运动在其开始阶段是太急功近利了。[①]一个被冠以"实用主义"大师之名的学者，居然指责一个伟大的政治运动中的急功近利倾向，这本身难道还不值得我们深思么？

六、鲁迅与进化论

不过，鲁迅这方面的表现与胡适和王国维很有不同，他在学术研究方面

---

① 杜威的原话是"这场运动，在我看来，感情的成分多于思想的成分。其中还伴随着夸张和混乱，未能消化掉的智慧与荒谬的杂合，等等。一切都告诉我们，这场运动的开始阶段是太急功近利了"。但是，我们决不应该"讥笑整个运动，讥笑它不够成熟，不够深刻，讥笑它多多少少不过是把一些不相关的观点、把一些乱七八糟的西方科学和思想瞎胡拼凑在一块"。不成熟、不深刻、偏于感情，是社会运动和文化运动初创阶段难免的现象，只要给予必要的引导，完全可以由不成熟、不深刻走向成熟、深刻，由一时的感情偏执，走向长久的理性建构。因此，杜威深信"正是这场新文化运动，为中国的未来，奠定了一块最牢固的希望的基础"。转引自［美］微拉·施瓦支：《中国的启蒙运动——知识分子与五四遗产》，山西人民出版社1989年版，第10页。

所承受之外来影响并不是特别明晰，这有点类似陈寅恪。也即他们不仅很少在研究过程中坦承所受外来哪些理论或学者的影响，而且其治学方式和路径至少从形式上看又是极为传统的（例如陈寅恪的所有学术论著坚持用文言，鲁迅的《中国小说史略》亦然，此外他们的考证方式也是与乾嘉学派如出一辙等等）。但整体言，其研究模式和治学方法又是现代的，这有点像陈寅恪所说"旧瓶装新酒"而非"新瓶装旧酒"。自然也不能过于绝对，他们的学术著作中也有"新瓶装旧酒"之时，如陈寅恪对中国传统的"三纲六纪"所作的全新的解释等。

纵观鲁迅所有的学术论著，包括其早期所撰写的一些论文如《人之历史》《科学史教篇》和《摩罗诗力说》等文章中，可以看到他主要受到达尔文进化论、尼采哲学思想以及泰纳和勃兰兑斯的文学史理论影响。在其早期，鲁迅所受达尔文进化论的深刻影响，主要体现为对人类文明进程的认识，以及对当时国人对进化论的迷信等。如在《人之历史》中，鲁迅就用"进化之语，几成常言"这句话，概括说明进化论在19世纪末、20世纪初中国风靡一时的状况。而到后来则在其学术研究的具体过程中有所体现，虽然常常是以间接甚至隐形方式。对于鲁迅早期世界观、人生观所受进化论影响，学术界早有研究，但对于进化论思想等思潮如何影响了鲁迅的具体学术研究，似乎尚未有深入分析。

其实，在20世纪中国文化发展史和文学史上，那些代表性人物在其早期，都有一段深受进化论影响的过程。陈独秀、胡适、周氏兄弟等，都是如此。这种影响不仅体现在其创作和评论，也体现在其学术研究之中。周作人那篇有名的《人的文学》就明显借用进化论思想，其中对"人"的诠释更是直接引用进化论的观点："我们要说人的文学，须得先将这个人字，略加说明。我们所说的人，不是世间所谓'天地之性最贵'，或'圆颅方趾'的人。乃是说，'从动物进化的人类'。其中有两个要点，（一）'从动物'进化的，（二）从动物'进化'的。"胡适这方面更加突出，他在《历史的文学观念论》中提出的"一时代有一时代之文学"，更是进化论思想的直接体现。再如他的《近五十年来中国文学史》和《白话文学史》也都自觉运用了进化论理论与方法。还有谭正璧的《中国文学进化史》，仅从题目即可看出进化论的影响。

鲁迅与20世纪中国研究丛书

其次，是泰纳和勃兰兑斯的文学史理论，对20世纪中国文学史的撰写有较大影响。在这方面，尤以鲁迅、周作人和郑振铎等人为代表。刘锡诚曾考证出周作人在1907年读到鲁迅定购泰纳的《英国文学史》，并作了相关分析。而郑振铎的《插图本中国文学史》，显然深受泰纳影响，他运用"种族、环境、时代"三要素研究文学史进展，主张"文学史的主要目的，便在于将这个人类最崇高的创造物文学在某一个环境、时代、人种之下的一切变异与进展表示出来；并表示出：人类的最崇高的精神与情绪的表现，原是无古今中外的隔膜的；其外型虽时时不同，其内在的情思却是永久的不朽的在感动着一切时代与一切地域与一切民族的人类的"[①]。

第三，五四新文化运动之后，一些中国文学史的撰写开始运用人类学的具体方法。鲁迅的《中国小说史略》作为中国小说史的奠基之作，就运用了人类学的方法研究神话与传说。此外，他的《汉文学史纲要》中也有"试察今之蛮民""证以今日之野人，揆之人间之心理"的说法，对此已有学者认为，这种取今以证古，以今日之蛮人来推测古无文时代人类心理的方法，其实就是人类学的方法。后来，陈子展的《中国近代文学之变迁》和《最近三十年中国文学史》以及郑振铎的《中国俗文学史》等也在一定程度上运用了人类学方法研究民间文学。

至于鲁迅在学术研究中所受进化论影响的具体例子，首先是他对中国古代小说的发展过程的概括总结：

> 但看中国进化的情形，却有两种很特别的现象：一种是新的来了好久之后而旧的又回复过来，即是反复；一种是新的来了好久之后而旧的并不废去，即是羼杂。然而就并不进化么？那也不然，只是比较的慢，使我们性急的人，有一日三秋之感罢了。文艺，文艺之一的小说，自然也如此。[②]

① 郑振铎：《插图本中国文学史》（上），"绪论"，第4页。
② 鲁迅：《中国小说的历史的变迁》，《鲁迅全集》第九卷，第301页。

其次，鲁迅在谈到诗歌和小说这两种文体何者出现为早的问题时，也是从文体的"进化"角度来论述的，只不过更加强调劳动的作用而已：

> 我想，在文艺作品发生的次序中，恐怕是诗歌在先，小说在后的。诗歌起于劳动和宗教。其一，因劳动时，一面工作，一面唱歌，可以忘却劳苦，所以从单纯的呼叫发展开去，直到发挥自己的心意和感情，并偕有自然的韵调；其二，是因为原始民族对于神明，渐因畏惧而生敬仰，于是歌颂其威灵，赞叹其功烈，也就成了诗歌的起源。至于小说，我以为倒是起于休息的。人在劳动时，既用歌吟以自娱，借它忘却劳苦了，则到休息时，亦必要寻一种事情以消遣闲暇。这种事情，就是彼此谈论故事，而这谈论故事，正就是小说的起源。——所以诗歌是韵文，从劳动时发生的；小说是散文，从休息时发生的。[①]

至于勃兰兑斯对鲁迅的影响，更是体现在其学术研究的基本理念方面。由于尼采极为欣赏勃兰兑斯（这可能与勃兰兑斯是第一个向欧洲推荐尼采者有关），所以深受尼采影响的鲁迅由尼采走进勃兰兑斯就一点也不奇怪。据一些学者的考证，鲁迅早在日本留学时就接触到勃兰兑斯的著作，不过这时的勃兰兑斯对鲁迅的影响更多是在思想启蒙方面。而作为学术理念的接受则应体现在鲁迅研究中国古代小说发展演变以及文学思潮变迁方面。勃兰克斯作为欧洲19世纪时的伟大批评家，其皇皇巨著《十九世纪文学主潮》早已是世界文学理论的经典。勃兰兑斯深受泰纳种族、时代和环境决定论的影响，他把文艺的发展，看成是后一个时代对前一个时代的文学的"反动"（又译为"反拨"）的结果。他这里所说的"反动"，既不是"停滞"，也不是"退步"，而是克服前一时期的偏激、吸收前一时期的合理之处从而继续向前发展的意思。"反动"实际包含着文艺发展中批判继承的思想，有了这种批判地继承，文艺才能

鲁迅与20世纪中国研究丛书

---

① 鲁迅：《中国小说的历史的变迁》，《鲁迅全集》第九卷，第302—303页。

向前发展；没有这种批判地继承，文艺就不能发展。不过，勃兰兑斯对鲁迅影响更大者，当属他把文学史看成"是一种心理学，研究人的心灵"之历史的论断。在《十九世纪文学主潮》序言中，他把文学主潮看成是，"前一世纪的观念和感情逐渐在衰落和消灭，进步的观念在愈来愈高涨的波浪里卷土重来"。他进而认为，这种反映人的心灵和民族心理历程的文学，并不是独立自在的孤立个体，不是和周围世界没有任何联系的单独的艺术品，而是"从无边无际的一张网上剪下来的一小块"。他说："一个国家的文学，只要它是完整的，便可以表现这个国家的思想和感情的一般历史。"显然，勃兰兑斯上述对于时代心理、时代情绪和文人心态的深刻概括，当对鲁迅的文学史研究思路有所启示。例如在《魏晋风度及文章与药及酒之关系》一文中，鲁迅一开始就说"研究某一时代的文学，至少要知道作者的环境，经历和著作"，似乎是深受中国"知人论世"之说影响。但接下来鲁迅并未大谈魏晋时代的社会动荡和政治变局，而是重点论述文人的怪癖"服药"与"饮酒"，其实所蕴含的主旨就是探讨文人的心态，分析社会风貌之变迁与文人心理变化的关系。这就明显看出其所受勃兰兑斯的影响。对此，有学者指出：

> 鲁迅因得益于勃兰兑斯文学史研究思路的启发和自家对于中国历史文化的深刻理解，在文学史研究中以文化现象为切入点，以士人心态为中介，沟通了文学现象和文学流变，实现了文学的内部研究和外部研究，使自家的文学史研究不乏深刻之论，亦有鲜活之处，获得了意想不到的效果。同时，也体会到了勃兰兑斯研究思路的优长，更看重其作为文学史家的一面。
>
> 因为勃兰兑斯文学史著的明显缺陷——主要在于没有给予文学形式、文学传统和文学技巧等方面的关注，更因为中外文学史的区别，鲁迅在撰写文学史的过程中，没有直接说明取法于勃兰兑斯的文学史著作，也没有将之作为参考书。但据上述分析，从"外证"——勃兰兑斯与鲁迅之间的"影响—接受"关系，"内证"——两人文学史研究思路的内在一致性来看，勃兰兑斯对鲁迅文学史研究的启发性意义是很明显的。只是鲁迅通过

变换思路——从时代情绪到士人心态，克服缺陷——仅关注文学现象的历史勾勒，同样注重文学本身的分析，使自家的中国文学史研究不仅没有失色，反而更添异彩。①

窃以为，此文对鲁迅所受勃兰兑斯影响的论述是清晰明确且较为全面的，故此处不再展开，对此感兴趣者不妨阅读原文。

鲁迅虽然去世过早，但其对中西文化差异的关注以及对中西学术思想交流所做工作却是早在20世纪初就已开始，至其去世也有30余年。而这30余年，恰好是中国现代学术体系从无到有逐步建构的过程，只是由于鲁迅的关注重点在文学创作，未能在这个中国学术体系的创建时期发挥如同其在新文学创作那样的领军作用，但他在中国古代小说研究等领域所作的开创性贡献，已经可以使他在这一时期占有一席之地。而他的同时代人陈寅恪的学术生涯，如果从他1923年撰写《与妹书》开始到1969年去世，差不多是45年；如果从他1926年受聘清华国学院到他1965年最后撰写《寒柳堂记梦未定稿》，就是40年。相对于鲁迅，陈寅恪不仅经历了中国传统学术研究体系受到西方文化和学术思想重大冲击而趋于衰落、新的学术研究范式和学术大师开始陆续出现的历史阶段，而且还承受和见证了1949年后的中国学术如何受到来自意识形态领域不正常干扰的状况，他本人的学术研究更是因此受到极大影响。自然，作为主要从事历史和文学研究的著名学者，陈寅恪及其学术思想，毫无疑问在这些领域占有较之鲁迅更为主要的地位，具有更加深远的影响。

不过，两人虽然关注重点不同，却在很多领域依旧有交叉，其见解又多有相近甚至相同之处。对他们的学术研究进行比较性研究，可以举一反三，获得很多有启示性意义的结论。遗憾的是，在深入探讨鲁迅和陈寅恪等人学术思想和治学方法之异同以及与20世纪中国现代学术体系建立和发展之间的关系方面，还缺少足够的研究和理论阐释。此外，鲁迅与王国维，鲁迅与胡适以及鲁

① 朱建国：《勃兰兑斯对鲁迅文学史研究的启发性意义》，《鲁迅研究月刊》2014年第2期。此处论述参考了该文。

迅与其他同时代著名学者之间的学术互动历史，都是很好的借此进入阐释20世纪中国现代学术发展进程的视角。

为此，不妨再简单论述陈寅恪的治学路径和治学特色。首先，陈寅恪对王国维的学术成就及其治学方法，有一个近于经典的论断："王静安先生……之学博矣，精矣，几若无涯岸之可望，辙迹之可寻。然详绎遗书，其学术内容及治学方法，殆可举三目以概括之者。一曰取地下之实物与纸上之遗文互相释证，……；二曰取异族之故书与吾国之旧籍互相补正，……；三曰取外来之观念与固有之材料互相参证……。此三类之著作，其学术性质固有异同，所用方法亦不尽符会，要皆足以转移一时之风气，而示来者以轨则。吾国他日文史考据之学，范围纵广，途径纵多，恐亦无以远出三类之外。此先生之书所以为吾国近代学术界最重要之产物也。"其实，这段话无异于陈寅恪的夫子自道，用来评价陈寅恪的学术研究非常恰当。而且，他的"诗史互证"，也正是在王国维发明之"二重证据法"基础上的发展。

其次，陈寅恪在学术研究中，关注点不仅限于其所擅长的史学和文学，而是目光远大、视野开阔。他的《吾国学术之现状及清华之职责》中有一段对当时中国学术界整体状况的评价，认为无论是自然科学还是社会科学以及人文科学研究，都远未达到"学术之独立"的地步，因此也谈不上对世界有什么创造性的贡献。这一段总结性论述以高屋建瓴之势，对20世纪初至其写作该文时的中国现代学术发展，做了全面的概括，特别是在与西方学术的横向比较中，发见中国学术的不足。陈寅恪更进一步指出，这种学术上的不足和缺少独立性，关系到中国文化的复兴，应该引起学术界足够的重视。

第二节　"拿来主义"与"取珠还椟"

一、中国现代学术体系的初步建立

20世纪中国学术的发展变迁历史，大致可以分为三个阶段：第一是奠基阶段，大致为20世纪的最初两个十年，代表人物是梁启超和王国维等。第二是全面发展和建设阶段，大致为从五四到20世纪中叶，这一时期出现了一批杰出的学术大师。第三个阶段为最后的半个世纪，这一阶段由于大陆和台湾处于不同的社会状况，因而其学术变迁的形式和内容也大不相同。从整体而言，台湾的学术发展受西方影响更大更直接，而大陆的学术发展先是受苏联的影响，中间则遭受"文革"的破坏，后期又在现代西方文化思想的影响下得到恢复和开始了重新崛起的努力。限于资料，笔者在这里主要论述的则仅就大陆学术界而言。

中国现代学术体系的建立和各类从西方引进之人文社会学科的初具雏形，大致完成于20世纪的20年代末期。在这个过程中，很多大师级人物做出了开创性的贡献。名列清华国学院四大导师的王国维和陈寅恪，就是这方面的代表性人物。大致而言，王国维从事学术研究并出成果的时间是在20世纪初，较之陈氏大约要早20年，且此时正是西方文化大举进入中国并对中国现代学术发展产生重大影响的时期。因此，在中国现代学术体系建立的过程中，王国维主要起了奠基和开创之作用，而陈寅恪则进一步给予发扬光大并在王国维去世后的漫长岁月中一直坚持他和王国维提倡的学术理念和治学原则。本章将对鲁迅与此时期中国学术界在建立现代学术体系方面的关系进行简要论述，并试图分析鲁迅与当时部分第一流学者在某些重大学术问题上的前后呼应和微妙差异。

19世纪末20世纪初，伴随着西方文化的进入，西方近现代学术思想及研究方法对传统中国学术体系产生了重大冲击，王国维把这种冲击理解为又一次受动性文化接受过程。所谓"受动"者，就是基本上只能被动地接受而缺少主动地选择和改造。鉴于当时中国学术的现状，王国维甚至以为"即谓之未尝受动，亦无不可也"[①]。正是王国维的清醒认识，使他成为较早意识到与其被动接受西方，不如主动地对传统学术研究理念和范式进行反思并借鉴和吸收西方学术思想的学者之一。而学衡派代表人物梅光迪也认为："吾国现在实无学术

① 王国维：《论近年之学术界》，《王国维文集》第三卷，中国文史出版社1997年版，第38—39页。

之可言。然犹曰学术界者，自慰之语也。……自欧化东渐，一切知识思想，多国人所未尝闻，又以语言文字之阻隔，而专门名家，远在数万里外，故今人为学者苦求师之难，盖百倍于往昔。所谓学术界者，遂成幼稚纷乱之象。标准未立，权威未著，不见通人大师，只见门外汉及浮滑妄庸之徒而已。"①陈寅恪则到20世纪30年代还认同王国维的看法，坚持认为那时的中国学术界依然没有根本性改变："西洋文学哲学艺术历史等，苟输入传达，不失其真，即为难能可贵，遑问其有所创获。社会科学则本国政治社会财政经济之情况，非乞灵于外人之调查统计，几无以为研求讨论之资。教育学则与政治相通，子夏曰'仕而优则学，学而优则仕'，今日中国多数教育学者庶几近之。至于本国史学文学思想艺术史等，疑若可以几于独立者，察其实际，亦复不然。"②有意思的是，他们三人的意见分别发表于20世纪的第一个十年、第二个十年和第三个十年，但判断却基本一致。而且对于导致现代学术幼稚和不够独立的原因，他们不约而同地均归因于国人的急功近利态度，从小处看是误把学术当作获取个人名利的工具，从大处看则是在引进西方学术时普遍采取的短视行为。

　　为此，王国维在对中西学术传统进行认真考察后认为，学术研究最重要之原则，在于坚持学术独立和追求学术自由，他主张为学术而学术，以避免学术研究沦为谋求政治利益或追求其他世俗功利目的之工具："故欲学术之发达，必视学术为目的，而不视为手段，而后可。"由于受西方文化影响，王国维较早意识到坚持学术自由的必要和意义。在1906年所写之《奏定经学科大学、文学科大学章程书后》文中，他就指出："今日之时代已进入研究自由之时代。"相对于王国维，陈寅恪由于长期在欧美留学，对学术自由和学术独立有着更深刻的理解，他在为王国维逝世所撰写纪念碑文中概括的"独立之精神，自由之思想"之十字方针，已经成为现代中国学人一致认可的治学原则。上个世纪50年代初，陈寅恪又在他的《对科学院的答复》中，再次重申这一原则：

---

　　① 梅光迪：《论今日吾国学术界之需要》，《国故新知论——学衡派文化论著辑要》，中国广播电视出版社1995年版，第138页。

　　② 陈寅恪：《吾国学术之现状及清华之职责》，《金明馆丛稿二编》，生活·读书·新知三联书店2001年版，第361页，下引该书均为此版本。

"我认为研究学术，最主要的是要具有自由的意志和独立的精神。"这一由王国维和陈寅恪等一代学人提出并坚守的治学基本原则，应该被认为主要是受西方学术思想影响而产生，因为古代中国的学术传统，没有提供此类思想资源。

具体而言，王国维和陈寅恪所提倡的治学原则，大致可以分为以下两个方面内容：

第一，谋求建立现代学术分类体系，强调各个学科均有自己的独立性，不应成为其他学科的附庸或工具。在西方，文学、哲学等曾长期沦为神学的婢女，是教皇维系统治的有力工具，直至文艺复兴后才开始有所转变。而中国古代的文学、历史等，更一直是服务于王权政治的工具，为此，王国维和陈寅恪等一面进行现代哲学、考古学、语言学和历史学等学科的建构工作，一面呼唤学术研究的无功利性或者说"无用之用"，极力避免与世俗功利目的挂钩。自然，他们不是看不到学术研究的社会应用价值，而是反对过于追求学术研究的实用性。王国维和陈寅恪的深刻在于，他们并非不关注民族命运和文化兴亡，而是试图从根本上寻找救国救民的精神之药，而非简单地拾取西方某些现成的观点来济人济世，因为这并不能解决中国问题。为此就要求在学术研究中抛弃实用态度，以"为学术而学术"的目的治学，这种纯粹的治学方法从根本上却是符合中华民族长远利益的，也是需要极坚强之意志才可以坚持走下去的正确道路。

这方面最明显的就是他们对于哲学学科的重视。20世纪初，张之洞奉命起草《经学科大学、文学科大学章程》，把哲学排除于大学开设课程之外，引起王国维的极度不满，为此专门撰写《奏定经学科大学、文学科大学章程书后》一文对当时位高权重的张之洞进行批判。针对张之洞在经学科和文学科大学中不设哲学课程的重大失误，王国维先是摆出张之洞可能提出的三个理由（一是认为哲学是有害之学，二是认为哲学是无用之学，三是认为外来哲学与中国学术不能相容），然后分别给予批驳。王国维认为，研究哲学不会导致社会动荡或直接引发政治革命，因为哲学之所以有价值，正在于它的超出纯功利之价值，在于它的无用之用。至于说要发扬光大中国哲学，也必须先研究外来哲学学说，从比较中加深理解各自价值。王国维坚信未来能够发扬光大中国学术者，一定是兼通世界学

鲁迅与20世纪中国研究丛书

术之人。由此哲学学科不但不能废除，而且应该给予足够重视。与王国维相同，陈寅恪也一直对哲学极为重视，他曾对19世纪末20世纪初中国留学生所学大都为自然科学和法律等实用类学科痛心疾首，他留学美国时曾和吴宓等一起拜美国学者白璧德为师，研究其人文主义学说，并对西方哲学有精深研究，同时反过来对中国古代哲学及其当时的研究现状有独到见解。在为冯友兰的《中国哲学史》上卷所写之审查报告中，他写下了这样的评价：

> 凡著中国古代哲学史者，其对于古人之学说，应具了解之同情，方可下笔。盖古人著书立说，皆有所为而发。故其所处之环境，所受之背景，非完全明了，则其学说不易评论，而古代哲学家去今数千年，其时代之真相，极难推知。吾人今日可依据之材料，仅为当时所遗存最小之一部，欲藉此残余断片，以窥测其全部结构，必须备艺术家欣赏古代绘画雕刻之眼光及精神，然后古人立说之用意与对象，始可以真了解。所谓真了解者，必神游冥想，与立说之古人，处于同一境界，而对于其持论所以不得不如是之苦心孤诣，表一种之同情，始能批评其学说之是非得失，而无隔阂肤廓之论。否则数千年前之陈言旧说，与今日之情势迥殊，何一不可以可笑可怪目之乎？但此种同情之态度，最易流于穿凿傅会之恶习。……由此之故，今日之谈中国古代哲学者，大抵即谈其今日自身之哲学者也。所著之中国哲学史者，即其今日自身之哲学史者也。其言论愈有条理统系，则去古人学说之真相愈远。……今欲求一中国古代哲学史，能矫傅会之恶习，而具了解之同情者，则冯君此作庶几近之。所以宜加以表扬，为之流布者，其理由实在于是。[1]

时至今日，可以说王国维和陈寅恪的见解并未过时，国人对哲学学科依然极为轻视，例证之一就是很多著名大学的哲学学科因报考人数极少而不得不停

① 陈寅恪：《冯友兰中国哲学史上册审查报告》，《金明馆丛稿二编》，生活·读书·新知三联书店2001年版，第279—280页。

止招生。例证之二就是在冯友兰的《中国哲学史》之后，至今未有真正的可以"接着讲"的哲学专著问世。

在这方面稍有遗憾的是，两位大师虽然极为重视哲学，却都没有完全致力于哲学学科研究。在王国维是由于他对自己从事哲学之长处和短处的清醒认识。他在《静安文集》自序二中说：自己疲于哲学有日矣。哲学之说大抵"可爱者不可信，可信者不可爱"，"余知真理，而又爱其谬误"。伟大之形而上学，高严之伦理学，与纯粹之美学，都是他所喜爱的，然求其可信者，则宁在知识论上之实证论，论理学上之快乐争论，与美学上之经验论。"知其可信而不能爱，觉其可爱而不能信"是他遇到的最大苦恼。王国维认为自己如果想成为哲学家则感情苦多，而智力苦寡，如果想成为诗人，则又苦感情寡而理性多。做诗人还是哲学家，他"所不敢知，抑在二者之间"，而最终他还是以一个"最痛苦的学者"名世。至于陈寅恪，则大概从其开始治学就没有想到成为哲学家而是想成为一个历史学家，他最为突出的成就也是在历史领域，但如果他从事哲学研究，谁又能说他不能成功呢？因为仅仅从他为冯友兰著作所撰写的两个审查报告中，就已经发现他对中外哲学确有全面而深刻的把握。

第二，始终坚持学术独立和思想自由，认为二者互为因果，缺一不可。只有承认学术独立，承认各个学科均有自己的独立存在价值，才能有思想的自由；反过来只有思想自由，才能坚持学术独立，不为任何外来因素左右。再进一步，所谓思想自由，其前提就是出版发表的自由和坚持自己见解的自由，就是允许不同学派自由竞争的自由。相比而言，在字面的表述上，王国维多强调学术的独立性，而陈寅恪更多呼吁思想自由。原因大致在于，在王国维的时代，学术独立首先体现在现代学科的建立方面，体现在对哲学等人文学科的重视方面。而到陈寅恪时期以及今天，则强调思想自由更为迫切，因为学人所承受的外在压力更大，学者所面临的现实情况更为复杂。鉴于这方面学术界已有很多论述，此处不赘。①

———————

① 如可参看王元化、刘梦溪有关论著以及徐迎新的《王国维"学术独立"论分析》，见《华东师范大学学报》第36卷第2期，2004年3月。

二、从王国维到陈寅恪

陈平原在其《中国现代学术之建立》一书中，以章太炎、胡适二人为中心，对20世纪现代中国学术发展进行了精辟的阐释和总结，其视角之巧妙令人赞叹，而章、胡二人也的确是代表性人物。不过就创建和引领现代学术方法和对后世影响大小而言，王国维和陈寅恪也很有代表性。

纵观王国维的学术研究历程，大致经历了三个阶段，从关注哲学到研究文学再到经史之学。无论哪个阶段，王国维都成就斐然，除却其天才因素外，他所创立和使用的科学研究方法无疑起到关键作用。对此陈寅恪有这样精辟的总结：

> 王静安先生……之学博矣，精矣，几若无涯岸之可望，辙迹之可寻。然详绎遗书，其学术内容及治学方法，殆可举三目以概括之者。一曰取地下之实物与纸上之遗文互相释证……。二曰取异族之故书与吾国之旧籍互相补正……。三曰取外来之观念，与固有之材料互相参证……。此三类之著作，其学术性质固有异同，所用方法亦不尽符会，要皆足以转移一时之风气，而示来者以轨则。吾国他日文史考据之学，范围纵广，途径纵多，恐亦无以远出三类之外。此先生之书所以为吾国近代学术界最重要之产物也。①

大致而言，前两类属于多学科交叉、不同材料之间比较的方法问题，而后者则是治学理念的革新，是更有意义的中西学术比较研究，意义更为重大。再具体一点，则会发现，王国维在运用前两种方法时，其主要成果体现为新的发现，因为使用的是新材料，自当有新的发现。而运用第三种方法时，则主要体现为新的发明，也即材料往往还是旧的，但见解是新的。很难说哪一个更有价值，但相对于王国维，陈寅恪似乎更看重新的发明，因为这更需要研究者有眼光有

①　陈寅恪：《王静安先生遗书序》，《金明馆丛稿二编》，生活·读书·新知三联书店2001年版，第247—248页。

识见。而他所使用的，也很少是新材料而是普通材料和旧材料。

至于王国维，则把自己所创立和使用的研究方法命名为二重证据法：

> 吾辈生于今日，幸于纸上之材料外，更得地下之新材料。由此种材料，我辈固得据以补正纸上之材料，亦得证明古书之某部分全为实录，即百家不雅训之言亦不无表示一面之事实。此二重证据法惟在今日始得为之。①

将由考古发掘所得地下之新材料，和流传至今之古代典籍进行比较研究，这方法在今天看似乎是常识，但在王国维时代却具有石破天惊意义（对此只需提及章太炎不承认甲骨文这一事实），王国维正是凭借这方法做出了前无古人的开创性贡献。二重证据法在陈寅恪的总结中大致属于第一种，第二种则在王国维和陈寅恪的敦煌学研究中得到表现。至于第三种方法，则两人都有重大成就，例如王国维运用叔本华学说对《红楼梦》的研究以及陈寅恪用亚里士多德悲剧说对《红楼梦》的评价以及运用西方哲学和语言学理论对中国语言中对偶特征的研究等。他们二人对后世学术研究的方法论影响较大者则还有诗史互证以及"同情说"等，由于学术界对于陈寅恪在这方面的贡献已有很多论述，这里只看王国维运用"同情说"的一个具体例证。

汪元量（约1241—约1317）字大有，号水云，钱塘（今浙江杭州）人，原为南宋宫廷琴师。因目睹亡国惨状，其词格调凄恻哀怨。有《水云集》、《湖山类稿》、词集《水云词》等。王国维对汪元量诗词极为推崇，在民国初年所作之学术札记《二牖轩随录》中曾多次介绍。显然，博得王国维如此赞赏之人，自有其过人之处，不单单因为他们是老乡。那么，民国初年的王国维，为何偏偏想到了汪水云呢，因为汪在中国文学史上并不是第一流的文人？这就要从汪水云生活的时代说起。1276年元军兵临临安。南宋朝廷求和不成，只好投降。同年，小皇帝赵㬎还不满六岁，就随着母亲、祖母及其他朝官、宫廷人

① 王国维：《古史新证》，清华大学出版社1994年版，第2—3页。

员一同被送到北京。至此，南宋朝廷濒临崩溃。作为从小生活在江南的文人，国破家亡给汪元量带来的自然是无限悲痛。身为宫廷琴师的他也不得不随宫室北迁，常往监中探视被囚禁的文天祥，以诗唱和，成为莫逆之交。据说元世祖闻汪元量善琴，曾召入侍，汪不肯入，遂有南下之心，后乞为道士，才得允南归。当其南归时，许多文人为其送行，并写下多篇感人诗文，一时成为佳话。

再说王国维。民国初年的他目睹了所谓的王朝更迭之实际状况，恰如其友人陈寅恪所说，如车轮之倒转也，不但没有进步反而退步很多。其社会之动荡，人心之堕落，大凡有良知者皆能感同身受。那么，对数百年前的那个改朝换代产生兴趣，特别是对那个时代的文人命运有了更深刻的认识，对王国维来说，就是极为自然的。这样的研究按照陈寅恪的说法就是"表一种之同情"的研究。研究文学如此，研究史学等其他学科都应如此。陈寅恪对于明清之际文人风貌的研究，就是这方面的又一范例，其代表作就是《柳如是别传》。对此笔者曾有专文论述，不赘。①

从事学术研究，资料的占有和提炼是前提。对此王国维和陈寅恪都有精辟的见解，更有许多发现和使用材料的精彩例证。相比陈寅恪，应该说王国维更加幸运，因为他在接受西方现代学术理念并与中国传统治学方法相结合之后，恰逢各类新材料如甲骨文出土之际，加上他自己的天才和勤奋，很快成为当时中国学术界的重量级人物。对此王国维自有高屋建瓴般的论述："自汉以来。中国学问上之最大发见有三。一为孔子壁中书。二为汲冢书。三则今之殷墟甲骨文字、敦煌塞上及西域各处之汉晋木简、敦煌千佛洞之六朝及唐人写本书卷、内阁大库之元明以来书籍档册。此四者之一，已足当孔壁汲冢所出。而各地零星发见之金石书籍，于学术有大关系者，尚不与焉。故今日之时代，可谓之发见时代。自来未有能比者也。"②而对于陈寅恪来说，当他留学多年归国任教清华国学院之时，国内所能利用的新材料已经很少，尽管他所掌握的外语

① 参看拙作《从〈柳如是别传〉看明清易代之际江南文人风貌》，《中国文学研究》2008年第2期。

② 王国维：《最近二三十年中中国新发见之学问》，《王国维遗书》第五册《静安文集续编》，上海古籍书店1983年版，第65页。

种类和现代西方学术方法可能比王国维更加纯熟。所以陈寅恪更加注重从那些已经被视为老、旧的材料和人们熟悉的材料入手，试图给予全新的解释并有所发明。在这一点上，应该说更加难能可贵。

对于如何识别材料真伪和利用材料，陈寅恪曾给出这样的见解：

盖伪材料亦有时与真材料同一可贵。如某种伪材料，若径认为其所依托之时代及作者之真产物，固不可也。但能考出其作伪时代及作者，即据以说明此时代及作者之思想，则变为一真材料矣。中国古代史之材料，如儒家及诸子等经典，皆非一时代一作者之产物。昔人笼统认为一人一时之作，其误固不俟论。今人能知其非一人一时之所作，而不知以纵贯之眼光，视为一种学术之丛书，或一宗传灯之语录，而断断致辩于其横切方面。此亦缺乏史学之通识所致。而冯君之书，独能于此别具特识，利用材料，此亦应为表彰者也。①

1935年，在给学生讲"晋至唐史"第一课时，陈寅恪为说明该课要旨，曾专门讲到怎样对待旧材料与新材料及二者关系的问题：

所谓新材料，并非从天空中掉下来的，乃指新发现，或原藏于他处，或本为旧材料而加以新注意、新解释。（旧材料而予以新解释，很危险。如作史论的专门翻案，往往牵强附会，要戒惕。）②

1953年，陈寅恪曾以《周礼》为例，再次指出怎样对待旧材料的问题：

周礼中可分为两类：一，编纂时所保存之真旧材料，可取金文及诗书

---

① 陈寅恪：《冯友兰中国哲学史上册审查报告》，《金明馆丛稿二编》，生活·读书·新知三联书店2001年版，第280页。

② 蒋天枢：《陈寅恪先生编年事辑》（增订本），上海古籍出版社1997年版，第96页。

比证。二，编纂者之理想，可取其同时之文字比证。[①]

陈寅恪更高人一筹的是，他不仅认为很多旧材料乃至假材料有利用和研究价值，而且认为即使前人的一些错误的见解和观点，也可以成为很有价值的材料：

> 若推此意而及于中国之史学，则史论者，治史者皆认为无关史学，而且有害者也。然史论之作者，或有意，或无意，其发为言论之时，即已印入作者及其时代之环境背景，实无异于今日新闻纸之社论时评。若善用之，皆有助于考史。故苏子瞻之史论，北宋之政论也；胡致堂之史论，南宋之政沧也；王船山之史论，明末之政论也。今日取诸人论史之文，与旧史互证，当日政治社会情势，益可藉此增加了解，此所谓废物利用，盖不仅能供习文者之摹拟练习而已也。若更推论及于文艺批评，如纪晓岚之批评古人诗集，辄加涂抹，诋为不通。初怪其何以狂妄至是，后读清高宗御制诗集，颇疑有其所为而发。此事固难证明，或亦间接与时代性有关，斯又利用材料之别一例也。[②]

让我们看一个陈寅恪利用普通材料却能得出新见解的例证：

> 慕容廆（269年—333年），昌黎棘城（今辽宁义县）人，鲜卑人，慕容部首领慕容涉归之子，前燕建立者慕容皝之父。慕容廆在位四十九年，向往高度发达的汉族文化，明智地终止了与中原汉族的敌对状态，同时实施了很多汉化措施，促进了鲜卑慕容部落的封建化进程。之所以如此，首先在于慕容廆出生于一个倾慕汉文化的鲜卑部落酋长之家。除家风影响之外，慕容廆与汉族一些文人名士的特殊关系则是他倾慕汉文化的另一重要

① 蒋天枢：《陈寅恪先生编年事辑》（增订本），上海古籍出版社1997年版，第156页。

② 陈寅恪：《冯友兰中国哲学史上册审查报告》，《金明馆丛稿二编》，生活·读书·新知三联书店2001年版，第281页。

因素。据《晋书》卷一〇八《慕容廆载记》，著名文学家张华作幽州（治蓟县，今北京西南）刺史时，兼领乌桓校尉。此间张华曾经会晤过年方十四的慕容廆，并对他十分欣赏："君至长必为命世之器，匡难济时者也"。因以所服簪帻遗廆，结殷勤而别。

　　而与汉族另一位名士高瞻的交往，无疑也是促其改变对汉族文化态度的一个重要因素。据《晋书》卷一〇八《慕容廆传》所附《高瞻传》记载：高瞻字子前，渤海蓚人也。光熙中，调补尚书郎。值永嘉之乱，还乡里。既而以王浚政令无恒，乃依崔毖，随毖入辽东。及毖奔败，瞻随众降于慕容廆。廆署为将军，瞻称疾不起。廆敬其姿器，数临候之，抚其心曰："君之疾在此，不在余也。今天子播越，四海分崩，苍生纷扰，莫知所系，孤思与诸君匡复帝室，翦鲸豕于二京，迎天子于吴会，廓清八表，侔勋古烈，此孤之心也，孤之愿也。君中州大族，冠冕之余，宜痛心疾首，枕戈待旦，奈何以华夷之异，有怀介然。且大禹出于西羌，文王生于东夷，但问志略如何耳，岂以殊俗不可降心乎！"瞻乃辞疾笃，廆深不平之。瞻又与宋该有隙，该阴劝廆除之。瞻闻其言，弥不自安，遂以忧死。高瞻出身士族，当时系高姓大族，连出身寒族的汉人都歧视，遑论胡人？高瞻作了慕容鲜卑的俘虏，实属无可奈何。但他却以声称有病表达了不合作态度。不过，高瞻的这种态度反而使慕容廆对汉族文化有了更深刻的理解，从而为其以后的实施汉化政策奠定了心理基础。

以上均见诸《晋书》，当为寻常材料，但陈寅恪却能敏感地在阅读另一材料时将二者联系起来并做出了非常重要的判断。在看了《北堂书钞》所引晋明岌临死前要求家人在其墓前刻上"晋有微臣明岌之冢"一则记载后，[①]陈寅恪即指出"此条可与晋书壹佰捌慕容廆传附高瞻事相参考"，并得出结论说，由此

---

　　① 燕黄门郎明岌将死，诫其子曰：吾所以在此朝者，非要贵也。直是避祸全身耳。葬可埋圆石于吾墓前，首引之云，晋有微臣明岌之冢，以遂吾本志也。见《北堂书钞》一百六十卷《三十国春秋》。

可证明慕容氏犹遥奉晋朝。但陈寅恪并未到此为止，而是进一步论述说，那时"中原汉族流人之在辽者实多遗臣正士优秀分子，故能融合华夷以开后来隋唐统治阶级之先，非偶然也"。陈寅恪并进一步做出大胆猜测："高齐杨隋先世皆与燕有关，李唐以冒认西凉为祖，致令溯源不明，恐先世亦与燕有关也。"[1]陈寅恪之所以能够以种族与文化二者来概括中古文化发展主要脉络，与其善于从普通材料中发现历史真相有直接关系，值得我们认真研究。

综合陈寅恪上述观点及其运用材料的实例，可以看出他并不孤立静止地看待材料之新旧真假，而是认为所谓新与旧、真与假都是相对的、互相可以转变的。旧的或假的材料并非全无价值，关键在于研究者取何种角度。其次旧材料在历史上也曾经是新材料，但当时也许没有得到充分的利用；而假材料若确认其假，则已经成为真的"假材料"，有其特殊的利用价值。对这些材料的研究及有关观点正代表了那时的水平，反映了那一时代之研究者的思维方式和治学方法，这些对今人仍然有借鉴意义和研究价值。最后，这些材料前人虽已用过，但材料本身往往具有多个层次，或从不同角度看即有不同的内在价值，可以进一步挖掘。在学术史上，这种情况是屡见不鲜的。总之，王国维和陈寅恪在这些领域的成就和见解，在今天依然具有现实意义。

三、"拿来主义"与"取珠还椟"

在中西文化观念大碰撞与大交流的背景下，鲁迅提出了对待外来文化及传统遗产的基本原则，即著名的"拿来主义"：

譬如罢，我们之中的一个穷青年，因为祖上的阴功（姑且让我这么说说罢），得了一所大宅子，且不问他是骗来的，抢来的，或合法继承的，或是做了女婿换来的。那么，怎么办呢？我想，首先是不管三七二十一，"拿来"！但是，如果反对这宅子的旧主人，怕给他的东西染污了，徘徊

---

① 陈寅恪：《晋南北朝隋唐史研究备课笔记》，《陈寅恪集·讲义及杂稿》，生活·读书·新知三联书店2002年版，第49页。

不敢走进门，是孱头；勃然大怒，放一把火烧光，算是保存自己的清白，则是昏蛋。不过因为原是羡慕这宅子的旧主人的，而这回接受一切，欣欣然的蹩进卧室，大吸剩下的鸦片，那当然更是废物。"拿来主义"者是全不这样的。

他占有，挑选。看见鱼翅，并不就抛在路上以显其"平民化"，只要有养料，也和朋友们像萝卜白菜一样的吃掉，只不用它来宴大宾；看见鸦片，也不当众摔在毛厕里，以见其彻底革命，只送到药房里去，以供治病之用，却不弄"出售存膏，售完即止"的玄虚。只有烟枪和烟灯，虽然形式和印度，波斯，阿剌伯的烟具都不同，确可以算是一种国粹，倘使背着周游世界，一定会有人看，但我想，除了送一点进博物馆之外，其余的是大可以毁掉的了。还有一群姨太太，也大以请她们各自走散为是，要不然，"拿来主义"怕未免有些危机。

总之，我们要拿来。我们要或使用，或存放，或毁灭。那么，主人是新主人，宅子也就会成为新宅子。然而首先要这人沉着，勇猛，有辨别，不自私。没有拿来的，人不能自成为新人，没有拿来的，文艺不能自成为新文艺。①

不过，长期以来，学术界对"拿来主义"的理解与阐释，似乎有偏差，忽略了鲁迅写作此文的背景以及"杂文"这一体裁及讽刺手法对思想内容的干扰——例如此文中所谓富翁家的女婿继承大宅子之句，其实就是对邵洵美的讽刺，应该说这一嘲讽并不符合事实。再如鲁迅对梅兰芳京剧艺术的讽刺也是错误的。

就大的时代背景看，该文写于1934年6月。当时，日本帝国主义的侵华野心已经成为现实威胁，而其他帝国主义列强也从政治、经济、文化等领域对中国实施全方位的侵略，中国面临着"殖民地化"的严重危机。于是，当时上海一些文学期刊开始讨论如何对待传统文学遗产，在讨论中有"全盘肯定"和

---

① 鲁迅：《拿来主义》，《鲁迅全集》第六卷，人民文学出版社2005年版，第40—41页。

"全盘否定"两种错误倾向。这一问题其实早在五四时期及退潮后就有过讨论，只不过当时是在中西文化论战的大背景下发生的，不是作为主要议题而已。而在对待外来文化方面，也长期存在"全盘西化"和闭关锁国、将一切外来文化拒之门外两种错误倾向。相比之下，前一种思想更有市场，这与五四时期胡适等人的鼓吹有一定关系，更与鸦片战争以来中国社会的发展变迁有关。不过，五四退潮之后，随着胡适等人鼓吹"整理国故"以及他人对"国学"复兴的提倡，对外来文化持轻视态度者又得到部分学者认同。这就是鲁迅写作此文的背景。

此外，如果要正确理解鲁迅的"拿来主义"，就要分析鲁迅对待外来文化以及传统文化遗产的一贯态度。如下面一些人们熟悉的有关论断：

> 我们吃东西，吃就吃，若是左思右想，吃牛肉怕不消化，喝茶时又要怀疑，那就不行了，——老年人才如此。有力量、有自信力的人士不至于此的。

《关于知识阶级》

> （旧形式的采取，）并非断片的古董的杂陈，必须溶化于新作品中，……恰如吃用牛羊，弃去蹄毛，留其精粹，以滋养及发达新的生体，决不因此就会"类乎"牛羊的。
>
> ……
>
> 旧形式是采取，必有所删除，既有删除，必有所增益，这结果是新形式的出现，也就是变革。

《论"旧形式的采用"》

> 采用外国的良规，加以发挥，使我们的作品更加丰满是一条路；择取中国的遗产，融合新机，使将来的作品别开生面也是一条路。

《〈木刻纪程〉小引》

显然，鲁迅的观点是，首先要敢于"拿来"，占为己有，然后再挑选，即剔除糟粕，吸收精华。最后是在此基础上创新。至于"拿来"的对象，则适应于一切文化遗产，无论是中国的还是外来的。不过，长期以来，我们对鲁迅的这一立场，大致都持绝对肯定态度。其实，由于是所谓的"杂文笔法"，鲁迅的"首先是不管三七二十一，'拿来'！"这一说法容易引起误导。因为很多情况下不能不管不顾就"拿来"再说，因为一旦"拿来"，也许就没有退回或不用的可能，也就更没有后面的加工改造过程。所以，在"拿来"之前，应该先有一个了解、认识和"货比三家"的过程，也即要清楚无论中外遗产多么出色，在今天是否适合我们，是否值得我们继承或借鉴，这是极为重要的问题。可惜由于限于杂文体裁，鲁迅并未就此给予充分的论述。

对此不妨看一下陈寅恪的意见。笔者十几年前曾撰文论述过陈寅恪这方面的态度和意见，至今我认为陈寅恪的意见很有道理，也因此将有关论述引在下面。

对于外来文化，陈寅恪指出不外有两种引进方式：直接引进与间接引进。对此陈寅恪进行了分析：

> 间接传播文化，有利亦有害：利者，如植物移植，因易环境之故，转可发挥其特性而为本土所不能者，如基督教移植欧洲，与希腊哲学接触，而成欧洲中世纪之神学、哲学及文艺是也。其害，则展转间接，致失原来精意，如吾国自日本、美国贩运文化中之不良部分，皆其近例。然其所以致此不良之果者，皆在不能直接研究其文化本原。研究本原首在通达其言语，中亚语言与天竺同源，虽方言小异而大致可解，如近世意语之于拉丁。……①

对外来文化的引进，关键在于确定该文化是否对本民族文化有益，倘如此则必须直接研究其文化本原，而通达其语言是前提。至于引进方式，倘对外来

① 蒋天枢：《陈寅恪先生编年事辑》，上海古籍出版社1981年版，第83页。

文化有清楚理解，则直接间接均无妨，问题在于以往的引进往往错把其不良部分误作精华，以致对中国现代文化发展产生负面影响。陈寅恪特地点出日本、美国两处，而对中国近代以来历史发生重大影响的外来思想基本上是由这两个国家间接引进的，早期如梁启超、孙中山等，晚期如胡适等均为代表性人物，陈寅恪的不满是显而易见的。在他看来，对外来文化的引进，必须要解决这样几个问题：第一，所引进的是不是"原装"的？第二，即使是"原装"的、还没有丧失本来精意，但是否对中国文化之改造有益？第三，即使有益在引进时是否也需要对其进行改造以适应中国之特殊国情以及如何改造？第四，其改造之后的结局如何？陈寅恪认为所有外来文化无论在其本土多么优良和有影响，在输入中国后都应有所改造以适应中国文化，事实上也都是如此：

> 输入之后，若久不变易，则决难保持。是以佛教学说，能于吾国思想史上，发生重大久远之影响者，皆经国人吸收改造之过程。其忠实输入不改本来面目者，若玄奘唯识之学，虽震动一时之人心，而卒归于消沉歇绝。近虽有人焉，欲然其死灰，疑终不能复振。其故匪他，以性质与环境互相方圆凿枘，势不得不然也。①

陈寅恪认为，中体西用，作为中外文化交流的原则是不可变的，但在具体交流过程中，如何善于引进精华、拒绝糟粕，如何进行加工改造以及怎样把外来文化与本民族文化融合，这仍然需要认真考虑。针对当时人们提出的"旧瓶装新酒"说，他提出了自己的"旧酒装新瓶"说。所谓瓶与酒的说法，只不过是一个比喻，它们之间实质上属于内容与形式的关系。在一些正统的文化保守主义者看来，中国文化正如一只古老的酒瓶，即可装旧酒，也可装新酒。如果说过去是"天不变道也不变"，那么在西方文化大举进入时则可"以不变应万变"，这"不变"的就是张之洞的所谓"中学为体"，倘若不得不变时，也

---

① 陈寅恪：《冯友兰中国哲学史下册审查报告》，《金明馆丛稿二编》，生活·读书·新知三联书店2001年版，第283页。

要以渐变代速变，以少变代多变，这就是文化保守主义者的基本立场。然而倘若具体到把中外文化分别归之于瓶与酒而认为酒可变而瓶不可换的话，则显然是片面之见，因为从酒与瓶之关系中至少可推出四种关系：旧瓶装旧酒，旧瓶装新酒，新瓶装旧酒和新瓶装新酒，更何况还有旧酒与新酒的相克以及瓶既可装酒，也可装水等等多种关系。那么，陈寅恪所谓的"新瓶旧酒"是什么意思呢？他是在30年代初为冯友兰的《中国哲学史》写审查报告时提出"新瓶装旧酒"的：

> 寅恪平生为不古不今之学，思想囿于咸丰同治之世，议论近乎曾湘乡张南皮之间，承审查此书，草此报告，陈述所见，殆所谓"以新瓶而装旧酒"者。诚知旧酒味酸，而人莫肯酤，姑注于新瓶之底，以求一尝可乎？①

陈寅恪一直认为，中国文化吸收改造外来文化最成功者，莫过于宋明新儒学对佛教的扬弃，而韩愈开此风气之先，这也是他盛赞韩愈的原因，韩愈的精神后来为宋明儒学所发扬：

> 宋儒若程若朱，皆深通佛教者，既喜其义理之高明详尽，足以救中国之缺失，而又忧其用夷复夏也。乃求得两全之法，避其名而居其实，取其珠而还其椟。采佛理之精粹以之注四书五经，名为阐明古学，实则吸收异教。声言尊孔辟佛，实则佛之义理，已浸渍濡染。与佛教之宗传，合而为一。此先儒爱国济世之苦心，至可尊敬而曲谅之者也。②

从上述引文可知，陈寅恪的"旧酒装新瓶"之说是直接承曾国藩、张之洞的"中体西用"说而来，换言之，他认为"中体西用"虽不错，但在新形势下，

① 陈寅恪：《冯友兰中国哲学史下册审查报告》，《金明馆丛稿二编》，生活·读书·新知三联书店2001年版，第285页。

② 吴学昭：《吴宓与陈寅恪》，清华大学出版社1992年版，第10—11页。

有必要为传统之酒制造新瓶，冯友兰的《中国哲学史》在这方面做得不错，才得到他的肯定。中国固有的制度风俗、三纲五常等是旧酒，而宋明儒学在吸收佛教后编织的新义理系统是新瓶，陈寅恪认为这一新瓶制作得不错，使中国文化得以成功地又延续数百年。现在冯友兰在建立"新理学"体系时，声称要对旧理学"接着讲"，也即依然要像宋明儒学一样，在新时代条件下再次制造新瓶，这当然会受到陈寅恪的赞许。

其次，陈寅恪又提出了接受外来文化的一个具体方法——"避名具实、取珠还椟"，这与他后来所说的"旧酒新瓶"相呼应相补充，更可看出他在这方面的远见卓识。"取珠还椟"这一比喻显然也是指内容与形式关系，不过只是专指外来文化，这也是对"中体西用"说的引申与发展。陈寅恪强调要吸收外来文化中的精华，而拒绝那些华而不实、不合中国国情的成分。当然，具体操作起来并不容易。首先，如何判定何为珠、何为椟就是相当有难度的，彼时彼地为珠者，此时此地则未必。何况椟本身虽华而不实，毕竟还有一点形式美的价值，而在特定情势下，形式之引进也可能成为第一需要。那么，标准就只能是站在中国文化立场上，以我之需要与否为是非。

这里有一点需要指出，陈寅恪之提出"取珠还椟"和"旧酒新瓶"说，还表明他认为在中外文化交流和承继传统文化遗产时，不应满足于被动地接受，而应主动挑选，自己决定取舍的标准。近来学术界在反思近代以来西方文化对中国文化的所谓"挑战与应战"之说时，指出此说是站在西方角度看中西文化冲突，我们则应站在本土立场，看中国挑选和接受了什么以及如何接受的。为此看看陈寅恪早在数十年前提出的观点是不无益处的。如果我们将"取珠还椟"和"旧酒新瓶"结合起来看，就会理解陈寅恪的深刻所在，特别是联系到陈寅恪所生活的那个时代，他不为时代潮流所动，能从本质上把握中外文化的见解的确深刻。[①]

事实上，无论陈寅恪还是鲁迅，甚至是那些极为保守的遗老遗少（而陈

---

① 以上数段，均参考笔者的《"取珠还椟"与外来文化的输入及改造——略论陈寅恪之文化观》一文。

寅恪本人虽然留学多年，却也被一些人认为是"遗少"），他们都极为清醒地意识到，在他们所处的时代，一切闭关自守和抱残守缺都意味着文化的灭亡和民族的衰败，所以改革是必然的。但改什么和如何改，确实不容有错。悲剧在于，历史的某些偶然事变，硬性改变了一些有可能发生的更好的选择，于是鲁迅和陈寅恪等更有价值的思考和意见并未得到反响，更没有机会实践，以致在今天我们还在承受那时的一些失误所导致的不良后果。即便是在学术研究领域，我们也看到一味提倡向西方学术体系和评价标准看齐所出现的问题，例如在撰写学术论文时片面强调所谓的"学术标准"和规定体例，反而忽视了论文内容的创新性和理论深度，以致出现大量的学术垃圾，这方面的教训值得反思。

第六章　鲁迅眼中的"国学"与国学家眼中的鲁迅

第一节　鲁迅与同时代学者交往研究

一、鲁迅与同时代人

作为较早运用西方近现代学术理念对传统文化资源进行梳理并在诸多领域做出创造性贡献的鲁迅而言，在新文化运动中出于启蒙理想而对传统文化做出的严厉批判并不妨碍他在进行纯粹学术研究时对那些仍有价值的古典学术思想和人物投以温情的注视。也因此对于同时代人中那些在学术研究中做出杰出贡献者，即便其属于所谓的"封建遗老遗少"，鲁迅也仍能就事论事，一方面对其落后乃至复古的政治观念给予批判，一方面对其学术成就给予高度评价。这方面最突出例证就是对于王国维和罗振玉等人的评价。

此外，作为同样从事中国古典小说研究者，鲁迅与胡适、陈寅恪以及日本学者盐谷温之间的学术交往也值得关注。

众所周知，虽然商务印书馆分别于1915年及1916年出版过蒋瑞藻的《小说考证》和钱静方的《小说丛考》，但他们的著作只能算是资料汇集，称不上真正的研究。直到五四时期，胡适、鲁迅等才真正把古典小说的考证研究作为学术研究的重要内容，并把小说研究提升到与传统经、史之学同样的地位。胡适在文学革命期间曾与钱玄同通信讨论古典小说，由只重小说的思想意义进而产生对小说源流进行研究的兴趣，他在一封致钱玄同的信中说："研究中国小说的起源、派别、变迁等，这事业还没有人做过，所以没有书可看。我看新出的《小说考证》一类的书全无用处。将来我很想做一部《中国小说史》，用科学的方法去研究他。"①

当然，一向只写"上半部"的胡适，在中国小说研究这方面虽然做了很多考证工作，但他想写的这部小说史连上半部也没有写出来，还是令人感到遗憾。

毫无疑问，在这方面做出更大贡献的是鲁迅，无论在研究的深度与广度上，鲁迅都超过了胡适，其《中国小说史略》更是中国小说研究的开山之作。由于共同的兴趣，鲁迅与胡适二人互赠资料、互相启发，在学术上多有交往并彼此互相敬重。如关于《西游记》源流的考证，鲁迅与胡适均有精湛的见解与研究，但也有观点上的分歧。现在，在他们旁边又出现了一个陈寅恪。他无意介入他们的学术论争，只是将自己的研究发表出来供人参考，因此可以称陈寅恪为一个潜对话者，一个不求回答的对话者。

说到鲁迅与陈寅恪的小说研究，不能不提到他们之间的一个特殊人物，即民国时期大名鼎鼎的画家陈衡恪——陈寅恪的长兄，他是鲁迅的好友，两人一起赴日本留学，回国后特别是鲁迅在初到北京那几年，两人交往极为密切，对此鲁迅日记中多有记录。陈寅恪曾自述其自小爱读小说，即使价值不大者也常用来寓目，且对白话小说并不反感，在病中曾听读张恨水的小说以消遣，按说对于鲁迅的小说他不会没有读过。民国初年，陈寅恪在京期间，曾随其兄多次与鲁迅交往，鲁迅曾将自己翻译的《域外小说集》等书赠给陈寅恪，此事也见于《鲁迅日记》。后陈衡恪因病中年早亡，鲁迅不胜悲痛，曾撰文表示哀悼，此后陈寅恪再次留学海外，双方中断了来往。1926年，陈寅恪回国任清华国学院导师而去北京，而鲁迅却于约一个月后即南下厦门，在这一短暂时间内似乎二人没有见面，因鲁迅在日记中并无记载。但两家之关系并未到此为止，50年代中期，许广平去广州时曾专门赴中山大学看望陈寅恪夫人唐篔，因唐当年曾是许广平的体育老师。而且陈家与鲁迅的关系还有一层：陈寅恪的舅舅俞明震

① 胡适此信现存北京鲁迅博物馆。

鲁迅与20世纪中国研究丛书

当年在南京矿务学堂任总办时，鲁迅正是他手下的学生，在鲁迅著作中也对俞明震有过记叙。那么，像陈寅恪这样特别注重世交和家族渊源关系者，又怎会不关注鲁迅的创作？但他从来没有在其著作中提及此事，而且连鲁迅的名字也没有出现。只是如前所述，在其小说研究中，也许视鲁迅的小说研究为自己关注的对象，这难道还不正是一种态度？意味深长的是，对于清华国学院另外三大导师和吴宓，鲁迅都曾或明或暗地写过批评乃至嘲讽的文字，却没有对陈寅恪写有类似文字，这是否也是一种微妙的反应？其中除了双方的旧交情因素外，是否也隐含鲁迅对陈寅恪个人学识和人格的敬重呢？

鲁迅与胡适都注意到《西游记》与佛经文学的关系。鲁迅认为："魏晋以来，渐译释典，天竺故事亦流传世间，文人喜其颖异，于有意或无意中用之，遂蜕化为国有。"至于具体人物，鲁迅认为孙悟空当来自中国民间传说，他举李公佐小说中的怪兽淮涡水神无支祁为证，认为孙悟空是从此演变而来，并与沙和尚等一起又从《大唐三藏取经诗话》中演变而成，而此书显然脱胎于《大慈恩寺三藏法师传》。①胡适对此看法不同，他说："但我总疑心这个神通广大的猴子不是国货，乃是一件从印度进口的。也许连无支祁的神话也是受了印度影响而仿造的。"②他在印度最古老的史诗《罗摩衍那》中找到一个神猴哈奴曼，认为这才是孙悟空最早的原型。至于沙和尚、猪八戒等人物，他也和鲁迅一样，认为来自《大唐三藏取经诗话》，而对他们与更早佛教经典的关系没有提及。陈寅恪由于对佛经极为熟悉，不仅验证孙悟空的原型即《罗摩衍那》中的哈奴曼，而且又以另一部《贤愚经》作为复证，并且详细研究了有关孙悟空情节的组合演变过程。如"大闹天宫"故事，本来自两个绝不相干的印度民间故事，传入中国后，佛经传播者在讲说时有意无意将二事合一："其实印度猴之故事虽多，猿猴闹天宫则未之闻。支那亦有猿猴故事，然以吾国昔时社会心理，君臣之伦，神兽之界，分别至严，若绝无依藉，恐未必能联想及之。此

---

① 鲁迅：《鲁迅全集》第九卷，第50、158页。

② 胡适：《中国章回小说考证》，实业印书馆1942年版，第337页。

《西游记》孙行者大闹天宫故事之起源也。"①陈寅恪又考证出猪八戒的原型是《根本说一切有部奈耶杂事》中《佛制苾刍发不应长缘》中的牛卧苾刍。至于沙和尚的形象，当来自《慈恩法师传》。这一点陈寅恪与鲁、胡观点同，但他更进一步指出，该传记实际又受到《心经》的影响，应当说陈寅恪的考证是准确的，而且他的深刻处在于绝不满足于考证，而是从中总结出此类小说人物情节演变的规律：第一，仅就一个故事稍微变化而成，其演变程序为纵贯式，如沙和尚之故事。第二，虽仅就一个故事进行演变，但成分较复杂，演变程序仍为纵贯式，如猪八戒高老庄招亲故事。第三，两个互不相干的故事因偶然关系而混合为一，其情节内容比较复杂，其演变程序为横通式，如孙行者大闹天宫故事。陈寅恪并进一步指出，孙行者、猪八戒与沙和尚三人之本领高低有分，实与其故事构成时取材范围广狭有关，此论可谓深刻。它事实上告诉我们，小说中人物性格及形象的是否丰满，与其素材来源有关，沙和尚是师徒四个人中性格刻画最不成功的人物，追根溯源当与原始素材过于简单有关，而吴承恩等显然也缺乏对他加工改造的兴趣和才能。

陈寅恪不仅考证出一些中国古典小说中人物情节源于佛经，而且能从演变过程中发现中外文化上的差异所造成的小说发展之不同状况。他认为：

> 尝谓吾国小说，大抵为佛教化。六朝维摩诘故事之佛典，实皆哲理小说之变相。假如后来作者，复递相仿效，其艺术得以随时代而改进，当更胜于昔人。此类改进之作品，自必有以异于感应传冥报记等滥俗文学。惜乎近世小说虽多，与此经有关系者，殊为罕见。岂以支那民族素乏幽渺之思，净名故事纵盛行于一时，而陈义过高，终不适于民族普通心理所致耶？或谓禅宗语录并元曲中庞居士及其女灵照故事，乃印度哲理化之中国作品，但观其内容，摹拟过甚，殊有生吞活剥之嫌，实可视为用中国纺织

① 陈寅恪：《西游记玄奘弟子故事之演变》，《金明馆丛稿二编》，生活·读书·新知三联书店2001年版，第217—220页。

品裁制之"布拉吉"。东施效颦，终为识者所笑也。[1]

中国古代小说种类繁多，但哲理小说甚少且流传不远，原因何在？陈寅恪此处以民族文化心理差异来解释，联系早在五四时陈寅恪与吴宓所谈中外文化之异同，可以见出其一贯立场。时至今日，中国文学中哲理小说一类仍不发达，陈寅恪之论断应是极具远见。而且从中我们应当体会出，为何现实主义文学在中国一直受到重视，而浪漫主义却少之又少。以往有人把作品中的局部想象、抒情也视为浪漫主义，其实是一种善意的误解，一个一向重实用轻抽象更蔑视玄想的民族，其浪漫主义必定不甚发达。陈寅恪认为中国诗歌叙事成分很多且为写实而非虚构，从而可用来"以诗证史"，这也是中国文化特征在诗歌创作上的表现。至于所谓阐释佛教经义的"禅宗语录"，陈寅恪讥为"东施效颦"之作，并撰专文给予批评。如历来为人们所称颂的"菩提本无树，明镜亦非台。佛性常清净，何处有尘埃"，陈寅恪援引梵文佛经文献，提出质疑："菩提树为永久坚牢之宝树，决不能取以比譬变灭无常之肉身，致反乎重心神而轻肉体之教义。""意义不完备者也"，因此，陈寅恪斥为"半通半不通之偈文"。[2]为何会如此？陈寅恪认为是模拟过甚，缺少融化吸收改造所致，这实质上是提出了如何吸收接纳外来文化的问题，在当时也是有其言外之意的。

在佛教与中国文学体裁之关系方面，除前面所提及弹词体外，陈寅恪还注意到中国长篇小说之产生与佛经的关系。佛经中如《金光明经》，其原本与其他译本卷首都有感应冥报传记，敦煌写本也有。陈寅恪认为这种结构"实为西北昔年一时风尚。今则世代迁移，当时旧俗，渺不可稽，而其迹象，仍留于外族重翻之本"。陈寅恪指出这种卷首传记，在体裁上当为中国长篇小说之先声，因为中国长篇小说，"往往为数种冥报传记杂糅而成"，而冥报传记"本

---

① 陈寅恪：《敦煌本维摩诘经文殊师利问疾品演义跋》，《金明馆丛稿二编》，生活·读书·新知三联书店2001年版，第209页。

② 陈寅恪：《禅宗六祖传法偈之分析》，《金明馆丛稿二编》，生活·读书·新知三联书店2001年版，第187—191页。

鲁迅与20世纪中国学术转型

为佛教经典之附庸，渐成小说文学之大国"。[1]以陈寅恪此论验证于中国古代之长篇小说，不能不认为他此言的确为我们提供了极有价值的线索。

鲁迅对于那些宣扬因果报应之小说是极为反感的，并指出其与佛教的联系："以意度之，则俗文之兴，当由两端，一为娱心，一为劝善，而尤以劝善为大。""当神魔小说盛行时，记人事者亦突起，……大率为离合悲欢及发迹变态之事，间杂因果报应，而不甚言灵怪。"又鲁迅也指出这种写轮回报应的小说可从古代印度中找到渊源，并指出《鸯堀摩罗经》就是一例。不过他没有注意到中国哲理小说贫乏与因果报应小说泛滥之间的关系，没有借此来展示中国传统思想中之不足。另一方面，中国古代小说之作者不能借佛经中深妙之哲理，来提高其小说之思想性，而只学来什么因果报应，用在作品中导致结构上的重复老套和大团圆式的结局，对此陈寅恪与鲁迅是都看到的，不过二人的着眼点不同：鲁迅由中国人之喜好大团圆结局进而批判国民的劣根性，陈寅恪则从"东施效颦"中发现了中外文化传播与吸收时的适当与否及加工改造问题。一与思想史之批判有关，一与中外文化交流及比较有关。

胡适研究中国古典小说其出发点是为白话文学寻根，所以他主要考证白话小说。他把传统小说分为两类，一是经历代演变而来的历史小说，一是由个人独立创作的小说。他的研究由于重在把小说当作历史材料处理，因此对作品艺术形式方面分析较少，更重要的是由于他对佛教评价甚低且认为佛教传入中国是中国文化发展的大不幸（恰与陈寅恪观点相反），所以他也就不会想到佛教的深奥哲理应当被中国小说家用来写作哲理小说，而只会把那些讲因果的报应的滥俗文学视为佛教之流毒的产物了。胡适此种看法直至晚年仍未改变："我对佛家的宗教和哲学两方面皆没有好感。事实上我对整个的印度思想从远古时代，一直到后来的大乘佛教，都缺少尊崇之心。我一直认为佛教在全中国'自东汉到北宋'千年的传播，对中国的国民生活是有害无益，而且为害至深且

---

① 陈寅恪：《忏悔灭罪金光明经冥报传跋》，《金明馆丛稿二编》，生活·读书·新知三联书店2001年版，第290—292页。

巨。"①出于为白话文寻根的需要，胡适把《水浒传》等视为文学价值极高之作品，不能说不正确，但只重其语言形式，却相对忽视思想内容中因果报应等消极因素的批判，可见其实用主义倾向。另外，他一方面极力称赞《水浒传》《西游记》等，一面又责备中国文学中"只有短篇，没有布置周密，论理精严，首尾不懈的长篇"。②可见他已意识到中国小说哲理性缺乏、结构松懈，名为长篇、实为短篇之集合的缺陷，可惜由于胡适研究常先带偏见，就很难进行深入客观的研究。

关于小说与古文运动及唐代科举的关系，陈寅恪也有独到的见解。他早年在《韩愈与唐代小说》一文中就指出：

> 贞元（785—805）元和（806—820）为"古文"之黄金时代，亦为小说之黄金时代，韩集中颇多类似小说之作，石鼎联句诗并序及毛颖传皆其最佳例证，前者尤可云文备众体，盖同时史才、诗笔、议论俱见也。要之，韩愈实与唐代小说之传播具有密切关系。③

> 退之之古文乃用先秦、两汉之文体，改作唐代当时民间流行之小说，欲藉之一扫腐化、僵化不适用于人生之骈体文，作此尝试而能成功者，故名虽复古，实则通今。④

> 中国文学史中别有一可注意之点焉，即今日所谓唐代小说者，亦起于贞元元和之世，与古文运动实同一时，而其时最佳小说之作者，实亦即古文运动中之中坚人物是也。……而古文乃最宜于作小说者也。⑤

① 唐德刚：《胡适的自传》，第263—264页。胡适对佛教的反感可从他自己日记中所记一件事中得到验证，据《胡适的日记》（［香港］中华书局1985年版，第527页）："到北大，与汤锡予先生畅谈。……他又说：颇有一个私见，就是不愿说什么好东西都是从外国来的。我也笑对他说：我也有一个私见，就是说什么坏东西都是从印度来的！我们都大笑。"

② 胡适：《建设的文学革命论》，转引自《中国新文学运动史料》，光明书局1934年版，第94页。

③ 陈寅恪：《韩愈与唐代小说》，转引自汪荣祖：《陈寅恪评传》，百花洲文艺出版社1992年版，第180页。

④ 陈寅恪：《金明馆丛稿初编》，上海古籍出版社1980年版，第294页。

⑤ 陈寅恪：《元白诗笺证稿》，上海古籍出版社1978年版，第2页。

陈寅恪如此强调小说与古文的关系，并非是认为小说因古文运动才兴起，因六朝时小说已颇繁荣，他的意思是古文这种体裁较之骈文更加自由，特别易于小说创作。当时之碑传铭刻因袭雷同，早已不能适应现实生活之表现需要，当然需要改革："然碑志传记为叙述真实人事之文，其体尊严，实不合于尝试之条件。而小说则可为 杂要无实之说，既能以俳谐出之，又可资雅俗共赏，实深合尝试且兼备宣传之条件。此韩愈之所以为爱好小说之人。"①陈寅恪又怀着同情之态度对韩愈小说与元稹小说进行了比较，认为韩愈创作《毛颖传》不能算是成功，比不上元稹之《莺莺传》，其原因何在？陈寅恪指出元稹之作为自叙之文，有真情实事，而《毛颖传》则为游戏之笔，感情固难以投入。另外小说叙述描写应求细求详，韩作过简而元稹之文繁，则作小说正用其所长，所以他们之优劣就可以理解了。应当说，陈寅恪的分析是很有见地的。

　　由论述小说与古文之关系，陈寅恪又谈到科举制度对小说的影响。本来唐代科举士子风习，先有所谓行卷，继之温卷，即以自己作品经名人介绍送与主考官，使其对自己有好印象，以利于中式。②通常举人以传奇呈送而进士则以诗。陈寅恪抓住传奇"文备众体"一点，经考证分析，认为："唐代举人之以备具众体之小说之求知于主司，即与以古文诗什投献者无异。……白居易与陈鸿撰长恨歌及传于元和时，虽非如赵氏所言是举人投献主司之作品，但实为贞元元和间新兴之文体。此种文体之兴起与古文运动有密切关系，其优点在便于创造，而其特征则尤在备具众体也。"③明白这点，即可了解《长恨歌》为何没有结尾，原来其"可以见史才"之议论部分，有陈鸿的《长恨歌传》来承担，二者合一，方为完整："唐人小说例以二人合成之。一人用散文作传，一人以歌行咏其事。"④关于陈寅恪在这方面的观点，今人已多有研究，但有一

　　① 陈寅恪：《元白诗笺证稿》，上海古籍出版社1978年版，第3—4页。
　　② 有关详细论述可参看今人程千帆先生之《唐代进士行卷与文学》一书，上海古籍出版社1980年版。
　　③ 陈寅恪：《元白诗笺证稿》，上海古籍出版社1978年版，第4页。
　　④ 陈寅恪：《寒柳堂集》，上海古籍出版社1980年版，第95页。

点应加以强调，陈寅恪对白居易《长恨歌》之后半部写到杨贵妃死后天上一段大加赞赏，似表明他对浪漫主义手法的肯定："此故事既不限现实之人世，遂延长而优美。然则增加太真死后天上一段故事之作者，即是白陈诸人，洵为富于天才之文士矣。"①这种评价与他批评传统文化中的"惟重实用"倾向是有关联的。

陈寅恪关于小说与古文运动及科举关系的研究，都是只谈古典，没有牵扯到对白话文运动与白话小说的评价，但从他对古文运动及其领导者韩愈的高度评价中，从赞扬韩愈以复古为革新且强调"模拟比创新有时更难"的态度中，当可看出他对新文学运动中白话诗与白话小说的态度，这一点下面还会讨论，此处只再将鲁迅对唐代小说发展的评价与陈寅恪作一简单的比较，以见两位大师如何运用同类材料说明自己新观点的研究方法。

鲁迅首先认为唐代小说创作的特点在于作者创作上的主动性。他说："小说亦如诗，至唐代而一变，虽尚不离于搜奇记逸，然叙述宛转，文辞华艳，……而尤显者乃在是时则始有意为小说。"同时鲁迅指出了当时小说繁荣的原因："顾世间则甚风行，文人往往有作，投谒时或用之为行卷，今颇有留存于《太平广记》中者，实为唐代特绝之作也。"②他与陈寅恪一样，看到了科举与小说创作的关系，在《中国小说的历史的变迁》中，鲁迅即提到唐代之"行卷"与小说的联系，更特别指出白居易写《长恨歌》，他的朋友陈鸿就做了《长恨歌传》，但惜乎没有明确点明二者之间在形式上的联系。对于元稹的《莺莺传》，鲁迅认为是唐代有影响之作品，但对结尾部分的议论不满："元稹以张生自寓，述其亲历之境，虽文章尚非上乘，而时有情致，固亦可观，惟篇末文过饰非，遂堕恶趣。"鲁迅所指责者即《莺莺传》中张生为自己辩解之语：

　　大凡天之所命尤物也，不妖其身，必妖于人。使崔氏子遇合富贵，秉

①　陈寅恪：《元白诗笺证稿》，上海古籍出版社1978年版，第13页。
②　鲁迅：《中国小说史略》，《鲁迅全集》第九卷，第70页。

娇宠，不为云为雨，则为蛟为螭，吾不知其变化矣。昔殷之辛，周之幽，据万乘之国，其势甚厚，然而一女子败之，溃其众，屠其身，至今为天下僇笑，予之德不足以胜妖孽，是用忍情。

鲁迅所不能同意的是张生的"忍情"说，斥之为"文过饰非，差不多是一篇辩解文字"[1]。他所根据者也正是思想道德评判原则，反对所谓"女人祸水"论，这从其一贯坚持的反封建思想立场来看，当然是非常正确和必要的。同样是这段话，陈寅恪则从另一个角度来理解："莺莺传中张生忍情之说一节，今人视之既最为可厌，亦不能解其真意所在。夫微之善于为文者也，何为著此一段迂矫议论耶？"陈寅恪引赵彦卫《云麓漫钞》一段后说："据此，小说之文宜备众体。莺莺传中忍情之说，即所谓议论。会真等诗，即所谓诗笔。叙述离合悲欢，即所谓史才。皆当日小说文中，不得不备具者也。"[2]陈寅恪也认为此段议论"迂矫"，但如从文体演变角度看，也有其存在的合理性。而且陈寅恪又从文化史角度指出，张生的始乱终弃表现了那个时代的年轻士子力图冲破旧日礼法限制的愿望，但由于自身的局限性，又不能不认同现实的实际要求。所以他们既对莺莺表示同情，却也并不以张生言行为非。由上可以看出，鲁迅与陈寅恪对于同一段材料，都能从中发现其蕴含的价值。由于他们立足点不同，当然观点也不尽一致。虽然尚无法证实陈寅恪读过鲁迅的《中国小说史略》，但从上述诸问题可看出他对当时小说研究的现状极为熟悉，所以他之某些论断，当可理解为有为而发。

说到鲁迅评价王国维和陈寅恪等国学大师，可以作为比较的是梁启超对王国维的评价。从现存材料看，梁启超对王国维十分尊重，对其学术研究更是给予极高评价。在清华国学院时，梁启超总是告诉学生，有问题可以请教王国维先生，这从清华国学院不少学生的回忆中可以得到证明。作为和康有为一起领导和经历戊戌变法的历史人物，梁启超在当时的社会地位和社会影响无疑大大

---

① 鲁迅：《中国小说史略》，《鲁迅全集》第九卷，第81、316页。

② 陈寅恪：《元白诗笺证稿》，上海古籍出版社1978年版，第116页。

超过王国维——1898年的王国维不过是上海《时务报》的一个书记员而已。然而，梁启超并不以王国维是学界后辈而加以轻视，相反给予最大的尊重。在王国维生前，梁启超就对其有高度评价："教授方面，以王静安先生为最难得，其专精之学，在今日几为绝学；而其所谦称为未尝研究者，亦且高我十倍，我于学问未尝有一精深之研究……王先生则不然。"王国维投水自尽当日，梁启超不在清华，得到噩耗后他立即返回，亲自参与料理后事，并为王国维抚恤金一事与吴宓等一起向学校、外交部力争。在写给女儿的信中他这样评价王国维："此公治学方法，极新极密，今年仅五十一岁，若再延十年，为中国学界发明，当不可限量。"此外，王国维去世后梁启超所写之挽联特别推崇其学术研究，尤其是王国维在甲骨文研究中的突出成就，可以视为梁启超对王国维学术研究的盖棺论定式评价：

> 其学以通方知类为宗，不仅奇字译鞮，创通龟契；
> 一死明行己有耻之义，莫将凡情恩怨，猜拟鹓雏。

另一位对王国维极为钦佩的人是顾颉刚。顾颉刚多次自称，在当代学者中他最敬佩的是王国维。在1923年3月6日的日记中他有这样的记载："梦王静安先生与我相好甚，携手而行，……谈及我祖母临终时情形，不禁大哭而醒。呜呼，祖母邈矣，去年此日固犹在也，我如何自致力于学问，使王静安果能与我携手耶！"在1924年3月31日的日记中，他又有这样的记载："予近年之梦，以祖母死及与静安先生游为最多。祖母死为我生平最悲痛的事情，静安先生则为我学问上最佩服之人。今夜又梦与他同座吃饭，因识于此。"上述文字，足可看出那时的顾颉刚的确是把王国维当作学术导师，在其心目中的地位当不下于胡适。后来他又说："数十年来，大家都只知道我和胡适的来往甚密，受胡适的影响很大，而不知我内心对王国维的钦敬，治学上所受的影响尤为深刻。"顾颉刚还曾专门给王国维写信，表示愿"追随杖履，为始终受学之一人"。①在"文革"初期，为了避祸，顾颉刚夫人把顾颉刚与他人的往来信件准备烧掉，但顾颉刚硬是从夫人手中抢下王国维给他的三封信，也是今天能够看到的王国维写给他的唯一的三封信，这也充分说明王国维在顾颉刚心目中的重要地位。

而鲁迅对待王国维的态度最突出一点就是总是把王国维的保皇倾向与其学术成就区分开来。在《鲁迅全集》中，提到王国维者有五处。其中最早是发表在1922年11月6日《晨报》副刊上的《不懂的音译》。在此文中，鲁迅对王国维的国学研究给予高度评价："中国有一部《流沙坠简》，印了将有十年了。要谈国学，那才可以算一种研究国学的书。开首有一篇长序，是王国维先生做的，要谈国学，他才可以算一个研究国学的人物。"

1928年1月，有关所谓"大内档案"被罗振玉卖给日本人事一时沸沸扬扬，鲁迅有感于罗振玉的行为和国人的一些反应，又写了《谈所谓"大内档案"》一文。文章对罗振玉给予了辛辣的嘲讽，并顺便拿王国维与他进行对比："独有王国维已经在水里将遗老生活结束，是老实人。但他的感喟，却往往和罗振玉一鼻孔出气，虽然所出的气，有真假之分。所以他被弄成夹广告的Sandwich，是常有的事，因为他老实到像火腿一般。"大概是由于此时王国维已经投水自尽的缘故，鲁迅一再说他是老实人，因为那些更应该为晚清效忠的人却一个也没有自尽。不过，有些奇怪的是对于王国维去世，鲁迅什么也没说！那时的鲁迅正在广州，刚刚目睹大革命和大屠杀的鲁迅大概忙于准备和许广平一起离开，来不及对王国维之死写点什么。不过，从他后来对其他自杀者以及有关社会舆论的评价中，我们可以大致判断出鲁迅的态度。在就30年代女电影明星阮玲玉自杀一事所写的杂文《论"人言可畏"》中，鲁迅这样说："至于阮玲玉的自杀，我并不想为她辩护。我是不赞成自杀，自己也不预备自杀的。但我之不预备自杀，不是不屑，却因为不能。凡有谁自杀了，现在是总要是受一通强毅的评论家的呵斥，阮玲玉当然也不在例外。然而我想，自杀其

① 顾颉刚：《我是怎样编写〈古史辨〉的》，《古史辨》第1册，上海古籍出版社1982年版，第14—15页。

实是不很容易，决没有我们不预备自杀的人们所渺视的那么轻而易举的。"在评价秦理斋夫人自杀事时鲁迅又这样说："人固然生存，但为的是进化；也不妨受苦，但为的是解除将来的一切苦；更应该战斗，但为的是改革。责别人的自杀者，一面责人，一面正也应该向驱人于自杀之途的环境挑战，进攻。"诚然，王国维自杀的原因与鲁迅所谈的两位女性不同，但鲁迅的看法依然值得重视，他的上述观点其实已大致显示出，如果他对王国维自杀发表意见，应该是什么内容。从鲁迅的角度，应该认为王国维是一个悲剧人物，但不同的政治见解和学术选择，也许使得鲁迅无法完全理解王国维内心的痛苦与悲凉。但毫无疑问，在内心深处，他们对人生的理解与感触是相同复相通的——因为骨子里他们都是诗人。

鲁迅与王国维，其政治思想立场自然有很大差异，但是1927年的社会动荡特别是国民党在广州的"清党"大屠杀以及北洋军阀在北京的大屠杀，使他们都感受到前所未有的恐怖，也对所谓的"革命"产生了极度的排斥。如果说王国维作为"保皇党"有这样的反应可以理解，那么鲁迅在《小杂感》中写下这样的文字就不由人不感到震撼："革命的被杀于反革命的。反革命的被杀于革命的。不革命的或当作革命的被杀于反革命的，或当作反革命的被杀于革命的，或并不当作什么而被杀于革命的或反革命的。革命，革革命，革革革命，革革……"一个一直把"革命"看作历史进步标志的人，怎么会有这样的评价？联想到前面梁启超的感受，也许可看出那个时代的中国文人所流露出的悲凉之感，其实是相通的。

此外，鲁迅提到王国维的其他三次都与鲁迅自己的中国古典文学研究有关，一次是对王国维的《红楼梦》研究有不同看法，因王国维不同意所谓的"自叙"说，故鲁迅举胡适的研究成果以为反证。其他两次则一为与郑振铎争论《大唐三藏取经诗话》的版本问题，一为向胡适推荐有关《西游记》的研究资料，提到了王国维编的《曲录》。这两次都可看出鲁迅对王国维观点和研究成果的重视。总之，无论鲁迅认为王国维在政治上幼稚还是认为王国维的某些学术观点有问题，他对王国维的学识和人格还是非常敬重的。

至于胡适对王国维的评价，可以从下面的几则记录看出：

1917年胡适从美国留学7年后回国，就在上海，他在《归国杂感》中说：近几年的学术界"文学书内，只有王国维的《宋元戏曲史》是很好的"，足见王国维著作给他的深刻印象。

1922年4月15日，胡适在日记中记有："读王国维先生译的法国伯希和一文，为他加上标点。此文甚好。" 8月28日，胡适又在日记中写道："现今的中国学术界真凋敝零落极了。旧式学者只剩王国维、罗振玉、叶德辉、章炳麟四人；其次则半新半旧的过渡学者，也只有梁启超和我们几个人。内中章炳麟是在学术上已半僵化了，罗与叶没有条理系统，只有王国维最有希望。"①

1923年，胡适在《五十年来中国之文学》日译本作序时，写道："近人对于元人的曲子和戏曲，明、清人的杂剧、传奇，也都有相当的鉴赏与提倡。最大的成绩自然是王国维的《宋元戏曲史》和《曲录》等书。"总之，胡适对于王国维的学术研究非常看重。因此，胡适与王国维的来往就是自然而然的事。据胡适1923年12月16日记：

> 往访王静庵先生（国维），谈了一点多钟。他说戴东原之哲学，他的弟子都不懂得，几乎及身而绝。此言是也。戴氏弟子如段玉裁可谓佼佼者了。然而他在《年谱》里恭维戴氏的古文和八股，而不及他的哲学，何其陋也！
>
> 静庵先生问我，小说《薛家将》写薛丁山弑父，樊梨花弑父，有没有特别意义？我竟不曾想过这个问题。希腊古代悲剧中常有这一类的事。他又说，西洋人太提倡欲望，过了一定限期，必至破坏毁灭。我对此事却不悲观。即使悲观，我们在今日势不能跟西洋人向这条路上走去。他也以为然。我以为西洋今日之大患不在欲望的发展，而在理智的进步不曾赶上物质文明的进步。
>
> 他举美国一家公司制一影片，费钱六百万元，用地千余亩，说这种办

① 中国社会科学院近代史研究所编：《胡适的日记》（下），中华书局1985年版，第318、319、440页。下引胡适日记均见此书。

鲁迅与20世纪中国研究丛书

法是不能持久的。我说，制一影片而费如许资本工夫，正如我们考据一个字而费几许精力，寻无数版本，同是一种作事必求完备尽善的精神，正未可厚非也。

按照著名学者李慎之的说法，王国维与胡适所谈看似随意，其实都是中西文化比较的重要问题。胡适认为清代有学问没有哲学；有学问家没有哲学家。王国维却认为戴震既是学问家，也是哲学家：戴震的一元论思想，以及他反对宋学的空泛和虚无，反对程朱理学的以理（礼）杀人，崇尚实用的思想等，都极有价值。王国维之所以这样看戴震，正是来源于他对西方哲学的理解与接受。其次，小说《薛家将》的作者不可能看过古希腊悲剧，更不会知道什么"俄狄浦斯情结"，却同样写了弑父，由此即引出一个中西文学的比较问题。最后，王国维是古典戏曲专家，对中国戏剧的虚拟性特色十分清楚。而西方电影却强调真实，他们把千军万马拉到电影的拍摄现场，目的就是追求宏大、真实的艺术效果。一个虚拟性，一个真实性，这也是一个中西艺术观、美学观的比较问题。显然，被视为封建遗老的王国维，所提出的却是富于现代性的问题，而且对西方文化非常了解，这大概让胡适感到惊讶和敬佩。事实上，对王国维提出的几个问题胡适后来都进行过研究，并从此确立了对王国维学术的重视。而且直到晚年，胡适还对胡颂平说：王国维是一个绝顶聪明的人，他少年时用德国叔本华的哲学来解释《红楼梦》，他后来的成就完全是罗振玉给他训练成功的，当然也要靠他自己的天分和功力。

如此，胡适向清华大学推荐王国维为国学院导师的行为就可以理解了。1924年12月8日，胡适陪同校长曹云祥拜访了王国维，第二天，曹云祥即在致胡适的信中明确表示聘请王国维任教。在王国维犹豫不决时，胡适又多次做其工作，甚至请溥仪做王国维的工作，终于最后促成王国维任教清华国学院。王国维自沉昆明湖后，陈寅恪在《王观堂先生挽词》中特别提及王氏晚年生活中的一件大事，即胡适推荐王国维为清华研究院的导师（"鲁连黄鹞绩溪胡，独为神州惜大儒"。胡适为安徽绩溪人）。在王国维进入清华这件事上，胡适确实功不可没。而陈寅恪诗作中一个"惜"字，不正是对胡适的"惺惺相惜之情"最好的赞扬么?

梁漱溟这位被称为"最后一个儒家"的大学者,对于王国维又是怎样的印象呢? 自然,其父梁巨川先生的投水自尽,必然使梁漱溟对王国维自杀有独特的理解。对此梁漱溟曾写专文解释:

> 王国维先生字静安,我先于1920年在上海张孟劬、张东荪昆仲家中见到一面。他头顶有小发辫,如前清时那样,说话时乡土音很重,而且神情静敛寡言。我虽凤仰大名,读过他的著作,却未敢向他请教,亦因我于他的学问全然一个外行也。

> 后来1925年清华大学增设国学研究院,延聘梁任公、陈寅恪、赵元任和静安先生四位先生为导师,而我适亦借居清华园内,从而有机会再见到他,且曾因我编订先父年谱,在体例上有所请教,谈过一些话,其神情一如上海见到时。梁任公住家天津,而讲学则在京,故尔每每往来京津两地。某日从天津回研究院,向人谈及他凤闻红色的国民革命军北伐进军途中如何侮慢知识分子的一些传说。这消息大大刺激了静安先生,他立即留下"五十之年不堪再辱"的遗笔,直奔颐和园,在鱼藻轩前投水自沉。我闻讯赶往目睹之下,追怀我先父昔年自沉于积水潭后,有知交致挽联云:"忠于清,所以忠于世;惜吾道,不敢惜吾身。"恰可移用来哀挽静安先生。[1]

迄今为止,学术界公认陈寅恪对于王国维之死的评价最有经典性的意义:"凡一种文化值衰落之时,为此文化所化之人必感苦痛,其表现此文化之程量愈宏,则其所受之苦痛亦愈甚;迨既达极深之度,殆非出于自杀无以求一己之心安而义尽也。""盖今日之赤县神州值数千年未有之巨劫奇变,劫尽变穷,则此文化精神所凝聚之人安得不与之共命而同尽,此观堂先生所以不得不死,遂为天下

---

① 梁漱溟:《梁漱溟全集》第七卷,山东人民出版社1993年版,第518—519页。

后世所极哀而深惜者也。"①把陈寅恪的评价和梁漱溟的评价进行比较，则可以发现，在哀叹中国文化的衰落和认为文人志士身处乱世之中，应当有以身殉志的决心和勇气等方面，他们其实是非常相近的。至于梁巨川与王国维二人表面上的"殉清"而死之是非，在他们看来是不足道也不必过于看重的。

对于陈寅恪和王国维的学问，梁漱溟自然佩服。不过，也认为他们虽然学识渊博，在某些方面还是有片面之处，而他所举的例子，就是他们二人对哲学的看法。梁漱溟是这样说的：

> 王静安先生（国维）有言：余疲于哲学有日矣。（按：王先生译出日本文哲学书最早）哲学上之说大都可爱者不可信，而可信者不可爱。余知其理，而余爱其误谬伟大之形而上学、高严之伦理学与纯粹之美学。凡此皆吾人所酷嗜也。然求可信者宁在知识上之实证论、伦理学上之快乐论与美学之经验论。知其可信而不能爱，觉其可爱而不能信；此近二三年中最大之烦闷也。

> 另一位大学问家陈寅恪先生亦曾有言：哲学纷无定论，宗教难起信心。此其感想与前王先生之言甚相类似，吾故连类及之。如两先生者既各有过人之才智，蔚成其学养及其不朽的著作，而竟然若是其缺乏哲学的慧悟，则信乎人的才智聪明各有所偏至也。②

值得注意的是，对文学艺术研究不多的梁漱溟，在谈到美的定义时，居然与王国维的观点非常相近。梁漱溟认为艺术美的本质特征在于"真切动人"。他为美下了这样一个定义，即"真切动人感情斯谓之美"。他说："文学艺术总属人世间事，似乎其所贵亦有真之一义。然其真者，谓其真切动人感情也。真切动人感情斯谓之美，而感情则是从身达心，往复心身之间的，此与科学、

---

① 陈寅恪：《王观堂先生挽词并序》，《陈寅恪集·诗集》，生活·读书·新知三联书店2001年版，第12—13页。

② 梁漱溟：《梁漱溟全集》第七卷，第471—472页。

哲学上所求之真固不同也。"梁漱溟又说: "美之为美, 千百其不同, 要因创作家出其生命中所蕴蓄者以刺激感染乎众人, 众人不期而为其所动也。人的情感大有浅深、厚薄、高低、雅俗之不等, 固未可一例看待。但总而言之, 莫非作家与其观众之间藉作品若有一种精神上的交通。其作品之至者, 彼此若有默契, 若成神交, 或使群众受到启发, 受到教育。"①这种美学观与王国维的美学观比较相似。王国维认为, "艺术之真所以优于自然之美者, 全存于使人易忘物我之关系也"②。这就是说, 文学艺术之所以有美学价值, 就在于它能以真切动人的形象引起人们情感上的共鸣, 把审美者的全身心融化在艺术中。反之, 文学艺术作品如不能真切动人, 那么就没有美学的价值。

作为四大导师的同时代人, 相比之下, 梁漱溟对于梁启超和王国维的理解当超过对赵元任和陈寅恪的理解。这不仅是由于后者当时的年龄和声望不及前者, 而且在于前者作为父辈得到了梁漱溟更多的敬重, 在于他们的思想观点从情感上得到梁漱溟更多的认同。

二、鲁迅与同门

说到鲁迅与其同门的关系, 首先要说与钱玄同的恩怨, 他们不仅是同门, 还是老乡。在新文学运动初期, 同为章氏门人的他们, 曾经是最亲密的战友, 互相支持和鼓励, 为新文学运动的成功做出了巨大贡献。可惜由于多种因素, 之后钱玄同却与鲁迅开始疏远, 而与周作人继续保持密切往来。鲁迅对钱玄同, 既有由衷的赞美之词, 也多少有些偏激的贬斥之语。至于周作人, 对于钱玄同的评价则相对比较平实。说到钱玄同对周氏兄弟的巨大影响, 大约下面两句话可以概括, 就是: 没有钱玄同的劝说, 就没有作为新文学大师的鲁迅; 而钱玄同如果不是过早去世, 周作人就有可能不会"下水"当汉奸。这其中其实有很多发人深思的东西。

鲁迅逝世后第五天, 钱玄同就写了《我对于周豫才君之追忆与略评》一

① 梁漱溟:《梁漱溟全集》第三卷, 第733页。
② 王国维:《静庵文集·红楼梦评论》, 辽宁教育出版社1997年版, 第67页。

文。他认为鲁迅的长处有三：一、治学最为谨严；二、治学是自己的兴趣，绝无好名之心；三、读史与观世有极犀利的眼光，能抉发中国的痼疾。他以鲁迅的小说《阿Q正传》《药》和《随感录》为例，说这种文章如良医开脉案，作对症发药之根据，于改革社会是有极大用处的。同时，他也指出鲁迅的弱点有三：一、性格多疑："鲁迅往往听了人家几句不经意的话，以为是有恶意的，甚而至于以为是要陷害他的，于是动了不必动的感情。"二、轻信："他又往往听了人家几句不诚意的好听话，遂认为同志，后来发现对方的欺诈，于是由决裂而至大骂。"三、迁怒："本善甲而恶乙，但因甲与乙善，遂迁怒于甲而并恶之了。"实事求是地说，钱氏的概括很是深刻，虽然不免有些片面。

那么，本来是战友的两个人，怎么会友谊破裂的？

关于鲁迅与钱玄同的交往①，钱玄同在《我对于周豫才君之追忆与略评》一文中曾经概括说："我与他的交谊，头九年（民前四——民五）尚疏，中十年（民六——十五）最密，后十年（民十六——二十五）极疏，——实在是没有往来。"②这基本上真实地反映了二人关系变化的轨迹。查《鲁迅全集》，他们之间的书信往来刚好是始于1918年，终结于1925年。具体说来，他们最初相识于《民报》社听讲，但当时关系尚不亲密，"仅于每星期在先师处晤面一次而已，没有谈过多少话"。随着新文化运动的兴起，他们在思想上产生了较多共鸣，交往也随之密切起来。根据《鲁迅日记》，钱玄同当时几乎每隔三五天就到绍兴会馆与鲁迅交谈，往往一谈就是半夜。对此，鲁迅在其《呐喊·自序》中有这样生动的记叙：

> S会馆里有三间屋，相传是往昔曾在院子里的槐树上缢死过一个女人的，现在槐树已经高不可攀了，而这屋还没有人住；许多年，我便寓在这屋里钞古碑。客中少有人来，古碑中也遇不到什么问题和主义，而我的生命却居然暗暗的消去了，这也就是我惟一的愿望。夏夜，蚊子多了，便摇

---

① 此处论述参考了卢毅的《试析章门弟子的内部分化》，原载《东方论坛》2007年第6期。

② 钱玄同：《我对于周豫才君之追忆与略评》，《钱玄同文集》第二卷，中国人民大学出版社1999年版，第305页。

着蒲扇坐在槐树下，从密叶缝里看那一点一点的青天，晚出的槐蚕又每每冰冷的落在头颈上。

那时偶或来谈的是一个老朋友金心异（引者按：即钱玄同），将手提的大皮夹放在破桌上，脱下长衫，对面坐下了，因为怕狗，似乎心房还在怦怦的跳动。

"你钞了这些有什么用？"有一夜，他翻着我那古碑的钞本，发了研究的质问了。

"没有什么用。"

"那么，你钞他是什么意思呢？"

"没有什么意思。"

"我想，你可以做点文章……"

我懂得他的意思了，他们正办《新青年》，然而那时仿佛不特没有人来赞同，并且也还没有人来反对，我想，他们许是感到寂寞了，但是说：

"假如一间铁屋子，是绝无窗户而万难破毁的，里面有许多熟睡的人们，不久都要闷死了，然而是从昏睡入死灭，并不感到就死的悲哀。现在你大嚷起来，惊起了较为清醒的几个人，使这不幸的少数者来受无可挽救的临终的苦楚，你倒以为对得起他么？"

"然而几个人既然起来，你不能说决没有毁坏这铁屋的希望。"

是的，我虽然自有我的确信，然而说到希望，却是不能抹杀的，因为希望是在于将来，决不能以我之必无的证明，来折服了他之所谓可有，于是我终于答应他也做文章了，这便是最初的一篇《狂人日记》。从此以后，便一发而不可收，每写些小说模样的文章，以敷衍朋友们的嘱托，积久就有了十余篇。

周作人在其《知堂回想录》之"一六六"中，也对此事有过比较详细的回忆。查鲁迅日记，可在这一时期多见有钱玄同来鲁迅住处的记录。通过这些思想交流，钱玄同认为"周氏兄弟的思想，是国内数一数二的，所以竭力怂恿他们给《新青年》写文章"，最终成功地动员了周氏兄弟加盟《新青年》。结

鲁迅与20世纪中国研究丛书

果，周作人的译文《陀思妥耶夫斯基之小说》发表在《新青年》第四卷第一号上，而鲁迅的《狂人日记》发表在第五号。此外，即便是在《新青年》同人中，鲁迅与钱玄同之间的交往也是相当频繁的。对于钱玄同在新文学运动中做出的巨大贡献，鲁迅是给予高度赞扬的："但是，在中国，刚刚提起文学革新，就有反动了。不过白话文却渐渐风行起来，不大受阻碍。这是怎么一回事呢？就因为当时又有钱玄同先生提倡废止汉字，用罗马字母替代，这本也不过是一种文字革新，很平常的，但被不喜欢改革的中国人听见，就大不得了了，于是便放过了比较的平和的文学革命，而竭力来骂钱玄同。白话乘了这一个机会，居然减去了许多敌人，反而没有阻碍，能够流行了。"①而且，这时的鲁迅对钱玄同大胆直白的文风也是肯定的，指出"玄同之文，即颇汪洋，而少含蓄，使读者览之了然，无所疑惑，故于表白意见，反为相宜，效力亦复很大"②。由此可见，这一时期他们的关系相当融洽。

但令人遗憾的是，之后鲁迅与钱玄同的关系却日益恶化，最终不仅二人"默不与谈"，甚至还互相抨击。

关于鲁迅与钱玄同之间的矛盾，周维强先生的《扫雪斋主人——钱玄同传》是这样描述的："1929年5月，鲁迅回到北平省亲。有一天在孔德学校，偶然遇到钱玄同，两位章门弟子，新文化运动的战友，因为一张名片上的姓名问题发生争执，不欢而散。从此竟断了往来！"但从两位当事人留下的文字记述来看，他们在孔德学校并不曾发生争执，只是话不投机而已。确切的证据是，1929年5月25日鲁迅写给许广平的信，其中说到："途次往孔德学校去看旧书，遇金立因（原稿作钱玄同），胖滑有加，唠叨如故，时光可惜，默不与谈；少顷，则朱山根（顾颉刚）叩门而入，见我即踟蹰不前，目光如鼠，终即退去，状极可笑也。"对此，钱玄同的说法是："十八年五月，他到北平来过一次，因幼渔的介绍，他于是月二十六日到孔德学校访隅卿（隅卿那时是孔德的校务主任），要看孔德学校收藏的旧小说。我也在隅卿那边谈天，看见他

① 鲁迅：《无声的中国》，《鲁迅全集》第四卷，人民文学出版社2005年版，第13页。
② 鲁迅：《两地书》，《鲁迅全集》第十一卷，人民文学出版社2005年版，第47页。

的名片还是‘周树人’三字，因笑问他，‘原来你还是用三个字的名片，不用两个字的。’我意谓其不用‘鲁迅’也。他说，‘我的名片总是三个字的，没有两个字的，也没有四个字的’，他所谓四个字的，大概是指疑古玄同吧！我那时喜效古法，缀‘号’于名上，朋友们往往要开玩笑，说我改姓‘疑古’，其实我也没有这四个字的名片。他自从说过这句话之后，就不再与我谈话了，我当时觉得有些古怪，就走了出去。”（出处见前面所说钱氏纪念鲁迅之文）而作为他们共同朋友的沈尹默是这样描述的："鲁迅从上海回北京，一次曾在他们的老师章太炎那里会见，为了一句话，两意不投，引起争论，直到面红耳赤，不欢而散。"

问题在于，鲁迅写给许广平的信后来发表了，也就是说鲁迅是打算公开他对钱玄同这样苛刻评价的，于是钱玄同看后自然会表示气愤。还是在《我对于周豫才君之追忆与略评》一文中，钱玄同这样反驳鲁迅："我想，‘胖滑有加’似乎不能算做罪名，他所讨厌的大概是‘唠叨如故’吧。不错，我是爱‘唠叨’的，从二年秋天我来到北平，至十五年秋天他离开北平，这十三年之中，我与他见面总在一百次以上，我的确很爱‘唠叨’，但那时他似乎并不讨厌，因为我固‘唠叨’，而他亦‘唠叨’也。不知何以到了十八年我‘唠叨如故’，他就要讨厌而‘默不与谈’。但这实在算不了什么事，他既要讨厌，就让他讨厌吧。"看来，因为是为鲁迅逝世而写的文章，钱玄同的文字没有过于表示出对鲁迅之语的反感，但字里行间的不快意味还是可以体会到的。

不过，尽管两人由战友而成为路人，由疏远到有成见，但鲁迅却还没有像攻击"第三种人"那样，公开发表文章，而多是私下议论。譬如1930年2月22日，鲁迅在致章廷谦的信中，说钱玄同"好空谈而不做实事，是一个极能取巧的人"；1933年12月27日，在致台静农的信中，鲁迅又说钱玄同"夸而懒，又高自位置。而其字实俗媚入骨，无足观"。[①]而钱玄同也在此时的日记中多次提及："购得鲁迅之《三闲集》与《二心集》，躺床阅之，实在感到他的无聊、无赖、无耻"，"购得新出版之鲁迅《准风月谈》，总是那一套，冷酷尖

① 鲁迅：《鲁迅全集》第十二卷，第4、253、309页。

酸之拌嘴，骂街，有何意思"。当北师大学生邀请鲁迅讲演时，他更声明："我不认识有一个什么姓鲁的"，"要是鲁迅到师大来讲演，我这个主任就不再当了！"。①对此，鲁迅回应说："钱玄同实在嚣张极了！仿佛只有他研究的那东西才是对的，别人都不对，都应该一齐扑灭！"②可以说，二人关系至此已彻底破裂。最后，由于《两地书》的出版，鲁迅对钱玄同的不满还是被公之于众了，鲁迅之所以这样，更多的原因恐怕和那时的钱玄同在思想上与鲁迅越来越不一致，而与周作人趋同，从而引起鲁迅的反感有关吧。

鲁迅在五四新文学运动高潮过后曾回顾说："《新青年》的团体散掉了，有的高升，有的退隐，有的前进，我又经验了一回同一战阵中的伙伴还是会这么变化。"这无疑是对胡适、钱玄同等人"退隐"书斋、忙于"整理国故"表示不满。而与此相对应，20年代末和30年代初，钱玄同也对鲁迅的日益"向左转"不满，多次讽刺鲁迅是"左翼公""左公"，并提出要针对鲁迅倡导的大众语运动实行"鸣金收兵""坚壁清野"的措施，以示不予合作。

其次，除了思想分歧之外，二人的人际交往原则不同和交际圈子的不同也是重要因素。1929年6月1日，鲁迅第一次到北平探亲时曾写信给许广平，其中就有这样的评论："南北统一后，'正人君子'们树倒猢狲散，离开北平，而他们的衣钵却没有带走，被先前和他们战斗的有些人给拾去了，未改其原来面目者，据我所见，殆惟幼渔、兼士而已。"等到1932年底，他第二次北游探亲时又再次拜访了马幼渔、沈兼士等同门。事实上，马、沈等人当时都已远离政治，成为纯粹学者，但这并未妨碍鲁迅与他们来往。由此可见，鲁迅之所以开始与钱玄同有分歧，其实并不是因为钱玄同的政治上趋于保守和专心于学术，而更多的是由于二人在交际圈子方面的差异，具体而言，就是钱玄同一直与某些"正人君子"保持友好往来，而这些人却是鲁迅最反感的文人。

所谓"正人君子"，就是指的胡适、陈源等人，钱玄同与他们关系很好，

① 王支之：《鲁迅在北平》，孙伏园、许钦文等：《鲁迅先生二三事——前期弟子忆鲁迅》，河北教育出版社2000年版，第13页。

② 王支之：《鲁迅在北平》，孙伏园、许钦文等：《鲁迅先生二三事——前期弟子忆鲁迅》，第22页。

自然会使得鲁迅不快。对此，钱玄同曾评价鲁迅"多疑"，"他往往听了人家几句不经意的话，以为是有恶意的，甚而至于以为是要陷害他的，于是动了不必动的感情"。客观看来，钱氏此言在很大程度上揭示了鲁迅性格中真实的一面。而鲁迅对钱氏也是早生不满。早在1924年，鲁迅便写文章说："风闻有我的老同学玄同其人者，往往背地里褒贬我，褒固无妨，而又有贬，则岂不可气呢？"这显然是怀疑钱玄同在"正人君子"面前议论他。

最后，两人对顾颉刚的态度是导致其关系破裂的直接导火索。鲁迅对顾氏向无好感，不仅写文讽刺顾氏，甚至要诉诸公堂。而钱玄同则极为赞同顾颉刚"疑古"之说，为此他甚至还改名为"疑古玄同"，这自然也影响了他与鲁迅的关系。

与此形成对比的是，鲁迅与周作人失和后，钱玄同仍然和周作人继续交往，这当然也会引起鲁迅的不满，这种不满当周作人1934年五十岁发表所谓的《五秩自寿诗》时达到顶点，因为很多人都写诗唱和，其中就有钱玄同。

周作人的诗当时由林语堂给发表在自己创办的《人间世》杂志创刊号上，共有两首：

其一

前世出家今在家，不将袍子换袈裟。街头终日听谈鬼，窗下通年学画蛇。老去无端玩骨董，闲来分明种胡麻。旁人若问其中意，且到寒斋吃苦茶。

其二

半是儒家半释家，光头更不着袈裟。中年意趣窗前草，外道生涯洞里蛇。徒羡低头吃大蒜，未妨拍桌拾芝麻。谈狐说鬼寻常事，只欠工夫吃苦茶。

其诗一出竟然和者众多，不过，与其说鲁迅所反感的是周作人，还不如说是那些唱和者，这种态度和鲁迅一生对看客和帮凶的鄙视态度似乎完全一致。他在当年4月30日给曹聚仁的信中说："周作人自寿诗，诚有讽世之意，然此

鲁迅与20世纪中国研究丛书

种微辞，已为今之青年所不憭，群公相和，则多近于肉麻，于是火上添油，遂成众矢之的，而不作此等攻击文字，此外近日亦无可言。此亦'古已有之'，文人美女，必负亡国之责，近似亦有人觉国之将亡，已在卸责于清流或舆论矣。"之后，鲁迅在5月6日给杨霁云的信中再次谈到周作人的《五秩自寿诗》以及所引起的风波，其实倒还是为周作人辩护的："至于周作人之诗，其实是还藏些对于现状的不平的，但太隐晦，已为一般读者所不憭，加以吹擂太过，附和不完，致使大家觉得讨厌了。"鲁迅的深刻在于，他认为周作人之诗"诚有讽世之意"，是"藏些对于现状的不平的"，其实并不是像当时上海某些左翼批评家所说的"堕落""颓废"。周作人因写自寿诗而引发文坛风波，鲁迅认为其实诗本身倒无大碍，关键是"群公相和"，大都"吹擂太过"，"多近于肉麻"。而鲁迅的眼光还看得更远，认为在民族危机日益加深的时刻，一定要当心有人会利用这场"风波"，将"亡国之责"，"卸责于清流或舆论"。应该说，鲁迅对其弟弟的理解是超过他人的，日后，当周作人从《鲁迅书简》中读到这两封信时，觉得鲁迅"能够主持公论，胸中没有丝毫蒂芥，这不是寻常人所能做到的了"①。

回过来再说钱玄同，鲁迅对他的评价既能一针见血，也没有完全否定，而是有褒有贬。如在1935年，鲁迅有这样的文字："五四时代的所谓'桐城谬种'和'选学妖孽'是指做'载飞载鸣'的文章和抱住《文选》寻字汇的人们的，而某一种人确也是这一流，形容恰当，所以这名目的流传也较为永久。"②即是对钱玄同当年提出这一口号之功绩的肯定。又如"但是，在中国，刚刚提起文学革新，就有反动了。不过白话文却渐渐风行起来，不大受阻碍。这是怎么一回事呢？就因为当时又有钱玄同先生提倡废止汉字，用罗马字母来替代。这本也不过是一种文字革新，很平常的，但被不喜欢改革的中国人听见，就大不得了了，于是便放过了比较的平和的文学革命，而竭力来骂钱玄同。白话乘了这一个机会，居然减去了许多敌人，反而没有阻碍，能够流行了"③。

---

① 周作人：《知堂回想录》，（香港）三育图书有限公司1980年版，第425页。
② 鲁迅：《五论"文人相轻"——明术》，《鲁迅全集》第六卷，第384页。
③ 鲁迅：《无声的中国》，《鲁迅全集》第四卷，第13页。

同样，钱玄同也没有因鲁迅对他的反感而诋毁鲁迅在文学史上的崇高地位。他的《我对于周豫才君之追忆与略评》一文，也极力称赞鲁迅的《域外小说集》"志在灌输俄罗斯、波兰等国之崇高的人道主义，以药我国人卑劣阴险自私等龌龊之心理。他们思想超卓，文章渊懿，取材谨严，翻译忠实，故造句遣辞，十分矜慎，……不仅文字雅驯，且多古言古字，与林纾所译之小说绝异"，并夸奖鲁迅在《河南》杂志上发表的一系列文章"斥那时浅薄新党之俗论，极多胜义"。此外，钱玄同还高度评价了鲁迅的《中国小说史略》，说"此书条理明晰，论断精当，虽编成在距今十多年以前，但至今还没有第二部比他更好的（或与他同样好的）中国小说史出现。他著此书时所见之材料，不逮后来马隅卿（廉）及孙子书（楷第）两君所见者十分之一，且为一两年中随编随印之讲义，而能做得如此之好，实可佩服"。最后，他还总结说："他治学最为谨严，无论校勘古书或翻译外籍，都以求真为职志，……这种精神，极可钦佩，青年们是应该效法他的。……豫才治学，只是他自己的兴趣，绝无好名之心，……"

　　总之，在学术方面，无论他们的友谊是否破裂，鲁迅和钱玄同倒还是能够相互肯定，而在他们友谊深厚时期，更是相互推重且相互帮助的，这从他们的书信中可以看出。以下略举几个例子：

> 尝闻《醒世姻缘》其书也者，亦名《恶姻缘》者也。孰为原名，则不得而知之矣。间尝览之，其为书也，至多至烦，难乎其终卷矣。然就其大意而言之，则无非以报应因果之谈，写社会家庭之事，描写则颇仔细矣，讽刺则亦或锋利矣，较之《平山冷燕》之流，盖诚乎其杰出者也，然而不佞未尝终卷也，然而殆由不佞粗心之故也哉，而非此书之罪也夫！

　　这是鲁迅1924年11月26日给钱玄同的信，其中关于《醒世姻缘传》这部作品的观点，可以作为对《中国小说史略》中对《醒世姻缘传》未有评价的补充。说来奇怪，《中国小说史略》对《平山冷燕》这样平庸之作还有专节论述，却对"描写仔细""讥讽锋利"、远比《平山冷燕》"杰出"的《醒世姻缘传》只字未提，对此鲁迅自己的解释是"不佞粗心之故"，但恐怕不是真心话，因为他还有一句"不佞未尝终卷也"，也就是作品缺少魅力。据鲁迅1924年11月26日日记，"上午得玄同信……下午复玄同信"。所以从这封信内容看，估计是钱玄同来信中问到为何《中国小说史略》中没有提及《醒世姻缘传》，鲁迅才特意答复。至于鲁迅为何在其著作中没有对该书进行评价，也许还是可以从给钱玄同的这封信中找到蛛丝马迹，那就是在谈到该书的版本时，鲁迅说，如果能找到所谓的明版，"或遂即尚称《恶姻缘》者也乎"——由此观之，鲁迅对该书不能说不熟悉，而著作中不作评价，其理由大概只有一个，就是鲁迅对该书所宣扬的因果轮回、宿命论思想等极为反感，甚至"未尝终卷也"，所以才会决定不让其进入其小说史罢。其中大概也不乏与自己的切身经历有关，例如《醒世姻缘传》前言中的这一段，恐怕就会激起鲁迅极大的反感：

但从古来贤妻不是容易遭着的，这也即如"王者兴，名世出"的道理一般。人只知道夫妻是前生注定，月下老将赤绳把男女的脚暗中牵住，你总然海角天涯，寇仇吴越，不怕你不凑合拢来。依了这等说起来，人间夫妻都该搭配均匀，情谐意美才是，如何十个人中倒有八九个不甚相宜？或是巧拙不同，或是媸妍不一，或做丈夫的憎嫌妻子，或是妻子凌虐丈夫，或是丈夫弃妻包妓，或是妻子背婿淫人；种种乖离，各难枚举。正是："夫妻本是同林鸟，心变翻为异国人。"

看官！你试想来，这段因果却是怎地生成？这都尽是前生前世的事，冥冥中暗暗造就，定盘星半点不差。只见某人的妻子会持家，孝顺翁姑，敬待夫子，和睦姒娌，诸凡处事井井有条。这等夫妻乃是前世中或是同心合意的朋友，或是恩爱相合的知己，或是义侠来报我之恩，或是负逋来偿我之债，或前生原是夫妻，或异世本来兄弟。这等匹偶将来，这叫做好姻缘，自然恩情美满，妻淑夫贤，如鱼得水，似漆投胶。又有那前世中以强欺弱，弱者饮恨吞声，以众暴寡，寡者莫敢谁何；或设计以图财，或使奸而陷命。大怨大仇，势不能报，今世皆配为夫妻。看官！你想如此等冤孽寇仇，反如何配了夫妇？难道夫妇之间没有一些情义，报泄得冤仇不成？

不知人世间和好的莫过于夫妇。虽是父母兄弟是天合之亲，其中毕竟有许多行不去、说不出的话，不可告父母兄弟，在夫妻间可以曲致。所以人世间和好的莫过于夫妻，又人世仇恨的也莫过于夫妻。

再看钱玄同的有关书信：

> 捣了半天鬼，费了三张纸，正经话一句也没有说，现在赶紧说罢。你那天同我谈的乌龟身上的字，有许多的新发明：如 ⏐ ⏐⏐ 表动荡之类。祈将已经见到的，随便写出一点，给我看看。千万不要不写！因为我近来要编辑讲义，关于字形一部分，颇要换点新法而也。兼士处，亦去函询。你如其不愿标榜，则不说明大名，亦可。但请"不吝赐教"为幸。①

这是钱玄同1918年12月11日写给鲁迅的"求救"之信。查鲁迅日记，该年12月钱玄同到鲁迅住处有四次，此外两人还在刘半农和马幼渔处一起吃饭，交往不可谓不密切。而就是在11日晚，钱玄同去鲁迅处，大概是返回后又写了这封信，估计是交谈时忘记说了还是怎样。可惜鲁迅日记中文字简约，已无法确知鲁迅是哪一天和钱玄同谈到甲骨文了。不过，既然一代"小学"大家的钱玄同如此郑重其事地请鲁迅介绍有关甲骨文的"新发明"，也可证明鲁迅的小学功底深厚和对当时有关甲骨文研究的进展极为熟悉。对此还有一个佐证，那就是直到1921年，在当年1月11日写给鲁迅的信中，钱玄同表示自己近来对研究甲骨文很有兴趣，问鲁迅"近来又有新义发明否？"②。

总之，鲁迅与钱玄同由同门而成为朋友，进而为战友，却最终友情淡化并导致事实上的关系破裂，如今思来确实令人叹息。不过，有意思的是，钱玄同与周作人，关系却一直很密切。那么，是什么原因使得钱玄同对周氏兄弟采取了不同的交往态度？看来还是思想见解方面的原因，此外也当与周氏兄弟的性

① 钱玄同：《钱玄同文集》第六卷，中国人民大学出版社2000年版，第3页。
② 钱玄同：《钱玄同文集》第六卷，第11页。

格不同有关罢。

第二节　他人眼里作为"学问家"的鲁迅

一、鲁迅与曹聚仁

在鲁迅晚年，与其交往较多的同门且在学术研究方面成就斐然者，还有曹聚仁。虽然他们年龄相差二十岁，但在上海期间却交往较为密切。查鲁迅日记，有关曹聚仁的记载达六十八次之多。据曹聚仁回忆，鲁迅写给他的书信有四十四封，现存二十四封，其余则毁于战事。而且，他们的大部分交往虽然是在20世纪30年代，但曹聚仁初识鲁迅却是在1927年。当年12月21日，鲁迅应邀赴暨南大学发表题为《文艺与政治的歧途》的讲演，记录者就是以"刘率真"为笔名的曹聚仁。

曹聚仁一生著述极多，但首先较为人们熟悉的，是他的《鲁迅评传》。该书写于20世纪50年代的香港。迄今为止，可以说在众多鲁迅之传记中，曹氏的《评传》别具特色，特别是在那个特定的历史时期。按照曹聚仁自己的话说，他写鲁迅既不仰望，也不俯视，而是把鲁迅视作一个有血有肉的普通人。鲁迅生前，曹聚仁曾对他讲过：我虽不是替你写传的"适当的人"，"但我也有我的写法"。并说："与其把你写成一个'神'，不如写成一个'人'的好。"①

不过我们此处并不阐述鲁迅与曹聚仁的交往，而是主要分析两人在一些学术问题上的交流和见解方面的异同。

同为章太炎的弟子，他们两人对魏晋文学都极为重视和偏爱。鲁迅之态度我们前面已有引述，此处只看曹聚仁的有关论述：

> 汉魏之际，中华学术大变。然经术之变为玄谈，非若风雨之骤至，乃

---

① 此段见于曹聚仁《鲁迅评传》的引言。因鲁迅日记中未有类似记载，所以还可对比参看曹聚仁在《我与我的世界》中谈他与鲁迅交往的几篇文章，其中也有类似的说法。

渐靡使之然。①

  "名教"，即是因名立教（教即教化），内容包括一切政治设施，而就用人这一方面来谈，就突出地表现在鼓励大家求名，凭着这个"名"（声誉），来选拔官僚与推行教化，于是用人行政便可恰当地配合。……为了提倡，为了求得需要的人才，在选举方面就因名求士所以东汉士人努力追求的便是名。关于求名的例子，举不胜举，即如曹操这样的豪杰之士，郑玄这样博学名家，也同样追求声名，这可见汉末的朝野风气。郑玄告诫其子"畏教慕善，然后有名。"即是此意。②

上述对东汉末年士人风气的分析，与鲁迅的有关分析大致相同，只不过鲁迅更多从文学变迁角度，而曹氏更多从文化和政治制度角度。而且，在《中国学术思想史随笔》中，曹聚仁更是以《魏晋风度及文章》《南北》和《名教与佛教》等为题，专门阐释鲁迅那篇《魏晋风度及文章与药及酒之关系》，其中基本是对鲁迅观点来源的阐释和肯定，但也有很多曹氏自己的发挥。例如他指出鲁迅的观点与其老师章太炎以及刘师培有关，在提到鲁迅概括的"清峻、通脱、华丽、壮大"时，也提醒读者要与刘师培的《中古文学史》相互印证，并强调对魏晋南北朝的文化思想要特别给予重视。

  如果说在《魏晋风度及文章》中曹聚仁主要是阐释鲁迅的见解，则在《南北》和《名教与佛教》等篇中他就更多有所发挥，更多从学术思想史角度论述这一时期的学术变迁，从中可以看出曹聚仁的渊博学识以及独到的见解，也在一定程度上丰富和发展了鲁迅的有关论述。曹聚仁指出，魏晋南北朝时期，因为佛学的进入，已有所谓的"南学"与"北学"、"南人"与"北人"之分，大致而言，南人学问清通简要，北人学问渊综广博，并引用唐长孺的话对所谓南北的地域界限给予说明。所谓的"北人学问渊综广博"乃指大河（黄河）以北流行的汉儒经说传注，而"南人学问清通简要"是指大河以南流行的玄学，

① 曹聚仁：《中国学术思想史随笔》，生活·读书·新知三联书店1986年版，第106页。

② 曹聚仁：《中国学术思想史随笔》，生活·读书·新知三联书店1986年版，第174页。

其实就是经学中郑玄与王肃的差异。为了使读者更明白南北学术的风格不同，曹聚仁还以书法为例。行书一体，在汉末已经在颍川提倡，但因其形式较新，到曹魏时才流行于中原士大夫间，江南民间虽已流行，但号称书法家的士大夫却并未接受。直到晋朝灭亡后行书才真正传入江南，后王羲之、王献之父子书名最盛，正因其行书成就。而后人又多学二王，由此可见两晋和南北朝时期的学术文化流变。再就是语言和风俗变化问题，曹聚仁用葛洪之前所说的例子即"哀哭"来说明南北之不同。本来江南丧哭时有哀诉之言，而北方丧哭则唯呼"苍天""痛深"，也即"号而不哭"。等到南北朝，颜之推已经认为"号而不哭"是江南之俗，而北方反而没有这种哭法了。究其原因，曹聚仁引唐长孺的话作为结论，就是"表示了吴亡以后，江南士人却至羡慕中原风尚的心理。一到晋室南迁，以洛阳为中心的中原文化，便移到了建康，改变了江南所固有的文化和风俗了"①。

在《中国学术思想史随笔》中，曹聚仁还对浙东学派及其代表人物章学诚的学术思想进行了评述，指出章学诚的史学就是要建立一种"通史"，其中贯穿着一种历史哲学。在给予章学诚高度赞誉的同时，也间接指出了章学诚等浙东学派代表人物对章太炎学术思想的影响，同时也对鲁迅学术思想的复杂来源给出了一个解释的路径。梁启超曾经称赞章太炎之《国故论衡》等章氏中岁后成就"固非清学所能限矣；其影响于近年来学界者亦至巨"②。而今人已将《国故论衡》与王充之《论衡》、刘知几之《史通》和章学诚之《文史通义》相提并论，则他们之间的传承流变脉络不言自明，而鲁迅无论是直接还是间接，则从他们那里继承的学术思想，自然会体现在其学术研究之中。

关于章学诚对曹聚仁的影响，可以从其所编撰的《鲁迅年谱》看出，在该年谱的开头，曹聚仁引用了章学诚《文史通义》中这样一段：

　　文人之有年谱，前此所无。宋人为之，颇觉有补于知人论世之学，

---

① 曹聚仁：《中国学术思想史随笔》，生活·读书·新知三联书店1986年版，第185页。
② 梁启超：《清代学术概论》，中华书局2010年版，第143页。

不仅区区考一人文集已也。盖文章乃立言之事，言当各以其时。同一言也而先后有异，则是非得失，霄壤相悬。前人未知以文为史之义，故法度不具；必待好学深思之士，探索讨论，竭尽心力，而后乃能仿佛其始末焉。

显然，曹聚仁不仅深以"知人论世"之说为然，而且对章学诚的"以文为史"之说也极为赞同，由此对年谱、传记等文体的特殊重要性就必然持赞同态度。这也不仅可以佐证他何以对撰写鲁迅评传和年谱格外用力，而且可以间接佐证鲁迅的中国小说史等学术研究所受章学诚之影响。

曹聚仁在《中国学术思想史随笔》中，还对唐传奇有专门论述，其有关见解如和鲁迅比较，可以看出二者的很多契合之处。例如以下一段，就很自然会让读者联想到鲁迅在《中国小说史略》中的相关论述：

> "传奇文"的创始，盖在隋唐之际，其成长发展，则在唐大历、元和之时，开了花结了果，这是古文运动另一生力军。古文运动扬弃了那不便于叙事状物的骈俪文体；同时，也让朴质无华的"古文"，增加了一种文学的风姿，尽可能向"美"的方向走去。[1]

而在此段论述之后，曹聚仁所引用郑振铎的"唐人传奇不仅是第一次有意的来写小说的尝试，也是第一次用古文来细腻有致地描写人间的物态人情以致琐屑情事的艺术创作"一句，更是直接来自鲁迅。

不过，由于是学术随笔而非文学史著作，曹聚仁在讨论小说时还是主要关注其文化社会学的意义。如对那篇有名的反映唐代朋党之争的《周秦行纪》，曹聚仁并未过多分析其文学史上的价值，而是由此进入对中国历史上的阶级对立问题的阐释。他认为唐代的阶级对立始于东汉，即当时所谓豪门（高门）与其他众庶的对立，到魏晋演变为曹魏与司马氏的斗争。而后高门势力日渐壮大，门第制度逐渐奠定了牢固的基础，以至于到了隋代，政治还是受这样一班

---

① 曹聚仁：《中国学术思想史随笔》，生活·读书·新知三联书店1986年版，第435页。

人物的支配。所谓帝王也不过是他们所愿意拥戴的元首甚至是傀儡而已。而唐太宗具有深刻的历史眼光，决心压抑高门、打破山东士族垄断而提拔高门之外的与自己出身相同的人士。其后之唐代统治者也一直贯彻这一新的统治政策，直到中唐，遂演变为最重要的政治问题。而武则天不仅继续推行压抑高门政策，而且还要推翻李唐的新进统治，所以决意扶植第三阶级，其中就包括小市民、商人和下级官吏，为此就要改变科举考试内容，为这些人进入统治阶层打开大门，使之有可能成为新贵族阶级。曹聚仁指出，只有从这样的角度来理解唐代文学尤其是唐传奇，才能对其演变有更深刻的认识。[1]应该说曹聚仁这样分析是很有深度也很有独到之处的，其善于以小见大、见微知著，从某一文体甚至一篇文学作品看出社会政治制度重要演变趋势的眼光，确实非同凡响。

能够体现曹聚仁独到眼光的还有他对唐传奇中豪侠小说的评价。他认为这些豪侠小说的价值在于"女性已经处于主角的地位"，所举例证就是红线女和红拂女，指出这样美丽而又武艺高强的女性，是以往小说中没有出现过的人物，而这些显然是受到佛教思想的影响，因为佛教本来就对女子宽大，男女平等。武则天做了皇帝也是受了佛教影响。所以，这样的豪侠小说以年轻女性为主角，让她们成为英雄人物，作品就显得光彩夺目，"这可以说唐代文艺内容一大解放"[2]。曹聚仁这样的看法显然是很有现代意识，而且很可能受到20世纪女权主义思想的影响，但鲁迅因时代的局限等原因，并未在其小说史论著中做出这样的分析，这可以看作是学术研究中后起者因占有某些历史赋予的优势而容易在某些具体案例分析中超越前人的例证。

对于鲁迅的学术研究，曹聚仁自然给予高度评价。首先是对《中国小说史略》，曹聚仁大致借用了胡适的赞美之词：

> 他这部小说史，也是开山的工作，首先，搜辑古逸，考证史料，其断制之严谨，条理之明畅，自是国人一等，全书二十八篇，前六篇条秩源

---

① 此处论述可参看曹聚仁《中国学术思想史随笔》中第437—438页。

② 曹聚仁：《中国学术思想史随笔》，生活·读书·新知三联书店1986年版，第446页。

流，工夫最精富。后七篇，叙介近代小说的流派，评断至为公允。论者谓足与王国维《宋元戏曲史》比美。①

有意思的是，对于"鲁迅假如还活着又会怎样"这样问题的回答，很多年来，已经不是一个简单的猜想，而是被赋予很多文学和学术之外因素的重大问题，事实上也成为考察统治者与知识分子之间关系的尺度问题。对此曹聚仁的回答充满智慧：

> 鲁迅先生在现在的话，他的创作，将有什么成就，我不敢说。他的学术成就，一定有惊人的收获，那是可以断言的。至少，他那部中国文学史，一定可以写成的了。②

从1949年后中国文化界和文学学术的实际发展状况看，应该说曹聚仁的预判大致不错，而且至少有一位作家1949年后的经历从反面佐证了曹聚仁的预言，那就是沈从文。

二、鲁迅与顾颉刚

如果说鲁迅一生最为反感的人都有谁，顾颉刚应该可以算是一个。说来有些不可思议，两人的专长本不一致，年龄也相差不少，但阴差阳错，两人的关系从一开始的平平到后来的势同水火，甚至到了要打官司程度，确实使得他们共同之朋友圈中人愕然，例如胡适。而曹聚仁虽然是不折不扣的鲁迅晚年不多的好友，但对于鲁迅与顾颉刚的敌对关系，却在《鲁迅评传》中为顾颉刚说了很多好话。不过此处无意对两人的是是非非做出道德判断，而是由此分析这种矛盾与他们学术研究的关系，以及如何影响了他们对对方学术研究的评判。

先看顾颉刚对鲁迅最重要学术著作《中国小说史略》的评价。据顾颉刚

---

① 曹聚仁：《鲁迅年谱》，见其《鲁迅评传》之附录一。
② 曹聚仁：《鲁迅年谱》，《鲁迅评传》，东方出版中心1999年版，第386页。

1927年2月11日日记："鲁迅对于我的怨恨，由于我告陈通伯，《中国小说史略》剿袭盐谷温《支那文学讲话》。他自己抄了人家，反以别人指出其剿袭为不该，其卑怯骄妄可想。此等人竟会成群众偶像，诚青年之不幸。他虽恨我，但没法骂我，只能造我种种谣言而已。予自问胸怀坦白，又勤于业务，受兹横逆，亦不必较也。"①数十年后的1973年，顾颉刚在写给陈则光的信中又有"鲁迅在《中国小说略》中列了一个关于《红楼梦》人物的关系表，而这个表是从日本人盐谷温《支那文学讲话》中钞来的，我用考据学的眼光看，认为鲁迅应当写出出处，并把这种想法讲给陈源，也告诉了孙伏园"更为具体的说法，这说明直到那时，顾颉刚内心仍然认为鲁迅有抄袭之嫌。

　　而在盐谷温的著作被全文翻译过来后，鲁迅曾特意发表文章，对当年攻击他的陈源等宣布他们的失败，而在这一事件中为陈源提供所谓抄袭证据者，正是顾颉刚，则鲁迅对顾颉刚的反感可想而知。如今学术界早已确认所谓的鲁迅抄袭是没有道理的指责，胡适当年也明确为鲁迅澄清，认为鲁迅是"万分冤枉"的。虽然如此，但鲁迅与顾颉刚的矛盾并未因此消失，反而愈演愈烈，如今看来，虽然是非较为明确，但两位大学者因此反目成仇，还是令人叹惋。

　　顾颉刚在日记、书信等私人记录中不止一次明确指出鲁迅是抄袭者，而在公开发表的论著中，其评价稍微客气一些，但也不会给予很高的评价：

　　　　在欧美，小说是文学很大的一个部门，所以最初研究中国小说史的人，都是对于外国文学有深湛的研究，如胡适及周树人先生诸人。

　　　　胡适先生对于中国小说史的研究贡献最大，在东亚图书馆所标点的著名旧小说的前面均冠有胡先生的考证，莫不有惊人的发现和见解。……所论既博且精，莫不出人意外，入人意中。对于小说史作精密的研究，此为开山工作。②

---

① 顾颉刚：《顾颉刚日记》第二卷，中华书局2010年版，第15页。
② 顾颉刚：《当代中国史学》，《顾颉刚全集》第13卷，中华书局2010年版，第422页。

"开山工作"一词，本为胡适赞美鲁迅《中国小说史略》之用语，则顾颉刚显然认为鲁迅所作工作不是"开山工作"：

> 周树人先生对于中国小说史最初亦有贡献，有《中国小说史略》。此书出版已二十余年，其中所论虽大半可商，但首尾完整，现在尚无第二本足以代替的小说史读本出现。①

这里的"最初""所论大半可商"以及"读本"等评判之词，已经再明确不过地显示出顾颉刚对鲁迅之研究的不以为然，假若已有第二本"首尾完整"的小说史，大概顾颉刚就不会再提及鲁迅了吧。对于直到20世纪30年代还宣称尚未出现可以超越自己小说史著作的鲁迅，看到这样的评价当然不会认为是正面的，甚至可以认为是"恶攻"了。

再如学术界一直把鲁迅的小说史研究与王国维的戏曲研究相提并论，而顾颉刚对王国维的评价则明显高于鲁迅：

> 关于戏曲史的研究，第一个有贡献的，是王国维先生。他著有《宋元戏曲史》，真是一本不朽的名著。有了这本书，然后方有后此许多人的成就。在戏曲史的研究上，这一本书是有凿空之功的。②

就纯学术方面而言，顾颉刚主要是从史学研究角度，对中国古代文学以及古代小说有零散的论述，有些如与鲁迅的相关研究相比较，倒是耐人寻味。例如以下几条：

> 凡是人的知识和心得，总是零碎的。必须把许多人的知识和心得合起来，方可得着全体。笔记者，个人至琐碎之记录也，然以其皆真实不虚，

---

① 顾颉刚：《当代中国史学》，《顾颉刚全集》第13卷，中华书局2010年版，第422页。

② 顾颉刚：《当代中国史学》，《顾颉刚全集》第13卷，第423页。

故其用至广。以小说史言之，有俞樾之《小浮梅闲话》，于是有鲁迅之《小说旧闻钞》，于是撰小说史者得有基础之材料。[①]

小说分志怪、褒贬二类。[②]

李商隐《骄儿》诗："或谑张飞胡，或笑邓艾吃"，此可见三国故事当唐代已甚在市井间流行。东坡《志林》记王彭论曹刘之泽云："途巷小儿薄劣，为家所厌苦，辄与数钱，令聚听说古话。至说三国事，闻玄德败，则颦蹙有涕者。闻曹操败，则喜唱快。以是知君子小人之泽百世不斩。"此可见北宋时"讲史"说三国事已甚能描写，且偏誉蜀汉。高承《事物纪原》（卷九）云："仁宗时，市人有谈三国事者，或采其说加缘饰作影人，始为魏、蜀、吴三分战争之象。"此可见皮影戏中已有三国戏。[③]

上述第一条，顾颉刚似乎于不经意间指出鲁迅与俞樾之间的学术联系，大概是影射鲁迅有抄袭之嫌。不过，说抄袭不实，但两人有学术承继关系是事实。当然，俞樾对中国古典小说的关注绝不仅仅限于《小浮梅闲话》，他的著作中涉及小说评论的还有《春在堂随笔》《九九消夏录》《茶香室丛钞》《茶香室续钞》《茶香室三钞》以及《壶东漫录》等。查鲁迅之《中国小说史略》，鲁迅曾两次提及俞樾，一是对其创作的《右台仙馆笔记》和《耳邮》给予"止述异闻，不涉因果"以及"记叙典雅"等评价，一是以肯定语气介绍俞樾将《三侠五义》改名为《七侠五义》并写序推荐一事。此外，鲁迅还在他处数次提及俞樾，其学术研究受到俞樾影响也不足为奇，如在有关《西游记》成书历史部分，鲁迅就有"清乾隆末，钱大昕跋《长春真人西游记》（《潜研堂文集》二十九）已云小说《西游演义》是明人作"[④]之语。而俞樾在《小浮梅闲话》中这样说："世传西游记是丘真人作，借以演金丹之旨，妄也，钱大昕补元史

---

① 引自顾颉刚：《顾颉刚读书笔记》第一卷"前言"，中华书局2011年版，第9页。

② 顾颉刚：《顾颉刚读书笔记》第一卷，第105页。此处为顾颉刚引《博物志》中所分类型，其中认为写志怪者为上，而褒贬者为下。

③ 顾颉刚：《顾颉刚读书笔记》第五卷，第396页。

④ 鲁迅：《中国小说史略》，《鲁迅全集》第九卷，第161页。

艺文志地理类，有长春真人西游记二卷，注云，李志常述丘处机事，此别是一书。……俗人不知，乃以玄奘事属之，大非其实矣。"这样看，鲁迅很可能是看到俞樾的《小浮梅闲话》才又找相应材料验证的。

第二条顾颉刚以赞同古人对小说分类为志怪和褒贬两种的方式，其实是间接对鲁迅等同时代小说史研究者之古代小说分类做出了自己的评价。至于第三条指出三国故事早在唐代就已在民间流行，而鲁迅在其《中国小说史略》中虽然也引用了《东坡志林》中这一段，却并未提及唐代时的三国故事，那么应该说顾颉刚的这则笔记还是很有价值的，为三国故事历史上的演变发展，补上了重要的一个环节。

第七章　鲁迅精神与中国当代学术资源建设

第一节　"究天人之际，通古今之变"

——鲁迅学术理念的现代意义与价值

一、鲁迅的文学史观念及其评价

鲁迅的学术著作，除却《中国小说史略》外，还较为完整的就是《汉文学史纲要》了，这本来是鲁迅一直想要撰写的那部《中国文学史》的一部分，对此1981年版和2005年版的《鲁迅全集》均对此名称的由来和改变有较为详尽的说明：

> 本书系鲁迅一九二六年在厦门大学担任中国文学史课程时编写的讲义，题为《中国文学史略》；次年在广州中山大学讲授同一课程时又曾使用，改题《古代汉文学史纲要》。在作者生前未正式出版，一九三八年编入《鲁迅全集》时改用此名。

> 本书系鲁迅1926年在厦门大学担任中国文学史课程时编写的讲义，分篇陆续刻印，书名刻于每页中缝，前三篇为"中国文学史略"（或简称

"文学史"），第四至第十篇均为"汉文学史纲要"。1938年编入《鲁迅全集》首次正式出版时，取用后者为书名，此后各版均同。本版仍沿用。

相比较而言，2005年版的说明较为详尽，不过两段说明都证明了一个事实，即这部没有写完的《汉文学史纲要》，就是鲁迅一生中一直念念不忘的，也是后世很多学者为鲁迅感到遗憾的那部《中国文学史》的一部分或者说是初稿。

这部书是鲁迅在厦门大学任教时写的讲义，据《两地书·四一》中说："我的功课，大约每周当有六小时，因为语堂希望我多讲，情不可却。其中两点是小说史，无须豫备；两点是专书研究，须豫备；两点是中国文学史，须编讲义。看看这里旧存的讲义，则我随便讲讲就很够了，但我还想认真一点，编成一本较好的文学史。"[1]

在写给曹聚仁的信中，鲁迅再次表示过自己一直有意要做的一些学术工作：

> 中国学问，待从新整理者甚多，即如历史，就该另编一部。古人告诉我们唐如何盛，明如何佳。其实唐室大有胡气，明则无赖儿郎，此种物件，都须褫其华衮，示人本相，庶青年不再乌烟瘴气，莫名其妙。其他如社会史，艺术史，赌博史，娼妓史，文祸史……都未有人著手。然而又怎能着手？居今之世，纵使在决堤灌水，飞机掷弹范围之外，也难得数年粮食，一屋图书。我数年前，曾拟编中国字体变迁史及文学史稿各一部，先从作长编入手，但即此长编，已成难事，剪取欤，无此许多书，赴图书馆抄录欤，上海就没有图书馆，即有之，一人无此精力与时光，请书记又有欠薪之惧，所以直到现在，还是空谈。[2]

不过，尽管有遗憾，尽管鲁迅没有为后人留下一部完整的《中国文学

① 鲁迅：《鲁迅全集》第十一卷，第98页。
② 鲁迅：《330618 致曹聚仁》，《鲁迅全集》第十二卷，人民文学出版社2005年版，第404页。

史》，但他对中国文学发展变迁的深刻理解和精彩分析以及其独特的文学史撰写理念和思路，依然对20世纪的中国古代文学史以及中国现代文学和当代文学史的编写等，产生了深远影响。而且，鲁迅关于文学史研究，不仅有《中国小说史略》，还有《魏晋风度及文章与药及酒之关系》以及为《中国新文学大系·小说二集》所写的序言等，至于在其杂文中，鲁迅更是多有对文学发展与文体演变等方面的精彩见解，只是哪些属于其深思熟虑的观点，哪些不过是随手拈来作为冷嘲热讽的材料，需要给予特别细致的辨析。

可以说，鲁迅的上述几部论著和文章，与其《中国小说史略》一起，不仅使鲁迅在20世纪中国学术史上当仁不让地占有一席之地，而且对20世纪中国现代学术体系和学术方法的构建，也做出了独特而伟大的贡献。

自然，对于鲁迅的这些文学史著作，学术界已经给予足够的关注，特别对于《中国小说史略》的评价一直很高。但相形之下，对于《汉文学史纲要》《门外文谈》等的研究，则似乎不够全面深入，尤其缺少从整体上对鲁迅所有文学史论著（也自然应包括其在杂文甚至日记书信中的相关论述）进行综合性的研究，并且缺少与20世纪中国文学研究的现代化进程以及现代中国学术的建构过程放在一起的考察。以下不妨看一些学者对鲁迅除了《中国小说史略》之外其他学术著作或重要论文的评价，首先是任访秋对《汉文学史纲要》有如下概括评价：

> 一、对于史料的采用是审慎的，不可信的作品，不可信的说法，都要给以考证与辨析，而不轻易相信与盲从。
>
> 二、根据中国文学的发展，有重点的把能以反映时代精神、而在艺术上有卓越成就的作家与作品，予以分析评论。而对次要的作家与作品，也有所涉及。从而显示出中国文学在发展中各个时期的特色。
>
> 三、对作品的体裁，思想内容以及艺术成就和艺术手法上，阐明其渊源流变，指出前人在继承与发展上的巨大成就，从而给读者指出如何向古人学习的正确道路。
>
> 四、在内容与形式、思想与艺术上，书中凡认为二者统一的作品无不

给以肯定，但并未表明二者之间的主次关系。

由于鲁迅当时还不是一个马克思主义者，所以书中只论到政治、社会，以及各个民族、各个地区的风俗、民情、语言……等等，对作家与作品的影响。但对经济与文学的关系，则从未提及，至于阶级关系，则更不会谈到了。①

任访秋的评价，除了最后一段有些苛求鲁迅没有用阶级关系分析作品外，其他都可谓十分深刻到位。

虽说中国字体变迁史没有完成，《门外文谈》毕竟留下部分鲁迅关于中国语言文学历史及命运思考的札记，而《汉文学史纲要》更显示出鲁迅的小学功力。②

"知人论世"是中国的老传统，以鲁迅的史学兴趣和修养，撰文学史时注重时代背景（思潮）是题中应有之义。……30年代有些左翼学者受唯物史观影响，突出经济关系和阶级矛盾（如阿英的《晚清小说史》和谭丕谟的《中国文学史纲》），这总比眉毛胡子一把抓好些，总算懂得抓"主要矛盾"。鲁迅的思路不一样，文学史著作中极少涉及生产力和生产关系。关注的是一个时代的思想文化氛围和士人心态。文学作为一种精神产品，并不直接反映社会的经济关系和政治斗争；抓住"士人心态"这个中介，上便于把握思想文化潮流，下可以理解社会生活状态。……这一文学史研究思路，到撰写《魏晋风度及文章与药及酒之关系》，得到了更充分的体现。③

---

① 任访秋：《读鲁迅〈汉文学史纲要〉——鲁迅先生百周年诞辰纪念》，《人文杂志》1981年第5期。

② 陈平原：《作为文学史家的鲁迅》，王瑶主编：《中国文学研究现代化进程》，北京大学出版社1996年版，第103页。

③ 陈平原：《作为文学史家的鲁迅》，王瑶主编：《中国文学研究现代化进程》，北京大学出版社1996年版，第106页。

陈平原的评价，则抓住鲁迅的小学功底和鲁迅写文学史注意"士人心态"两个要点。事实上前者可以看作是鲁迅活用传统治学方法，后者则与鲁迅受泰纳和勃兰兑斯的文学史理念影响有关。

《汉文学史纲要》凡十篇，内容丰富，有许多闪光的东西，至今读去仍然可以得到很深的启示。

从撰写的体例看，本书叙述史料多于评论，征引甚博，作者议论无多，他的意见大抵即寓于材料的取舍安排之中。凡有断语，都简明精当，无可移易。例如本书指出，诗歌产生于文字形成之先，源于劳动，而文字的起源则"所当绵历岁时，且由众手，全群共喻，乃得流行，谁为作者，殊难确指，功归一圣，亦凭臆之说也"。又如关于秦代文学，可讲的内容本来不多，鲁迅则列举具体材料，介绍当时的情况是：一方面群臣相与歌颂始皇之功德，刻于金石；一方面是东郡的老百姓刻陨石以诅始皇，而石旁居人为此付出了生命。这里鲁迅没有直接发表什么议论，但已经把当时的形势和气氛都说清楚了。

鲁迅写文学史特别重视知人论世，决不孤立地分析文本。周室衰微、诸侯并争的局面必然促使思想和文学的活跃，其中既有从不同场出发来挽救时弊的志士，也有为一己之利禄奔走呼号的游士，于是"著作云起"，蔚为大观；而屈原的诗歌创作则与当时楚国内部两派的纷争有着密切的联系，他崇高的人格和卓绝的才华交相为用，一起构成了他作为伟大诗人的基础；其后学宋玉等人，则"虽学屈原之文辞，终莫敢直谏，盖掇其哀怨，猎其华艳，而'九死未悔'之概失矣"，于是只能成为主要以文采著称的二流人物。

鲁迅对文学史的观察是全面的，他既注意叙述文学发展的主流，同时也不忽略支流，例如《诗经》中的大、小二雅，古代学者多强调其怨诽而不乱、温柔敦厚的一面，近代学者则看重其激切抗争的一面。鲁迅在《纲要》中对这两个方面都有所论述，他当然更重视那些"激楚之言，奔放之词"，但在文学史里他并不只论述自己所看重的作品。鲁迅后来说得好："中国古人，常欲得其全，就是制妇女用的乌鸡白凤丸，也将全鸡连毛带血全都放在丸药内，方法固然可笑，主意却是不错的。删夷枝叶的人，决得不到花果。"（《且介亭杂文末编·"这也是生活"》）片面的考察将无从得到全面正确的结论。①

顾农此文，则注意到鲁迅撰写文学史时对体例的设置和材料使用方面的问题，并注意到鲁迅特别强调"知人论世"的文学史观。

《汉文学史纲要》（以下简称《纲要》）未成完璧，自先秦起，迄于汉代，仅得十篇。尽管是一部未竟之作，但《纲要》还是体现出鲁迅独特的文学史研究思路。首先，该书第一篇名为《自文字至文章》，文学史从文字讲起，这与同时代及后世绝大多数文学史著作不同。阐述"文"的起源及其本义，还原文学诞生的历史语境和物质形态，这一思路既有章太炎和刘师培等人的影响，也源于鲁迅个人的治学理念。鲁迅晚年，屡有撰写中国字体变迁史和文学史的想法，虽未能实现，但兼治文字与文学的学术选择，可见一斑。其次，该书以作家的创作环境、经历及其著作为最基本的研究依据，既是对刘勰"时序"说的继承，又体现出鲁迅本人对文学史独特的观察和把握方式。鲁迅的文学史研究，最突出的特点就是对世态人心的透彻把握，据此透视一个时代的文学精神，其发现常出人意表，道他人所不能道，而又准确贴切，令人折服。即使是对艺术风格的分析，也多从社会思想和文人心态入手，颇多知心之论。再次，对作家作品的点评深刻而妥帖，如称《庄子》"其文则汪洋辟阖，仪态万方，晚周诸子之作，莫能先也"，赞司马迁《史记》为"史家之绝唱，无韵之《离骚》"等，均成为文学史研究的经典论断。②

---

① 顾农：《鲁迅及其〈汉文学史纲要〉》，原载《古典文学知识》2009年第5期。

② 鲍国华：《从学术史视角看鲁迅的中国文学史研究》，《东岳论丛》2012年第12期。

鲍国华此文，除却有些论断与陈平原相近外，还指出鲁迅的作家作品点评深刻到位，多有经典之论。不过，上述几位学者除了陈平原外，可能出于某种主客观因素，对鲁迅全部学术著作的学术思想与特点以及与20世纪中国学术发展的关系，并未给出整体的学理上的解释。

除却上述学者的阐释外，如果认真考察鲁迅的文学史类著作，还必须注意这样几个方面：

首先是看鲁迅对于文学起源的看法，尽管在过去很长一个时间，鲁迅的那个"哼呀哼呀"说流行甚广，以至常常作为鲁迅赞同"劳动"说的证明，但事实上，鲁迅也有关于文学起源于巫术等学说，以及文学艺术的发生与情感关系的阐述，都值得关注。

其次，受章太炎"小学"影响，鲁迅在论述文学发展时特别注意从文字变迁和文体演变角度阐述，并对魏晋文学情有独钟。不过，鲁迅的这种从"小学"讲到文学的治学思路，其实也与其受到当时风行一时的进化论影响有关，此已在本书他处有论述，不赘。

第三，在一系列的文学论著中，鲁迅逐渐建构了自己特有的文学发展理念和文学史写作框架，例如以"酒、药和佛"为纲来阐述魏晋文学，以"廊庙与山林"阐述唐代文学等。这背后的学术思考以及对后世文学史撰写的影响，值得注意。对此陈平原在这方面用力甚多，体会也最深刻，且有具体的文学史撰写实践，因他处有详论，不赘。

最后由于鲁迅本人就是伟大小说家，所以他对于文学作品的鉴赏和分析之细致敏锐，是一般学者难以达到的，这方面有很多精彩的例证，例如对于《红楼梦》的艺术分析，至今仍有巨大影响。

对于鲁迅在撰写学术著作中体现出的独特见解和其文学史观念，学界已有很多研究，其中以陈平原的研究较有代表性。在其《作为学科的文学史》等论著中，除却前引之文外，陈平原对鲁迅之文学史类论著特色还有这样的评价：

> 鲁迅并非研究文学的专门家，就其兴趣与知识结构而言，更接近中国古代的"通人"或者西方的"人文主义者"。这一点逼使其治文学史时必

须另辟蹊径，无法臣服于西式的"文学概论"或中式的"文章辨体"。①

在同时代的文学史家中，鲁迅的最大长处其实不在史料的掌握，甚至也不在敏锐的艺术感觉，而在于其跨学科的知识结构以及对历史和人生真谛的深入领悟。②

在同时代的文学史家中，鲁迅是最注重作品的"文采与思想"的。……对"谄诚连篇，喧而夺主"，或者"徒作谯呵之文，转无感人之力"的作品，鲁迅深恶痛绝。在鲁迅看来，借小说"庋学问"与借小说"寓惩劝"，二者"同意而异用"，都是对小说性质及功能的误解。……文学史家的鲁迅与杂文家的鲁迅，在文学性质上的理解与阐述上大有差异。早期鲁迅多强调文学艺术"发扬真美，以娱人情"，"实利离尽，究理弗存"。后期鲁迅则主张"遵命文学"，认定"文学是战斗的"，故不能不讲功利。除了前后期思想变迁，更因杂文家直接面对风沙扑面豺狼当道的现实，本就无法"为艺术而艺术"；而史家思考千年古国"文以载道"的缺陷，不免突出"纯文学"之"兴感怡悦"。③

至于陈平原对鲁迅《中国小说史略》的评价，已见他处，此处不赘。

陈平原不仅对鲁迅的文学史撰写工作及成果做了较为深刻全面的阐释，对鲁迅的文学史著作给出很有见地的分析概括，他本人也在其一系列文学史著作的撰写中，尽力沿着鲁迅的方向前行，并试图在框架和撰写理念上有所突破。这方面的代表性作品，就是陈平原的《中国现代小说的起点——清末民初小说研究》（原为《二十世纪中国小说史》第一卷，后因其他各卷撰写者未能完成，故改为现名）。对于自己文学史方面的著作如何在鲁迅著作基础上有所突破，陈平原曾经有过这样颇为自负的陈述：

> 鲁迅拟想中的抓住主要文学现象来展开论述的文学史（比如用"药

---

① 陈平原：《作为学科的文学史》，北京大学出版社2011年版，第281页。

② 陈平原：《作为学科的文学史》，北京大学出版社2011年版，第283页。

③ 陈平原：《作为学科的文学史》，北京大学出版社2011年版，第274页。

酒、女、佛"来概括六朝文学），对我很有启发。在整个的研究过程中，我始终着利于考察这一时期小说演变的主要特征以及影响这一演变的主要文化因素。抓住主要文学现象，也就抓住这一时期文学的"魂"；"魂"抓住了，事情就好办，即使有所遗漏，也都问题不大。如果说跟鲁迅的设想有点不同的话，那便是强调主要文学现象时，我努力深入到形式层面。首先是这一时期小说的最主要的形式特征，其次是影响这些主要形式特征的最主要的文化因素，其他一概撇开不谈。抓的准不准是一回事，路子我认为是可行的。①

陈平原这里所说的与鲁迅的不同，即只谈影响文学发展最重要的一些因素，而绝不因追求所谓的全面论述而耗费心力。这类似于陈寅恪在其治学过程中常常使用的"存而不论"。陈寅恪认为，中国文化源远流长，学派众多，魏晋以来，又受佛教等外来文化影响，若要一一梳理清晰，非一人一时能做到。那么，该怎样将溯源与正流区分开而又不影响学术研究的正确与深刻，陈寅恪据此提出了"存而不论"说：

> 诸家谱牒所记，虚妄纷歧，若取史乘校之，伪谬矛盾可笑之处，不一而足。吾国自中古五胡入侵，种族乱矣，类此可存而不论也。缘历世甚久，已同化至无何纤微迹象可寻，则远祖为胡为华，可勿论也。②

显然，在学术研究中既要做到能正本溯源，为立论打下坚实基础，又要善于区别有用与无用之资料线索，大胆删除与研究课题无关或价值不大的线索，对于不影响研究但尚不清晰者，对于那些不影响某一事物发展根本趋势的次要

---

① 陈平原：《中国现代小说的起点——清末民初小说研究》，北京大学出版社2005年版，第321页。

② 转引自费海玑：《悼陈寅恪先生》，见台湾俞大维等：《谈陈寅恪》，传记文学出版社1978年版。关于陈寅恪的"存而不论"之更多应用例证，可参阅其《元白诗笺证稿》第120、133页，《金明馆丛稿初编》第29、48、327页，《金明馆丛稿二编》第74、105页等处，均为上海古籍出版社1980年版。

因素，可以根据研究的需要"存而不论"，而将研究重点放在最关键之处，以求一举突破。陈平原的大胆设想，与陈寅恪的治学方法不谋而合，堪称"英雄所见略同"。

为了更客观地评判鲁迅撰写的文学史，不妨把20世纪中一些比较有代表性的中国文学史著作，与鲁迅的文学史论著作简单的比较，此不仅可以发现鲁迅论著的独特价值，也可窥见其对后世相似论著的影响，尽管某些影响是以隐性方式呈现。

20世纪中国学术界出现的第一部文学史，即林传甲的《中国文学史》。林著最早的版本是1904年，如今较常见的是1910年翻印本。按照陈平原的说法，"作为第一部借鉴和运用西方文学史著述体例的《中国文学史》，林传甲此书历来备受关注"①，陈平原并列举了郑振铎、容肇祖、夏晓虹等人对该书的评述为证。林传甲此书，盖为京师大学堂讲义，很多编著内容即依据《奏定大学堂章程》，所以陈平原评价为"堪称遵守章程的模范"，也因此，林著的很多缺点例如排斥小说戏曲，在今天自是不可想象。由于该书只是作为教材，且编著时间极短，致使该书的学术价值较低，今天我们对其关注，也只是因为它是所谓的"第一部"。借用陈平原的评价就是："说到底，这是一部普及知识的'讲义'，不是立一家之言的'著述'——时人正是从这一角度接受此作的。"②

林传甲的这部讲义，名为《中国文学史》，实为中国文学发展和语言变迁以及字体变迁史的混合体，因为其中不仅有大量篇幅论述汉语字体和语音的变迁，还有大量关于文体变迁的内容以及文章写作技巧之类的内容，这些在今天肯定不会被写人文学史，而会被分别归入古代汉语和写作等教材中。且看其第一、二、三篇的题目：③

古文镏文小篆八分草书隶书北朝书唐以后正书变迁

① 陈平原：《作为学科的文学史》，北京大学出版社2011年版，第11—12页。
② 陈平原：《作为学科的文学史》，北京大学出版社2011年版，第13页。
③ 林传甲：《中国文学史》，上海科学书局1914年版，目录页。

鲁迅与20世纪中国研究丛书

古今音韵之变迁

古今名义训诂之变迁

对于当代读者来说，无论如何不会想到会在一部冠以《中国文学史》的书中看到这样的内容。当然，在林传甲那个时代，这样撰写也无可厚非。例如之后也是章太炎弟子的朱希祖所撰写的《中国文学史》，从其目录（仅节选其第一篇）看，也是把文学发展史与语言变迁和问题演变史杂糅起来的著作：

第一篇　古文籀文小篆八分草书隶书北朝书唐以后正书之变迁

一　论未有书契以前之世界

二　论书契创造之艰难

三　论书契开物成务之益

四　论五帝三王之世古文之变迁

五　古文藉许书而存

六　六书之名义区别

七　六书之次第

八　古文籀文之变迁

九　籀文以后之变迁

十　大篆小篆之变迁

十一　传说文之统系

十二　篆隶之变迁

十三　篆隶与八分之区别

十四　隶草之变迁

十五　北朝南朝文字之变迁

十六　唐以后正书之变迁

所以问题不仅仅在于体例，虽然也很重要，但最重要的在于当林传甲分析古代作家作品以及文学思潮时，是否会有独到的见解以及独创的论述形式。该

鲁迅与20世纪中国学术转型

书的第十四篇，是论述"唐宋至今文体"，其中的"十六"之标题为"元人文体为词曲说部所紊"，算是该书中极为罕见的提及小说和戏曲的文字：

> 元之文格日卑，不足比隆唐宋者，更有故焉。讲学者即通用语录文体，而民间无学不识者，更演为说部文体。变乱陈寿三国志，几与正史相淆；依托元稹会真记，遂成淫亵之词。日本笹川氏撰中国文学史，以中国曾经禁毁之淫书，悉数录之，不知杂剧院本传奇之作，不足比于古之虞初。若载于风俗史犹可。笹川载于中国文学史，彼亦自乱其例耳。况其胪列小说戏曲，滥及明之汤若士近世之金圣叹，可见其识见污下，与中国下等社会无异。而近日无识文人乃译新小说以诲淫盗，有王者起必将戮其人而火其书乎。不究科学而究科学小说，果能裨益名智乎？是犹买椟而还珠耳，吾不敢以风气所趋随声附和矣。①

作者对小说戏曲以及翻译文学的偏见以及浅薄见识，由上文及其小标题可见一斑，也可清楚作者为何不把小说戏曲列入撰写范围了。此外，作者对翻译小说尤为反感，当是针对林纾，但不知是否也包括鲁迅、周作人、苏曼殊以及马相伯等？

相比之下，鲁迅的《汉文学史纲要》，在其开头部分，也有对文字起源与变迁的考察，但却始终与文学的发生与演变结合在一起论述，也就是其着眼点是在文学而非其他。例如其第一篇"自文字至文章"中这一段：

> 在昔原始之民，其居群中，盖惟以姿态声音，自达其情意而已。声音繁变，浸成言辞，言辞谐美，乃兆歌咏。时属草昧，庶民朴淳，心志郁于内，则任情而歌呼，天地变于外，则祗畏以颂祝，踊跃吟叹，时越侪辈，为众所赏，默识不忘，口耳相传，或逮后世。复有巫觋，职在通神，盛为歌舞，以祈灵贶，而赞颂之在人群，其用乃愈益广大。试察今之蛮

---

① 林传甲：《中国文学史》，上海科学书局1914年版，第182页。

鲁迅与20世纪中国研究丛书

民，虽状极狂猣，未有衣服宫室文字，而颂神抒情之什，降灵召鬼之人，大抵有焉。吕不韦云，"昔葛天氏之乐，三人操牛尾，投足以歌八阕。"（《吕氏春秋》《仲夏纪》《古乐》）郑玄则谓"诗之兴也，谅不于上皇之世。"（《诗谱序》）虽荒古无文，并难征信，而证以今日之野人，揆之人间之心理，固当以吕氏所言，为较近于事理者矣。

然而言者，犹风波也，激荡既已，余踪杳然，独恃口耳之传，殊不足以行远或垂后。诗人感物，发为歌吟，吟已感漓，其事随讫。倘将记言行，存事功，则专凭言语，大惧遗忘，故古者尝结绳而治，而后之圣人易之以书契。①

从文字诞生和字体变迁入手，来探讨文学的起源与发展，鲁迅显然是受到章太炎影响，且须具备深厚的小学功底。不过，这实际也显示了鲁迅治文学史的独特思路，即追根溯源，从问题最初发生处开始用力。当然，这也是学术研究的最高要求，却很难做好。这里可以看看钱穆对治学态度及方法的有关论述：

> 为学须从源头处循流而下，则事半功倍，此次读弟文时时感到弟之工夫，尚在源头处未能有立脚基础，故下语时时有病。只要说到儒家道家云云，所讨论者虽是东汉魏晋，但若对先秦本源处留有未见到处，则不知不觉间，下语自然见病，陈援庵、王静庵长处，只是可以不牵涉，没有所谓源头，故少病也。弟今有意治学术思想史，则当从源头处用力，自不宜截取一节为之。当较静庵援庵更艰苦始得耳。陈寅恪亦可截断源头不问，胡适之则无从将源头截去，此胡之所以多病，陈之所以少病，以两人论学立场不同之故。②

钱穆以为治学必须先从源头做起，换用今天的话就是首先要对构成某一学术体

---

① 鲁迅：《汉文学史纲要》，《鲁迅全集》第九卷，第343页。

② 余英时：《钱穆与中国文化》，该书为王元化主编"学术集林丛书"之一种，上海远东出版社1994年版，第231页。

系的那些元典了解清楚，包括它的来源、形成、流变和基本思想体系以及与其他学术流派的异同等，然后才可以循流而下，对其后来的发展演变以及对现代的影响有准确的把握和解释。自然，在受到某些限制的情形下（例如材料的不易获得或者研究者个人的能力限制），也可以退而求其次，即"截断源头不论"。或者套用陈寅恪的说法"存而不论"。其实就是尽量减少来自源头的思想对后来的影响而已。不过，说来容易做起来很难。同样是截断源头不论，陈垣和王国维做得较好，所以钱穆给予肯定；而胡适却受到钱穆批评。笔者以为胡适所受到批评之原因，应该是和其在讲授和撰写《中国哲学史大纲》时丢开传说中的唐、虞、夏和商不谈，直接从周代开始有关。在该书第一章"中国哲学结胎的时代"中，胡适仅仅用《诗经》作为时代背景，然后就从周宣王开始论述。这一做法在当时引起很大震动，顾颉刚就曾有这样的回忆：

> 这一改把我们这一班人充满着三皇五帝的脑筋骤然作一个重大的打击，骇得一堂中舌挢而不能下。……我听了几堂，听出一个道理来了……"胡先生讲得的确不差，他有眼光，有胆量，有断制，确是一个有能力的历史家。他的议论处处合于我的理性，都是我想说而不知道怎样说才好的。……"[1]

中国上古史因资料缺乏以及后世研究者观念上的原因，现有典籍的内容一直被怀疑有杜撰和编造的内容，真伪难辨。不过，长期以来，人们对三皇五帝的古史体系还是大多深信不疑。胡适的《中国哲学史大纲》首次对没有第一手材料依据的中国古史采取拒绝的态度。《中国哲学史大纲》在叙述古代哲学史的时候撇开三皇五帝尧舜禹汤的传说，直接从春秋时的孔子、老子讲起。这不仅前人没有过，就是同时代的谢无量、陈汉章等人撰写哲学史，也没有摆脱旧有的思想框架。所以，胡适的著作在当时引起震动是必然的，也因此导致中国现代学术研究朝着利用西方近代治学思想和方法（如胡适大力提倡的杜威学说

鲁迅与20世纪中国研究丛书

---

[1] 顾颉刚：《古史辨·自序》，上海古籍出版社1982年版，第36页。

以及他的"大胆的假设、小心的求证"等）迈出一大步。胡适自称赫胥黎和杜威是对他影响最大的两个人，其中赫胥黎教给他怎样怀疑，教给他不信任一切没有证据的东西。胡适认为赫胥黎的存疑主义是一种思想方法，要点在于重证据。对于一切传统，只有一个作战的武器，就是"拿证据"来。存疑的方法与胡适"大胆的假设，小心的求证"、与其"重新评估一切价值"都有着密切联系。在当时的史学研究上，这种大胆怀疑的方法既促进了历史考证学的发展，又为打破充满着神话与杜撰的古史体系提供了理论依据。

不过，显然钱穆对此不以为然。也许在钱穆看来，哲学史与其他社会科学不同，它所表现的是一个民族的精神发生和演变的历史，周代以前的历史虽然根据现有材料无法给出精确的断代，但毫无疑问中华民族的文化以及哲学的萌芽在此之前已经发生，对此采取抹杀态度，必然会导致对春秋时代诸子百家思想来源的论证缺失，所以所谓的"截断源头不问"并不适合所有的研究领域，尤其不适合哲学史的研究。

此外，如果从当时已经找到的材料而言，罗振玉、王国维等对出土之甲骨文的研究已经有力证明《史记》中所记载之商代历史的可信性，那么胡适至少就应该对商代的哲学思想进行梳理性的论述，因为出土的甲骨文中已有这方面的材料，对此无论是罗振玉抑或王国维都有认真的考证。汉字的起源问题与汉民族的哲学思想的发生应该是大致同步的，或者说在最早的汉字中就蕴藏有先民质朴的哲学思想，例如罗振玉和王国维对甲骨文中"西"字和"王"字的解释。[①]所以胡适的中国哲学史研究忽视了对出土材料的利用，必然导致对源头问题无法解决，而只能简单地"截断源头不问"。

而鲁迅在其文学史的撰写中并未采取"截断源头不问"的态度，不仅在《汉文学史纲要》中开篇就讨论了文字的起源问题，对传统的文字起源观点进行梳理并进而提出自己的观点：

> 意者文字初作，首必象形，触目会心，不待授受，渐而演进，则会意

① 对此可参看罗振玉的《殷商贞卜文字考》及《殷墟书契考释》等。

指事之类兴焉。今之文字，形声转多，而察其缔构，什九以形象为本柢，诵习一字，当识形音义三：口诵耳闻其音，目察其形，心通其义，三识并用，一字之功乃全。①

然后鲁迅指出文字的单纯记录功能逐渐发展到情感表达和描述功能，这就为文学的发生奠定了基础：

其在文章，则写山曰峻嶒嵯峨，状水曰汪洋澎湃，葳蕤葱茏，恍逢丰木，鳟鲂鳗鲤，如见多鱼。故其所函，遂具三美：意美以感心，一也；音美以感耳，二也；形美以感目，三也。②

在《中国小说史略》中，鲁迅把小说的起源直接与神话传说联系起来，认为后者其实就是小说的源头，而神话传说正是所有文学样式的源头：

昔者初民，见天地万物，变异不常，其诸现象，又出于人力所能以上，则自造众说以解释之：凡所解释，今谓之神话。神话大抵以一"神格"为中枢，又推演为叙说，而于所叙说之神，之事，又从而信仰敬畏之，于是歌颂其威灵，致美于坛庙，久而愈进，文物遂繁。故神话不特为宗教之萌芽，美术所由起，且实为文章之渊源。③

鲁迅先是从汉字的起源论述文学的起源，又从神话的产生转到论述小说产生与神话的关系，这正是从源头处开始的研究，也是真正科学的研究。而胡适之研究虽然可以在当时震动一时，也极大促进了当时学术研究方法的进步，但却违背了治学的根本，仅就其写作《中国哲学史大纲》时而言，所谓"大胆的假设，小心的求证"，胡适是大胆有余而考证不够的。

---

① 鲁迅：《汉文学史纲要》，《鲁迅全集》第九卷，第344页。
② 鲁迅：《汉文学史纲要》，《鲁迅全集》第九卷，第344页。
③ 鲁迅：《中国小说史略》，《鲁迅全集》第九卷，第17页。

也许正是基于这一点，胡适对鲁迅的文学史著作倒是给予高度评价，不过其出发点有些微妙。根据新发现的鲁迅写给胡适的信（1923年12月28日）可以发现胡适对当时出版的《中国小说史略》上卷给予"论断太少"的批评，因为胡适原信未见，但既然说"论断太少"，肯定的就应是"考证详尽"之类。对此鲁迅的回答是：

> 论断太少，诚如所言；玄同说亦如此。我自省太易流于感情之论，所以力避此事，其实正是一个缺点；但于明清小说，则论断似较上卷稍多，此稿已成，极想于阳历二月末印成之。①

其实无论是考证还是论断，对一个学术问题的研究最好还是从源头开始，这应是题中应有之义。只是限于研究者所处之客观环境、材料限制以及主观能力束缚等因素，有时不得不采取剪短枝节只论主干的方法而已。

此外，鲁迅与早期那些文学史著作如前面所提及林传甲等人著作的最大不同在于，虽然鲁迅和他们一样也是由汉字的产生及变迁谈起，但鲁迅的着眼点始终是在关注语言产生与文学发生的关系，以及它们如何共同受到时代社会生活发展的影响问题，关注语言由最早作为记录人类社会生活的载体，如何逐渐转化为记录和表达人类的思想情感并产生美感的过程，这是真正的文学发生史的考察，而不是一部汉语产生历史的考察。所以，鲁迅的从源头开始，是文学发生的源头，至于其他一切因素，都不过是为了说明这个源头何以产生而已。而林传甲他们的文学史写作，似乎在这方面本末有些倒置了。也许他们的本意也是在用汉字的变迁说明文学的发生，但眼光和视野的差异，使得他们的主观愿望和实际效果没有达到一致。

二、鲁迅的建安文学研究及与刘师培相关研究之比较

学术界早就注意到鲁迅的中国古代文学研究与刘师培相关研究的关系，鲁

---

① 《新发现的鲁迅书简——鲁迅致胡适》，《鲁迅研究月刊》1990年第12期。

迅自己也坦承受到刘氏影响较多。其实两人早在20世纪初叶都在日本时就已相识，加之他们与章太炎的关系，所以鲁迅在日本留学期间就接触到刘师培的学术思想甚至其曾大力鼓吹的无政府主义思想都是完全可能的。据周作人回忆，鲁迅在日本留学后期，刘师培在日本主办《天义报》宣传无政府主义，曾对周氏兄弟产生过影响。周作人曾以独应笔名在《天义报》上发表过一组诗文，其中据克鲁泡特金《一个革命家的自序传》编译的《论俄国革命与虚无主义之别》一文，周作人说是"鲁迅当时曾嘱我节译出来，送给刘申叔，登在他的《天义报》上"[①]。

尽管对于刘师培政治上的堕落鲁迅曾给予严厉批判，但在学术上对刘师培极为尊重。在撰写《魏晋风度及文章与药及酒之关系》时，鲁迅就明确指出是参考刘师培的《中国中古文学史讲义》，并说明"倘若刘先生的书里已详的，我就略一点；反之，刘先生所略的，我就较详一点"[②]。因此在论述鲁迅有关魏晋建安文学的研究以及对20世纪相关研究之影响时，有必要先对鲁迅所受刘师培影响以及鲁迅相关研究的独特价值进行辨析。

刘师培在其《中国中古文学史讲义》中开头这样评价建安文学：

> 建安文学，革易前型，迁蜕之由，可得而说：两汉之世，户习七经，虽及子家，必缘经术。魏武治国，颇杂刑名，文体因之，渐趋清峻。一也。建武以还。士民秉礼。迄及建安，渐尚通侻；侻则侈陈哀乐，通则渐藻玄思。二也。献帝之初，诸方棋峙，乘时之士，颇慕纵横，骋词之风，肇端与此。三也。又汉之灵帝，颇好俳词，下习其风，益尚华靡；虽迄魏初，其风未革。四也。[③]

而鲁迅在此文中提及这两个说法的地方是：

---

① 周遐寿：《鲁迅与社会主义者》，《鲁迅研究资料》第3辑，文物出版社1979年版，第289页。

② 鲁迅：《魏晋风度及文章与药及酒之关系》，《鲁迅全集》第三卷，第502页。

③ 刘师培：《中国中古文学史讲义》，中国人民大学出版社2004年版，第10页。

董卓之后，曹操专权。在他的统治之下，第一个特色便是尚刑名。他的立法是很严的，因为当大乱之后，大家都想做皇帝，大家都想叛乱，故曹操不能不如此。曹操曾自己说过："倘无我，不知有多少人称王称帝！"这句话他倒并没有说谎。因此之故，影响到文章方面，成了清峻的风格。——就是文章要简约严明的意思。

此外还有一个特点，就是尚通脱。他为什么要尚通脱呢？自然也与当时的风气有莫大的关系。……

通脱即随便之意。此种提倡影响到文坛，便产生多量想说甚么便说甚么的文章。

总括起来，我们可以说汉末魏初的文章是清峻，通脱。

……归纳起来，汉末，魏初的文章，可说是："清峻，通脱，华丽，壮大。"①

显而易见，鲁迅是直接借用刘师培的说法，表明他此文基本就是在刘师培这些观点基础上引申开来的。作为一次学术讲演，又要考虑到听众的实际水平和接受程度，鲁迅这样做当然无可厚非。需要指出的是，刘师培的观点尽管早于鲁迅，但对之后学术界的影响很小。相反鲁迅的观点尽管是直接借用刘氏，却因其文学史上的崇高地位，反而广为传播，以至一般读者会认为这些说法都是鲁迅自己的独创。

此外，鲁迅这次讲演还有两个对后世有很大影响的论断，一是提出了"文学的自觉时代"的说法，一是从文人服药饮酒等生活怪癖角度看文人心态以及与创作的关系。对此如果刘师培或其他学者并未有相关阐述或虽有指出但没有

---

① 鲁迅：《魏晋风度及文章与药及酒之关系》，《鲁迅全集》第三卷，第502—504页。

结合当时社会政治环境给文人巨大压力等方面展开论述的话，则自然是鲁迅的创见。

> （曹丕）说诗赋不必寓教训，反对当时那些寓训勉于诗赋的见解，用近代的文学眼光看来，曹丕的一个时代可说是"文学的自觉时代"，或如近代所说是为艺术而艺术（Art for Art's Sake）的一派。

> 正始名士服药，竹林名士饮酒。竹林的代表是嵇康和阮籍。但究竟竹林名士不纯粹是喝酒的，嵇康也兼服药，而阮籍则是专喝酒的代表。但嵇康也饮酒，刘伶也是这里面的一个。他们七人中差不多都是反抗旧礼教的。①

首先可以断定，刘师培在其《中国中古文学史讲义》中没有提及"文学的自觉"，对魏晋文人之"饮酒服药"也只有两处略微提及，但均系引用，并未展开论述：

> （阮）籍才思敏捷，盖亦得自元瑜。《世说·文学》篇谓魏封晋王为公，备礼九锡，就籍求文，籍时宿醉，书札为之，无所点定，足以臧书之说互明。

> 西晋之士，其以嗣宗为法者，非法其文，惟法其行。用是清谈而外，别为放达。据《世说·德行》篇注引王隐《晋书》谓："魏末，阮籍嗜酒荒放，露头散发，裸袒箕踞。其后贵游子弟阮瞻、王澄、谢鲲、胡母辅之之徒，皆祖述于籍，谓得大道至本"。②

这也就是鲁迅所说凡是刘师培没有说或者略说的，他要详细论述的部分，也是该文最有价值最有光彩的内容。讨论鲁迅此文，我们应该注意到，鲁迅虽

---

① 鲁迅：《魏晋风度及文章与药及酒之关系》，《鲁迅全集》第三卷，第502、510页。
② 刘师培：《中国中古文学史讲义》，中国人民大学出版社2004年版，第43、54页。

然与刘师培一样对魏晋文学进行论述，并在很多方面沿用了刘师培的观点。但从整体看，刘师培的重点在于论述创作，关注那些文人的作品，而鲁迅则始终把重点放在分析这一时期文人的心态、文人风度演变以及当时的社会风貌等方面，这从题目也可看出。鲁迅如此关注文人心态、创作风格演变与社会生活关系，应该说和鲁迅当时讲演的时代背景有关，对此鲁迅自己也有说明："在广州之谈魏晋事，盖实有慨而言。"①

不过，撇开鲁迅此文的现实批判意义不论，应该强调的倒是，鲁迅这种从文人之日常生活角度入手，通过文人之看似怪诞的生活习惯，剖析其创作心理，进而窥视当时文人思想风貌以及社会风貌的研究方式，值得重视。此外，鲁迅格外关注社会生活变化特别是来自政治方面的巨大压力对文人群体形成和发展变迁的影响，从而更多地从文学的内部发生演变角度，对一个时代的文学发展做出科学的解释，而非简单地教条地归于所谓的经济基础对上层建筑的制约和影响。尽管鲁迅的这种研究从根本上说依然属于文学社会学研究，但他善于抓住某一时代文人的特殊生活习惯以及社会对这些特殊生活习惯的或效仿或讽刺的情况，看出文人如何以这些特殊生活习惯来化解来自政治的有形无形压力，并最终如何影响其文学创作的研究，确实极为精彩，可谓独具慧眼。这正是鲁迅的文学史研究有别于当时很多套用唯物主义和阶级学说来研究中国文学史者的最大不同。

按照20世纪"西马"的日常批判理论，文人之日常生活及其日常交往活动，并非只是简单的非创造性活动（文人的创造性活动自然是其创作或学术研究），在满足文人之生存需要和日常交往需要之外，也对其从事创作性活动产生复杂而深刻的影响。对于文人而言，日常生活中一些简单的言谈举止以及亲友交往活动，本来就具备成为其创作素材以及促使其进入创造活动的可能。而对于学术研究而言，日常生活中即便是那些看似琐碎无聊单调重复的活动，都可能对某些学术思想的形成产生影响，更不用说那些日常生活中富有诗意的瞬间或者是那些可以暂时使人忘却苦恼与不幸，反而可以激发文人创造性激情的

---

① 鲁迅：《魏晋风度及文章与药及酒之关系》，《鲁迅全集》第三卷，见该文注释2。

活动，例如与分别多年的老友重逢，与仰慕已久的学者相识，等等。卢卡奇指出："如果把日常生活比作一条长河，那么由这条长河中分流出了科学和艺术这样两种对现实更高的感受形式和再现形式。"仅就鲁迅论魏晋文人的服药与饮酒而言，虽然不可否认，鲁迅以及很多学者都指出了这些所谓的怪癖嗜好不过是魏晋文人借以逃避现实或者表示对统治者不满的方式而已，此外还有借此彰显其不同常人之文人身份的目的。但还要看到，服药也好，饮酒也好，虽然过度会对身体产生伤害，但确实也会给文人带来感官的刺激和愉悦之感，饮酒不必论，服用鲁迅所提到的那种"五石散"后虽然一时发烧一时害冷，但这刺激正是当时很多文人所追求的。而为了解除这药物对身体产生的毒性，又必然衍生出很多奇特的行为，例如"行散"以及必须穿着宽大的衣服等，如此就在招致社会对文人议论眼光的同时，也在很大程度上满足了文人的虚荣心，抵消了因政治上承受打击迫害所产生之精神痛苦。此外，无论服药还是饮酒，应该还有触发灵感、引发文人创作冲动的作用，这也是导致文人乐此不疲的原因之一。

由于社会的动荡，魏晋时期的文人对于生死问题特别敏感，无论是"三曹"还是阮籍、嵇康，都在其作品中对人生之短暂长吁短叹。他们知道无论怎样设法寻找解脱之路，他们依然无法避免走向死亡。甘于沉沦或堕落，与任何形式的反抗现实一样，都不过是试图忘却死亡这一必然会来到之事实的徒劳努力。所以，只有像阮籍那样，毫无畏惧地承认自己可以接受随时随地的面向死亡，才可以忘却所有的烦恼与痛苦。这大概就是海德格尔所谓的"本真的向死存在"吧。在这一点上，阮籍以及很多魏晋文人的思想，其实是有些存在主义意识的。

鲁迅对此自然深有体会，查鲁迅日记，会看到很多他喝酒过度乃至酩酊大醉的记录，特别是民国初年一个人在北京时。同时鲁迅也对死亡有本能的恐惧，不然也不会有点小病就去看昂贵的西医，也不会把拉肚子、牙痛这样的生活琐细之事记入日记。民国初年的鲁迅，其所承受生活和思想的压力，并不比魏晋文人轻多少。只因鲁迅本就是一个可以感受和承受人类痛苦的伟大灵魂，虽然到了1927年鲁迅在个人私生活方面有所改善（尽管发生了兄弟失和之事，

鲁迅与20世纪中国研究丛书

但至少他收获了与许广平的爱情作为补偿）。

所以，仅就鲁迅拈出魏晋文人服药和饮酒来谈论当时文人风貌与社会生活关系而言，鲁迅的说法并无多少新意。但如果将此放入文学史写作的框架中，就会发现鲁迅的这种抓住一个时代的重要文化现象，进入对这个时代文学论述的方式，是很好的学术研究模式。例如按照鲁迅的设想，有关唐代文学的一章他准备命名为"廊庙与山林"，显而易见这也是对唐代文人入世与归隐两种态度在文学创作方面的极好概括——廊庙文学与山林文学。至于魏晋南北朝一章，根据许寿裳的回忆，鲁迅拟定的题目是"酒·药·女·佛"，而《魏晋风度及文章与药及酒之关系》显然只讲了前两点，至于"女和佛"鲁迅会怎样讲，我们也只有依据其现有著作给予大致的猜想了。但无论如何，鲁迅这种以某一时代最具特点之文化现象为视角，进入对这一时期文学史阐释的方式，的确为后世的文学史写作提供了很好的借鉴，特别是对那些过于生硬地强调政治经济对文学演变之重要作用，而忽视丰富多彩社会生活及文学发展内部规律而撰写的文学史，不失为一个很好的样板。遗憾的是，鲁迅之后特别是1949年后出版的一些中国文学史著作，在撰写理念和具体编写方法上过多受到来自意识形态的影响，把一部丰富多彩的中国文学发展进程，往往简化为所谓的劳动人民批判和反抗压迫的历史，虽然在所谓的"人民性"观照下，对一些艺术性极高但思想性较为复杂乃至消极的作家作品有所肯定，但整体言，大多数文学史几乎都是一部政治史的"文学"版本。

其次，关于"文学的自觉时代"这一提法，非鲁迅最早提出，是日本著名汉学家铃木虎雄于1920年在其著作中提出。他认为汉末以前中国人都没有离开过道德论的文学观，所以不可能产生从文学自身看其存在价值的倾向。他之所以得出"魏的时代是中国文学的自觉时代"这一结论，主要证据是他对曹丕的《典论·论文》的分析。铃木虎雄在日本汉学界地位极高，20世纪著名汉学家青木正儿、吉川幸次郎、小川环树都是其弟子，他甚至被称为日本近代"中国文学研究的第一人"。由于铃木虎雄的文章发表于1920年，1925年又收入其《中国诗论史》，鲁迅的演讲在1927年，所以有理由断定鲁迅沿用了铃木"文学的自觉"的说法，并且也是以曹丕的《典论·论文》为论证根据。

不过，铃木虎雄的观点在当时并未对中国学术界有多大影响，倒是鲁迅此次讲演后，鉴于鲁迅在当时中国文学界的地位，这一提法才产生重大影响，甚至对之后整个20世纪中国古代文学研究乃至美学研究都有着深远影响。这表现在学术界对中国文学的自觉发生于魏晋时代这一点几乎是一致认同。如游国恩等主编的《中国文学史》就说："建安时代表现了文学的自觉精神。"又如王运熙、杨明的《魏晋南北朝文学批评史》也说鲁迅将建安时期概括为"文学自觉的时代"，是十分精当的。后来章培恒主编的《中国文学史》也说："魏晋是文学的自觉时代。"又说："这时代的文学的确有点异彩。"李泽厚则在其《美的历程》中不仅认为"文学的自觉"是魏晋的产物，而且进一步发挥说"是一个美学概念，非单指文学而已。其他艺术，特别是绘画与书法，同样从魏晋起，表现着这个自觉"①。李泽厚的这本《美的历程》虽然只是薄薄的一个小册子，却在20世纪八九十年代风行一时，影响极大，也因此李泽厚对鲁迅观点的引用介绍和发挥，无形中使得广大读者对鲁迅的这些学术思想有了进一步的了解。即如该书的第五章"魏晋风度"而言，此章李泽厚以直接引用鲁迅原文和提及鲁迅观点但不注明出处的方式，次数多达十次，而引用最多者自然是这篇《魏晋风度及文章与药及酒之关系》。

自然，对于鲁迅这一提法，学术界近年来也有不同看法，以下借用当代学者赵敏俐的有关论述进行简要分析。②

赵敏俐此文指出：

> 近年来逐渐有人对鲁迅这种说法提出了质疑，认为中国文学的"自觉"不是从魏晋时代开始，而是从汉代就开始了。首先提出这一观点的是龚克昌先生。早在1981年，在《论汉赋》一文中，他就认为应该把文学自觉的时代，"提前到汉武帝时代的司马相如身上。"后来，他又专门就此问题发表了题为《汉赋——文学自觉时代的起点》的文章，认为从两个

① 李泽厚：《美的历程》，中国社会科学出版社1984年版，第124页。
② 以下内容见赵敏俐：《"魏晋文学自觉说"反思》，《中国社会科学》2005年第3期。

方面可以证明汉赋是"文学自觉时代的起点"，第一是"文学意识的强烈涌动，文学特点的强烈表露"，其次是"提出新的比较系统的文艺理论。"

此外，赵文还指出：

> 张少康在这方面论述的最为系统。他说："文学的自觉和独立有一个发展过程，这是和中国古代文学观念的演变、文学创作的繁荣与各种文学体裁的成熟、文学理论批评的发展和专业文人队伍的形成直接相联系的。"以此而进行综合考察，"文学的独立和自觉是从战国后期《楚辞》的创作初露端倪，经过了一个较长的逐步发展过程，到西汉中期就已经很明确了，这个过程的完成，我以为可以刘向校书而在《别录》中将诗赋专列一类作为标志"。

此外，赵文也指出，还有一些学者如詹福瑞、李炳海等也提出或坚持汉代是中国文学自觉时代开始的观点，并明确赞同此说，其理由如下：

> 首先，汉代的文学"已经从广义的学术中分化出来，成为独立的一个门类"。
> 其次，汉人不仅"对文学的各种体裁有了比较细致的区分，更重要的是对各种体裁的体制和风格特点有了比较明确的认识"。
> 其三，汉人已经"对文学的审美特性有了自觉的追求"，这一点除了大家所熟知的司马相如关于作赋的论述外，其他赋家的创作也莫不如是。

另有学者指出，鲁迅此文最初不过是一个讲演稿，所以有些论断明显不够严谨，有些也是有感于当时大的社会环境而发。鲁迅自己后来也坦承"在广州谈魏晋事，盖实有慨而发"①。所以文内有很多借古讽今、抨击国民党搞大屠杀的内容，也因此有些判断和议论从学术角度看不够客观和准确。但是，由于鲁迅崇高的政治地位，以及在很长一个历史阶段中把鲁迅的一切给"神话"化了，以致他关于魏晋文学的观点逐渐成为一种权威意见，论者动辄引用鲁迅的话以为立论的前提或依据，这其实是很不正常的。②

笔者以为，上述学者的观点各有各的道理，但如果回到问题发生的原点，也即魏晋时期，就必须承认鲁迅的论断还是最为科学。相比于汉代，魏晋时期确实是对文学更为重视，对文学的特殊审美特性给予特别关注的时期，这标志就是对作品文采的肯定以及对作者须有创作才华的确认。熟悉鲁迅学术史著作特别是小说史著作者应该会发现，鲁迅对小说何时进入独立时期的判定标准就是一个，即文人何时开始"有意为小说"，也因此他把唐传奇作为小说开始走向成熟的标志。而唐传奇有别于之前六朝志怪小说者，就在于文人的"自觉"创作小说。所以说到"文学的自觉时代"，我以为鲁迅所强调的更多是指这一时期文人从事文学创作的自觉性提高了，主动性提高了，对文学所特有之审美性的认识加深了。也正是在这个意义上，鲁迅才使用了"为艺术而艺术"的说法——鲁迅不是赞成这个口号，而只是借用来说明魏晋时代对文人创作之主动性的提高和对文学之独立性和审美个性的确认这些方面，与汉代已经有本质的区别。

此外，鲁迅这篇重要的讲演值得关注的还有他对阮籍、嵇康以及陶渊明等人的评价，除却那些和刘师培相同的意见外，鲁迅更有自己的观点，这些也对20世纪学术界的相关研究产生了深远影响。

鲁迅一生对嵇康始终给予很高评价，对"竹林七贤"这一文人群体也多次从他们反抗虚伪的礼教和社会批判角度给予肯定。长期以来，鲁迅的相关意见几乎成为学术界的定论，这在鲁迅之后特别是1949年后的中国古代文学史和美学著作中可以找到很多例证。除却前面提及的一些文学史外，"文革"结束后

① 见鲁迅1928年12月30日致陈濬信。

② 徐国荣、薛艳：《魏晋文学研究中的鲁迅资源和鲁迅神话》，《学术界》2006年第1期。

出版的第一部由李泽厚主编的《中国美学史》这样评价嵇康：

> 嵇康在文学上也有不小的成就，但主要是一个思想家。在政治上，他对势力日大的司马氏集团采取了十分明确的坚决不合作的态度，和阮籍尽量避免正面对抗不同。……嵇康是十分关心政治的，他也和阮籍一样有"济世志"，而其思想的根本，原来也不离儒学。
>
> ……
>
> 历来人们大都认为嵇康在反对儒家礼法上比阮籍更激进，实际上他比阮籍更执着于儒家所讲的仁义、名节，有着更强烈的是非观念，是一个十分严肃刚正的人物。（嵇康的）"非汤武而薄周孔"，在实质上也只是对当时礼法的虚伪性的反抗的表现，并非真正在根本上否定儒家的仁义道德。①

在鲁迅这篇著名的讲演稿中，和当时的学术界有密切关联以及对后世产生深远影响的还有对陶渊明的看法，鲁迅认为陶渊明诚然有冲淡平和的一面，更有"金刚怒目"慷慨激昂的一面，说明他并未忘记关心时事，"于朝政还是留心"，也就并不是真正的超然。而且鲁迅在其著作中多次提及陶渊明，比较重要的除却此文外，还有《"题未定"草（六）》，且此文还牵扯到与朱光潜的一场学术论争。

1935年，朱光潜在《说"曲终人不见，江上数峰青"》中论及艺术境界时说："这种境界在中国诗里不多见，屈原、阮籍、李白、杜甫都不免有些象金刚怒目，愤愤不平的样子。陶潜浑身是静穆，所以他伟大。"然而，纵观陶渊明所有的作品，虽然以冲淡自然为主调，但是他有豪迈雄健的一面，所以朱光潜所说的"浑身是静穆"至少不够全面。不过，如果单从美学角度，尽管以陶渊明为例不够恰当，但朱光潜对静穆的论述应该说还是很有眼光。但鲁迅不同

---

① 李泽厚、刘纲纪主编：《中国美学史》第二卷（上），中国社会科学出版社1987年版，第200—205页。

意朱光潜的说法，特意撰文批评："自己放出眼光看过较多的作品，就知道历来的伟大的作者，是没有一个'浑身是"静穆"'的。陶潜正因为并非'浑身是"静穆"，所以他伟大'。"后来鲁迅又说："陶渊明……除了论客们所佩服的'悠然见南山'之外，还有'精卫衔微木，将以填沧海。刑天舞干戚，猛志固常在'之类的金刚怒目式，在证明他并未整天整夜的飘飘然。这'猛志固常在'和'悠然见南山'正是一个。倘有取舍，即非全人。再加抑扬，更离真实。"①其实鲁迅之所以不同意朱光潜的见解，是因为鲁迅认为在那样一个时代，朱光潜的说法容易使人忘却现实，丧失战斗精神，有消极避世的嫌疑。今天看，朱光潜的文章只是就美学问题谈"静穆"，并无鼓励青年学习陶渊明远离社会生活之意，所以鲁迅的批评有些强词夺理。当然，鲁迅对朱光潜一篇小文作出如此强烈反应，其实是另有原因，也即与周作人当时正大谈陶渊明有关，对此陈平原在《中国现代学术之建立》中第八章有详细分析。

至于鲁迅其他有些杂文中对陶渊明有所嘲讽，也是借古讽今。整体看鲁迅对陶渊明评价甚高。

不过，关于陶渊明的作品及其思想，在当时还有一位学者却给予非同寻常的关注，并把陶渊明提高到中古时代大思想家的地位，其实是以一种特殊的方式，对当时有关陶渊明的一些观点给予回应，所牵扯到的学者，除却鲁迅与朱光潜，还有梁启超。这位学者就是陈寅恪。

1943年，陈寅恪撰写了《陶渊明之思想与清谈之关系》一长篇论文，对陶渊明的思想来源、与当时文人思想的异同以及对后世影响进行了深入分析。其实，早在1936年1月，也就是鲁迅与朱光潜论争后不久，陈寅恪就发表过一篇题为《桃花源记旁证》的论文，对该文所提及之桃花源的纪实性因素进行详尽的分析，如果说此文的撰写可能受到当时鲁迅与朱光潜论争的影响，应该有一定的合理性。其实这一阶段陈寅恪关于魏晋文人思想以及佛教流入中土问题一直关注，先后撰写过一系列论文，如《支愍度学说考》《天师道与滨海地域之关系》《东晋南北朝之吴语》以及《魏书司马睿传江东民族条释证推论》等。

---

① 鲁迅：《"题未定"草》，《鲁迅全集》第六卷，第422、436页。

但毫无疑问，关于陶渊明的文学及思想，这篇《陶渊明之思想与清谈之关系》最为重要。以下我们就将陈寅恪这篇文章与鲁迅的相关论述进行比较，以见他们的异同。至于他们与朱光潜以及梁启超的观点论争，由于不是本处论述重点，则只顺便提及。

《桃花源记旁证》一文开头陈寅恪即指出，历来谈论陶渊明者，论其创作居多，谈其思想较少：

> 古今论陶渊明之文学者甚众，论其思想者较少。至于魏晋两朝清谈内容之演变与陶氏族类及家传之信仰两点以立论者，则浅陋寡闻如寅恪，尚未之见，故兹所论即据此二端以为说，或者可略补前人之所未备欤？①

要辨析陶渊明的思想，就要先清楚当时士人为何崇尚清谈，对此陈寅恪指出：

> 当魏末西晋时代即清谈之前期，其清谈乃当日政治上之实际问题，与其时士大夫之出处进退至有关系，盖藉此以表示本人态度及辩护自身立场者，非若东晋一朝即清谈后期，清谈只为口中或纸上之玄言，已失去政治上之实际性质，仅作名士身份之装饰品者也。②

后来伴随着佛教的流入中土以及清谈的逐渐成为"口头虚语"，遂被士人抛弃：

> 世说新语记录魏晋清谈之书也。其书上及汉代者，不过追溯原起，以期完备之意。惟其下迄东晋之末刘宋之初迄于谢灵运，固由其书作者只能

---

① 陈寅恪：《陶渊明之思想与清谈之关系》，《金明馆丛稿初编》，上海古籍出版社1980年版，第180页。

② 陈寅恪：《陶渊明之思想与清谈之关系》，《金明馆丛稿初编》，上海古籍出版社1980年版，第180页。

述至其所生时代之大名士而止，然在吾国中古思想史，则殊有重大意义。盖起自汉末之清谈迄至此时代而消灭，是临川康王不自觉中却于此建立一划分时代之界石及编完一部清谈之全集也。前已言清谈在东汉晚年曹魏季世及西晋初期皆与当日士大夫政治态度实际生活有密切关系，至东晋时代，则成口头虚语，纸上空文，仅为名士之装饰品而已。夫清谈既与实际生活无关，自难维持发展，而有渐次衰歇之势，何况东晋、刘宋之际天竺佛教大乘玄义先后经道安、慧远之整理，鸠摩罗什师弟之介绍，开震旦思想史从来未有之胜境，实于纷乱之世界，烦闷之心情具指迷救苦之功用，宜乎当时士大夫对于此新学说警服欢迎之不暇。回顾旧日之清谈，实为无味之鸡肋，已陈之刍狗，遂捐弃之而不惜也。①

对此鲁迅以富于风趣的语言给予描述，但观点与陈氏一致：

> 到东晋以后，作假的人就很多，在街旁睡倒，说是"散发"以示阔气。就像清时尊读书，就有人以墨涂唇，表示他是刚才写了很多字的样子。故我想，衣大，穿屐，散发等等，后来效之，不吃也学起来，与理论的提倡实在是无关的。……东晋之后，不做文章而流为清谈，由《世说新语》一书里可以看到。此中空论多而文章少，比较他们三个（指何晏、王弼和夏侯玄——引者注）差远了。②

由于是面对普通人的讲演，鲁迅不可能对陶渊明的思想做细致深入的分析，不过鲁迅同样注意到陶渊明的"自然"，简直与陈寅恪分析陶渊明的"新自然说"有异曲同工之妙：

> 陶潜之在晋末，是和孔融于汉末与嵇康于魏末略同，又是将近易代的

① 陈寅恪：《陶渊明之思想与清谈之关系》，《金明馆丛稿初编》，上海古籍出版社1980年版，第194页。

② 鲁迅：《魏晋风度及文章与药及酒之关系》，《鲁迅全集》第三卷，第508—509页。

时候。但他没有什么慷慨激昂的表示，于是便博得"田园诗人"的名称。但《陶集》里有《述酒》一篇，是说当时政治的。这样看来，可见他于世事也并没有遗忘和冷淡，不过他的态度比嵇康阮籍自然得多，不至于招人注意罢了。[①]

对于陶渊明的思想，陈寅恪则进行了深刻细致的分析，不但从魏晋时期数百年文人之思想演变与社会政治动荡关系分析，而且着重从儒教与道教、佛教关系，以及当时文人如何在三教之间寻求精神支撑角度，看陶渊明如何能够力创"新自然说"，从而获得精神上安身立命的思想资源：

> 渊明著作文传于世者不多，就中最可窥见其宗旨者，莫如形影神赠答释诗，至归去来辞、桃花源记、自祭文等尚未能充分表示其思想，而此三首诗之所以难解亦由于是也。此三首诗实代表自曹魏末至东晋时士大夫政治思想人生观演变之历程及渊明己身创获之结论，即依据此结论以安身立命者也。前已言魏末、晋初名士如嵇康、阮籍叔侄之流是自然而非名教者也，何曾之流是名教而非自然者也，山涛、王戎兄弟则老庄与周孔并尚，以自然名教为两是者也。其尚老庄是自然者，或避世，或禄仕，对于当时政权持反抗或消极不合作之态度，其崇周孔是名教者，则干世求进，对于当时政权持积极赞助之态度，故此二派之人往往互相非诋，其周孔老庄并崇，自然名教两是之徒，则前日退隐为高士，晚节急仕至达官，名利兼收，实最无耻之巧宦也。时移世易，又成来复之象，东晋之末叶宛如曹魏之季年，渊明生值其时，既不尽同嵇康之自然，更有异何曾之名教，且不主名教自然相同之说如山、王辈之所为。盖其己身之创解乃一种新自然说，与嵇、阮之旧自然说殊异，惟其仍是自然，故消极不与新朝合作，虽篇篇有酒（昭明太子陶渊明集序语），而无沉湎任诞之行及服食求长生之志。夫渊明既有如是创辟之胜解，自可以安身立命，无须乞灵于西土远来

鲁迅与20世纪中国学术转型

---

① 鲁迅：《魏晋风度及文章与药及酒之关系》，《鲁迅全集》第三卷，第516页。

之学说，而后世佛徒妄造物语，以为附会，抑何可笑之甚耶？①

此段值得注意者不独陈寅恪拈出一个"新自然说"，还有末尾一句"无须乞灵于西土远来之学说"，联系陈寅恪写作此文时代背景，则大有可玩味之处。然与此处论述内容关系不大，故不赘。

所谓"新自然说"，按照陈寅恪的解释，就集中体现在陶氏的《形影神》诗，陶氏此作分为三首，分别为《形赠影》《影答形》和《神释》，最为重要的就是《神释》：

> 寅恪案，此首之意谓形所代表之旧自然说与影所代表之名教说之两非，且互相冲突，不能合一，但己身别有发明之新自然说，实可以皈依，遂托于神之言，两破旧义，独申创解，所以结束二百年学术思想之主流，政治社会之变局，岂仅渊明一人安身立命之所在而已哉！

> 诗又云：甚念伤吾生，正宜委运去，纵浪大化中，不喜亦不惧，应尽便须尽，无复独多虑。

> 寅恪案，此诗结语意谓旧自然说与名教说之两非，而新自然说之要旨在委运任化。夫运化亦自然也，既随顺自然，与自然混同，则认己身亦自然之一部，而不须更别求腾化之术，如主旧自然说者之所为也。但此委运任化，混同自然之旨自不可谓其非自然说，斯所以别称之为新自然说也。考陶公之新解仍从道教自然说演进而来，与后来道士受佛教禅宗影响所改革之教义不期冥合，是固为学术思想演进之所必致，而渊明则在千年以前已在其家传信仰中达到此阶段矣，古今论陶公者旨未尝及此，实有特为指出之必要也。②

"生死"一直是中国历代文人念念不忘的问题，也是所有宗教都必须回答或者给出解释的终极问题，陈寅恪认为"新自然说"集中体现了陶氏的生死观，综合看就是"甚念伤吾生，正宜委运去，纵浪大化中，不喜亦不惧，应尽便须尽，无复独多虑"。既然人生"应尽便须尽"，所以不必喜也不必惧，一切顺应自然就是。在这一点上，再看那句经典的"采菊东篱下，悠然见南山"，就能体会到那个"悠然"的妙处——悲凉但不悲伤、得意但不忘形，以及所表达境界的伟大。

陈寅恪与鲁迅一样，看出了陶渊明思想性格中的复杂性：

> 取魏晋之际持自然说最著之嵇康及阮籍与渊明比较，则渊明之嗜酒禄仕，及与刘宋诸臣王弘、颜延之交际往来，得以考终牖下，固与嗣宗相似，然如咏荆轲诗之慷慨激昂及读山海经诗精卫刑天之句，情见乎词，则又颇近叔夜之元直矣。总之，渊明政治上之主张，沈约宋书渊明传所谓"自以曾祖晋世宰辅，耻复屈身异代，自（宋）高祖王业渐隆，不复肯仕。"最为可信。与嵇康之为曹魏国姻，因而反抗司马氏者，正复相同。此嵇、陶符同之点实与所主张之自然说互为因果，盖研究当时士大夫之言行出处者，必以详知其家世之姻族连系及宗教信仰二事为先决条件，此为治史者之常识，无待赘论也。近日梁启超氏于其所撰陶渊明之文艺及其品格一文中谓："其实渊明只是看不过当日仕途混浊，不屑与那些热官为伍，倒不在乎刘裕的王业隆与不隆。""若说所争在什么姓司马的，未免把他看小了。"及"宋以后批评陶诗的人最恭维他耻事二姓，这种论调我们是最不赞成的。"斯则任公先生取己身之思想经历，以解释古人之志尚行动，故按诸渊明所生之时代，所出之家世，所遗传之旧教，所发明之新说，皆所难通，自不足据之以疑沈休文之实录也。

对于梁启超有关陶渊明的评价，陈寅恪没有说多，只一句"任公先生取己身之思想经历"就可谓辛辣之至，因世人皆知梁启超思想一生多变，诚如他自己所说"不惜以今日之我，攻昨日之我"。而且梁启超最为人责难的是其政治上的多变，仅在民国期间几次从政又辞职的经历就让人为之惋惜，陈寅恪也曾在为悼念王国维投水自尽的诗中讽刺过梁启超："清华学院多英杰，其间新会称耆哲。旧是龙髯六品臣，后跻马厂元勋列。"陈寅恪认为中国古人的"耻事二姓"在梁启超那里是没有做到的，所以他认为梁氏对陶渊明的解释不必多说，自是"难通"。值得注意的倒是陈寅恪对陶渊明性格中"慷慨激昂"一面的评价，与鲁迅如出一辙。

最后陈寅恪以这样的语言对陶渊明在中古思想史上的地位进行盖棺论定：

> 渊明之思想为承袭魏晋清谈演变之结果及依据其家世信仰道教之自然说而创改之新自然说。惟其为主自然说者，故非名教说，并以自然与名教不相同。但其非名教之意仅限于不与当时政治势力合作，而不似阮籍、刘伶辈之佯狂任诞。盖主新自然说者不须如主旧自然说之积极抵触名教也。又新自然说不似旧自然说之养此有形之生命，或别学神仙，惟求融合精神于运化之中，即与大自然为一体。因其如此，既无旧自然说形骸物质之滞累，自不致与周孔入世之名教说有所触碍。故渊明之为人实外儒而内道，舍释迦而宗天师者也。推其造诣所极，殆与千年后之道教采取禅宗学说以改进其教义者，颇有近似之处。然则就其旧义革新，"孤明先发"而论，实为吾国中古时代之大思想家，岂仅文学品节居古今之第一流，为世所共知者而已哉！

陈寅恪最后一句，似乎是有感而发，但如果说是对鲁迅等人的陶渊明及同时代人的魏晋文学研究不满，也过于牵强，姑且存疑。

第二节 一切其实还在路上

——当代中国学术体系建构及问题

一、鲁迅与20世纪中国古代文学研究

毋庸置疑，由于鲁迅在20世纪中国文化和文学发展进程中的特殊地位，他的观点由可以被质疑逐步上升为不容置疑的权威观点，这一点在1949年后更为突出。不仅鲁迅的创作不容否定，而且其学术研究成果也不容否定；不仅鲁迅对现代文学的观点被视为权威性意见（如他为《中国新文学大系·小说二集》所写的序言等），而且他在古典文学研究领域的成就也开始被神话化，例如建国后影响最大的两部中国文学史著作，即中国科学院文学研究所和游国恩等五位教授所编写的《中国文学史》，都程度不同体现出对鲁迅观点权威性的使用方式。仅就上文所论述的魏晋文学而论，中国科学院文学研究所的版本，在论述阮籍、嵇康一节中就引用鲁迅和提及鲁迅观点两次，虽然看似次数不多，却是以引用20世纪有关学者研究成果作为佐证的唯一一个。而五位教授的《中国文学史》，也是在"概说"部分，以直接引用和间接使用鲁迅观点的方式，作为此部分的重要理论论据。[①]

对此梅新林等主编的《当代中国古代文学研究》一书，这样评价：

（1949年后）鲁迅作为学术权威的树立也得到了古典文学研究界的评价和确认。1956年，在鲁迅逝世二十周年前后，学界从学术研究的态度、目的、内容和方法等几方面对鲁迅的古典文学研究成就进行了全方位的评价，从而突出了鲁迅在新中国古典文学研究中的权威性。

第一，从学术研究的态度来看，鲁迅古典文学研究的权威性体现在他反对民族文化虚无主义和复古主义态度，能够批判地继承古典文学遗产。……

---

① 对此，可参看这两部文学史的魏晋文学部分。

第二，从学术研究的目的来看，鲁迅古典文学研究的权威性体现在他的学术研究是为了革命现实的需要，是整个革命事业的有机组成部分。……

第三，从学术研究的内容来看，鲁迅古典文学研究的权威性体现在他善于在研究中挖掘出具有战斗性和人民性的优秀文学遗产。……

第四，从学术研究的方法来看，鲁迅古典文学研究的权威性体现在他善于社会历史批评方法，即通过对作家生平和思想的研究，对作品时代思潮的研究来探讨作家作品的思想性和社会意义。……

经过1956年学界的集中讨论和评骘，鲁迅在古典文学研究上的成就、地位和作用得到了凸显和张扬，作为无产阶级学术新权威得到了学界的确认，从此被认同为新中国古典文学研究的旗帜和榜样。①

据此，对于20世纪特别是1949年后学术界在中国古典文学研究中受到鲁迅有关研究影响的情况，一定要注意到来自学术研究之外特别是政治方面压力的事实，同时在具体研究中要具体分析，切实分清哪些是囿于政治压力而不得不以鲁迅作为挡箭牌的研究，哪些确实是服膺于鲁迅有关研究的远见卓识，并在其指引下进一步拓展的研究。此外，还有一种情况，就是并未受到鲁迅影响而真正是特立独行的研究，虽然这种情况较少。如果举例，则有钱锺书的古典文学研究。以下略举钱锺书有关阮籍、嵇康的一些看法，不仅是与鲁迅比较，且可以发现两人同样是坚持独立精神和自由思想，方能做出独特的研究。

钱锺书在其《管锥编》中，曾特意对阮籍和嵇康的文学成就进行比较，并对两人的思想观念以及处世态度做了评价，表现出明显的抑阮扬嵇之意，与鲁迅对嵇康的推重不谋而合：

阮、嵇齐名，论文阮似忝窃，当以诗挈长补短也。

① 梅新林、曾礼军、慈波等：《当代中国古代文学研究（1949—2009）》，中国社会科学出版社2013年版，第88—90页。

嵇、阮皆号狂士，然阮乃避世之狂，所以免祸，嵇则忤世之狂，故以招祸。……避世阳狂，即属机变，迹似任真，心实饰伪，甘遭诽笑，求免疑猜。……忤世之狂，则狂狷、狂傲，称心而言，率性而行，如梵志之翻着袜然，宁刺人眼，且适己脚。

《与山巨源绝交书》云："阮嗣宗口不议人过，吾每师之而未能"，明知故犯，当缘忍俊不禁。夫疾恶直言，遇事便发，与口不议人过，立身本末大异，正忤世取罪之别于避世远害也。阮《答伏义书》河汉大言，不着边际，较之嵇之《与山巨源书》，一狂而浮泛，一狂而刺切，相形可以见为人焉。①

由上述内容，引发出一个问题值得思考：既然鲁迅在中国古典文学研究领域的权威地位在1949年后特别是1956年后已经确立，为何他的文学史撰写理念和言说方式没有被模仿和进一步拓展呢？是否是因为鲁迅的一切，在1949年后都被过分政治化和"神话"化了？如果是这样，那么鲁迅的文学史撰写理念也还是应该被提倡，只不过是以扭曲的或者过分拔高的形式出现而已。但事实显然不是这样，1949年之前姑且不论，之后的几部文学史著作，诚如前面所提及，确实是对鲁迅的学术观点极为重视，表现形式则为将鲁迅的学术论断作为定论而引用，甚至上升到与马恩和毛泽东文艺思想同样的高度。但如果认真考察，则会发现这些文学史撰写的基本理论框架，还是按照经济基础决定上层建筑和阶级斗争是社会生活和文学发展动力的模式，在具体论述中，有关文学与社会发展关系的阐释还是简单按照文学是政治的工具以及极为强调文学的阶级属性等来进行。虽然表面看与鲁迅一样强调知人论世的研究方法，但其实更强调的是作家的阶级属性和世界观。这方面的例证举不胜举，我们不妨看几个极为突出的例证，并与鲁迅的相关论述进行比较：

① 钱锺书：《管锥编》第三册，中华书局1986年版，第1083—1090页。

从汉末大乱到隋代统一，历时约四百年。我国社会处于长期分裂和动荡不安的状态，历史情况复杂，文学也经历了许多变化。

东汉末年，封建大土地所有制迅速发展，土地兼并剧烈，宦官、外戚两个集团的交相干政和互相倾轧，更造成了政治的极端黑暗和腐败，再加上对羌族的连年用兵和自然灾害的不断袭击，阶级矛盾日趋尖锐，终于激起了黄巾大起义，给东汉反动统治以沉重的打击。

……

汉末社会的巨大变动也引起社会思想的变化。汉代自武帝以来。一直是儒家思想占独尊的统治地位。这时，适应新的现实的需要，名、法、兵、纵横等家思想有不同程度的发展，思想界呈现出一种自由解放的趋势。

建安时期是我国文学发展的一个重要时期。在上述历史背景下出现的建安文学有了崭新的面貌。……（"建安七子"和蔡琰等）大都倾向于曹操的缓和阶级矛盾以迅速恢复封建秩序的政策，思想上有进步的一面，他们又都曾卷入汉末动荡的漩涡，接触了较广泛的社会现实，因此能够直接继承汉乐府民歌的现实主义传统，掀起一个诗歌高潮。他们的创作一方面反映了社会的动乱和民生的疾苦，一方面表现了统一天下的理想和壮志，悲凉慷慨，有着鲜明的时代特色。①

再看另一部影响很大的文学史著作对这一时期文学变迁的论述：

黄巾大起义摧垮了东汉皇朝的腐朽统治，但终于在地主阶级的血腥镇压下失败了。在农民的血泊和统一帝国的废墟上形成了许多军阀的割据，他们不断地互相混战，给人民造成了深重的灾难。

……

① 游国恩等：《中国文学史》（修订本）一，人民文学出版社2002年版，第225—226页。

随着大贵族官僚集团的统治在农民起义打击下的削弱和原来比较寒微的中小地主们的得势，当时的思想、文化面貌也发生了显著变化。人们的思想开始从原来统治者的儒学礼教的束缚下解放出来。以曹操为代表的中小地主们受儒家的影响较浅，他们为了扩大自己统治基础，在政治和文化两方面都采取兼容并包的方针。……曹操和他的集团不但在政治上代表中小地主的利益，而且在文学上也体现了这一阶层的艺术兴趣。……他们对战争给人民带来的灾难有很深的感慨和同情；同时，他们在政治上也都有一定的抱负。新的政治形势给他们造成了施展才能的条件。因此，在他们的诗歌中很多篇章都相当深刻地反映了汉末的社会现实，也常常吐露出他们及时"建功立业"的雄心。①

如前所述，这两部《中国文学史》在相当长时期内一直是影响最大，作为教材也使用最多的中国文学史著作，而且有意思的是，在上述两部分论述魏晋文学发展的社会背景后，它们均引用了刘勰在《文心雕龙·时序》中关于建安文学的那段名言："观其时文，雅好慷慨，良由世积乱离，风衰俗怨，并志深而笔长，故梗慨而多气也。"但如认真分析，即明显可以看出其实不过是沿用了从某一时期社会的政治经济变动，再到政治思想层面的变化，最后才是这些因素对文学发展的影响以及文学的特色。不能说这种演绎式论述没有道理，但总给人以过于僵化、生硬和简单套用政治经济学理论和马列哲学思想的印象。

相比之下，鲁迅在《魏晋风度及文章与药及酒之关系》中是这样论述这一时期文学与社会发展关系的：

> 汉末魏初这个时代是很重要的时代，在文学方面起一个重大的变化，因当时正在黄巾和董卓大乱之后，而且又是党锢的纠纷之后，这时曹操出来了。……

① 中国科学院文学研究所中国文学史编写组：《中国文学史》（一），人民文学出版社1962年版，第186—188页。

董卓之后，曹操专权。在他的统治之下，第一个特色便是尚刑名。他的立法是很严的，因为当大乱之后，大家都想做皇帝，大家都想叛乱，故曹操不能不如此。曹操曾自己说过："倘无我，不知有多少人称王称帝！"这句话他倒并没有说谎。因此之故，影响到文章方面，成了清峻的风格。——就是文章要简约严明的意思。

此外还有一个特点，就是尚通脱。他为什么要尚通脱呢？自然也与当时的风气有莫大的关系。……通脱即随便之意。此种提倡影响到文坛，便产生大量想说甚么便说甚么的文章。

更因思想通脱之后，废除固执，遂能充分容纳异端和外来思想，故孔教以外的思想源源引入。

总括起来，我们可以说汉末魏初的文章是清峻，通脱。在曹操本身，也是一个改造文章的祖师，可惜他的文章传的很少。他胆子很大，文章从通脱得力不少，做文章时又没有顾忌，想写的便写出来。

……

曹操曹丕以外，还有下面的七个人：孔融，陈琳，王粲，徐干，阮瑀，应瑒，刘桢，都很能做文章，后来称为"建安七子"。七人的文章很少流传，现在我们很难判断；但，大概都不外是"慷慨"，"华丽"罢。华丽即曹丕所主张，慷慨就因当天下大乱之际，亲戚朋友死于乱者特多，于是为文就不免带着悲凉，激昂和"慷慨"了。

因为是讲演，鲁迅为了追求表达效果，所以用了一些比较生动的说法，但显而易见，鲁迅对这一时期的文学变化，虽然也强调是由于社会的动荡所造成，但其立足点是在文学，是由文学出发再追溯其演变原因，比如他说正是因为思想通脱，废除固执，"遂能充分容纳异端和外来思想，故孔教以外的思想源源引入"。然后，鲁迅的论述重点始终是文学自身，始终关注的是文学如何在这样的社会动荡中终于走到了"文学的自觉时代"，所以鲁迅论述更多的是这样的社会动荡给文人心灵带来的刺激和震动，更多强调文人的心态变化。

有意思的是，刘师培在其《中国中古文学史讲义》中论述汉魏之际文学变迁时，索性把刘勰的《文心雕龙·时序》直接列出，然后只是简单地评述说："此篇略述东汉、三国文学变迁，至为明晰，诚学者所当参考也。"①

毫无疑问，鲁迅也好，刘师培也好，他们自然知道文学变迁与社会发展的关系，也明白一定时期的社会动荡以及思想、经济方面的变化会对文人的创作和学术研究必然产生重大影响，但他们更为关注的是：这些变化究竟如何影响到文人的心灵以及他们的创作，其具体表现方式是什么，所以鲁迅才看到了"服药和饮酒"，所以他们都提到了这一时期文学的"清峻、通脱、华丽和壮大"。因为所有政治经济思想的变化，都必然要在文人精神层面才能发生影响，所以对文人心灵给予具体的阐释和描绘，以及对他们作品艺术风格和特色进行阐释，显然比过多地阐释那些社会重大事件更重要。归根结底，作为一部文学史，那些只是"末"而对文学本身的阐释才是"本"。但按照传统的所谓的唯物主义历史观的解释，是政治经济的变化为"本"，而文学的变化是"末"，所以不能本末倒置。这里其实是一个论述的视角问题，是站在文学发展进程的角度看每个历史阶段的文学特征呢，还是站在社会发展角度看每一时期所有领域的变迁——文学的变迁只是其中的一个侧面而已。前者是文学史书写，而后者是社会发展史书写。

因此，值得追问的就是：是否在占据统治地位的特定意识形态看来，虽然鲁迅的文学思想是革命的、科学的和进步的，但其根本的文学史撰写理念并不是完全符合社会主义的文学理论。具体到一些概念和论证方式，鲁迅的那一套话语系统既不适合对社会主义文学的阐释，也不适合用来阐释以阶级对抗为人类社会发展动力模式的文学史写作。所以，对于鲁迅的那些文学史撰写理念和设想，也只有采取"抽象肯定和具体否定"的方式，即在整体上对鲁迅的学术思想采取尊重甚至神话化的前提下，在真正进入文学史撰写时对其文学史理念采取忽视态度，而对于鲁迅的一些具体观点和分析阐释，则不妨引用以证明其在当下的现实指导意义。其实问题可能更加复杂，因为1949年后，鲁迅当年的一些"宿敌"进入文学领导层，他们对鲁迅的态度可能比较暧昧。一方面可以

---

① 刘师培：《中国中古文学史讲义》，中国人民大学出版社2004年版，第10—11页。

按照统治阶级的意志把鲁迅的形象越来越神话，一方面则可以在社会主义文艺思想和马列文艺思想的大旗下，以最简单直接的方式将文学研究政治化，而鲁迅的文学研究一个最重要特点，就是始终关注文学性，对文采的关注、对语言的关注、对想象的重视、对作家创作之自觉性的强调以及对艺术形式变革的赞美，是贯穿于鲁迅所有文学史研究的清晰的脉络，对此，20世纪90年代后，很多学者都有强调，其中最突出者是陈平原：

> 1930年代的鲁迅，虽然接纳"科学底文艺论"，仍倾向于借士人心态来理解和把握文学史进程。①

> 除了士人心态，鲁迅还对社会风俗感兴趣，居然提醒文学研究者从此角度阅读《论衡》和《抱朴子外篇》。提及影响文学变迁的"世情"与"时序"，前人多从政治角度立论，故着眼于朝代盛衰国家兴亡；而鲁迅更关注历史文化，故多从士人心态与社会风俗入手。②

陈平原并以鲁迅为他人所开书单作为佐证，指出这些书单不仅透露出鲁迅的阅读趣味，而且反映出其观察文学史现象的方法，即："首先从文人的社会地位、生活道路和思想状态着眼。"③这里陈平原的分析非常精彩，也为我们这里提出的问题，给出了很有价值的解释。不过，对于来自意识形态的因素究竟如何影响了1949年后的文学史撰写，以及在此过程中对鲁迅相关学术思想的认定和使用情况，陈氏并未述及。好在近年来在这方面研究已大有进展，如斯炎伟近年来对来自国统区作家以及鲁迅之弟子学生如萧军等在1949年后受到冷遇的情况有细致考察。④他还对"文革"结束后，文艺界内部以及有关领导部门对"文艺为政治服务"这一口号的不再使用所引起的争执与风波以及最后牵

① 陈平原：《作为学科的文学史》，北京大学出版社2011年版，第286页。
② 陈平原：《作为学科的文学史》，北京大学出版社2011年版，第287页。
③ 陈平原：《作为学科的文学史》，北京大学出版社2011年版，第287页。
④ 斯炎伟：《全国第一次文代会与十七年文学体制心理的生成》，《文艺理论研究》2006年第4期。

动最高领导层的详细情况作了详尽的考察。显然，直到1979年，这样带有明显极左特色的口号被停止使用，还会在文艺界产生巨大震动并导致很多人包括一些文艺界领导人思想上的抵制，那么，对于1949年后直到1979年这一时期，鲁迅的一些至少从形式上看不符合马列提法的文学思想会被有意无意地忽视或者被以扭曲的方式使用，也就不难理解。

二、民国时期中国学术发展特点

尽管鲁迅终其一生，并未将其主要力量放在学术研究方面，但从其学术研究的主要关注点以及在民国时高校所讲授课程，依然可以看出同一时期中国学术发展的几个特点，那就是：

一、受外来文化影响而产生的以西学分科为基准、强调学术的专科化，学科之间的界限日益分明，是20世纪中国学术有异于传统学术的主要特征。

所谓学科分类问题，首先是文理分科，然后又在文科中分出社会科学和人文科学，这一分类大致在20世纪20年代初步完成。而在20世纪初叶，当张之洞在大学分科中将哲学排斥在外时，曾激起王国维的强烈反应，说明那时的中国学术界，对于明了文科特别是人文学科如何设立以及对中国学术体系乃至民族文化建设的重要性，还缺乏深刻把握和明晰一致的立场。

而在具体的学科分类过程中，那些基本是从西方引进的文科没有什么学科之合法性的问题，而所谓的"国学"则比较尴尬，清华国学院的设立和之后的运作以及北大国学门的发展历程，都从一个侧面反映出传统学术在被纳入外来学术体制和教育体制中时或多或少被视为不够规范甚至是否合法的问题。

传统的中国学术体系，其分类相对简单，除却自然科学有所谓的算学、农学之外，就文科而言，大致采用经史子集的分类方式。这本来是古代图书文献的分类方式，却在近代被视为中国传统的文史分类。清末民初，中国学术界已经意识到中西学术相遇时在学科分类方面的冲突。如梁启超在1902年就指出："今日泰西通行诸学科中，为中国所固有者，惟史学。"[①]所以，如果认同西

① 梁启超：《新史学》，《饮冰室合集·文集之九》，中华书局1989年影印本，第1页。

方的学科分类原则，则传统的文史之学如何被分门别类地划入相应学科，其实有一个是认同"中体西用"还是"西体中用"的大问题，是以我为主构建现代学术体系还是以西方学术理念为主构建的大问题。自然，结果早已见分晓，如今探讨这些学科的分类历史，无非是借此看当时的传统学术，在外来学术思想的冲击下，采取怎样的应对方式，以及这些应对对之后20世纪中国学术发展进程的复杂影响。

我们不妨从清华国学院的课程设置，看一下这种截然不同的中西学术，是如何被纳入现代大学研究系统的。清华国学院设立于1925年，此时距陈独秀、胡适等倡导新文化运动已有八年，而清华这所最初为培训赴美留学而设立的学校直到这一年才设立大学部，这本身就耐人寻味。也是在这一年春天，清华成立国学研究院，聘请梁启超、王国维、陈寅恪、赵元任等导师。为了从派遣留学逐步过渡为培养本国人才，开始有四年制本科教育，其学科则是分为文、理、法三院。自然，传统的中国文学与学术，只能被分在文学院。

先看文学院一、二年级的课程设置及名称：

第一年级（附单位数，即课时数，引者注）：

（1）修学目的及方法 1

（2）国文 2

（3）英文 2

（4）近代科学思想发达史与机械技艺实习各半年 2

（5）实验科学（生物或化学或物理）3

（6）历史（中国及外国）4

（7）选习（第二外语或数学或读书）3

（8）体育 1 共18单位

到二年级，则去掉修学目的及方法一门课程，增添现代中国问题一门，并将文史哲合并为文学或哲学或社会科学一门，总单位数仍为18。①

---

① 齐家莹：《清华人文学科年谱》，清华大学出版社1999年版，第12页。

鲁迅与20世纪中国研究丛书

而次年成立的清华国学院，因其开办宗旨就是"研究高深学术，造就专门人才"，所设课程必然更加专门和深奥。值得注意的是，在其《研究院章程》中，明确指出"本院拟按照经费及需要情形，逐渐添设各种科目。开办第一年先设国学一科，其内容约为中国语言、历史、文学、哲学等，其目的专在养成下列两项人才：（一）以著述为毕生事业者。（二）各种学校之国学教师"。[①]这就说明，至少在一开始，国学院的筹备者如梁启超、吴宓及校长曹云祥等人，并未有将研究院只局限为研究"国学"的想法，所以才叫"研究院"而非"国学院"。而所谓的学科设置，也只能将传统学术先命名为"国学"，至于西方学术是否会命名为"西学"，因后来没有开办无法证明，但这些筹办者确实有将中外学术分开研究的想法，是确定无疑的。自然，由于主要研究国学，且招收学生的水平本来就已很高，所以研究院的课程开设以四大导师所研究领域为主，但允许学生与其指导教师商定研究题目，而王国维所指导研究范围大致涵盖了文史哲各个领域，即所谓的经史子集各类：

经学：（一）书；（二）诗；（三）礼
小学：（一）训诂；（二）古文字学；（三）古韵
上古史。
中国文学。

如果说王国维的指导范围还较有概括性，则陈寅恪的指导范围就更加具体，也更加专门，如果对该学科或研究领域没有相当了解，是无法听懂其讲课的，对此可以从当年学生的回忆录中找到验证[②]：

年历学（古代闰朔日月食之类）。

---

① 齐家莹：《清华人文学科年谱》，清华大学出版社1999年版，第8页。
② 这方面材料极多，蒋天枢和卞僧慧所编撰之陈寅恪先生年谱中有很多记载。不赘。

古代碑志与外族有关系者之研究（如研究唐蕃会盟碑之藏文、阙特勒碑志突厥文部分，与中文比较之类）。

摩尼教经典各种文字译本之比较研究（梵文、巴利文、藏文、回纥文及中央亚西亚诸文字译本，与中文译本比较研究）。

蒙古、满洲书籍及碑志与历史有关系者之研究。①

显而易见，陈寅恪所指导内容基本不属于传统的学术研究领域，如果没有相当的外语水平以及对西方学术思想的深刻理解，是无法接受其指导的。大概也正是由于陈氏所指导内容过于精深，国学院学生真正由其指导者并不多，而请梁启超和王国维指导者则明显很多。虽然不排除有后两人当时名气大、成就显赫的原因（那时的陈寅恪一是年轻，二是尚无重要的学术成就），但陈寅恪所指导范围过于专门和冷僻，也是重要原因。②

仅就学科分类和命名而言，我们看到传统学术与西方学术的冲突，有些传统学术研究领域难以用西方学术系统中的分类来概括命名。即如王国维所指导内容，如果说"经学"可以与西方的"神学"相对应的话，则"小学"就自然应该与"语言学"对应，但究其内涵，就知道它们之间的差别远大于相同之处。

其实，在中国传统学术体系中，对学科的分类虽未有严格的划分，但却有一定的层次之分，即按照"道——学——术"的层次由高到低，孔子所授"六艺"（礼、乐、射、御、书、数）不过是属于"术"的层次，虽然《论语》中没有出现"术"字。孔子一边提倡赞美"博学"，一边主张"君子不器"，其实就是不想自己的弟子将"六艺"专门化、技术化，而是要把"六艺"转化为修身养性的"术"，所以他才说"吾不试，故艺"。这里的"试"按照朱熹的解释就是"用"，孔子不愿意利用自己所熟悉的各种技艺为统治者服务，而是

---

① 齐家莹：《清华人文学科年谱》，清华大学出版社1999年版，第18页，上有关王国维指导学生内容出处与此同。

② 对此可参看苏云峰所编撰的《从清华学堂到清华大学（1911—1929）》，生活·读书·新知三联书店2001年版，第302页。

力求转化为修身养性的手段。从这里就可看出传统学术一开始，也有追求实用与主张学术之非功利目的之矛盾。而且"术"在传统学术中历来不是一个好的概念如"妖术"这样的称呼等，相对于"学"而言层次明显低很多。一般人们往往将"博"与"学"合起来，而把"术"与"精"合起来，且明显地赞美前者而贬抑后者。"术"无论怎样"精"，也上升不到"学"的高度，更不能奢望达到"道"的高度。按照罗志田的说法，"从战国起，学问开始向今日所谓求知识求真理的方向发展，且逐渐形成重广博而尊通识的学风，'博学'长期成为以学术名世（即读书不仅为做官）的士人长期追求的境界，更产生出'一事不知，儒者之耻'的观念"①。自此之后的漫长历史时期，中国学人一直推崇"博学多识"而相对轻视精专，也就导致在学科分类方面比较讲究综合而忽视分类，诚如钱穆所言："中国古人并不曾把文学、史学、宗教、哲学各别分类独立起来，无宁是看重其相互关系，及其可相通合一处。因此中国人看学问，常认为其是一整体，多主张会通各方面而作为一种综合性的研究。"②此后，国人对于"术"所采取的学理上轻视而实际上因受实用主义、功利主义倾向影响重视其应用之态度，一直没有根本的改变。

在这个意义上，当张之洞主张"中体西用"之时，就已经认定西学不过就是"术"而已，所谓"西学"其实就是"西术"，尽管他还是使用了"西学"一词。当年徐光启在《西洋神器既见其益宜尽其用疏》中就有"责余采访西术以闻"的说法，而且其题目本身就透露出对西方文化的认识——"尽其用"而已。由此可见传统中国学术对西学的认识，其实一直存有偏见。

19世纪中叶以后，伴随着洋务运动的开展，大量西学典籍被翻译过来，首要的就是西学中的大量术语的翻译问题，而新式学堂的课设，也使课程名称的命名成为现实问题。不过，当时的传教士如傅兰雅、林乐知以及中国学者如严复等人，还是较好解决了这些问题，例如在各种教会学校中，不仅讲授西方科学知识课程，而且也讲授中国传统的文化知识，林乐知主持的上海中西书院

---

① 罗志田：《西学冲击下近代中国学术分科的演变》，《社会科学研究》2003年第1期。

② 钱穆：《中国学术通义·四部概论》，引自罗联添编：《国学论文选》，（台北）学生书局1985年版。

就将"五经、诗赋、书法"等传统私塾讲授内容列为正式课程，而其名称也沿用传统一直认可的旧名。狄考文主持的登州文会馆则将中国古籍经典如《诗经》、《论语》、《孟子》、《易经》、《书经》、诗文和策论等设为正式必修课程，如此才有教会学校的学生参加乡试中举的事例。使得教会学校的教学质量逐步获得中国文人的认同。①这里我们无意阐释其具体过程，只是指出，相对于自然科学，则人文社会科学概念术语的翻译更值得讨论，而中国传统学术各学科如何在这一翻译绍介过程中找到属于自己位置的过程，也即是传统学术逐步被纳入现代学术体系的过程。

此外，大量留学生的外派以及对日本翻译之西学典籍的再次转译，也很大程度上有助于这一问题的解决，特别是日本从中国传统文言中借用大量词语的例子给当时中国学者很大启发。严复和王国维等就是如此，尽管他们也力求避免过多使用日语中的中国文言词语，但有时还是不得不继续使用。19世纪中叶及之后，一般西方学者特别是来华的外国传教士总是认为，西学门类众多，概念术语繁多，而中国既无其学，也无其名，因此将西学介绍到中国有极大难度，特别是很难用文言翻译西学的自然科学内容。而我们在鲁迅早期著作特别是介绍西方自然科学的文章如《人之历史》和《科学史教篇》中，也可看到这些问题。

至于传统学术自近代以来如何被纳入新式教育体系，学术界也已有详尽的考察。"从晚清民间自行尝试的广东长兴学舍，到湖南官办的校经书院和时务学堂，再到清季以及民国各类官方学校的章程和实际科目的设置，均从未见明确以四部之名设科者。刘龙心最近考察了从康有为的长兴学舍到清末王国维对大学分科设想的大量教学科目内容，其中关于中国学术的分科，与四部衔接者较多的有经学，其次则史学，再次则诸子学，但次数不多，且有明确反对者，故越到后来越少，而'集学'则未曾一见（从那时起到现在似乎也没有任何新旧学校教授'集学'）。反之，义理、考据、辞章、经世等出现的频率不少于

---

① 何晓夏、史静寰：《教会学校与中国教育近代化》，广东教育出版社1996年版，第139—140页。

诸子学，而掌故（有时指西学）、舆地（当时多指西学）等中国学术名称也长期列在课程表上。"①

　　据罗志田的考察，康有为、梁启超、严复和蔡元培等人，是清末讨论学术分类最有影响者，而后"浙江学者宋恕在1902年末为瑞安演说会拟章程，便主要依据此四人的著译，并参考他所了解的日本学术分科情形而斟酌定出以哲学和社会学（即康、严、梁、蔡等所称"群学"）为总科，以乐学、礼学、时史学、方史学、原语学等30种为别科的分类体系"②。罗志田指出，当时人们对传统学术的分类与日本有异，例如宋恕就不同意日本学者将四部中的"经、子"纳入哲学，而认为可以划入科学——这里的科学指的是"分科之学"。至于经学中具体内容则应具体处理，如《易》和《诗》划入社会学，《书》和《春秋》划入历史学等，且不说这种划分是否合理，但其以西学分类为准则的态度一目了然。而与此同时，日本对西学的分类方式由于中国留日学生的介绍引进，也对当时中国学者产生重要影响，例如刘师培1905年《周末学术总序》，"采集诸家之言，依类排列"，所谓"依类"即仍依西学分类，分出心理学史、伦理学史、论理学史、社会学史、宗教学史、政法学史、计学（今称经济学）史、兵学史、教育学史、理科学史、哲理学史、术数学史、文字学史、工艺学史、法律学史、文章学史等。按照罗志田的说法，刘师培的分类彰显的是传统的"六经皆史"思路，但若去掉各学科之后的"史"字，其实就是刘师培心目中的传统学术在今天的命名了。据此，罗志田的结论是："除术数学外，他的分类全按西学分类，大多数学科今日仍存在（有些名词略有改易），中国学术自此进入基本按西学分类的时代。"③

　　就清华大学而言，曾经在很长一段时间一直有想把中国文学系和外国文学系合并的设想，中国文学系也曾称为"国文学系"，其实暗含有不仅将中西文学，而且将中西学术合二为一的思路。而演变到今天，全国各大院校则无不依然将外国文学研究放在外语学院，而"国文学系"早就改称为"汉语言文学

① 黄晏妤：《四部分类与近代中国学术分科》，《社会科学研究》2000年第2期。

② 罗志田：《西学冲击下近代中国学术分科的演变》，《社会科学研究》2003年第1期。

③ 罗志田：《西学冲击下近代中国学术分科的演变》，《社会科学研究》2003年第1期。

系"，简称中文系。至于当年的清华国学院，其实就性质而言，相当于今天的文学院，只是其招收学生国学水平较高而已。

而北大国学门的成立其实早于清华国学院。1921年11月，北京大学评议会通过了一个"研究专门学术之所"的提案，即设立一个研究所，然后其下分设国学、外国文学、社会科学和自然科学四门，而最先成立的就是国学一门——成立于1922年1月。北大国学门的成立与蔡元培立志振兴中国学术，实现中国学术独立的想法有很大关系，但在当时，尽快设立新式学术机构以促进中国学术与西方学术接轨之想法，其实已逐步成为当时中国学术界的共识。而且，早在民国初年，已经有学者作了试图按照西方学术架构模式，组建国家级学术研究机构的尝试，这就是马相伯倡议发起的"函夏考文苑"。1912年10月，马相伯与章太炎、梁启超在北京筹划建立函夏考文苑。在马相伯撰写的《仿设法国阿伽代米（即法兰西学院——引者注）之意见》中他提出了创设这一机构的目的在于建立一个类似中央研究院性质的学术机构。函夏考文苑仿效法兰西学院的组织结构，其成员也是定为四十人。被列入第一批十五人名单者均为各个学科的代表人物，不过马相伯给他们各自擅长学科的命名，也彰显出当时中西学术分科命名的混乱：

> 沈家本（法学）、杨守敬（金石、地理）、王闿运（文辞）、黄侃（小学、文辞）、钱夏（小学）、刘师培（群经）、陈汉章（群经史）、陈庆年（礼）、华蘅芳（算学）、屠寄（史学）、孙毓筠（佛学）、王露（音乐）、陈三立（文辞）、李瑞清（美术）、沈曾植（目录）

显然，对于王闿运、黄侃、陈汉章、陈三立等传统文人所擅长学术领域，马相伯无法从西方学术体系中找到相应概念，只能还是沿用传统名称，而华蘅芳本为著名数学家和翻译家，但在马相伯看来还只是擅长"算学"，也许翻译在马相伯眼里不过只是技艺而已，算不上是真正的"学问"。

至于北大国学门，在其开办之初所确定的研究范围则这样表述："凡研究中国文学、历史、哲学之一种专门知识者属之。"①等到1922年国学门正式开办时，则在《北大日刊》上说明"本学门设立宗旨，即在整理旧学"，由此可见，国学门的主要研究范围限于传统的文史哲学科。据陈以爱的研究，国学门最初是设立文字学、文学、哲学、史学和考古学五个研究所，但后来却演变为五个研究学会，即歌谣研究会、明清史料研究会、考古学会、风俗调查会和方言调查会，这明显可以看出西方学术思想的影响，即如影响极大的歌谣研究会而言，在传统学术体系中是不可能有此设置的。

而在胡适为国学门所编辑刊物《国学季刊》执笔所写的《发刊宣言》中，其虽然宣称所谓"国学"就是国故学的简称，中国的一切过去的文化历史，都是我们的"国故"，但在之后胡适提出的研究原则如"索引式的整理、结账式的整理和专史式的整理"等，还是想用西方学术体系的框架来整理和规范传统学术。例如对专门史的系统和结构，胡适就列出了这样一个研究范围：

（1）民族史

（2）语言文字史

（3）经济史

（4）政治史

（5）国际交通史

（6）思想学术史

（7）宗教史

（8）文艺史

（9）风俗史

（10）制度史

这样的学科命名，显然是受西方学术影响。而且胡适认为不仅在研究方法上

---

① 蔡元培：《公布〈北大研究所简章〉公告》，转引自陈以爱：《中国现代学术研究机构的兴起——以北大研究所国学门为中心的探讨》，江西教育出版社2002年版，第81页。

"西洋学者研究古学的方法早已影响日本的学术界了，而我们还在冥行索途的时期"而且在"材料上，欧美日本学术界有无数的成绩可以供我们的参考了"①。

这自然不是胡适一个人的意见，因为这份《宣言》在当时是代表中国学术界整体的看法，特别是在北大占据主流地位的章门弟子以及以胡适为代表的一批学人的看法。例如朱希祖早在胡适此文撰写前一年，就在其《整理中国最古书籍之方法论》中指出：

> 我们中国古书中属于历史的、哲学的、文学的，以及各项政治、法律、礼教、风俗，与夫建筑、制造等事，皆当由今日以前的古书中抽寻出来，用科学的方法，立于客观地位整理整理……②

朱希祖的话与胡适几乎完全一样，说明那时的中国学术界，对于采用西方学术体制和术语来建构现代学术，并在此基础上将传统学术纳入这一点上，已基本获得共识。朱希祖认为，对于传统经学的研究，应抛弃"经学"之名，而"就各项学术分治"。按照陈以爱的说法，所谓"分治"，就是按照历史、哲学、文学等这些西方学术体系的分类，来对中国的经学进行整理。③事实上，在当时就连章太炎在清末民初，也不再按照四部分类，而是在四部之下增加了一些新的类别。④

与运用西方学术整理传统学术同步进行的，则是对一些在以往绝不会被传统学术视为"学问"之新兴学科的提倡和重视，例如对歌谣的重视：

① 陈以爱：《中国现代学术研究机构的兴起——以北大研究所国学门为中心的探讨》，江西教育出版社2002年版，第167—168页。以下提及该书均用《中国现代学术研究机构的兴起》之缩略名。

② 转引自陈以爱：《中国现代学术研究机构的兴起》，江西教育出版社2002年版，第171页。

③ 陈以爱：《中国现代学术研究机构的兴起》，江西教育出版社2002年版，第171—172页。

④ 汪荣祖：《章太炎的中国语言文字之学》，《章太炎研究》，（台北）李敖出版社1991年版，第203页。

今日民间小儿女唱的歌谣，和《诗》三百篇有同等的位置；民间流传的小说，和高文典册有同等的位置。①

总之，一概须平等看待。高文典册，与夫歌谣小说，一样的重要。②

所以，当蔡元培和国文系主任马裕藻要周作人在北大讲授小说史的时候，周作人推荐鲁迅，而后者从此由一个教育部职员，以"讲师"身份进入中国最高学府并讲授中国小说史，这就意味着中国学术已经在西方学术思想的影响下，开始了运用西学改造传统学术的历程，并在中国教育界获得了认可。从此，也确立了小说在中国文学领域中的地位——之前梁启超等虽然大力提倡小说，却因仅仅限于思想启蒙的层面并未获得学术界的认同。而鲁迅和胡适等人的中国古代小说研究，以及此类研究的进入高等学校教育体系，才是小说和小说研究获得中国学术界最终认可的标志。

而在对传统学科分类以及建立若干新学科之后，有一个问题立刻凸显出来，就是20世纪的中国学者之博与专如何统一的问题。如果说，章太炎、王国维、陈寅恪和鲁迅那一代学者，都是能够在多个领域取得重要学术成就的大师级人物，即便如王国维那样有所谓的"治学三变"——从哲学研究到文学研究再到中国史学研究，也总是能够取得创造性的成果。那么，如今学者却基本上局限于自己较为狭隘的研究领域，所谓的"博大精深"，"精深"还有可能，而"博大"则大都"心向往之而不能至也"。个中的缘由，除了一些非学术方面因素的影响外，与学科设置的过于严格和狭隘，致使学科间的交流很少甚至是老死不相往来，是否有很大关联？

其次，在20世纪中国学术发展进程中，西方近代学术研究方法和思维方式的引进，与传统治学理念与方法的受到冷落，基本上是同步出现的。但在一些优秀学者那里，吸收外来学术思想却并不是一定要以放弃传统为代价，即便

---

① 胡适：《发刊宣言》，《国学季刊》1923年第1期第1号。

② 朱希祖：《整理中国书籍最古之方法论》，转引自陈以爱：《中国现代学术研究机构的兴起》，江西教育出版社2002年版，第189页。

是最推崇西方学术理念的胡适，也对传统学术持极为重视态度，其对清代考据之学的推崇就是明证。而鲁迅的学术研究，虽然在观念上受到西方学术思想的极大影响，但在其学术研究中却很少有明显的生硬地照搬西学的痕迹（早期的一些论文自然较为明显），而是呈现出更加中国化甚至更加"传统"的治学模式，但其论证和观念的提炼，又是极为现代的甚至是超前的，这在其《中国小说史略》等经典型学术论著中有很好的体现。对此应该给予更多更深层次的研究，并在20世纪中国学术与西方学术交流融合的大背景下，结合对王国维、陈寅恪等一些学术大师的比较性研究，才能对鲁迅这方面的努力和建树，有更为清晰的梳理。

再次，毋庸置疑，20世纪的中国学术发展与这一时期的文学发展一样，在建构现代学术体系的同时负载有文化启蒙和民族救亡的双重使命。因此，如何处理潜心学术与献身于启蒙救亡的矛盾，如何处理学术独立与将学术研究服务于某一特定时期政治需要的矛盾，就是每一个学者必须正视的问题。对此，闻一多、朱自清等人的学术道路选择值得反思，而鲁迅在离开北京到南方后一度在治学、教书和专心创作之间的犹豫不决，也是这方面矛盾的一个具体体现。其最终选择以杂文创作为晚年主要写作活动，不仅有当时复杂之政治因素及社会家庭因素（如对当时高等教育界的失望以及要承担赡养家人的责任等）也与其对自己的心态发生变化已经无法潜心学术的清醒认知有关。而在杂文创作中，鲁迅自认是可以做到既可以继续完成其启蒙救亡的使命，又可以在坚守精神独立、创作自由方面做到最大限度，也算是一个无可奈何又无法逃避之选择吧。

时至今日，自19、20世纪之交开始萌芽并逐步发展演变的中国现代学术体系可以说在基本框架建构方面大致完成，在与西方学术思想特别是最新学术思潮的接轨方面也可以做到大致同步。但一个不容忽略的现象就是学术的独立自由精神一直处于受到非学术因素的干扰之中，过分追求功利性、实用性倾向一直在学术界产生极为不良的影响。而在促进人文社会科学的发展中，鼓励机制、评价机制等也存在很多问题。更为突出的是，人们普遍感觉到，自"文革"之后一批大师级学者去世后，如今的中国学术界是一个没有大师的时代，确切点说是一个只有专家而没有如同鲁迅、王国维和陈寅恪等那样既特立独行又博学多识之大师的时代。如今的学术界，各个领域杰出的专家、学者比比皆是，但真正有思想有见解，能够坚持个人立场而不为学术之外因素低头者越来越少。在这个意义上，就中国学术的发展和完善而言，一切还在路上，任重而道远。

奥地利作家茨威格，在经历第二次世界大战后终于因绝望而自杀，不过他说过的一段话，在某种程度上倒像是为他自己、为鲁迅以及那些与其有同样命运的人们所说：

> 历史没有时间作出公证，作为无私的编年史，它的任务是记载成功的人，但很少鉴定他们的道德价值。历史的目光只盯着胜利者而置被征服者于不顾，……但事实上心地纯洁的人们所做的努力，不会被认为是无效或无结果的，道德上任何能量的花费，也不会在巨大的空间消失而不留下影响。那些生不逢辰的人们虽然被击败了，但在实现一个永恒的理想上，已经预见了它的重要意义。因为，理想是一种没有人看得到的概念，只能通过人们的设想、人们的努力，以及准备为理想而向着充满尘土的、通向死亡的道路行进的人们，才能在现实世界中加以实现。

对于作为学术大师的鲁迅，过去的人们和今天的人们是否存有偏见并不重要，因为历史终会做出公正的评价——也因此，我把上面一段话作为本书的结尾。

本书主要参考书目

《鲁迅全集》，人民文学出版社1981年版、2005年版及2014年编年版。

刘运峰编：《鲁迅全集补遗》，天津人民出版社2006年版。

鲁迅：《鲁迅小说史大略》，陕西人民出版社1981年版。

另有关鲁迅之年谱、传记、回忆录、鲁迅研究年鉴及历年来鲁迅研究资料多种，因数量太多，除个别特殊者外，均不一一列出。

《黄宗羲全集》，浙江古籍出版社2012年版。

《曾文正公全集》，中国书店2011年版。

《春在堂全书》，凤凰出版社2010年版。

《张之洞全集》，武汉出版社2008年版。

《饮冰室合集》，中华书局1989年版。

《章太炎全集》，上海人民出版社1984年版。

《龚自珍全集》，上海人民出版社1975年版。

《张之洞全集》，武汉出版社2008年版。

《胡适全集》，安徽教育出版社2003年版。

《王国维全集》，浙江教育出版社、广东教育出版社2009年版。

《梁漱溟全集》，山东人民出版社1993年版。

《郭沫若全集》，人民文学出版社1982年版。

《茅盾全集》，人民文学出版社1991年版。

《独秀文存》，安徽人民出版社1987年版。

鲁迅与20世纪中国研究丛书

《梅光迪文存》，华中师范大学出版社2011年版。

《钱玄同文集》，中国人民大学出版社1999年版。

《陈寅恪集》，生活·读书·新知三联书店2001年版。

《傅斯年全集》，湖南教育出版社2003年版。

《俞平伯全集》，花山文艺出版社1997年版。

《顾颉刚全集》，中华书局2010年版。

《朱自清全集》，江苏教育出版社1996年版。

《苏曼殊全集》，当代中国出版社2007年版。

钱仲联：《梦苕庵诗文集》，黄山书社2008年版。

北京图书馆编：《民国时期总书目（1911—1949）》，书目文献出版社1995年版。

贾植芳、俞元桂主编：《中国现代文学总书目》，福建教育出版社1993年版。

刘增人、刘泉、王今晖编著：《1872—1949文学期刊信息总汇》，青岛出版社2015年版。

中共中央马克思恩格斯列宁斯大林著作编译局研究室编：《五四时期期刊介绍》，生活·读书·新知三联书店1959年版。

章学诚：《文史通义》。

胡应麟：《少室山房笔丛正集》《少室山房类稿》。

孟元老：《东京梦华录》，中国商业出版社1982年版。

吴自牧：《梦粱录》，浙江人民出版社1980年版。

钱谦益：《牧斋初学集》，上海古籍出版社1985年版。

江藩：《汉学师承记（外二种）》，生活·读书·新知三联书店1998年版。

俞樾：《九九消夏录》，中华书局1995年版。

梁启超：《中国近三百年学术史》，东方出版社1996年版。

梁启超：《清代学术概论》，中华书局2010年版。

柳诒徵：《中国文化史》，东方出版中心1996年版。

钱穆：《中国近三百年学术史》，商务印书馆1997年版。

钱穆：《现代中国学术论衡》，九州出版社2012年版。

钱穆：《国学概论》，商务印书馆1997年版。

钱基博：《现代中国文学史》，中国人民大学出版社2004年版。

钱基博：《钱基博学术论著选》，华中师范大学出版社1997年版。

钱基博：《近百年湖南学风》，湖南蓝田袖珍书店、湖南安化桥头河求知书店1940年版。

林传甲：《中国文学史》，上海科学书局1914年版。

蒋瑞藻：《小说考证》，商务印书馆1915年版。

钱静方：《小说丛考》，商务印书馆1916年版。

阿英：《晚清小说史》，江苏文艺出版社2009年版。

阿英：《小说闲谈四种》，上海古籍出版社1985年版。

张荫麟：《张荫麟先生文集》，（台北）九思出版社1977年版。

杨树达：《积微翁回忆录　积微居诗文钞》，上海古籍出版社1986年版。

程千帆：《唐代进士行卷与文学》，上海古籍出版社1980年版。

刘师培：《中国中古文学史讲义》，中国人民大学出版社2004年版。

李妙根编：《刘师培论学论政》，复旦大学出版社1990年版。

程千帆、唐文编：《量守庐学记》，生活·读书·新知三联书店2006年版。

张晖编：《量守庐学记续编》，生活·读书·新知三联书店2006年版。

洪治纲主编：《黄侃经典文存》，上海大学出版社2008年版。

周作人：《知堂回想录》，（香港）三育图书有限公司1980年版。

周作人：《鲁迅的青年时代》，中国青年出版社1957年版。

周作人：《鲁迅研究资料》，文物出版社1979 年版。

曹聚仁：《中国学术思想史随笔》，生活·读书·新知三联书店1986年版。

曹聚仁：《我与我的世界》，北岳文艺出版社2001年版。

曹聚仁：《鲁迅评传》，东方出版中心1999年版。

黎庶昌：《曾国藩年谱》，岳麓书社1986年版。

樊克政：《龚自珍年谱考略》，商务印书馆2004年版。

孙应祥：《严复年谱》，福建人民出版社2003年版。

楼宇烈整理：《康南海自编年谱》，中华书局1992年版。

丁文江等编：《梁启超年谱长编》，上海人民出版社1983年版。

许全胜撰：《沈曾植年谱长编》，中华书局2007年版。

汤志钧编：《章太炎年谱长编》，中华书局1979年版。

姚奠中、董国炎：《章太炎学术年谱》，山西古籍出版社1996年版。

高平叔：《蔡元培年谱》，人民教育出版社1999年版。

万仕国：《刘师培年谱》，广陵书社2003年版。

陈鸿祥：《王国维年谱》，齐鲁书社1991年版。

袁英光、刘寅生：《王国维年谱长编》，天津人民出版社1996年版。

曹述敬：《钱玄同年谱》，齐鲁书社1986年版。

唐宝林、林茂生：《陈独秀年谱》，上海人民出版社1988年版。

胡颂平：《胡适之先生年谱长编初稿》，（台北）联经出版事业公司1984
年版。

耿云志：《胡适年谱》，福建教育出版社2012年版。

张菊香、张铁荣编著：《周作人年谱》，天津人民出版社2000年版。

蒋天枢：《陈寅恪先生编年事辑》，上海古籍出版社1981年版。

卞僧慧：《陈寅恪先生年谱长编》，中华书局2010年版。

赵新那、黄培云：《赵元任年谱》，商务印书馆1998年版。

王启龙：《钢和泰学术年谱简编》，中华书局2008年版。

李渊庭、阎秉华编著：《梁漱溟先生年谱》，广西师范大学出版社2003年
版。

孙玉蓉编著：《俞平伯年谱》，天津人民出版社2001年版。

顾潮：《顾颉刚年谱》，中华书局1993年版。

胡宗刚：《胡先骕先生年谱长编》，江西教育出版社2008年版。

齐家莹：《清华人文学科年谱》，清华大学出版社1999年版。

苏云峰：《从清华学堂到清华大学（1911—1929）》，生活·读书·新知三联书店2001年版。

郝平：《北京大学创办史实考源》，北京大学出版社1998年版。

梁柱：《蔡元培与北京大学》，北京大学出版社1996年版。

钟叔河等编：《过去的学校》，湖南教育出版社1982年版。

许寿裳：《亡友鲁迅印象记》，人民文学出版社1953年版。

许寿裳：《章炳麟传》，团结出版社2004年版。

陈汉才：《康门弟子述略》，广东高等教育出版社1991年版。

徐一士：《一士类稿》，山西古籍出版社1996年版。

黄濬：《花随人圣庵摭忆》，上海古籍出版社1983年版。

陈衍口述，钱锺书记：《石语》，中国社会科学出版社1996年版。

干春松、孟彦宏编：《王国维学术经典集》，江西人民出版社1997年版。

杨东莼：《中国学术史讲话》，江苏教育出版社2005年版。

张国刚、乔治忠：《中国学术史》，东方出版中心2002年版。

钱锺书：《管锥编》，中华书局1986年版。

钱锺书：《谈艺录》，生活·读书·新知三联书店2001年版。

顾颉刚：《古史辨》，上海古籍出版社1982年版。

俞大维等：《谈陈寅恪》，（台湾）传记文学出版社1978年版。

熊月之：《西学东渐与晚清社会》，上海人民出版社1994年版。

顾长声：《传教士与近代中国》，上海人民出版社1981年版。

顾长声：《从马礼逊到司徒雷登》，上海人民出版社1985年版。

舒新城：《近代中国留学史》，上海文化出版社1989年版。

余英时：《钱穆与中国文化》，上海远东出版社1994年版。

余英时：《重寻胡适历程》，广西师范大学出版社2004年版。

林毓生：《中国传统的创造性转化》，生活·读书·新知三联书店1988年版。

［美］邓尔麟著：《钱穆与七房桥世界》，蓝桦译，社会科学文献出版社1998年版。

王元化：《传统与反传统》，上海文艺出版社1990年版。

王元化：《思辨随笔》，上海文艺出版社1994年版。

王元化：《清园夜读》，中国社会科学出版社1997年版。

王元化：《清园近思录》，中国社会科学出版社1998年版。

李泽厚：《美的历程》，中国社会科学出版社1984年版。

李泽厚、刘纲纪主编：《中国美学史》，中国社会科学出版社1987年版。

唐振常：《香江论学集》，复旦大学出版社2001年版。

杨东莼：《中国学术史讲话》，江苏教育出版社2005年版。

刘梦溪：《中国现代学术要略》，生活·读书·新知三联书店2008年版。

刘梦溪：《陈寅恪与红楼梦》，中央编译出版社2006年版。

刘梦溪主编：《现代中国学术经典》，河北教育出版社1996年版。

陈子展：《中国近代文学之变迁》，上海书店1982年版。

钱理群：《周作人研究二十一讲》，中华书局2004年版。

胡守为主编：《陈寅恪与二十世纪中国学术》，浙江人民出版社2000年版。

许纪霖等：《近代中国知识分子的公共交往》，上海人民出版社2008年版。

王瑶：《中古文人生活》，棠棣出版社1951年版。

王瑶主编：《中国文学研究现代化进程》，北京大学出版社1996年版。

陈平原主编：《中国文学研究现代化进程二编》，北京大学出版社2002年版。

陈平原：《中国现代学术之建立》，北京大学出版社1998年版。

陈平原：《中国现代小说的起点——清末民初小说研究》，北京大学出版社2005年版。

陈平原：《假如没有文学史》，生活·读书·新知三联书店2011年版。

陈平原：《中国小说叙事模式的转变》，北京大学出版社2010年版。

陈平原：《小说史：理论与实践》，北京大学出版社2010年版。

陈平原：《中国散文小说史》，北京大学出版社2010年版。

陈平原：《从文人之文到学者之文》，生活·读书·新知三联书店2004年版。

杨义：《现代中国学术方法通论》，山东教育出版社2009年版。

杨义：《中国古典小说史论》，中国社会科学出版社2004年版。

葛兆光：《中国思想史》第一、二卷，复旦大学出版社1998、2000年版。

徐葆耕：《释古与清华学派》，清华大学出版社1997年版。

朱维铮：《音调未定的传统》，辽宁教育出版社1995年版。

陈伯海：《近四百年中国文学思潮》，东方出版中心2007年版。

卞孝萱：《现代国学大师学记》，中华书局2006年版。

柳曾符、柳佳编：《劬堂学记》，上海书店出版社2002年版。

桑兵：《国学与汉学》，浙江人民出版社1999年版。

桑兵：《晚清民国的国学研究》，上海古籍出版社2002年版。

桑兵：《晚清民国的学人与学术》，中华书局2008年版。

罗志田：《权势转移：近代中国的思想、社会与学术》，湖北人民出版社1999年版。

罗志田：《国家与学术：清季民初关于"国学"的思想论争》，生活·读书·新知三联书店2003年版。

郑师渠：《晚清国粹派——文化思想研究》，北京师范大学出版社1993年版。

路新生：《中国近三百年疑古思潮研究》，上海人民出版社2001年版。

孙尚扬、郭兰芳编：《国故新知论——学衡派文化论著辑要》，中国广播电视出版社1995年版。

陈以爱：《中国现代学术研究机构的兴起——以北大研究所国学门为中心的探讨》，江西教育出版社2002年版。

彭发胜：《翻译与中国现代学术话语的形成》，浙江大学出版社2011年版。

朱有瓛等编：《中国近代学制史料》（一至四），华东师范大学出版社1983—1993年版。

鲁迅与20世纪中国研究丛书

何晓夏、史静寰：《教会学校与中国教育近代化》，广东教育出版社1996年版。

钱曼倩、金林祥：《中国近代学制比较研究》，广东教育出版社1996年版。

刘勇强：《中国古代小说史研究叙论》，北京大学出版社2007年版。

黄霖等：《中国小说研究史》，浙江古籍出版社2002年版。

黄霖主编，周兴陆著：《20世纪中国古代文学研究史》（总论卷），东方出版中心2006年版。

吴志达：《中国文言小说史》，齐鲁书社1994年版。

孙宏哲：《中国古代小说的发展历程透析》，中国书籍出版社2014年版。

孟泽：《王国维鲁迅诗学互训》，九州出版社2007年版。

朱奇志：《龚自珍鲁迅比较研究》，岳麓书社2004年版。

顾琅川：《周氏兄弟与浙东文化》，人民出版社2008年版。

陈洪主编：《民国中国小说史著集成》，南开大学出版社2014年版。

宁稼雨：《中国文言小说总目提要》，齐鲁书社1996年版。

龚鹏程：《中国小说史论》，北京大学出版社2008年版。

陈卫星：《胡应麟与中国小说理论史》，中国社会科学出版社2011年版。

李希凡：《沉沙集——李希凡论红楼梦及中国古典小说》，文化艺术出版社2005年版。

《红楼梦研究集刊》，上海古籍出版社1980年版。

蒋和森：《红楼梦论稿》，人民文学出版社1959年版。

胡适：《胡适文存》，黄山书社1996年版。

胡适：《胡适留学日记》，海南出版社1994年版。

方行、汤志钧整理：《王韬日记》，中华书局1987年版。

郑孝胥：《郑孝胥日记》，中华书局1993年版。

蔡元培：《蔡元培日记》，北京大学出版社2010年版。

吴宓：《吴宓日记》，生活·读书·新知三联书店1998年版。

吴虞：《吴虞日记》，四川人民出版社1986年版。

钱玄同：《钱玄同日记》，福建教育出版社2002年版。

周作人：《周作人日记》，大象出版社1996年版。

黄侃：《黄侃日记》，中华书局2007年版。

朱希祖：《朱希祖日记》，中华书局2012年版。

顾颉刚：《顾颉刚日记》，中华书局2011年版。

郑振铎：《郑振铎日记全编》，山西古籍出版社2006年版。

浦江清：《清华园日记　西行日记》，生活·读书·新知三联书店1999年版。

孔祥吉：《清人日记研究》，广东人民出版社2008年版。

王庆祥、萧立文校注，罗继祖审订：《罗振玉王国维往来书信》，东方出版社2000年版。

耿云志、欧阳哲生编：《胡适书信集》，北京大学出版社1996年版。

吴学昭：《吴宓书信集》，生活·读书·新知三联书店2011年版。

叶至善、俞润民、陈煦编：《暮年上娱——叶圣陶俞平伯通信集》，花山文艺出版社2002年版。

萧公权：《康有为思想研究》，新星出版社2005年版。

汪荣祖：《陈寅恪评传》，百花洲文艺出版社1992年版。

汪荣祖：《史家陈寅恪传》，北京大学出版社2005年版。

汪荣祖、黄俊杰编：《萧公权学记》，（台湾）台大出版中心2009年版。

汪荣祖：《槐聚心史——钱锺书的自我及其微世界》，（台湾）台大出版中心2014年版。

吴学昭：《吴宓与陈寅恪》，清华大学出版社1992年版。

胡守为主编：《〈柳如是别传〉与国学研究》，浙江人民出版社1995年版。

胡文辉：《陈寅恪诗笺释》，广东人民出版社2008年版。

唐德刚译注：《胡适口述自传》，华东师范大学出版社1993年版。

罗尔纲：《师门五年记·胡适琐记》，生活·读书·新知三联书店1995年版。

鲁迅与20世纪中国研究丛书

卢毅：《章门弟子与近代文化》，广西师范大学出版社2009年版。

顾潮：《历劫终教志不灰——我的父亲顾颉刚》，华东师范大学出版社1997年版。

乐黛云主编：《当代英语世界鲁迅研究》，江西人民出版社1993年版。

上海市政协文史资料委员会、上海鲁迅纪念馆编：《曹聚仁先生纪念集》，上海文史资料编辑部2000年版。

冯崇义：《罗素与中国——西方思想在中国的一次经历》，生活·读书·新知三联书店1994年版。

郑师渠：《在欧化与国粹之间——学衡派文化思想研究》，北京师范大学出版社2004年版。

沈卫威：《回眸"学衡派"——文化保守主义的现代命运》，人民文学出版社1999年版。

高恒文：《东南大学与"学衡派"》，广西师范大学出版社2002年版。

谭桂林：《20世纪中国文学与佛学》，安徽教育出版社1999年版。

谭桂林等：《二十世纪中国文学的中西之争》，百花洲文艺出版社2006年版。

杨匡汉主编：《20世纪中国文学经验》，东方出版中心2006年版。

刘克敌：《陈寅恪与中国文化》，上海人民出版社1999年版。

刘克敌：《陈寅恪和他的同时代人》，文化艺术出版社2006年版。

刘克敌：《章太炎与章门弟子》，大象出版社2010年版。

刘克敌：《困窘的潇洒——民国文人的日常生活》，广西师范大学出版社2013年版。

［美］本杰明·史华慈：《寻求富强：严复与西方》，叶凤美译，江苏人民出版社1995年版。

［美］张灏：《梁启超与中国思想的过渡（1890—1907）》，崔志海、葛夫平译，江苏人民出版社1995年版。

［美］墨子刻：《摆脱困境——新儒学与中国政治文化的演进》，颜世安、高华、黄东兰译，江苏人民出版社1995年版。

鲁迅与20世纪中国学术转型

　　［美］余英时：《中国思想传统的现代诠释》，江苏人民出版社1995年版。

　　［匈］阿格妮丝·赫勒：《日常生活》，衣俊卿译，重庆出版社1990年版。

　　王晓东：《日常交往与非日常交往》，人民出版社2005年版。

　　胡晓真、王鸿泰：《日常生活的论述与实践》，（台湾）允晨文化实业股份有限公司2011年版。

　　［比利时］乔治·布莱：《批评意识》，郭宏安译，百花洲文艺出版社1993年版。

　　梁实秋：《梁实秋批评文集》，珠海出版社1998年版。

　　夏志清：《中国古典小说》，江苏文艺出版社2008年版。

　　夏志清：《中国现代小说史》，复旦大学出版社2005年版。

　　［美］余英时：《重寻胡适历程——胡适生平与思想再认识》，广西师范大学出版社2004年版。

　　［美］周明之：《胡适与现代中国知识分子的选择》，雷颐译，广西师范大学出版社2005年版。

　　［美］微拉·施瓦支：《中国的启蒙运动——知识分子与五四遗产》，李国英等译，吴景平校，山西人民出版社1989年版。

　　［美］詹姆斯·里夫·普塞：《鲁迅与进化论》，纽约州立大学出版社1998年版。

　　［日］木山英雄：《"文学复古"与"文学革命"》，江苏文艺出版社1996年版。

　　康来新：《晚清小说理论研究》，（台湾）大安出版社1986年版。

　　潘铭燊：《中国古典小说论文目（1912—1980）》，（香港）中文大学出版社1984年版。

　　胡适：《中国章回小说考证》，实业印书馆1942年版。

　　张若英编：《中国新文学运动史资料》，光明书局1934年版。

　　胡适：《胡适红楼梦研究论述全编》，上海古籍出版社1988年版。

张若英编：《中国新文学运动史资料》，上海书店1982年版。

中国社会科学院近代史研究所编：《胡适的日记》，中华书局1985年版。

存萃学社编集，周康燮主编：《罗振玉传记汇编》，（香港）大东图书公司1978年版。

罗振玉：《殷商贞卜文字考》及《殷墟书契考释》等。

梅新林、曾礼军、慈波等：《当代中国古代文学研究（1949—2009）》，中国社会科学出版社2013年版。

蒋凡等：《近现代学术大师治学方法比较》，山东画报出版社2008年版。

游国恩等：《中国文学史》（修订本）一，人民文学出版社2002年版。

中国科学院文学研究所：《中国文学史》，人民文学出版社1962年版。

郑振铎：《插图本中国文学史》，岳麓书社2013年版。

郑振铎：《中国俗文学史》，吉林人民出版社2013年版。

刘大杰：《中国文学发展史》，复旦大学出版社2006年版。

范伯群、朱栋霖：《1898—1949中外文学比较史》，江苏教育出版社1993年版。

后　记

　　这是一本完全站着写出来的书——更确切说是站着用键盘敲出来的。由于多年腰痛和坐骨神经痛，我近年来不得不站着往电脑里敲字。这一开始我还真不习惯，因为没有坐下，心态也就无法安宁，总感觉进入不了写作状态。特别是要写这样一本纯粹学术方面的书，如果没有坐下来，似乎无法写得深刻而从容，一笑。

　　查《世说新语·文学》："桓宣武北征，袁虎时从，被责免官，会须露布文，唤袁倚马前令作，手不辍笔，俄得七纸，殊可观。东亭在侧，极叹其才。"这就是今天我们常说之"倚马可待"的出处。想来那袁虎之倚在马前，不正是站着写么？看来古人早就给我们树立了榜样，我站着写自然也就毫无新意。不过那袁虎只是写一件公文而已，我却是要写二十几万字，始终站着能否写出来，还是有些不能确定。好在我尽管没有袁虎之才华，却也逐渐习惯这样站着写作的方式，有时在电脑前一站就是两三个小时，直到两腿站得有些麻木甚至僵硬，才觉得应该休息一会。到如今站着写作已有两年多，反倒偶尔坐下来看书写字时，倒有些不习惯了，不知这是好事还是坏事。

　　说了这么多，无非就是先为自己找一条退路：如果有学者指出本书的浅薄和失误之处，或者认为本书的文字表述有些浮躁和粗疏，我就可以"大言不惭"地辩解说，因为是站着写的，很难进入理想的沉思冥想状态，才导致有些内容不够完整，行文比较浮躁，更无法深刻下去，哈哈。

　　当然，"鲁迅与20世纪中国学术转型"这个题目就意味着本书内容所涉

鲁迅与20世纪中国研究丛书

及范围较广。"鲁迅"和"中国学术"两个术语就决定了该书所应阐释的内容绝不会限定在文学，而"20世纪"的时间限定也较为漫长，应该被论述的内容有太多太多——这对我的能力是一个挑战，套用一个电视综艺节目的名字甚至可以说是"极限挑战"。为此我不得不首先从前人已有的研究中汲取营养，获得灵感，然后在阅读大量资料的基础上，试图写出我对鲁迅与20世纪中国学术之关系以及衍生之一系列学术问题的思考。不过，真正写起来才发现困难远比预想的多得多，而且有些困难不是说只要努力就能克服，而是根本不可能——这既有我个人能力的不够，也有资料缺乏的原因，还有时间紧迫的限制。所以写到后来，也就只能明智地放弃一些最初的打算，还有一些问题也只是点到为止，无法深入——我知道任何企图深入阐释的想法，都可能是以暴露自己的浅薄为代价，所以还是打住为妙。

在此要由衷感激我在书中提及或未提及的学术界前辈和同时代专家学者和友人，没有他们的先期研究，我这本小书是无法问世的。还要感谢我们这个课题的首席专家、我的老同学谭桂林，没有他的热情邀请，我也就不会有这样一个机会。而且，他在为本课题所作之课题总体论证中所论述的一些内容以及一些很有价值的思考和建议，也被我在本书中所运用和引申论述。而本课题其他参与者的建议和思考，也给我很多有益的启示，在此也要表示感谢。多年的真诚友情和学术上无私的交往交流，让我相信，在这个时代一切都有可能改变，而学人之间的友谊和坚持"为学术而学术"的信念，不会改变。此外，本书的责编为本书出版做了很多工作，也要特别致以谢意。

本书中个别章节的部分内容，曾经以论文方式先期发表过，这次收入书中，同时在表述上有所调整，使其与全书的论述风格尽量一致，这是必须说明的。此外，本书所使用一些资料和一些学者论断，尽管以脚注和书末参考书目的方式做了说明，但由于疏忽也许还有个别没有注明者，无论怎样情况，均在此表示由衷的感谢。

从接受这个课题到如今已有数年，而我却感觉不过就是昨天——这分明是走向衰老的标志，于是不免惴惴乎不安。无论这本书怎样地幼稚，但在我，自认是一直以最认真和最投入的态度写作的，也就算没有白费这数年时光。

最早接触鲁迅之文字，是在十年"文革"时期，后来也不时重读，自认是较为熟悉了，然此次重读细读，仍然感到无比新鲜。因为视角全从20世纪学术思想史出发，故看出很多有意味之处。特别是其早期著作，因文字艰深，过去只是浏览一过而已。如今认真读进去，感觉那时的鲁迅才是真正的鲁迅，或者说鲁迅一生其实一直没有改变，他后来所有要说的和说出的，其实在早期已经说过。至于什么"后期的鲁迅更加深刻"之说，我是不太相信的。也因此，就引一段《摩罗诗力说》中文字，作为这后记的收束：

> 自有文字以至今日，凡诗宗词客，能宣彼妙音，传其灵觉，以美善吾人之性情，崇大吾人之思理者，果几何人？上下求索，几无有矣。第此亦不能为彼徒罪也，人人之心，无不沏二大字曰实利，不获则劳，既获便睡。纵有激响，何能撄之？

2016年11月于西子湖畔

2018年3月改正